林文寶 編著

張晏瑞 主編

林文寶兒童文學著作集

第四輯　其他編

第九冊
台灣原住民圖畫書50
台灣兒童圖畫書精彩100

台灣原住民圖畫書50

計畫主持人　林文寶

張晏瑞　主編

《台灣原住民圖畫書 50》原版書影

台灣原住民圖畫書50

補助單位　行政院原住民族委員會
電話　　　02-25571600
地址　　　10357台北市大同區重慶北路二段172號
執行單位　國立臺東大學兒童文學研究所
電話　　　089-355375
地址　　　95092台東市西康路二段369號
計畫主持人　林文寶
計畫助理　傅鳳琴、蔡佳恩、林庭薇
執行編輯　游嘉惠
美術編輯　瑞比特設計有限公司
承印廠商　中原造像股份有限公司
2011年08月出版
ISBN：978-986-02-8492-8

《台灣原住民圖畫書 50 》原版版權頁

目錄

目錄

與每個時代的兒童對話，
真實延續原住民文化

孫大川（巴厄拉邦）

　　本書為行政院原住民委員會委託國立臺東大學兒童讀物研究中心與榮譽教授林文寶老師辦理的「台灣原住民兒童圖畫書精選計畫案」之成果專書。本計畫蒐羅了1966年至2010年的原住民圖畫書，請專家學者諮詢與協助選出50本，並以專文導讀方式編輯成書。其中我們可以看到1966年省政府教育廳所出版的中華兒童叢書系列——《雅美族的船》，可見以原住民為題材的兒童讀物早於1966年便已開其端，其亦是本計畫蒐羅到的最早的原住民圖畫書。

　　綜觀至2010年的原住民圖畫書內容，可以發現有幾個發展方向——神話傳說、口傳故事、生活點滴、童年回憶、神話改編、傳記，以及文化傳承或歷史背景主題之展開；但大多還是以神話傳說與口傳故事或這兩者的改編為主，甚少看到關於近代原住民的生活或所面臨的議題為主題的故事情節。雖然台灣原住民運動與台灣原住民文學興起於1980年代，迄今已過了30個年頭，這當中歷經了正名運動、還我土地運動、恢復傳統姓名等等，但我們卻甚少看到以這類議題為主題的圖畫書或將其發展為兒童讀物，且關於原住民兒童文學的研究也是寥寥可數。又，目前所蒐羅到的原住民圖畫書，其作者與繪者大多為非原住民族，在族群主體為本的教育理想之下，我們期望，未來會有更多的原住民作家投入這塊領域的耕耘，讓族人為自己的族群與文化發聲，並傳承給下一代的孩子。

　　在本書中我們可以看到成人作家對於原住民圖畫書創作的投入。而在2010年11月，媒體曾報導豐濱鄉港口國小自九十八學年度起推動「一生一繪本」教學活動，讓孩子們寫自己的生活故事並將之創作成圖畫書。九十九學年度時，財團法人原住民族文化事業基金會贊助將孩子們所創作的生命故事編印成書。此次獲得贊助編印的故事書分別是以父親、爺爺與阿美族野菜為題材，傳達孩子生活中的感受與生命故事，不再只是神話傳說的故事創作。故事中呈現孩子的父母為了養家活口，必須離鄉背井到外地工作，小朋友把它記錄下來，並將自己對父母的想念以畫筆描繪出來。而《我最喜歡吃的野菜》一書，除了有小朋友的幼時記憶，也把野菜的料理方式逐一描述，傳達了老祖先的智慧與原住民的野菜文化。此教學活動除了讓原住民兒

童為自己與其所屬的族群文化發聲之外，也使我們聽到屬於現代原住民兒童的聲音。

原住民文化的延續，不僅需要傳統的養分，更需要與每一個時代保持對話，兒童是民族心靈的真實感應，時時看見兒童眼中所描繪的世界，可以提醒大人世界保持敏銳與關照，以確認我們所努力的方向，可為族群的未來帶來一點點幸福。

此次出版，除了期待引起兒童的閱讀樂趣之外，冀望更多有心人一齊關注原住民兒童文學，以免將來下一代往上看，只看見一片空白。

孫大川
卑南族人，台灣原住民作家。現為行政院原住民族委員會主任委員。

為孩子打開一扇窗

浦忠成（巴蘇亞·博伊哲努）

　　一個健康、開朗、樂觀的國民，對於其居住的土地、人民、歷史與文化，都會有充分的認識與積極的看法，並且願意付出心力。位處東亞交通要衝與黑潮通過的台灣，自史前時代就是多元民族與文化匯集的島嶼。自舊石器時期的台東長濱文化、台南左鎮文化以及新石器時代的大坌坑、牛稠子、卑南等文化及鐵器時代的蔦松、十三行等文化遺址的陸續發現，我們知道台灣這塊土地充滿著多元而豐富的歷史與文化內涵。在漫長的歲月中，台灣的原住民以散居的部落型態，各自經營自己的生活方式，並以口耳相傳的故事、歌謠、諺語等，加上各類儀式、舞蹈等形式，描述週遭的自然環境與自身的遭遇、想像與情感，成為這塊土地最原始的文化呈現。

　　十六世紀開啟的大航海時代，荷蘭人、西班牙人、葡萄牙人、日本人都曾經踏上或瞭望台灣的土地，甚至駐留一段時期，留下斑駁卻具體的歷史殘留與記憶。台灣在十七世紀鄭成功驅走荷蘭人之後，逐漸變成漢民社會；以游耕、漁獵為主要生活型態的原住民受到嚴重的威脅，土地的流失、文化的消亡與生計的困頓，正是三、四百年來原住民族集體命運的主調。在這樣的情況下，由於缺乏可以記錄文化與歷史內涵的工具——文字，部落原有的文化內涵逐漸在變遷中被遺忘。儘管如此，為數不少的部落到日治時期仍能維繫著不絕如縷的祭祀、儀式、敘事、禁忌、倫理片段，讓進入部落田野的研究者記錄仍稱豐富的珍貴資料；百年來各類人文領域的專家因此得以累積了社會組織、語言、祭儀、舞蹈、建築、故事、藝術等調查與研究成果。

　　台灣社會過去對於居住這塊土地最悠久的原住民族的認識往往是片斷、負面、扭曲，甚至是歧視的；其原因除了是主流社會過去長期的刻板印象外，主要是在學校教育體系未能建立積極有效的多元文化學習方式，讓孩童能夠從小就有機會藉由課程的安排，閱讀或親自體驗不同族群文化，從認識、了解到體諒、尊重與合作，兼顧認知、情意的學習，並延伸到爾後生活的實踐。教育心理學認為童年時期的經驗或印象，對於一個人會有長久的影響；孩童的心理與視野有無限拓展的可能，台灣要成為真正開放的社會，孩童們能夠學習並了解多元的族群文化，並養成尊重、欣賞與關懷的態度，將是最重要的關鍵。

　　由林文寶教授組成的「台灣原住民兒童圖畫書精選計畫案」計畫夥伴，先選出50本由學者、文史工作者、原住民等不同背景者撰寫的原住民圖畫書，再由具備兒童文學專業的年輕學者撰寫每一本書的導讀，希望讀者可以藉由它的引導，按圖索驥，了解每一本圖畫書的內容、特色。被選出的50本書都是圖文並陳，讓精采的文章與生動的圖畫把文化的故事、道理闡釋得更為清晰。這些淺顯易懂的選本，將為我們的孩子打開視野更為開闊的窗戶。

浦忠成

鄒族人。為台灣原住民族學者中第一位本土博士，專長原住民族神話研究、民間文學研究等。現任考試院考試委員。

試論台灣原住民圖畫書

林文寶、傅鳳琴

壹、前言

原住民文學的出現，乃是各種因素促成，亦是必然的趨勢。

西方思潮在20世紀六〇年代以後，逐漸有了「文化轉向」。文化研究是跨學科性質，其間影響最大的當屬人類學，而人類學的世紀之旅可以總結出意義深遠的三大發現。這正是後來居上並給整個人文社會學科帶來重要轉向的關鍵所在：人的發現、文化的發現、現代性原罪的發現。[1]

所謂人的發現，是指人類學這門學科第一次實現對全球範圍的不同文化和不同族群的全面認識，並在此基礎上宣告：地球上任何一個角落的任何一個族群，不論其生產力與物質水平如何差異，在本質上都是同樣的族類種屬，其文化價值也同樣沒有優劣高下之分。而人類關係區域檔案庫的建立，加速促進人權平等的理念，使得文化相對論原則最終提升起來，成為當今處理國際關係的基本準則。

文化的發現是人類學界講述得最多的一面，是20世紀人類最重要的發現。廣義的文化是相對於自然而言的；宇宙萬物中唯獨人類創造了文化，因此人可以定義為文化動物。狹義的文化即小文化概念，是指人類的特定族群所持有的一整套感知、思維和行為特徵。在這一意義上，人類學家說到愛斯基摩文化、瑪雅文化、古希臘文化和納西族文化等。於是，透過研究文化，人類學能夠解釋以往不得其門而入的許許多多人類族群之差異及社會構成原理。

現代性原罪的發現，指通過對世界上千千萬萬不同文化的認識和比照，終於意識到唯獨在歐美產生的資本主義生產生活制度及現代性後果，是一種特殊文化現象，它既不是人類普世性的理想選擇，也不是未來人類唯一有美好預期的方向選擇。從生態學和地球生物的立場看，現代性已經將人類引入危險和風險之途。

人類學的文化相對論原則，一方面啟發人們用平等的眼光重新看待世界的主流文化與非主流文化；另一方面也自然導向一種全球公正理論，使得盲從西方現代性的主流思考方式受到質疑：為什麼總數以千計的原住民社會在沒有外界干預的情況下是可持續的，而現代性的高風險社會反而是不可持續的！處在前現代的文化——原住民原生態文化作為鏡子，反照出

現代文明的醜陋和瘋狂的一面。

於是，聯合國訂1993年為「國際原住民年」，其後又在1994年宣布「世界原住民國際十年」（1995-2004），主題是「原住民族——行動夥伴關係」，目的在於喚起國際社會重新重視、關注這個星球上最被忽視、受創最深的族群。[2]2004年聯合國大會再度宣布，2005年到2014年為「第二個世界原住民族國際十年」，由此可見世界各國對於原住民族的傳統文化與知識，無不視為人類共同遺產與稀世珍寶。

台灣目前政府認定原住民族有14族，人口數約43萬人，約占台灣總人口數的百分之二，約占世界上南島語系民族人口總數的百分之零點一一（0.11%）。[3]台灣原住民[4]人數雖少，也沒有文字，但部落的歷史、傳說神話、祭祀歌謠以口傳的方式傳遞，使得台灣的原住民擁有獨特的歷史、語言、習俗，和豐富內涵的傳統文化。隨著社會的整體發展，台灣原住民文化也有所變遷，昔日以部落為基礎的生活內涵，因為與其他族群的接觸交流，逐漸產生融合、吸納外來的文化，進入都會生活的原住民更超過13萬。

四、五〇年代的台灣社會，物資極度缺乏，生活條件普遍不理想，急需仰賴外援，若論台灣兒童讀物發展，可謂都是因陋就簡。早期兒童讀物編印，大致沿襲傳統，不特別講究編排，內容許多是來自國外翻譯或改寫的故事。1964年兒童讀物編輯小組成立，開始致力於《中華兒童叢書》的編輯出版工作，間接提升帶動兒童讀物的出版水準。八〇年代後民間出版力量勃興，兒童讀物出版品質與量逐年提升，兒童圖書出版愈趨激烈競爭，激盪出許多創意十足的優秀作品。[5]

多樣豐富的台灣原住民文化，不但是啟蒙孩童認識台灣土地、人文與多元文化的豐富材料，同時也是兒童了解原住民如何與動物、環境以及大自然相互依存、和平共處的最佳素材，原住民圖畫書出版不僅在傳承原住民獨特的文化，還提供不同族群的孩子彼此認識的機會。

圖畫書的定義國內外皆有多種說法，大多一般是指有圖畫、簡單主題、情節內容簡短的故事書，主要是針對幼兒所設定的出版品，而關於圖畫書的名稱國內常見有「圖畫書」、「圖畫故事書」、「繪本」等不同名稱，觀察台灣光復後出版現象，因此文中所討論的文本以「圖畫書」概括稱之，簡單定義為「以圖文融合方式，或以文為主圖為輔之出版品」。

而個人於九〇年代期間，開始關注於原住民兒童文學。其緣起在於撰寫〈台灣最早的童謠〉一節，就文獻而言，自當以黃叔璥的《台海使槎錄》為最早，該書卷五至卷七〈番俗六考〉，是記述北路諸羅番及南路鳳山番的風俗習慣，並附〈番歌〉33首，其中兩首或疑為原住民童謠。於是乎開始收錄有關原住民文學、兒童文學的論述與作品。其中，又以原住民圖畫書

最為用心。並於第九屆亞洲兒童文學大會期間（2008年7月29-31日）於台東臺灣史前文化博物館展出三個月。個人一直期待能有原住民兒童文學的相關選集，或原住民兒童文學研討會，於是有「台灣原住民圖畫書50」的構想與編選。

貳、原住民文學

現今所稱之「台灣原住民文學」，意涵是指原住民口傳文學和原住民作家文學[6]。台灣原住民沒有文字發展，多以「口傳」的方式留下祖先的訓示、經驗、傳說、歷史等等，稱之為「原住民口傳文學」。原住民作家文學是指原住民開始運用文字後，以漢文、日文或其他語文寫成之文類，稱為「原住民文學」。

原住民文學興起於八〇年代，此時正為台灣社會面臨關鍵性轉型之際，不論在政治、社會、文化的面向上，莫不以台灣「本土化」作為最強烈的改革訴求。八〇年代的原住民文學在原住民運動帶動下，一方面啟發了原住民對自我族群的重視；另一方面則成為所有後來的原住民文學創作者的母題和寫作動力所在。[7]

九〇年代末原住民文學在學術評論，儼然成為一個新熱門的研究課題，不論是單篇論文或碩、博士論文對此議題的開發都已經大大的拓展原先的領域了。原住民文學不僅創作量增加，也逐漸有學者強調原住民主體性的問題，認為有原住民族群的加入，才可謂之為原住民文學。因此對於「原住民文學」的定義，學者多有所分歧。董恕明依據孫大川、浦忠成、瓦歷斯·諾幹和多位原住民作家的說法，認為原住民文學大致可分為三種面向，分別是（一）身分說、（二）題材說、（三）語言說。[8]茲整理如下：

（一）身分說：凡具有「原住民身分」創作者的創作，都可歸納之。
（二）題材說：以寫作的「題材」決定是否歸屬於原住民文學。
（三）語言說：以「母語寫作」。漢語、日語、英語等其他語言不算。（頁2-8）

以「身分說」界定原住民文學的學者認為，以「題材說」分類為作家帶來許多困擾；同樣一位作家，有時是原住民文學的創作者，有時卻又不是；另外也由於題材的限制，「題材說」的原住民作家只能著墨於某領域的文章，創作大受限制。以「題材說」界定原住民文學學者卻認為，不僅能放寬書寫的限制，有非原住民身分創作者參與，也有可能讓原住民文學呈現較

多的可能性與多樣化。而以「語言說」界定原住民文學,雖立意良善突顯原住民文學獨立存在之目的,但大部分的學者皆認為,目前推行上有實質的困難。

各界對原住民文學的定義雖有所分歧,但對於推動原住民文學,卻都是不約而同:譬如對於原住民作家文學的出版、設置原住民文學獎、專屬原住民媒體成立、大學校院開設原住民文學專門研究等,在各方的推波助瀾,原住民文學如雨後春筍般的蓬勃發展。

對於台灣原住民文學的蓬勃發展盛況,推動台灣原住民文學日譯工作的下村作次郎教授曾驚嘆地表示:「確實沒有想到短短的15年,僅僅41萬人口的台灣原住民,竟可以有那麼多作家、產生那麼多作品,就密度上來說,這是高密度的文學生產。」[9]由此可見台灣原住民文學不只是量的增加,質的提升,國際上對於這塊獨特的文化也深感興趣。

發展至今,原住民文學創作者於詩、散文、小說領域都各有表現,也出現了許多不錯的作品。並有浦忠成《被遺忘的聖域——原住民神話、歷史與文字的追溯》、《台灣原住民族文學史綱》(上、下)兩本史論著作。

參、原住民圖畫書

相對於原住民文學的蓬勃發展與受重視,原住民兒童文學似乎是被忽視的一角,其實不然。原住民族豐富的神話(含神話、傳說、民間故事),正是兒童文學的活水源頭,其蓄勢與待發,是指日可待。其間,圖畫書已成為眾所矚目。而本文所謂的圖畫書,是兼具「身分、題材、語言」三種面向,尤其是以「題材」為先。

不論是民間出版社、文史工作室或是官方,皆積極投入以原住民文化為出版主題之圖畫書,部分出版社並透過中、英文對照,甚有結合不同傳播媒體如音樂CD、電腦多媒體等,讓更多讀者以不同管道及閱讀方式,認識台灣原住民寶貴的生活文化遺產,讓這段台灣遠古歷史變得鮮明、可親。

從台灣圖畫書的創作與出版史來看,台灣原住民圖畫書起步雖較其他類別為晚,但從出版的量與成長來看,卻見其旺盛的出版熱力;原住民圖畫書在多家出版社的相互競爭下和政府出版品的推動,逐漸成為一股不容忽視文學領域。

以圖畫書出版傳承推廣保存原住民文化,一如懷劭·法努司推薦2003年新自然主義出版的「台灣原住民的神話與傳說」系列推薦序所說:「在聚會所內,神話與傳說是用『話』來『說』的,那種經驗已距離我好遠好遠了。現在,不一樣的經驗,是用『畫』來『話』的,就是

這本書，讓我感覺是這麼地貼近原鄉的生活——它不禁讓我開口大唱：Ho hai yan.ho wai ha hai——我又回到聚會所了。」

　　根據臺東大學兒童文學研究所 2000 年舉辦的「台灣地區 1945 年至 1998 年兒童文學一百本評選活動」中之統計，1945~1998 年間，所出版之本土創作圖畫書類有 542 冊，屬原住民圖畫書出版僅 13 冊，2008 年時累計為 106 本，至 2010 年則有 162 本。尤其 2000 年以後，更成氣候，原住民圖畫書突如雨後春筍冒出，在短短的十年的時間裡出版 124 冊，出版數量成倍數成長；其中不僅出版來源多變化，原住民籍與非原住民籍作家相繼投入，圖畫書的另一個推手——繪者，也以不同方式投入這塊文化傳承的園地。

　　以下就收集之 162 本原住民圖畫書，試以題材（族群）、出版單位、身分（作者）、語言等觀點說明之：

一、以族群為題材

表一：台灣原住民圖畫書族群統計（全部收錄）

年代＼族別	阿美	排灣	泰雅	布農	魯凱	卑南	鄒	賽夏	雅美（達悟）	邵	噶瑪蘭	太魯閣	撒奇萊雅	賽德克	平埔※	史前文化	合編	總計
1966-1975			1						2								2	5
1980-1989	2	2	2	1				2	2								3	14
1992-1999	1	1	2		1	2	1		4			1	1		1	2	2	19
2000-2010	14	10	17	10	4	8	8	5	8	3	2	4	1	2	6	8	14	124
小計	17	13	21	12	5	10	9	7	16	3	3	5	1	2	7	10	21	162

※平埔族指西拉雅族、拍瀑拉族。

　　此次研究各族群圖畫書統計數字如上表（一），整體而言，圖畫書出版以合編及泰雅族為多，以雅美（達悟）族、阿美族次之。各族群圖畫書出版數量，大抵和其人口數相關，唯獨雅美（達悟）族人口數排行第九，出版量卻居高，1966年出版《雅美族神話故事集》，更是拔得原住民圖畫書出版頭籌，這可能與雅美（達悟）族為台灣唯一居於外島的原住民族，不論在生活環境、建築、服裝、工藝等，呈現出特別的生活型態，讓作家、繪者們特別對其感興趣。

　　合編出版圖畫書以多主題、多族群方式出版，整體而言出版來源多為民間出版社，這可能以民間出版社方便行銷販賣有關。合編出版的族群統計以布農族為主題居冠，阿美族居二，和上述單一族群的圖畫書分布相差不大。（見表二）

表二：台灣原住民圖畫書：合編書籍族群統計（全部收錄）

族別\書籍	阿美	排灣	泰雅	布農	魯凱	卑南	鄒	賽夏	雅美（達悟）	邵	噶瑪蘭	太魯閣	撒奇萊雅	賽德克	平埔	漢	史前文化	總計
山地神話1				V		V	V		V									4
山地神話2	V		V	V	V		V		V									6
山地故事	V	V	V	V	V	V	V	V	V									9
太陽的孩子（台灣先住民圖畫故事選）	V	V	V	V					V									5
台灣的歷史②：先住民全盛的時代	V	V							V									3
虹從那裏來		V	V	V	V	V	V	V	V									8
台灣童話（一）										V						V		2
重返部落		V		V														2
NeNeNe台灣原住民搖籃曲	V	V	V	V	V	V	V	V	V			V			V			11

書籍 ＼ 族別	阿美	排灣	泰雅	布農	魯凱	卑南	鄒※	賽夏	雅美（達悟）	邵	噶瑪蘭	太魯閣	撒奇萊雅	賽德克	平埔※	漢	史前文化	總計
最後的山羊			V					V										2
一個部落到一個部落	V			V		V	V	V						V				6
拜訪原住民	V	V	V	V	V	V	V	V	V									9
VuVu的故事	V	V	V	V	V	V	V	V	V						V			10
與山海共舞：原住民	V	V	V	V	V	V	V	V	V	V					V			11
矮靈祭（大洪水、山芋人、巴嫩公主）				V	V			V	V									4
射日（懶人變猴子、兄妹變島、兩個婆婆、女人島）	V		V			V												3
到部落走走	V	V	V	V	V	V	V	V	V	V	V	V						12
百年觀點特展：史料中的台灣·原住民及台東專刊						V										V	V	3
那魯	V	V	V			V	V							V				6
童謠繪本	V			V								V						3
看·傳說：台灣原住民的神話與創作（展覽遊戲書）	V	V				V												3
海洋與原鄉歷史童書	V			V														2
小計	15	12	12	15	10	12	11	10	12	3	2	2	0	2	3	2	1	124

※鄒族包括南鄒卡那布；平埔族指西拉雅族、拍瀑拉族、巴則海族。

二、出版單位

　　原住民圖畫書依其出版來源來看（如下表三），政府、民間與非營利組織競相出版，民間出版數量至2008年初領先政府出版數量，不過若搭配年代來看，原住民圖畫書早期以政府出版品為主，後民間出版漸漸起步，甚有獨領風騷之勢，近幾年反而是政府機構以多元文化方式出版推動各式原住民圖畫書。

表三：台灣原住民圖畫書出版單位統計（全部收錄）

單位 ＼ 年代	政府出版品	民間出版品※	出版社出版	政府與民間合作出版	政府與出版社合作出版	學校出版	民間與出版社合作出版	政府與學校合作出版	總計
1966-1975	5								5
1980-1989	2		12						14
1992-1999	8	1	6		1		3		19
2000-2010	33	7	36	16	7	10	11	4	124
小計	48	8	54	16	8	10	14	4	162

※民間出版品指非營利單位出版。

　　而關於政府、民間與非營利組織出版概況說明如下：

（一）政府出版品

　　政府出版原住民圖畫書出版品，首推1966年台灣省政府教育廳兒童讀物「中華兒童叢書」系列，至2002年兒童讀物編輯小組完成階段性任務，總計出版七本關於原住民主題繪本。行政院農業委員會自1992年出版的「田園之春」系列繪本，1994年出版《阿里棒棒飛魚祭》，而後又陸續推出《刺桐花開過新年》、《山谷中的花環》、《達娜伊谷》、《重返部落》等以不同

族群部落為主題之原住民圖畫書。

　　台南縣政府與台東縣政府則為展現在地文化，分別以「南瀛之美」、「台東故事」系列，出版了《少年西拉雅》、《都蘭山傳奇》、《雲豹與黑熊》和《亞洲鐵人楊傳廣》四本繪本，展現當地的自然景觀、歷史發展與民俗文化等特色，適合當地學校作為鄉土教材教學之用。

　　博物館也加入出版原住民圖畫書行列。2001年十三行博物館出版《人面陶罐的家》、《陶偶家族——十三行人的小故事》。2004年，國立臺灣史前文化博物館舉辦「回憶父親的歌」特展，出版以三位原住民音樂家之後代的敘述觀點，來描述記憶中的父親。

　　另外許多政府單位也推出原住民圖畫書作為推廣教育之用。如：太魯閣國家公園管理處出版《泰雅傳說——祖先的故事》，國立嘉義大學原住民生產力培訓中心出版《鄒族——神話與傳說》，國立臺東大學美教系出版《七彩布群》、《阿朵兒的竹口琴》、《彩虹橋》，國立花蓮教育大學出版《魚的家——巴拉告》、《遺忘的芭吉魯》。

(二)政府與民間合作

　　政府與民間合作模式，大致是由政府策劃出版，民間製作、編輯、發行。以這樣的方式出版圖畫書，可借用民間行銷通路的方式，廣推政府出版品。如：1997年由行政院文建會策劃、雄獅圖書公司製作發行《台灣史前人》。2001年，行政院文化建設委員會為鼓勵本土兒童文學作家及插畫家創作，透過甄選方式與民間公司合作，由青林國際出版《射日》。2007年，台南縣政府策劃出版《少年西拉雅》，由青林國際編輯發行。2006年，由國立台灣美術館出版，東華出版社編輯製作發行「文化台灣繪本」叢書，其中包括兩本原住民文化圖書《二十圓硬幣上的英雄：莫那·魯道》、《天上飛來的魚》。

(三)民間出版社——營利組織

　　1988年民間遠流出版社以「少年兒童館」系列打頭陣出版《太陽的孩子》，主編郝廣才在序中提及：

　　兒童是最愛聽故事的，還有什麼比發源於台灣的故事，更能使兒童了解台灣，孕育對鄉土的情感和關愛呢？「這本書是一個起點，同樣的工作，我們還會繼續下去，不會停止。」

　　從文中我們隱約可觀察到，原住民文學運動精神延燒至兒童圖畫書出版，原住民文化之美與傳承，漸漸受到民間業者的注目。1989年遠流出版社接續出版「繪本台灣風土民俗」、「繪本台灣民間故事」二大系列叢書，其中有八本關於原住民族之圖畫書。

　　專門性的原住民圖畫書叢書的出版，也漸獲出版社青睞。2002年12月新自然主義邀請了當時擔任東華大學原住民民族學院民族發展所所長的孫大川先生擔任總策劃，大手筆出版了「台灣原住民的神話與傳說」系列叢書，共計十本圖畫書。一如叢書的名稱「台灣原住民的神話與傳說」，這套叢書以各族分類分別出版，全書中、英文對照，書後附加其他小單元，如：「部落百寶盒」快速掌握原住民生活全貌、「e網情報站」蒐羅原住民族群資料快又準、「造訪部落」提供探索故事發生的地圖資料、「原住民語開口」現學現賣朗朗上口。除書籍內涵多樣內容，出版社還同時邀集多位名人共同推薦，搭配行銷活動，讓這套叢書聲名大噪，2007年4月此套書已為二版六刷。

　　除大手筆推出原住民圖畫書叢書，營利組織為圖畫書附加不同傳播媒材，增加圖畫書多姿之樣貌。如1998年，大大樹製作以音樂CD、有聲故事CD、圖畫書三大內容構成音樂有聲書《邦查WAWA放暑假》。2001年，信誼出版社以1本圖畫書、1CD、1導讀手冊組合出版《NeNeNe台灣原住民搖籃曲》，介紹原住民傳統搖籃曲的專輯，總共收集十族12首歌曲，每首歌曲配上各族小朋友的畫作，再加上排灣族的藝術家蔡德東先生的插畫，作成一本圖畫書，展現原住民生活上的特殊性。

(四)民間出版——非營利組織

　　非營利組織對於圖畫書出版也不遑多讓；台灣原住民部落振興文教基金會自2000年起陸續出版了七本族群神話童書叢書，2001年，財團法人浩然基金會因921大地震協助潭南國小重建，製作「布農的家——潭南社區文化傳承系列」鄉土教材，總計出版《Ba hin 和 Qa vu tadh 的家》、《部落山林記事》、《阿嬤的織布箱》、《植物的煉金術》、《部落家屋再生》等五本出版品，內容涵蓋布農族建築、織布、植物染織、部落來源等，期望能夠在學校落成之後，提供給老師作為教學的參考，同時也作為復育布農族傳統文化，進而發展社區特色產業的基礎。這套編印精美的專書，可惜行銷通路並不廣泛，訂購方式可至浩然基金會網站(http://www.hao-ran.org.tw/index.asp)。

三、圖畫作家

　　不論從身分說、題材說、語言說角度來看原住民文學作家，對於原住民圖畫書的投入皆不遺餘力。在162本中，總計參與圖畫書作者與繪者約有371人(次)，而不論是文字或繪者以不具原住民身分作者占多數(如下表四、表五)，具原住民身分作者、繪者不到20%。

表四：台灣原住民圖畫書作者族群統計（全部收錄）

年代＼族別	阿美	排灣	泰雅	布農	魯凱	卑南	鄒	賽夏	雅美（達悟）	邵	噶瑪蘭	太魯閣	撒奇萊雅	賽德克	平埔※	漢	未具名	外國人	團隊	總計
1966-1975									1							5				6
1980-1989																15				15
1992-1999	1					1			2			2				15				21
2000-2010	1	6	5	4	2	4	2	1	1	1		2			1	103	5	1	1	140
小計	2	6	5	4	2	5	2	1	4	1	0	4	0	0	1	138	5	1	1	182

※平埔族指西拉雅族。

表五：台灣原住民圖畫書繪者（包括攝影及插圖）族群統計（全部收錄）

年代＼族別	阿美	排灣	泰雅	布農	魯凱	卑南	鄒	賽夏	雅美（達悟）	邵	噶瑪蘭	太魯閣	撒奇萊雅	賽德克	平埔	漢	外國人	團隊	總計
1966-1975																5			5
1980-1989																15			15
1992-1999						1										21			22
2000-2010	2	8	6		1	10	2					1	1		1	112	1	2	147
小計	2	8	6	0	1	11	2	0	0	0	0	1	1	0	1	153	1	2	189

　　文字作者為二位者有20本，而繪者為二位者有25本。

　　又具原住民身分的作家創作圖畫書，多為第一次出版原住民圖畫書，部分作者為將自己原有已出版的文學作品轉為圖畫書，如孫大川、利格拉樂・阿𡠅。2003年孫大川改寫《久久酒一次》出版《姨公公》，同年，原住民女性作家利格拉樂・阿𡠅改寫《誰來穿我的美麗衣裳》，出版《故事地圖》。排灣族文學作家亞榮隆・撒可努出版《VuVu的故事》有聲故事CD，以其豐

富的聲音表情扮演VuVu（在排灣族語裡，祖父、祖母與孫子、孫女都稱VuVu，在這裡指的是祖父的意思），為孫子講述荷蘭人到台灣原住民部落遊歷的故事。雅美（達悟）族作家周宗經後因從事保育雅美（達悟）族文化而步入寫作，有「素人作家」之稱，《雅美族神話故事》、《Misinmo pa libangbang飛魚》、《Akokay tatala獨木舟》等三本作品中，周宗經的文字樸拙野趣，深具原味。在此次研究文本中，為具原住民身分作家中較多產的作家。

　　2003年新自然主義出版「台灣原住民的神話與傳說」系列，邀集了多位的原住民作家共同參與圖文製作及編輯，出版社以「有最多原住民共同參與的圖畫故事書，寫出原住民生命動力，記錄台灣悠遠歷史，是獻給台灣孩子的最佳讀物。」[10]作為出版特色，而此套參與作者林志興、馬耀‧基朗、里慕伊‧阿紀、巴蘇亞‧迪亞卡納、杜石鑾、奧威‧尼卡露斯等多為第一次出版原住民圖畫書，後續無再出版其他圖畫書。

四、語言

　　在162本繪本中，只有一本是屬無字圖畫書，僅在說明處使用母語。

表六：台灣原住民圖畫書創作語言統計（全部收錄）

語言 年代	中文 創作	母語 創作	中文、母語 並列	中文、英語 並列	總計
1966-1975	5				5
1980-1989	14				14
1992-1999	17		2		19
2000-2010	92	1	18	13	124
小計	128	1	20	13	162

肆、台灣原住民圖畫書50

　　本案擬從162本圖畫書中評選出50本，每本並有專文介紹，且將編輯《台灣原住民圖畫書50》專書。旨在提供原住民師長，及各界認識原住民文化的選書參考，盼能促使其和新生代的

原住民與孩童了解原住民族的歷史與記憶，進而提升原住民族兒童文學的創作與關注，引領兒童認識台灣原住民族寶貴的生活文化遺產，讓台灣這段遠古歷史變得清晰、鮮活、可親。

其評選原則：

一、有現代原住民的聲音，不只是古老的故事。

二、能展現非刻板印象的原住民故事。

三、具有研究與歷史意義的故事。

當然，圖畫書本身的元素，則是必備的條件。又在評選時亦當避免作者或繪者重複化，且各族群亦當在收錄之列。總結以上的原則，即是所謂「文化並置」(cultural juxtapoition)。

文化並置是出自人類學理論的一個命題，後來推廣運用到文學藝術和影視創作，指寫作中常見的一種技巧，及通過將不同文化及其價值觀相並列的方式，使人能夠從相輔相成或相反相成的對照中，看出原來不易看出的文化特色或文化成見、偏見。文化並置所帶來的認識效果，類似日常生活中的反觀或者對照。在反觀之中，可將原來熟知的東西陌生化，從大家習以為常的感知模式中超脫出來。在後殖民批判的視野中，文化並置會以激進的邊緣立場，對所謂正統觀念和主流價值加以顛覆、翻轉。[11]

因此，本文所謂的文化並置，即是指對各原住民族群以其共存共榮的平等意義，它是消解傳統的帝國意識和文化沙文主義的有效手段。

至於，其評選過程：

我們將162本原住民繪本的相關資料彙集成電子檔，然後委請50位對原住民圖畫書有研究或有興趣者勾選。勾選原則以自己熟悉者為限，最多不超過50本，並在期限間回傳。經工作小組統計後，再交由研究小組詳加討論，最後選出50本。（詳見P129《台灣原住民圖畫書50》書目）

50本圖畫書雖然是故事為主，但亦不排除其他類型，而這種類型皆為合編者。試將50本依族群題材、出版單位、語言、作者繪者統計列表如下：

表七：台灣原住民圖畫書族群統計（50本）

族別／年代	阿美	排灣	泰雅	布農	魯凱	卑南	鄒	賽夏	雅美（達悟）	邵	噶瑪蘭	太魯閣	撒奇萊雅	賽德克	平埔※	合編	總計
1966-1975				1					1								2
1980-1989	1	1	1	1				2	2								8
1992-1999	1		1						2	1							5
2000-2010	3	3	4	2	2	3	3		4		1	1	1	1	2	5	35
小計	5	4	6	4	2	3	3	2	9	1	1	1	1	1	2	5	50

※平埔族指西拉雅族及拍瀑拉族。

基本上是合乎文化並置，但雅美（達悟）族與泰雅族仍較居多。

表八：台灣原住民圖畫書：合編書籍族群統計（50本）

族別／書籍	阿美	排灣	泰雅	布農	魯凱	卑南	鄒	賽夏	雅美（達悟）	邵	噶瑪蘭	太魯閣	撒奇萊雅	賽德克	平埔※	漢	史前文化	總計
重返部落		∨		∨														2
NeNeNe台灣原住民搖籃曲	∨	∨	∨	∨	∨	∨	∨	∨	∨		∨				∨			11
與山海共舞：原住民	∨	∨	∨	∨	∨	∨	∨	∨	∨	∨					∨			11
那魯	∨	∨	∨		∨	∨								∨				6
看・傳說：台灣原住民的神話與創作（展覽遊戲書）	∨	∨				∨												3
小計	4	5	3	3	3	4	2	2	2	1	1	0	0	1	2	0	0	33

※平埔族指西拉雅族及拍瀑拉族。

其中《與山海共舞：原住民》是屬於知識性圖畫書，而《看‧傳說：台灣原住民的神話與創作》，則是遊戲書。

表九：台灣原住民圖畫書出版單位統計（50本）

單位\年代	政府出版品	民間出版品（非營利單位）	出版社出版品（營利單位）	政府與民間合作出版品	政府與出版社合作出版品	學校出版品※	總計
1966-1975	2						2
1980-1989	1		7				8
1992-1999	3	1	1				5
2000-2010	8	2	15	2	5	3	35
小計	14	3	23	2	5	3	50

※學校為東華大學。

其出版方式頗為多元，可見其趨向是蓬勃的。

表十：台灣原住民圖畫書統計：語言（50本）

語言\年代	中文創作	母語創作	中文、母語並列	中文、英語並列	總計
1966-1975	2				2
1980-1989	8				8
1992-1999	4		1		5
2000-2010	29		5	1	35
小計	43	0	6	1	50

本次統計中，不見純母語創作，或許以母語創作，或中文、母語並列，是今後的創作趨勢。

表十一：台灣原住民圖畫書作者族群統計（50本）

年代＼族別	阿美	排灣	泰雅	布農	魯凱	卑南	鄒	賽夏	雅美（達悟）	邵	噶瑪蘭	太魯閣	撒奇萊雅	賽德克	平埔	漢	總計
1966-1975																2	2
1980-1989																8	8
1992-1999	1															4	5
2000-2010		2	3		1	2	1									30	39
小計	1	2	3	0	1	2	1	0	0	0	0	0	0	0	0	44	54

※二位作者的書籍：26. 杜鵑山的迴旋曲，27. 愛寫歌的陸爺爺，29. 百步蛇的新娘，49. 吧滴力向南走‧向北走。

表十二：台灣原住民圖畫書繪者（包括攝影及插圖）族群統計（50本）

年代＼族別	阿美	排灣	泰雅	布農	魯凱	卑南	鄒	賽夏	雅美（達悟）	邵	噶瑪蘭	太魯閣	撒奇萊雅	賽德克	西拉雅	拉瀑拉	平埔	漢	總計
1966-1975																		2	2
1980-1989																		8	8
1992-1999																		6	6
2000-2010		5	3			1	1						1					28	39
小計	0	5	3	0	0	1	1	0	0	0	0	0	1	0	0	0	0	44	55

※二位繪者以上或是包括攝影者書籍：11. 阿里棒棒飛魚祭，17. 母親，她束腰，20. 與山海共舞：原住民，29. 百步蛇的新娘，39. 看‧傳說：台灣原住民的神話與創作。

伍、結語

在沒有文字的時代，原住民老祖先們以說故事的方式，讓一代又一代的族人學會面對生活與人生，雖然沒有文字，但是原住民的舞蹈、音樂、工藝、祭儀等卻蘊藏豐富的文學內涵。

台灣原住民文學逐漸受重視，一如浦忠成先生在1998年11月由台灣原住民文教基金會首次舉辦台灣原住民文學研討座談會表示：「台灣原住民文學正在起步，由於其歷史文化背景的特質，在台灣文學中有其無法遭到否定或取代的地位，而在世界原住民中，亦由於獨特的奮鬥環境與經驗而擁有重要文學表述資產。」[12]

原住民圖畫書無疑是原住民文學的新領域，除了以「文」，也以「圖」書寫原住民文學，更結合現代傳播工具的新傳播方式，反映了原住民特殊的文化背景、歷史傳統和家族觀念，讓原住民兒童不只從部落中接觸傳統文化，同時在新的環境也能接觸自己的文化，讓自己引以為傲，更樂於與其他人分享自己的文化，原住民圖畫書的出版，也讓其他族群的兒童了解原住民文化之美，進而相互珍惜、相互尊重。

不論官方或民間出版，兩者既是競爭也是合作夥伴，對於推動原住民文化皆是不遺餘力。原住民圖畫書的出版起步雖晚，豐沛的題材讓不同背景的人投入這塊待耕耘之園地。整體而言，原住民圖畫書作者、繪者，具原住民身分有逐年增加的趨勢，但也有停滯之現象，反倒是不具原住民身分作者、繪者，以原住民族豐沛的文化作為圖畫書創作題材躍躍欲試。而原住民族語圖畫書的作品整體雖少，卻是後起之秀，呈現了另一個原住民圖畫書重要觀察趨勢。

對於台灣原住民圖畫書的出版，筆者引用孫大川先生《山海雜誌》致創刊序：「『山』盟『海』誓，是我們跨越世紀末的唯一憑藉；它不是一個浪漫的情緒，而是一項責任，決定將原住民祖先的面容，一代一代傳遞在這原本屬於他們的島嶼上，成為永恆的記憶和永續不斷的創作源泉。」原住民圖畫書的出版，不僅是為保留屬於我們珍貴的文化資產，更是在傳承屬於我們共同擁有的記憶，如何讓更多兒童接觸與傳承，這塊獨特、豐富的文化資產，想必是耕耘在原住民圖畫書人的一致目標。

而編選《台灣原住民圖畫書50》我們寄望除了歷史與記憶之外，更能有學術的意義：

一、使學者致力於原住民兒童文學學術研究，並提供各界深入此領域的研究。

二、引起更多學術議題的討論，拓展原住民兒童文學研究的領域。

三、與各地原住民兒童文學研究、專家進行學術交流，提供兒童文學界、創作界的視野。

四、讓原住民的兒童文學的趨勢研究，促進兒童文學界思索原住民兒童文學未來的研究方向和趨勢。

五、透過《台灣原住民圖畫書50》專書，使
　　原住民文化能讓更多原住民以及非原
　　住民兒童認識，以達到文化傳承與交
　　流的目的。

　《台灣原住民圖畫書50》能夠編輯出版，
自當感謝行政院原住民族委員會的補助，諮詢
委員（鄭明進、曹俊彥、浦忠成）的熱心，還有
工作團隊（傅鳳琴、郭祐慈、蔡佳恩、林庭薇）
的協助，以及參與勾選的50位圖畫書同好，謝
謝大家。

　在整體編選過程已進入編輯時，又見原住
民族文化基金會出版的圖畫書《巨人阿里嘎
該》、《螞蟻欺負我》，號稱史上第一套原住民
「自己寫文本，用母語說故事、唱童謠、繪圖」
的有聲繪本，出版的時間為2010年12月，而實
際的新書發表是2011年4月14日，可見慢工出細
活，我們未及時收錄，致謹將書影附於文末，
以表歉意。

註解：

1 葉舒憲，《文學人類學教程》，頁13-15。

2 《山海雜誌》第2期，〈相呴以濕，相濡以沫——國際原住民之花果飄零及其靈根自植〉，頁6。

3 參見台灣原住民文化園區網站台灣原住民族介紹http://www.tacp.gov.tw/home02_3.aspx?ID=\$3001&IDK=2&EXEC=L

4 指的是十七世紀中國大陸沿海地區人民尚未大量移民台灣前，就已經住在台灣及其周邊島嶼的人民，包括現已全然漢化的
　平埔諸族，以及現今行政院原住民族委員會公布的十四族群，如泰雅、賽夏、阿美、卑南、排灣、魯凱、布農、邵、鄒、雅美(達
　悟)、太魯閣、噶瑪蘭、撒奇萊雅、賽德克而言。

5 林文寶、趙金秀著，《兒童讀物編輯小組的歷史與身影》，頁95-97。

6 參見《台灣原住民族漢語文學選集——評論卷》，頁97，浦忠成先生觀察日據時期至今的原住民文學發展認為，台灣原住民
　的文學依其形成、傳播方式以及創作的目的因素加以區別，有口傳文學及作家文學兩種。

7 東華大學「原住民文學」，網站http://dcc.ndhu.edu.tw/literature/subject7_1.htm

8 董恕明，〈邊緣主體的建構——台灣當代原住民文學研究〉，2003年，頁2-8。

9 孫大川主編，《台灣原住民漢語文學選集——評論卷》，頁10。

10 參見新自然主義股份有限公司「台灣原住民的神話與傳說」。

11 葉舒憲，《文學人類學教程》，頁120。

12 黃鈴華編輯，《21世紀台灣原住民文學》，頁15。

參考書目：

專書

巴蘇亞・博伊哲努（浦忠成）著，《台灣原住民的口傳文學》，台北市；常民文化事業有限公司，1996年5月。

巴蘇亞・博伊哲努（浦忠成）著，《原住民的神話與文學》，台北市；臺原出版社，1999年6月。

巴蘇亞・博伊哲努（浦忠成）著，《被遺忘的聖域——原住民神話、歷史與文學的追溯》，台北市；五南圖書出版股份有限公司，2007年1月。

巴蘇亞・博伊哲努（浦忠成）著，《台灣原住民族文學史綱》（上）、（下），台北市；里仁書局，2009年10月。

林文寶主編，《台灣（1945-1998）兒童文學100》，台東縣；國立臺東師範學院兒童文學研究所，2000年3月。

孫大川著，《久久酒一次》，台北市；張老師文化事業股份有限公司，1991年7月。

孫大川主編，《台灣原住民漢語文學選集——評論卷》，台北縣；INK印刷出版有限公司，2003年4月。

孫大川，〈山海世界〉，《山海雜誌》，第1期，1993年10月。

〈相呴以濕，相濡以沫——國際原住之花果飄零及其靈根自植〉，《山海雜誌》，第2期，1994年1月。

黃鈴華編輯，《21世紀台灣原住民文學》，台北市；台灣原住民文教基金會，1999年12月。

葉舒憲，《文學人類學教程》，北京市；中國社會科學，2010年7月。

劉鳳芯主編，《擺盪在感性與理性之間》，台北市；幼獅文化事業股份有限公司，2000年6月。

論文

董恕明，〈邊緣主體的建構——台灣當代原住民文學研究〉，2003年1月，頁2-8。

網站資料

「台灣原住民文化園區」http://www.tacp.gov.tw/home02_3.aspx?ID=$3001&IDK=2&EXEC=L

東華大學「原住民文學」網站http://dcc.ndhu.edu.tw/literature/subject7_1.htm

「台灣原住民的神話與傳說」新自然主義股份有限公司行銷網站

http://www.thirdnature.com.tw/aborigine_detail.php?s_id=32&d_id=55

《台灣原住民圖畫書50》撰寫體例說明

(一) 作者及繪者的族別參考傅鳳琴〈從邊陲到主體——試說臺灣原住民兒童圖畫書〉一文的附錄「臺灣光復至2008年臺灣原住民圖畫書出版概況表」；或書中作、繪者介紹，或是網路上搜尋之結果。

(二) 書目資料，包括頁數、尺寸、定價及ISBN均以計畫內收書為主；頁數以書名頁起算至版權頁止，如果附有教學輔助手冊另計。

(三) 出版日期以書為主，網路資料為輔。

(四) 行文中的「原住民」泛指稱原住民個體或其各族總稱。

書名：雅美族的船
作者：宋龍飛（漢族）
繪者：陳壽美（漢族）
出版社：台灣省政府教育廳
出版日期：1966年9月
頁數：36頁
尺寸：18x21cm
定價：無
ISBN：無（平裝）

故事主要介紹雅美（達悟）族的製船（拼板舟）過程、下水儀式、捕魚方式，最後補充獨有的製陶專長。

　　台灣原住民大多居住於台灣本島，而雅美（達悟）族是唯一不居住於台灣本島的原住民族群，他們居住於蘭嶼。蘭嶼位於台灣東南的太平洋上，是個面積只有45平方公里的小島，因此船變成是雅美（達悟）族重要的交通工具與生活工具。生活於蘭嶼的雅美（達悟）族，分居在六個部落，靠捕魚維生。船理所當然變成重要的生活工具，而要有船就得造船。

　　雅美（達悟）族的船型特別堅固，他們的船都是船腹較為廣闊，船頭和船尾較為狹小，並均朝上彎成半月，造型頗似美國印第安人的小船。

　　族人於每年六月間，捕飛魚的季節結束，他們就利用這段空閒的時間造船。他們先到山上選擇需要的木材做計畫，選定後再請親友共同砍伐樹木。木材搬運下山後，先放進水裡浸泡幾天再取出曬乾，就可以開始造船。書籍當中詳細的刻劃雅美（達悟）族的造船過程，例如如何避免讓海水不進船身等細節都仔細描述，也讓人感受到該族造船的不凡功力。

　　另外，關於船身的裝飾與彩繪，此書也有詳盡的介紹。依照雅美（達悟）族的慣例，船身都必須要雕刻特殊圖騰，而圖騰均以紅色、白色與黑色所構成，因此由紅、白、黑三色所繪製的圖騰也是認識雅美（達悟）

族的符號。雅美（達悟）族的每個家族都有自己的專屬圖騰，把圖騰繪製在船身，除了有美觀祝福的功能，也有辨識之意。不變的是，每一艘船的首尾，有著類似齒輪狀的多層圖騰，雅美（達悟）族稱之為船眼，這是因為他們認為捕魚時，船眼可以讓船避開災難。

此書也詳細介紹拼板舟製造完成後舉行的下水儀式。族人會在下水儀式的前一天，把採來的芋頭堆滿船上，覆蓋整個船身，只露出船的頭部和尾部，象徵滿載而歸。包括射擲長矛短刀趕走魔鬼的儀式、男人頭戴銀盔著丁字褲的祝禱儀式、高舉新船的下水儀式，本書均有詳細的說明。

另外，此書也介紹該族的飛魚傳說，與許多食用飛魚的規矩與禁忌。透過雅美（達悟）族製陶方式，讓讀者除了透過拼板舟認識雅美（達悟）族的文化，更全方面的了解雅美（達悟）族的生活作息。

繪者的插圖線條簡潔寫實，樸實不花俏，成功呈現雅美（達悟）族踏實的精神、文化，將之真實展現於讀者面前。（顏志豪）

◆作者介紹：宋龍飛
1936年生，1960年畢業於國立臺灣師範大學美術系。曾任職於中央研究院，亦參與台東鯉魚山、卑南史前文化遺址的探掘。1969年任職於國立故宮博物院，主編故宮文物月刊創刊。1976年起以方叔、志匡、龍運來等筆名撰文，是推動台灣現代陶藝發展的重要關鍵人物之一。

◆繪者介紹：陳壽美
圖畫作家，旅美回國後曾於實踐家專教授「色彩學」，繪有《雅美族的船》、《布農族獵隊》、《老公公的花園》、《小琪的房間》等圖畫書。

雅美（達悟）族人完成製船，舉辦隆重的下水儀式。

書名：布農族的獵隊
作者：馬雨辰（漢族）
繪者：陳壽美（漢族）
出版社：臺灣書店
出版日期：1967年9月
頁數：32頁
尺寸：18x21cm
定價：8元（基價）
ISBN：無（平裝）

本書介紹布農族獵隊的狩獵文化及與其相關的生活與祭儀，不管是對於孩子的打獵訓練、打獵的手法與禁忌等都有詳盡的介紹。

布農族主要分布於台灣中央山脈的兩側，因此打獵就變成是布農族重要的生活方式，不只可以把捕獲的獵物製成食物，也把獸皮製成衣裳，為寒冷的冬天預做準備。布農族的男孩平常就與竹刀、木槍、弓箭為伍，時常舉辦關於打獵的相關練習與活動，讓每個男孩在耳濡目染下，都學會狩獵的技巧。因此，每個布農族男孩從小就必須接受打獵的訓練，並在五年舉辦一次的「男童節」時，舉行射肉祭。參加慶典的男童必須射中竹架下的肉乾，代表著幸運；儀式演化到最後多變成由成人代射，避免幸運落空，由此不難得知布農族對於射獵的重視。

布農族選擇在每年春天或者秋天的時間進山打獵，若族裡的青年想要打獵，必須得到頭目的同意，才得以通知同伴，準備打獵的相關事宜與祭禱。布農族青年很少單獨行動，總是組成獵隊，人數約莫四、五個，有時到十幾個不等。

出發前獵人必須接受詢問最近的夢境，以占卜是否適合出獵，出發的當天也必須舉行祭禮，乞求打獵順利平安，滿載而歸。布農族人透過叫做「ㄕㄟ ㄅㄨ」鳥的叫聲，來占卜打獵的吉凶，若鳥叫聲綿長悠遠，就代表著好天氣，可以出發；若叫聲簡短急促則暗示著壞天氣或意外，最好擇期出發。

　　對於狩獵的獵場，族人也非常的重視，每個族群的原住民都有自己的獵場，不能隨意跨越進入。布農族獵獲野獸最常使用的方式是射擊，接著是搭造陷阱以活捉野獸，而圍獵可以算是最大規模的狩獵行動，他們編織小隊以不同的方向圍捕獵物，再進行射殺。書籍當中也完整介紹布農族人如何分配捕獲的獵物，以及狩獵活動完成，族裡的婦女們如何迎接獵隊。

　　繪者使用簡單樸實的畫風，成功刻畫出布農族的質樸精神。雖然故事中並未特別介紹布農族的服裝穿著，但是繪者在插圖中細心地雕琢布農族人物的服飾、髮飾，讓讀者對布農族文化更為了解，值得嘉許；讀者一邊瞭解布農族的狩獵方式之餘，也宛若浸濡在他們的文化氛圍之中。（顏志豪）

◆作者介紹：**馬雨辰**
台灣人，著有《布農族獵隊》一書。

◆繪者介紹：**陳壽美**
圖畫作家，旅美回國後曾於實踐家專教授「色彩學」，繪有《雅美族的船》、《布農族獵隊》、《老公公的花園》、《小琪的房間》等圖畫書。

布農族男孩練習打獵。

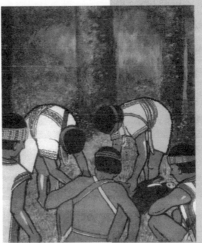

布農族青年分配所獵獲的動物。

書名：小矮人
作者：鄭惠英（漢族）
繪者：洪義男（漢族）
出版社：信誼基金出版社
出版日期：1984年10月
頁數：24頁
尺寸：21x20cm
定價：120元
ISBN：9789861612102（平裝）

本書故事源自賽夏族神話，改寫自矮靈祭的由來。矮靈祭為賽夏族的重要祭儀，每兩年一小祭，每十年一大祭，於小米收成、稻米已熟未收成時舉行。

相傳在很久很久以前，有一群居住在半山壁穴洞裡的小矮人，身高未滿三尺，卻能歌善舞又擅長巫術，特別長於農耕技術。每當粟稻收成之際，賽夏族人便邀請指導他們農耕技術的小矮人一同歌舞慶豐收。未料小矮人性好女色，欺負賽夏族女子激怒賽夏族人，於是賽夏族人設下陷阱使得小矮人全跌落河谷。

賽夏族人雖除心頭大患，卻惴恐矮人的靈魂報復，於是舉行矮靈祭藉以安撫矮靈化解彼此仇恨。自此，秋收之後的月圓之日，賽夏族人和矮靈一同攜手唱歌跳舞，在神聖的祭典儀式中告慰矮人之靈，也祈求矮靈持續賜福於賽夏族人。

本書為「幼幼閱讀列車」系列套書，附有音樂故事CD讓幼童聽故事，改寫神話時也特別控制字數和用字遣詞，部分情節多有刪減。故事省略矮人因為好女色欺負賽夏族女子而激怒族人的情節，改以矮人偷懶不工作、愛搗亂取代。傳說中，賽夏族人利用矮人爬到樹上休息的慣性，事前將樹幹截斷並塗上泥巴掩飾，陷害矮人跌落河谷，本書以「小矮人鬧得太兇了，村人實在受不了，只好請小矮人離開。」的內容替代。

圖畫書不僅文字內容重要，圖畫也是影響成敗的重要關鍵，唯有兩者相輔相成才能

造就好的作品。本書為作者與繪者兩人合力創作，作者為人類學背景出身，而繪者則為漫畫界的資深畫家，掌握圖文關係自然不在話下。繪者能否在看似簡單、淺顯的文字故事中掌握精義，畫出故事精髓，是圖畫書作者和繪者一加一能大於二的重要關鍵，繪者在本書中正好展現他十足的功力。

　　故事中的矮人和賽夏族人並沒有畫出臉孔，這點使讀者在觀看圖畫時更能聚焦在繪者想表現的其他重點——特別是賽夏族的日常生活。舉凡人物的服裝、聚落中的每個建築，以及賽夏族人賴以維生的活動，如：打獵、搗米等，每個細節都經過繪者深思，企圖忠實地表達族人的生活樣貌。這樣的用心為改編的故事增添了骨肉，也讓角色更為立體和真實。值得注意的是繪者在繪製矮人搗亂的頁面時，特別畫出矮人爬樹，用豐富的畫面取代文字所省略的故事情節，細心的畫面細節讓簡化的傳說增色不少，成為本書重要特色。（黃湄評）

◆作者介紹：**鄭惠英**

台北市人，主修人類學，持續將人類學所學為用，持續探索各種不同文化，並將之化為研究與故事材料。本書配合信誼基金會「幼幼閱讀列車」系列套書，改寫賽夏族「矮人祭」傳說創作《小矮人》；另與畫家呂游銘合作《阿蘭和彩線》原住民族神話幼幼圖畫書。

◆繪者介紹：**洪義男**

台北市人。以重回歷史現場的臨場感與生命力為使命的台灣重要畫家，從小喜愛畫畫，十六歲於漫畫界嶄露頭角，從首部漫畫作品《薛仁貴征東》開始，畫筆幾十年來未曾停歇。1960年代起，創作能量延伸至兒童圖畫書，除了配合文字作者創作圖畫書，也嘗試自寫自畫。擅長配合傳統民間故事，展現傳統風格和民族情感的圖畫。

小矮人在村莊裡搗蛋、惡作劇。

書名：蘭嶼的故事
作者：謝釗龍（漢族）
繪者：楊恩生（漢族）等
出版社：台灣省政府教育廳
出版日期：1986年12月
頁數：60頁
尺寸：20x17cm
定價：45元
ISBN：無（平裝）

本書除介紹蘭嶼的風光外，亦談論雅美（達悟）族人的生活。全書充滿淳樸、寫實的自然與人文趣味。

本書為台灣省教育廳兒童讀物編輯小組所編輯出版「中華兒童叢書」系列作品之一，歸屬於文學類、適用高年級。本書雖出版於民國75年，閱讀起來卻全然不覺墨守，文字流暢、娓娓道來，圖畫水墨表現真實，技巧更臻於專業。

不再盛產「蘭」花的島「嶼」、奇形怪狀的岩石、芋頭與飛魚、美麗的雅美（達悟）船、半穴居的住家、抓螃蟹、八卦蟹和青蛙的童年、大自然的寵兒。文字讓讀者清楚感受作者對蘭嶼地理環境與人文風光的瞭解，細緻的描繪則讓人如同親臨蘭嶼。

在「芋頭與飛魚」的畫面中，對該族的芋頭採收方法以及飛魚的分類都讓人有近身觀察的錯覺。在「美麗的雅美船」中，將拼板舟的製作方法、材料採集、船身的漆作都仔細解說；透過作者的介紹，我們瞭解的不僅是雅美（達悟）族人的造船技能，更受到該族敬天愛物精神的感動。

作者對半穴建築的介紹，更跳脫「非雅美（達悟）族人」的目光，同感體悟該族於建築設計上的精巧。例如，文中提到屋內沒有廁所一事：

「為什麼不把廁所建在屋子裡呢？」

「這麼骯髒的東西，怎麼可以『放』在屋子裡？」

作者沒有從個人角度觀察此現象，也沒

有把這樣的情況逕視為落伍，而是透過對話點出族人對自己的房子的看法，「沒有廁所的房子」才是雅美（達悟）族人最舒適的家。房子並非僅是建築物，它其實是文化的延伸，從不同民族的建築設計，我們看見的是各民族豐富的生活智慧。

　　書裡自然也有童年生活描述，以該族流傳的螃蟹故事帶出蘭嶼小孩與大自然的密切關係，蘭嶼孩子用炒熟的米糠抓八卦蟹，在海岸邊心羨父兄在大海這個「大冰箱」捕抓石斑魚、海鰻等情景，確實如作者所說：「蘭嶼的孩子是大自然的孩子」。

　　面對異文化不浮誇的書寫，專業水彩畫作的映襯，將雅美（達悟）族人的生活像藝術品般展現出來，雖將近是二、三十年前的兒童讀物，讀來依舊溫潤舒坦、令人驚喜。（郭祐慈）

◆作者介紹：**謝釗龍**

廣州人，民國三十七年生。臺灣大學中國文學系畢業。熱愛文學，喜歡接近大自然。

◆繪者介紹：**楊恩生**

畢業於國立臺灣師範大學美術研究所，為台灣第一代的生態藝術家，走訪世界各地，追尋鳥蹤及觀察野生動物。本書插畫由楊恩生師生三人共同完成，其中賴吉仁當時就讀輔仁大學法文系三年級，孫心瑜就讀師大附中高二。楊恩生曾於1996年接受華邦電子公司為期五年贊助，以「世界鶴」為題，完成五十多幅畫作。

雅美（達悟）族人採收後準備儲藏芋頭。

雅美（達悟）族男人一邊歡歌一邊繪製拼板舟。

書名：神鳥西雷克

作者：劉思源（漢族）

繪者：劉宗慧（漢族）

出版社：遠流出版事業股份有限公司

出版日期：1989年4月

頁數：32頁（無頁碼）

尺寸：21.9x31cm

定價：272元

ISBN：無（精裝）

　　叢書「兒童的台灣」於1989年企劃出版，共區分為「繪本台灣民間故事」、「繪本台灣風土民俗」與「漫畫台灣歷史故事」三大系列，一共36冊。各系列試圖透過生動的圖片及淺顯易懂的文字，呈現出台灣本土文化的豐饒及先人刻苦但富智慧的歷史背景，期盼讓兒童清楚了解並熟悉這片孕育他們的土地。本書屬「繪本台灣民間故事」系列，本系列將台灣本土的民間故事，以簡潔耐讀的文字，搭配各種插圖形式呈現，透過精心考證的插圖，讓孩子一面看故事，也能夠一面了解到各個歷史時空背景的知識。

　　《神鳥西雷克》源自於泰雅族的神話故事。透過繪者細膩的繪畫及作者精練的文字，訴說了天地間動物的起源、食物鏈的形成過程及該族流傳千年判斷吉凶的「鳥占」習俗由來。

　　在布諾洪山的山頂上，有一顆半邊是石頭、半邊是木頭的怪樹，有一天，天上劈下了數道閃電，擊中了怪樹。怪樹的各個部位變成了各種動物，即獸類、人類、爬蟲類及鳥類的祖先。動物們常常為了食物互相打鬥，有一個叫姆賽的人想出分配食物的方法，結果動物們都順利獲得食物，卻只有人類什麼都沒得到。一隻名叫西雷克的小鳥，牠是神的使者，意外被姆賽所救；為了報恩，牠送給人類三樣寶貝，使人類不愁吃穿。後來因為姆賽的貪心及頑皮，神不再白白的給人食物……

　　本書插圖主要的媒材為蠟筆，部分頁面

運用了拓印及刮畫的技法，透過多樣化的技法，成功營造出故事所要傳遞的意境。繪者也運用了放射狀或圓弧狀的筆觸，來顯現流動、富有力量的感覺。以封面插圖背景為例，太陽的放射狀光芒，營造出太陽不容忽視的強大力量。另外，繪者也運用了許多紅、黃色系及綠色系，呼應先民生活的原始及與自然環境互相依存的生活態度。以封面為例，在暗紅色土地上奔跑的先民，色調與大自然是如此的和諧共存。

　　本書經由文字及插圖的巧妙搭配，使讀者透過閱讀，對於泰雅族的傳說及習俗有初步的認識與了解。（陳雅婷）

◆作者介紹：**劉思源**
曾任漢聲雜誌社、遠流出版社、格林出版社編輯。不論創作或編輯均屢獲肯定。作品風格多元，《妖怪森林》榮獲1996年「好書大家讀」年度最佳童話、《宇宙的鑰匙—愛因斯坦》曾獲《中國時報》開卷好書榜與《民生報》好書大家讀推薦。

◆繪者介紹：**劉宗慧**
曾任漢聲雜誌社繪圖編輯。專注於圖畫書創作後，屢獲各界獎項肯定，本書曾獲中華民國兒童文學學會金龍獎。亦以《鹿港百工圖》獲全國金龍獎；《老鼠娶新娘》獲1992年加泰隆尼亞雙年圖畫書首獎、1992年《中國時報》十大童書好書榜、1993年金鼎獎；《元元的發財夢》參與1995年波隆那世界兒童插畫展。

圓弧狀的線條，展現時間的流動。

紅棕色及綠色系顯現與環境互相共存。

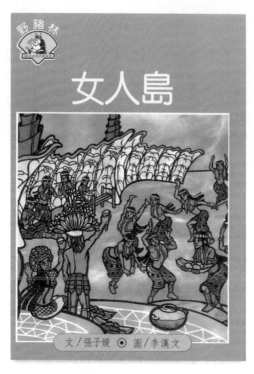

書名：女人島
作者：張子媛（漢族）
繪者：李漢文（漢族）
出版社：遠流出版事業股份有限公司
出版日期：1989年4月
頁數：32頁（無頁碼）
尺寸：21.9x31cm
定價：272元
ISBN：無（精裝）

本書為阿美族祭儀慶典之由來的傳說故事，藉由故事男主角瑪賽其的捕魚歷險引導讀者更加認識該族文化。

出海捕魚的瑪賽其在因緣際會之下，拔刀相助救了一隻被大魚怪追捕的小鯨魚，卻被海浪沖打到一個神祕的的小島上。瑪賽其發現島上幾乎都是女人；他接受女王的求婚，成為女人島上的一員。後來，瑪賽其想起妻子、兒子以及族人間的快樂往事，心中燃起思鄉的欲望。

正所謂「相逢不如巧遇」，瑪賽其逃離女人島時，返鄉的途中再次遇見當年那隻小鯨魚。小鯨魚已經長成巨大的鯨魚，為了報恩，便熱心的指導瑪賽其製作獨木舟；回到家鄉後，瑪賽其為了感謝鯨魚，答應每年會準備五隻雞、五隻豬、五缸酒以及五包檳榔放在海邊以答謝救命之恩，如此年復一年便流傳為今日的傳統習俗祭典。

在《女人島》的故事中，以主軸在女性為情節發展重點；《女人島》上的女人們掌控了所有權力。阿美族為母系社會族群，也就是以女性為主體的社會文化，不只家族事務由女性負責，家族產業繼承也以家族長女與其他女性為優先。一般來說，有關部落大小事務的執行，多是交由部落男子負擔。

書中文字淺顯易懂，圖像的元素選擇也充滿傳統阿美族常見的藝術元素，繪者採用平面紙雕來創作，以紅色、黑色、白色等鮮豔的顏色來顯現阿美族的族群色彩，使得畫面

突出、顯著。作者活潑生動的文字，亦將阿美族傳統的習俗融入故事之中，與繪者一起重現阿美族相較於其他原住民族不同的民俗風情。

書後附一張「聲動驚奇・故事劇場」的國語版故事CD，提供讀者在不同感官的享受之下，再次重溫聆聽床邊故事的溫馨與感動。（魏璿）

◆作者介紹：**張子媛**
台灣人，著有《女人島》、《阿美族豐年祭》。

◆繪者介紹：**李漢文**
台中人，生於1964年，卒於2008年。從小喜愛畫圖，曾任漢聲出版公司繪圖編輯。李漢文是台灣第一位將紙雕和繪本結合的藝術家；藉著紙雕把圖畫書從平面帶進立體層次。曾獲第一屆信誼幼兒文學獎首獎、第一屆兒童文學學會優良兒童圖畫書金龍獎、紐約3D立體插畫展書籍類銅牌和銀牌獎等獎項，著有《起床啦！皇帝》、《虎姑婆》、《賣香屁》、《十二生肖的故事》等。

女人島的士兵威風凜凜。

瑪賓其受小鯨魚幫助逃離女人島。

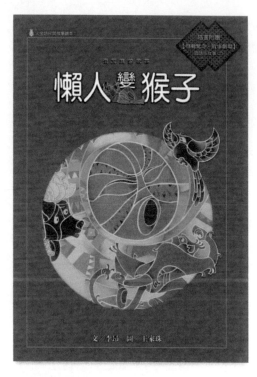

書名：懶人變猴子
作者：李昂（漢族）
繪者：王家珠（漢族）
出版社：遠流出版事業股份有限公司
出版日期：1989年6月
頁數：34頁（無頁碼）
尺寸：21.9x31cm
定價：240元
ISBN：9573257467（精裝）

　　本書出自賽夏族的口傳故事。根據行政院原住民族委員會統計，該族是台灣原住民族十四個族群中，人數偏少的族群；其古老神祕的矮黑人傳說以及兩年舉辦一次的矮靈祭最為人矚目。

　　傳說賽夏族的祖先發源於大霸尖山，洪水時期南下到達南阿里山附近，沿著海邊到達後來的居住地。賽夏族對外自稱「Saisiat」古稱「獅設族」，分為南北二群，其範圍北起新竹南迄苗栗。

　　本書描述一位懶惰的年輕人如何在一個與老人相處的日子中，意外地變成了猴子，他展開了一趟尋找大神的不平凡冒險故事。在找尋大神的過程中，年輕人不經意觸怒了蚊子王，結果引來蚊子大軍攻擊，差點無路可逃。後來，猴子遇見了迷路的鴿子、被火燒的烏鴉以及被塗的黑漆漆的大熊，彼此交談、訴苦，才發現大家都有類似的遭遇；彼此相知相惜，決定一同步上旅程，在歷經幾番波折後，他們終於見到山中的大神。

　　雖然大神半夢半醒、迷迷糊糊，倒也為他們受到的不公平做出了最公平的審判。透過大神的賜予，動物們有了各自特殊的習性，也趣味的說明了為什麼蚊子總是在人耳邊嗡嗡叫的由來。

　　作者精采細膩的文字佐以繪者風趣幽默、色彩繽紛的筆觸，賦予賽夏族流傳以久的傳說故事新的面貌。繪者在圖中亦加入許多關於賽夏族獨特的圖騰等獨特象徵，好比

大神的紋面。此外，透過鮮明的白色輪廓巧妙地勾勒出賽夏族傳統織紋圖案的交錯印象與美感，營造出插畫特色。讀者在閱讀文字與圖像之際，亦能輕輕鬆鬆流連忘返於圖文的想像與神話故事。

　　封底附有一片有聲CD，以劇場形式表現，除了國語朗讀的故事內容，也以人物配音與背景配樂表現本書生動活潑的劇情，不但增添了閱讀時的驚奇感和趣味性，也增加了身歷其境的臨場感。使讀者除了圖畫與文字外，也可以透過聲音的媒介，從不同的感官來感受故事的情境。

　　口耳相傳的故事，經過作者與繪者精彩細膩的琢磨後，重現台灣原住民族賽夏族口傳文學的獨特面貌。書末附錄賽夏族的傳說與民族風情介紹，亦提供讀者得以藉之更進一步認識、瞭解賽夏族文化。（魏璿）

◆作者介紹：李昂

本名施淑端，鹿港鎮人，生於1952年，美國奧立岡大學戲劇碩士，長年任教於中國文化大學中國文學系。曾獲得賴和文學獎、《中國時報》報導文學首獎、《聯合報》中篇小說首獎。著有《殺夫》、《迷園》、《花季》等作品。

◆繪者介紹：王家珠

澎湖人，生於1964年，國際間有許多兒童讀物專家都對這位來自東方的伊芙·王（Eva Wang）印象深刻。以本書獲得第一屆亞洲兒童書插畫雙年展首獎，更以《七兄弟》入選義大利波隆那國際兒童書插畫展。另繪有《巨人和春天》、《星星王子》、《新天糖樂園》等作品。

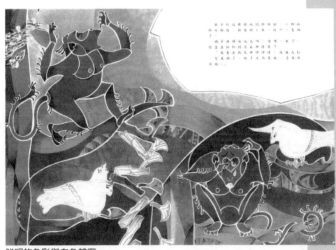

鮮明的色彩與白色輪廓。

書名：仙奶泉
作者：嚴斐琨（漢族）
繪者：李漢文（漢族）
出版社：遠流出版事業股份有限公司
出版日期：1989年9月
頁數：32頁（無頁碼）
尺寸：21.9x31cm
定價：272元
ISBN：9573200856（精裝）

「繪本台灣民間故事」、「繪本台灣風土民俗」與「漫畫台灣歷史故事」為36冊「兒童的台灣」叢書中的三大系列，試圖透過生動的圖片及淺顯易懂的文字，呈現出台灣本土文化的豐饒及先人刻苦但富智慧的歷史背景，幫助兒童了解自己出生的這片土地。本書透過精心考證的口傳故事和族群文化的藝術元素，整合出樣貌豐富的圖畫書創作。

　　本書故事，改編自排灣族傳說故事。透過繪者細膩的繪畫、作者生動的文字與豐富的創意想像，書寫了鳳梨的由來；故事中更包含了許多排灣族的祭典與傳說故事，例如五年祭的刺球儀式等活動。

　　故事的主角布魯，為了治好媽媽的病，出門去尋找據說喝了怪病就會好的泉水——仙奶泉。路程中因為有婆婆的指點及鳳姑娘的協助，他才能順利的從太陽神那裡借到金鎖，制服了會噴出熱水及火球的雙頭蛇，並且帶回仙奶泉的泉水治好母親的病。布魯答應太陽神會歸還金鎖，不然就遭受嚴厲懲罰；但布魯禁不住村民的苦苦哀求，決定不歸還金鎖……

　　繪者運用了如蠟染、拓印、剪紙拼貼等多重技法來呈現故事，隨著故事內容的不同，選用不同技法，因此順利營造出每一段故事所需的畫面，使讀者透過欣賞插圖，能夠更進一步的融入故事情節中，彷彿親身經歷一般，留下更為深刻的印象。

　　透過拓印的技法，使紙張顏色分布更為

深淺不一、方向不定，使畫面背景更為生動自然。而剪紙拼貼則使畫面主體更為明顯突出。例如在畫面中採用深黑色的框線，使畫面主體即使在同色系的背景當中，仍舊能一眼被辨識出來。另外，繪者也大量運用了排灣族人日常生活常見的紅、黃與藍色系，強調出排灣族人在顏色運用上的特色。

　　經由文字及插圖的巧妙搭配，將布魯的探險旅程生動的展現於讀者眼前，讀者於閱讀的過程中，將能親身體驗布魯的遭遇及心情，閱讀後也必能對排灣族的文化和故事有初步的認識及了解。

　　民間故事經由繪本形式的演繹，精練的文字和精采的圖繪，輔以豐富文史資料，既有藝術的涵養，也容易讓讀者對該族文化產生興趣。（陳雅婷）

◆作者介紹：**嚴斐琨**
著有《仙奶泉》(遠流)、《生命的萌芽》(幼獅文化)等書。

◆繪者介紹：**李漢文**
1964年出生，2008年因病與世長辭。熱愛漫畫，退伍後到漢聲出版公司擔任繪圖編輯，因此接觸紙雕，成為台灣紙雕插畫的先驅，亦是首位將紙雕和繪本相結合的藝術家。1992年推出的紙雕動畫《小葫蘆歷險記》榮獲第36屆紐約國際廣播電視節目展動畫銀牌獎。《起床啦！皇帝》獲1988年信誼幼兒文學獎圖畫書首獎與第一屆金龍獎；《十二生肖》獲1994年紐約國際立體插畫獎銅牌獎。

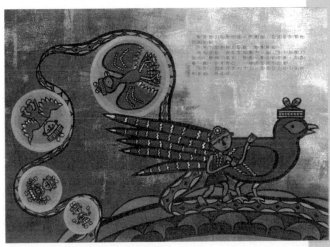

深淺不一的色彩使畫面背景更為生動自然。

書名：能高山
作者：莊展鵬（漢族）
繪者：李純真（漢族）
出版社：遠流出版事業股份有限公司
出版日期：1989年11月
頁數：32頁（無頁碼）
尺寸：21.9x31cm
定價：272元
ISBN：9573201208（精裝）

本書以布農族傳說為背景，內容講述台灣第三高山——能高山的由來，以淺顯易懂的文字及細膩考究的插畫，帶讀者遊歷每個傳說與神話故事。

能高山屬中央山脈山系，位於南投縣仁愛鄉與花蓮縣秀林鄉交界。日據時期，能高山與玉山（新高山）、雪山（次高山），三座山脈因山名中均有「高」字，因此有「台灣三高」之稱。本書的故事即以能高山為背景，描述布農族長年流傳的故事。

故事描寫山上住著一個叫「能」的巨人，他常到山腳下的村子幫助村民，但是力氣太大的他卻總是幫倒忙。直到洪水爆發，能拯救了村民，幫忙重建家園，村民才接納了他。有一天，烏雲籠罩了天空，陷入黑夜的大地開始枯竭。能在少女塔琳的幫助下成功奪得海珠，卻在奮力撕開烏雲後，體力不支倒地，化身能高山。

本書插畫以木板刻畫套色印刷而成。以遠景交代故事時空背景，以雕刻筆觸突出人物肌理動作，並以豐富多變的線條刻畫故事情節。例如能邁大步衝向海邊、大海猛烈的撲向能等背景刻畫的紋理線條，成功的加深故事的戲劇張力以及畫面的動感。

繪者在繪製故事插畫時，運用不同的鏡頭及視角去描繪人物與背景的關係。而能在吞下海珠並長得跟天一樣高，徒手奮力撕開厚重烏雲的情節，繪者以仰角鏡頭繪出能撕開烏雲時，撥雲見日的磅礡氣勢。

全書分鏡非常明快，而且有節奏感。從故事開頭的遠景畫面呈現了住在山上的能，以及位於山腳下的布農族村落開始，「能的冒險」隨著畫面更迭而一一浮出，也漸漸將讀者引入故事之中。

故事末尾，少女塔琳發現能竟然為了族人犧牲，傷心得終日哭泣，也跟著變成一塊石頭，決心要與能高山永不分離。而塔琳的淚水也化為瀑布；能高山與瀑布經年累月以來始終守護著布農族人。這個畫面呼應了封面上的圖畫，也象徵著故事循環，將一代代流傳下去。

這樣以電影鏡頭運鏡方式所呈現的視覺效果，增添了閱讀故事的流暢度，並讓讀者進入遠古傳說的世界，理解事件情節發生的過程，並隨著能的腳步去體驗、經歷這段動人的布農族傳說。（龔意方）

◆作者介紹：**莊展鵬**
1954年出生於宜蘭太平山，臺灣大學夜間部中文系畢業後，曾任戶外生活雜誌編輯、漢聲雜誌主編、遠流出版公司副總編輯及編輯研發總監。作品曾獲聯合報短篇、中篇小說獎。兒童圖畫書著作有《能高山》、《神鹿》、《馬頭琴》、《龍牙變星星》等。目前專職寫作，近期作品為2008年遠流出版《書遊記》。

◆繪者介紹：**李純真**
圖畫作家，繪有《能高山》。

以仰角鏡頭繪出能撕開烏雲時，撥雲見日的磅礴氣勢。

書名：火種
作者：劉思源（漢族）
繪者：徐曉雲（漢族）
出版社：遠流出版事業股份有限公司
出版日期：1989年11月
頁數：32頁（無頁碼）
尺寸：21.9x31cm
定價：272元
ISBN：9573201437（精裝）

　　蘭嶼是位於台灣東南方的離島，四面環海，島上多羊群。蘭嶼島上的居住族群為雅美（達悟）族，每逢春、夏季時分乘著拼板舟出海捕飛魚，本書以蘭嶼生態為藍圖，描述該族起源的神話。

　　故事描述天空因為兩個太陽而終日白晝，某天，島上居民瑪達的兒子竟被曬死了！憤怒的瑪達用挖土的掘棒擲碎了一個太陽，太陽化作金蝶翩然而去，結果黑夜降臨，大地一片黑暗。勇士普魯為了受黑夜而苦的居民尋找解救的方法，走遍島上的他追著太陽靈魂化成的金蝶而跌入山洞，遇到了羊頭人——遠古祖先竹生兒近親通婚的後代，普魯由羊頭人那裡發現了火，並習得造船捕魚的技巧，將火種帶回村莊，解決了黑夜及糧食不足的困境。

　　但是，族人毫無節制的捕魚，使大家紛紛得了怪病，普魯夢到了魚頭人——另一個祖先石生兒，告誡他要族人依季節、種類去捕魚和吃魚，普魯便將此生活法則世世代代傳承下去。

　　本書插畫以重複的塗層手法使人物、背景呈現厚實立體的視覺效果。以鵝黃的雲彩紙取代常見的純白色紙張，以留白營造出歷史的斑駁感，而巧妙的留白也讓畫面的空間延伸，並與重疊的圖像交織出由左至右的流暢動線，世代承襲的古老傳說躍然於紙上，向讀者道出一段古老卻深植人心的故事。

　　繪者巧妙的將雅美（達悟）族的圖騰、

色彩運用在故事插畫中，像拼板舟上常見的人形紋，即為太陽擬人化。人形紋代表意義有三：一為紀念教導族人製造拼板舟及捕魚農耕技術的勇士MAGAMAOG；二為魔鬼發明的圖案；三為代表家族的英雄及各家族的家徽。而人形紋也狀似被擲碎的太陽幻化而成的靈魂——金蝶，被視為災難源頭的魔鬼。另外亦可見到船眼紋、三角紋等祈求平安的圖騰，隱藏在插畫圖像裡等待讀者挖掘。

　　作者與繪者將雅美（達悟）族的環境及文化元素加入故事中：作者將蘭嶼常見的羊群、珠光鳳蝶、飛魚化身為故事角色，增添了故事的傳奇性，也替故事加上獨有的民族色彩，傳達了該族敬天、與大自然共生的民族文化。（龔意方）

◆作者介紹：**劉思源**
喜愛閱讀，從事童書編寫，作品風格多元，近期兒童圖畫書作品有《妖怪森林》、《我們都是「蜴」術家》、《騎著恐龍去上學》、《我是狼角色》、《批著羊皮的狼》等書。曾任漢聲、遠流編輯、格林文化副總編輯。以《妖怪森林》獲文建會主辦1945-1998「台灣兒童文學一百」推薦、1996年「好書大家讀」年度最佳少年兒童讀物獎的童話類創作最佳獎。

◆繪者介紹：**徐曉雲**
從事圖畫創作，繪有《火種》一書。

繪者將雅美（達悟）族圖騰人形紋運用在插畫中。

拼板舟常見的船眼紋。

書名：阿里棒棒飛魚祭
作者：陳木城（漢族）
繪者：羅平和（漢族）
攝影：關曉榮（漢族）
出版社：行政院農業委員會
出版日期：1994年6月
頁數：30頁（無頁碼）
尺寸：22x26.5cm
定價：120元
ISBN：9570044764（精裝）

　　本書以「飛魚祭」為主題，介紹位在台灣東南方蘭嶼島上的原住民雅美（達悟）族。雅美（達悟）族人很懂得共享原則，將捕到的魚依照人數平均分配，因此很少有紛爭。此外，書中也針對族人生活中的許多規定和禁忌，加以說明。像魚會分為男性可吃的魚與男女可吃的魚等；連煮魚的灶，裝魚的陶壺和碗盤，也都有嚴格的規定。

　　書中描述飛魚祭結束後，族人的生活回歸製作鍋灶、陶碗和陶壺，以及種植水芋、小米，修補漁舟和編織繩索，準備迎接來年三月的飛魚祭，四季循環不止。由此可看出雅美（達悟）族人順應自然，發展出獨自的生活方式，生活中有古老的神話、迷人的傳說，動人的歌舞、神祕的禁忌與莊嚴肅穆的祭典。

　　書中以攝影圖片與版畫輔助文字內容，圖文互相呼應，以圖為證。採用「開書見島」的設計，一翻開書就看見版畫繪製的蘭嶼地圖，地圖下方有一首短短的歌謠「阿里棒棒，阿里棒棒，飛魚在浪間飛躍閃亮……」，「阿里棒棒」到底是什麼呢？答案正是雅美（達悟）族語中的「飛魚」。

　　繪者在每一個跨頁畫面裡安排了版畫、文字與攝影等元素，看起來相當豐富多元，也將族人的日常活動呈現在讀者眼前。例如：以芋頭收割的歌詞作為開始，文字強調祈禱祖靈保佑，除了搭配族人工具與配備的版畫，另一頁更以完整的攝影圖片作為輔助。又如關於拼板舟的介紹段落裡，說明族人在造船時也會唸著「山上的神靈啊快

來幫忙，幫我把大樹砍斷，我們要造一艘美麗的船……」，這是為了祈求一切順利。一艘拼板舟是從砍下一棵大樹開始，製作龍骨、再一層一層的疊上船殼板。為了讓船更加美麗，族人會在船上雕繪各種圖紋，表示對神靈的虔敬並祈求好運。

　　繪者利用版畫介紹族人捕飛魚時需要用到的工具，介紹相當詳盡，以編號排列註解，搭配版畫圖解，讓讀者一目瞭然。寫實的圖片為文字做出最有力的註解，將雅美（達悟）族人的生活真實以攝影呈現在讀者面前，清楚記錄族人的認真神態。黑白照片的呈現，與彩色插畫有所區隔，營造出本書在視覺上的多重效果，讓畫面更豐富。（楊郁君）

◆作者介紹：**陳木城**

1955年生於彰化縣埤頭鄉陸嘉村，曾任教師、記者、主任、校長、教育局督學。創作面向多元，包括童話、兒歌、詩集、詩論、圖畫書、翻譯改寫等，曾獲得新聞局金鼎獎、教育部及教育廳優良著作獎、上海陳伯吹兒童文學獎等多種國內外獎項。圖畫書作品包括：《一條尾巴十隻老鼠》、《大洞洞小洞洞》等。

◆繪者介紹：**羅平和**

1960年生於台東，國立臺灣師範大學藝術碩士，曾獲巴黎大獎赴法國研修版畫。專長油畫、版畫與複合媒材，曾獲巴黎大獎推薦獎、第十五屆南瀛獎暨南瀛美展等眾多獎項。曾任中華民國國際版畫素描雙年展等各大國內美展評審。曾發表雅美（達悟）族相關論文〈「蘭嶼、雅美、何處去」專題創作與研究〉，並舉辦多次個人畫展。

以版畫形式介紹雅美（達悟）族人常用的工具。

利用攝影照片佐證文字。

書名：刺桐花開過新年
作者：李潼（漢族）
繪者：李讚成（漢族）
出版社：行政院農業委員會
出版日期：1997年9月
頁數：28頁
尺寸：22x26.5cm
定價：180元
ISBN：9570202688（精裝）

噶瑪蘭族人居住在台灣東北角的蘭陽平原，喜歡築居在河畔或海邊，生活所需大多來自大自然；他們有語言，但沒有文字與年曆記歲，卻能準確判斷四季。族人也會以當地特色或物產作為地名，如「流流社」即是指河水沖流之地。

每年三、四月是族人的新年時節，也是刺桐花開的季節，族人在這時候獵捕飛魚、舉行LaLiGi海響及各種豐收祭典來迎接新年和刺桐花開，並許下新年的願望。

LaLiGi海響屬於男人的海上活動，女人只能站在遠處的沙丘上祝福；年輕人輪流出海補魚，所需時間有時兩天一夜，有時則要歷時四天三夜，直到捕捉足夠全村的漁獲量。海寮是多用途的臨時聚會場所，除了獵捕飛魚之外，族人也在海邊採紫菜、海膽、貝類等新鮮的海產；但他們從不濫採，總是根據每天所需的量採收。

無法參加LaLiGi海響的婦女們，負責採收月桃心、黃藤心、食茱萸、五節芒等野菜，讓族人除了食用魚蝦之外也能多吃新鮮蔬菜。香蕉布是噶瑪蘭族婦女的手織特產，用香蕉樹梗纖維製成的香蕉布，不僅柔韌耐用且散發香蕉清香。大葉山欖高大挺直，是噶瑪蘭族人的「族之樹」，女巫在樹下做「新年祭」祭告祖靈，祈拜祖靈保佑族人平安；頭目會與最勇壯的少年一同來到大樹下，祭告祖靈LaLiGi海響豐收、年輕人健壯、婦女們沒浪費食物，而孩子們也認真學習。

一翻開本書，接連三張美麗的風景插

畫，還沒進入故事之前，就先讓讀者了解噶瑪蘭族人生活的所在與飲食的習慣，食材上取之自然，更懂得維護自然，而不是無窮盡的予取予求。

文字與圖畫相互呼應，可從文中介紹族人在海邊採生鮮海產時，繪者在跨頁畫中的最下方以有如寫實照片般的描繪「蜆、石髮、小海帶、海膽、淺瓜笠螺、礁膜、海髮絲」。逼真寫實的畫風，讓讀者對於文中所提的海產或植物有更精確的了解。

全書以油畫呈現，除了蘭陽平原之外，還可看到龜山島，彷彿將讀者帶入風景中。人物刻劃亦很生動，描繪男人們忙於LaLiGi海響與婦女們忙於編織香蕉布時，繪者使用複合媒材將攝影照片與油畫技法結合，使畫面呈現不一樣的變化，變得更為豐富多樣。（楊郁君）

◆作者介紹：**李潼**

本名賴西安，1953年生於花蓮，因癌症病逝，留下遺作《魚藤號列車長》，享年52歲。曾任雜誌編輯、小學老師，最後決定專職寫作。擅長散文、童話和少年小說等文類，曾獲得國家文藝獎、中山文藝獎。除圖畫書《刺桐花開過新年》外，其少年小說《少年噶瑪蘭》亦以台灣平埔族中的噶瑪蘭族為故事主角。

◆繪者介紹：**李讚成**

1953年生於宜蘭蘇澳，畫作曾獲省展優選、入選，畫風以油畫見長，繪有《消失的陵線》、《台灣的屋脊》、《台灣原住民系列》等書。亦以台灣的自然為主題發表油畫創作「百岳」、「林道」、「原住民」、「台灣老樹」，作品中融合對鄉土的濃厚情感，以及對美術的執著熱愛。

生動的人物刻畫，描繪男人們忙於LaLiGi海響的情景。

書名：雅美族的飛魚季
作、繪者：洪義男（漢族）
出版社：台灣省政府教育廳
出版日期：1997年12月
頁數：14頁（無頁碼）
尺寸：21.7x30.5cm
定價：300元
ISBN：9570208058（精裝）

本書是一本立體書，也是一本知識遊戲書。每個跨頁簡單的文字敘述，點出畫面中的主題，並時有擬聲模仿族人捕魚的吆喝或祭典的歌唱，讓整個飛魚季的活動，鮮明地躍然紙上。

在所有原住民族群中，唯有孤懸海外的蘭嶼，住著與台灣本島原住民族群生活文化皆迥異的雅美（達悟）族。蘭嶼位在台灣的東南方，西太平洋上，因為交通不便，島上的原住民食衣住行的生活習慣等，都相當獨特，成為台灣原住民族群中非常特殊的一群。

談到蘭嶼的雅美（達悟）族，我們必會聯想到在水面滑行的飛魚、男子的丁字褲，還有長髮女子的甩髮舞，這些特殊的畫面，都以立體的形式在本書中一一呈現。

飛魚是一種具有滑翔能力的魚類，當牠們受到其他天敵獵捕的威脅時，就會飛躍出水面，貼著海面滑翔，看來宛如一架架的小飛機。

尤其是每年3到6月間，飛魚順著太平洋的黑潮北上時，蘭嶼周圍的海面就會出現許多飛魚。飛魚是雅美（達悟）族人賴以為生的食物，但是，族人嚴守取之有道的生態觀，即使是飛魚盛產的豐收季節，不但嚴謹地祭祀、祈禱，整個捕捉飛魚的過程和食用方式，都有一套完整的規矩。

本書附有紙偶，幫助小讀者了解雅美（達悟）族人的裝扮和生活方式，也能動手玩遊戲。內頁共安排了四大跨頁，每個跨頁

都做了立體的設計，如第一跨頁就是該族有名的「拼板舟」下水儀式，強調雅美（達悟）族人對飛魚季的重視。第二、三跨頁分別以橫式和直式不同的視角，展現捕捉飛魚與鬼頭刀的畫面，相當具備動感。最後則是慶豐收的祭典，再次利用立體書的特性展現雅美（達悟）族「甩髮舞」的動態美，背景描繪了晾曬的飛魚乾，是雅美（達悟）族人在飛魚季結束後的保存糧食。

　　本書屬於「中華幼兒圖畫書」之一，本系列製書的目的是希望經由視覺、觸覺、聽覺，甚至遊戲讓孩子成長。本書除了聽覺之外，其鮮活美麗的色澤、浮凸立體的觸感，以及紙偶扮演的遊戲，在在使本書不僅僅是一本介紹雅美（達悟）族文化的知識繪本，更是陪伴孩子進一步了解，體驗文化的好書。（王蕙瑄）

◆作、繪者介紹：**洪義男**

1944年生於台北。16歲就開始畫漫畫，以「石猴」為筆名創作，1960年代即聞名於漫畫武俠界，作品很多，如：《血劫》、《天地血牌》、《旋風俠》、《天外天》等漫畫。

1966年開始，朝兒童插畫發展，作品散見於《智慧》、《王子》、《時報周刊》、《小讀者》、《幼獅少年》、《光華》等雜誌。圖畫書繪有《水筆仔》、《女兒泉》和《西遊記》等。作品充滿台灣鄉土味，也力求新的藝術表現，至今仍創作不輟，作品數量相當可觀，為台灣的兒童漫畫、插畫界傾力貢獻，曾於2004年獲頒第四屆漫畫金像獎終身成就獎。

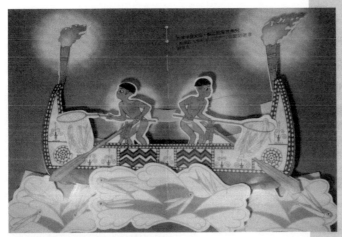

以立體設計展現捕捉飛魚和鬼頭刀的畫面。

書名：邦查wawa放暑假
作者：笛布斯‧顗賚（陳麗珍）（阿美族）
繪者：楊大緯（漢族）
出版社：大大樹音樂圖像製作，新力音樂發行
出版日期：1998年8月
頁數：50頁（無頁碼）
尺寸：13x14cm
定價：365元
ISBN：無（精裝）

如果你吹過東台灣的海風，你應該要認識那裡的人群——邦查（Pangcah）。阿美族語「邦查」有「人」或「同族人」之意，也就是阿美族人的意思，而現在阿美（Amis）的稱呼是阿美語北方的意思，也為阿美族南部群馬蘭阿美（北自成功南迄知本溪）日常自我稱呼；WaWa則是小孩。所以，「邦查wawa放暑假」即是「阿美族小孩放暑假」的意思。阿美族孩子跟白浪（阿美族語，泛稱漢人）孩子放暑假有何差異呢？阿美族孩子玩的、吃的、唱的、跳的、抓的……會有不同嗎？

本書是台灣第一部由阿美語、國語雙語製作的音樂故事書，最特別之處在於運用吸引孩童的故事軸線貫穿整張專輯，使得此書在音樂中有故事的趣味，在故事中也有音樂的饗宴。

故事內容描述一位名叫阿德各的阿美族小孩，利用放暑假的機會去水璉外公家玩，在短短的假期間，透過與原鄉阿美族小朋友的相處，使他對於自身阿美族文化從疑慮、陌生到親近、認同。過程中，阿德各去思考「我是誰」，進而認識自己、認同阿美族身分。故事充滿部落鄉間的田野情趣，烤地瓜、抓螃蟹、聽外公說放牛的故事到參與屬於阿德各的豐年祭體驗。

書中清楚呈現現代阿美族人真實生活的寫照——阿美族孩子已經遺忘「祖先的語言」，造成該族文化嚴重的斷層，無法溝通即失去連結，美好的文化將如同散落珍珠無

法再串起。在沒有說教或刻意「復古」的製作態度下，配合故事內容，穿插阿美族傳統與現代創作歌謠，讓阿美族與非阿美族的孩子，都能瞭解阿美族日常生活中常聽和會唱的歌。

值得一提的是，設計本書封面和安排內頁插圖時，多處使用水璉國小學生張少強、彭玉蓮、陳怡君、蔡政威、簡偉倫的皮雕作品；這些作品為學生在陳明珠老師的指導下，將阿美族傳統故事題材融入皮雕圖案的設計，圖像純真熱情、活潑生動。

作者當時擔任地方電台主持人，在編導整個故事架構時，結合在地部落聲音，包括採石工人迴谷主述故事、吉安鄉仁里市場賣菜阿姨就地開唱的即興表演，傳唱的每一首歌謠都充滿自然、無法矯飾的生命力度。當阿德各找到自己的同時，閱聽者也找回人與人之間的溫暖與包容。（郭祐慈）

◆作者介紹：**笛布斯・顗賚（陳麗珍）**
負責本有聲書的故事編導。中文系畢業的她能說能寫，曾任記者工作，在花蓮和台北都以阿美語製作主持廣播節目。本身對阿美族身份有強烈認同感，現為花蓮縣議會第十七屆議員，持續推動原住民文化和教育相關工作。

◆繪者介紹：**楊大緯**
本書插畫設計，曾繪有《白翎鷥之歌》等書。

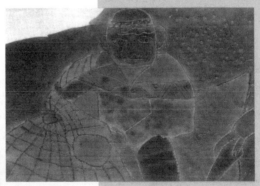

版面多處安插小朋友的皮雕作品。

構圖線條如音樂流洩，呼應齊聚歌唱的歡樂。

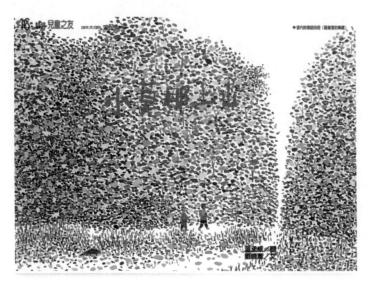

書名：小莫那上山
作者：劉曉蕙（漢族）
繪者：溫孟威（漢族）
出版社：台灣英文雜誌社有限公司
出版日期：1999年8月
頁數：28頁，16頁（導讀手冊）
尺寸：18.9x26.2cm
定價：210元
ISSN：1028706X（平裝）

本書以蘇花公路旁的泰雅族部落——澳花村為故事背景，描述十歲小男孩莫那第一次獨自帶著弟弟上山找爺爺的生活故事。

天還沒亮，小莫那就被爸爸叫醒，要他和弟弟兩人帶著鹹魚與鹽巴上山給爺爺。途中，兄弟在自然中玩耍，辨認爸爸教導過的各種鳥叫聲與動物腳印。小莫那帶弟弟跋山涉水，即使在樹林中迷路，也沉著地安慰弟弟。

看似平淡的日常故事，帶出兩個值得閱讀者關注的面向。日據時期，政府為了便於管理，強制將深山部落遷移下山。但仍有許多長年居住深山的長輩，因為習慣深山的生活方式不願下山。移居山下的晚輩為了補充長輩的健康所需，經常送食物上山給長輩，特別是鹽和鹹魚。由本書細微處可看到日據時代的原住民政策的影響，是值得討論的第一個部分。

第二個部分是泰雅族文化傳承的方式。書中主角莫那從小經常跟隨父親上山，對於上山的路並不陌生；但這是他第一次被賦予任務，帶著弟弟，自己判斷怎麼走回老部落。呈現泰雅族教育中，對於山與自然的親近，還有如何在其中生活的技能培養，更包含對部落親族照顧的責任傳承。

本書的圖畫作品，以水彩為媒材，在場景部分大量使用點描技法，藉由點和點之間的各種用色與排列方式，呈現不同的時間、場景、故事氛圍。例如莫那和弟弟走在森林

中時，地面以用色、濃密和方向各異的色塊，畫出路和草堆；並以較大且佔滿樹林中的各種綠色色塊表現葉子。當他們站在姑婆芋葉中敲打葉面；四周有各種動物出沒在清晨公路旁，熱鬧地呼應著兄弟玩樂的活潑氣氛。

　　當二個人迷路時，原始林中光線昏暗，帶有些微緊張害怕的氣氛；進入原始林的兄弟被包圍在樹林裡，看不見天空，樹枝環繞兄弟。密密麻麻的畫面雖讓人喘不過氣，但以圓形環繞著兄弟的明亮色塊，帶來不需畏懼的安心感，畫面中的動物也好像關注陪伴著兩兄弟一樣。

　　繪者提到，他曾對後印象派畫家——秀拉的作品進行觀察。秀拉是點描派的代表畫家，作品以各種原色小點為單位，細膩地繪製人物。本書圖畫雖然不完全以點描法表現，但也可以作為認識此技法的開端。（柯蕙鈴）

◆作者介紹：**劉曉蕙**

1968年生於台北，現居花蓮，是兒童美術教師，也進行文字、繪畫、裝置藝術等多元創作。大眾傳播系畢，1993年開始習畫，1997年與溫孟威共同創作的《彩虹豬傳奇》獲得第五屆陳國政兒童文學獎圖畫書故事組優選。圖畫書作品有《快樂的小蛋糕師傅》、《小莫那上山》、《黑毛船長》。2008年與黑潮海洋文教基金會合作，創作海洋繪本《海豚時鐘》。

◆繪者介紹：**溫孟威**

1963年生於新竹。國立臺北教育大學畢業，從事藝術工作，現與妻子劉曉蕙紮根於花蓮，創作不輟。夫妻曾到澳花村，與伊夕·烏茂一家共同生活四年，本書便是該時期醞釀、體驗的作品。另繪有《快樂的小蛋糕師傅》、《黑毛船長》，亦擅長於現代水墨等創作媒材。

密林中迷路的莫那兄弟，畫面中的動物好像陪伴著他們。

書名：重返部落
作者：王煒昶（漢族）
繪者：撒古流（排灣族）
出版社：行政院農業委員會
出版日期：2000年12月
頁數：30頁（無頁碼）
尺寸：22x27cm
定價：180元
ISBN：9570267097（精裝）

本書以介紹台東、南投布農族及屏東排灣族的文化為主，是一本知識性圖畫書，作者除了文字的撰寫之外，也運用攝影的專長拍攝照片，搭配繪者的插圖點綴其中，添增本書的韻味。

作者將自己的身分定位為導覽人員，向讀者介紹此地的歷史及特點，記述的口吻，帶給讀者有親臨現場的感覺。

本書介紹原住民多因經濟關係，不得不離開家鄉至都市工作，而留在部落的老人家藉由基金會的協助將土地建造成為休閒農場，並說明原住民族的藝術及文化復振學習的過程。

接著，再以許多篇章切入南投布農族的農業再造，介紹以傳統織布花紋美化路面的布農街，及具有濃厚布農文化裝飾的雙龍國小。最後介紹了屏東縣排灣族的部落教室生態教育，以及重建部落家園。但描述的內容多是基金會如何協助改善原住民生活，而非著眼於原住民族的文化。

全書運用許多真實照片，透過圖文讓孩子們從鏡頭之下窺見原住民族文化的面貌，除了詳加解釋也標出序號，讓讀者更加容易了解照片所要傳達的想法，畫面簡單易懂，每個段落亦可獨立成篇。

插圖數量與大小的比例，明顯少於照片的份量，但仍然可以從插圖之中觀察出繪者的細心。不只主題，就連畫風都相當有趣且生動，更以細緻的線條及上色，如第二頁左上角的傳統服飾，衣服上的紋路、脈絡都清

晰可見。

　　繪者使用色鉛筆、粉蠟筆為主要媒材，顏色鮮明但不飽和，而且以簡單線條勾勒人物。

　　以版面構圖來說，文字多放置於書頁上方，照片多放置在書頁下方。最特別的是頁25-26採雙頁圖片相互對稱，插圖則置於四周，產生邊框的效果，猶如整個版面鑲嵌著一張照片，再於照片上方敘述文字。

　　本書故事多著重於介紹布農族與排灣族的生活環境，搭配照片及文字的敘述，用淺顯易懂的方式介紹原住民族文化，讓非原住民族及原住民族孩童透過本書對於原住民族文化可以有基本的見解與認識。（蔡佳蓁）

◆作者介紹：**王煒昶**

1960年生，致力於民俗廟會、慶典、工藝、建築、戲曲等台灣本土文化紀錄。近十年來積極推廣原住民文化研究及手工藝；為了保留原住民族文化，跑遍台灣大大小小的原住民部落，拍攝近十五萬張紀錄照片，可從中窺見各族群的生活點滴，包括服飾、祭典、婚禮等，是目前國內最完整的原住民族群影像資料庫。

◆繪者介紹：**撒古流**

1960年生，出身於屏東三地門鄉排灣族的達瓦蘭部落，很早便投入原住民族運動，有相當深厚的田野調查的深刻經驗，致力於排灣族原住民文化的研究，背負恢復族群自覺、文化再生的使命。其作品多樣化，涵蓋繪畫、雕塑、建築設計施工和展場規劃，是少數具有國際視野與水準的原住民藝術家。

此跨頁運用鏡射效果，使雙頁圖片相互對稱，產生邊框的效果。

周邊以童趣線條的插畫描繪各原住民族的生活。

書名：母親，她束腰
作者：歐蜜·偉浪（泰雅族）
繪者：阿邁·熙嵐（泰雅族）
　　　琚琚·瑪邵（太魯閣族）
出版社：晨星出版有限公司
出版日期：2001年1月
頁數：40頁（無頁碼）
尺寸：19.2x26.8cm
定價：250元
ISBN：9575839633（精裝）

本書是作者描述兒時記憶，寄託對母親孺慕之情和感恩之情懷。原作以泰雅族語書寫屬日常生活記事，因改編成圖畫書而簡化文字敘述，但藉由圖像與文字的搭配，使本書展現出不同風貌。本書文字特別以中文及泰雅族語雙語呈現。

故事地點發生在一個由十幾戶泰雅族人組成的迷你部落——彼亞外（Piyaway）。主角的父親由於工作因素而無法在家，母親堅強地獨立扶養三個嗷嗷待哺的孩子，為求孩子溫飽，每天辛勤工作，無視自己飢餓。她總是習慣性將頭上所綁的頭巾解下，然後緊緊的纏在腰上，以減輕挨餓之苦。一個緊緊繫腰的動作，綁住了飢餓，同時也釋出了母親對兒女全部的愛。

本書繪者運用抽象而非寫實的構圖，線條多以曲線為主，無論是人物、樹木和物品等，給予人們溫潤的感受。繪者使用的媒材為色鉛筆，運用色鉛筆的特性，利用顏色的堆疊，使人物或景色更有立體感。由溫暖的大地色系做為背景色調，可知季節是秋天，但整本書充滿溫暖而非蕭瑟的氛圍；在人物用色上映襯以灰色系為主調，清楚地傳達人物角色的困境。其中最為特別的是頁27，背景一改前面的暖色系，以深褐色為主色，漩入頁面中心的人物，順著線條我們會將視覺擺放在人物之上，更可仔細觀察出母親哺育孩子們的動作。

而本書的圖文配置為一頁圖、一頁文，並

於蝴蝶頁繪製圖像，將重要情節的圖像集結於本書的最後一頁，讓人再次回顧整個故事情節；每一幅圖的人物線條因為色鉛筆的顏色堆疊，使得無論是母親或是孩子都非常的粗獷。畫面充滿了力與美，粗線條刻劃出母親面對艱困生活的堅忍不拔，以及孩子在自處環境中的成熟獨立。

感念母親為孩子不辭辛勞的付出，本書也透過作者的回憶間接地傳達出孩子對母親的思念。在故事主線背後，除了鋪陳母親為子女所做的犧牲，更強調在貧困中更要堅強努力與部落生活的艱辛，唯有感恩惜福才是生命的真諦。（蔡佳蓁）

◆作者介紹：**歐蜜・偉浪**

泰雅族人。近年常代表原住民族發聲，積極為原住民爭取權利，其對原鄉土地發出真實之吶喊，力圖使生長在台灣的每個人知道台灣土地之美，深化族群社會之愛，以及強化台灣的認同。

◆繪者介紹：

阿邁・熙嵐

1964年生，秉持身為原住民必須回歸與生活息息相關的文化，以繪畫詮釋原住民的生命風格。目前與瑁瑁・瑪邵共同從事繪畫創作與教學。

瑁瑁・瑪邵

1963年生，畢業於臺南家專美工科藝術設計組，1992年成立藝術工作坊，1998年回歸部落從事手工藝教學，曾任皮雕和布染講師，長年從事族群藝術文化推廣。

烈日下，母親工作，孩子玩耍。

母親餵養孩子的堅韌表現。

書名：Ne Ne Ne 台灣原住民搖籃曲
作者：溫秋菊（漢族）
繪者：蔡德東（排灣族）
出版社：信誼基金出版社
出版日期：2001年5月
頁數：32頁，48頁（導讀手冊）
尺寸：21.5x19.5cm
定價：380元
ISBN：9576426936（平裝）

本書共收錄12首原住民族群傳統搖籃曲，是一套圖文並茂的歌謠專輯。

選曲涵蓋十族，分別是：泰雅族、賽夏族、布農族、鄒族、魯凱族、排灣族、卑南族、阿美族、雅美（達悟）族、噶瑪蘭族和巴則海族。專輯收錄的搖籃曲以目前各族仍傳唱的曲子為主，有哄睡、催眠、期許和教育等不同內容與功能。由歌謠中的歌唱者和接受對象之間的關係，反映出各族傳統社會的結構和文化生活習慣；嬰幼兒的搖籃曲歌詞和節奏，隨著父母的工作生活模式而不同。例如：父母出外狩獵、割稻，便將孩子背在背上哄睡，或放在田邊的搖籃裡。

本書以一本歌謠集，搭配一本「導讀手冊」與一片CD。歌謠集按照原住民族群排列，每個跨頁在左頁收錄該族小朋友的彩色畫作，右頁則為搖籃曲歌詞的發音、歌詞大意與說明，並搭配繪者針對歌詞內容而繪製的小插圖，以素描筆法畫就，不止達到畫龍點睛的效果，各族小朋友的畫作也精彩細緻地描繪自己的族群生活、頭飾、服飾等，使讀者藉由他們的小眼睛看見原住民族的大精彩。

「導讀手冊」除序文介紹專輯的製作過程外，全依歌謠集的收錄順序排列，每首曲子分三個部分：〈音樂文化簡介〉說明該族的分布與文化背景、歌唱習慣和曲風等；〈搖籃曲曲例〉有五線樂譜和歌詞大意，某些歌詞也搭配口白；〈賞析〉則講述該族育兒的習俗、歌曲唱頌的方式以及呈現的意義。

　　本套專輯的樂曲錄製，由泰雅族作曲家哈尤・尤道（莊春榮）牧師、與當時國立臺灣師範大學音樂系主任錢善華協助重新編曲，並由來自各族的玉山神學院學生、年長的巴則海族的潘金玉與噶瑪蘭族的朱阿比演唱。顯示出各族群樂為融合、團結與保存傳統音樂文化而努力，展現了珍貴的文化傳承意義。

　　台灣擁有多元文化與種族，漢族兒歌童謠的蒐集出版相當早就開始了，其中包括閩南與客家語的歌謠，但卻尚未關注原住民的音樂文化。本書是台灣第一套原住民搖籃曲專輯，透過樂曲、歌詞、兒童畫與插畫的呈現，結合了音樂、藝術和文學的特質，反映原住民族群各有意趣的生活習性和價值觀。除了保存文化的意義之外，也可搭配教學，在藝術和音樂的浸染下，了解原住民文化的溫馨之處。（王蕙瑄）

◆作者介紹：**溫秋菊**

國立臺灣師範大學音樂研究所博士候選人，現兼任臺北藝術大學傳統藝術研究所副教授。專長民族音樂學、台灣音樂史、中國音樂史等。研究民族音樂多年，為本套專輯的音樂CD製作人，也是導讀手冊的撰寫者。著作《平劇中武場音樂之研究》（1989，學藝出版社）曾獲國科會優良著作獎。

◆繪者介紹：**蔡德東**

大武鄉南興村人，著名排灣族藝術家。小學一年級便離開台東的部落，搬家到高雄的眷村，小學畢業時又搬到台北。熱愛原住民族群文化、熱愛自然。曾開過計程車，現於三芝從事捏陶工藝，專職藝術。作品包括繪畫、玻璃纖維人物塑像、陶藝等。

Ne Ne Ne

Ne ne ne, ne ne ne,
Ne ne ne ne ne ne,
Ne ne ne, ne ne ne,
Ne ne ne ne ne ne ne,

左頁為小朋友畫作，右頁則搭配母親餵奶圖。

書名：射日
作、繪者：賴馬（漢族）
出版社：青林國際出版股份有限公司
出版日期：2001年5月
頁數：32頁
尺寸：30.5x23.5cm
定價：250元
ISBN：9578263643（精裝）

　　本書人物造型呈現出泰雅族的服裝衣飾，故事則融合台灣各族的「射日傳說」，以其「傳承精神」為故事主軸，經過重新詮釋，趣味中仍保有原住民族傳說中敬畏天地，且與自然共生共榮的生活智慧。

　　故事發生在古老的歲月以前，當時天空沒有星星和月亮，只有一顆金色的太陽；各部落的居民過著日出而作、日落而息的生活，日子既單純又快樂。有一天，金色的太陽下山後，天空中突然出現一個銀色的太陽，自此以後，世界不再有夜晚。兩個太陽輪流出現，不但族人無法休息，而且連大地都烤乾了。部落中的孩子們也被太陽曬得越來越小、越來越乾，最終小到變成一隻隻蜥蜴。族裡最有智慧的勇士巴萬，決心非射下其中一個太陽不可。

　　於是，巴萬帶著他年輕的兒子瓦旦和剛斷奶的孫子瓦歷斯一同前去「射日」。他們走了好多年，巴萬沿途種下柑橘種子，也利用機會教瓦旦和瓦歷斯辨識動植物、射箭與狩獵，還將自己所知道的生活知識和傳說故事都說給孩子們聽。

　　巴萬未完成心願就死了。瓦旦帶著瓦歷斯繼續朝向太陽住的地方前進。等到瓦旦老了，瓦歷斯也長成強壯的少年，他們終於抵達太陽的住處。趁著銀太陽呼呼大睡之際，瓦歷斯的箭射進銀太陽的眼睛，銀太陽的血，一滴一滴變成滿天星斗。受傷的銀太陽越來越虛弱，光芒逐漸暗淡，掉進深谷裡去了；金太陽也怕得躲起來，

沒有陽光生活比以前更加艱難。巫婆帶著大家唱歌跳舞，歌聲傳到遠遠的山谷裡，金太陽好奇的跑出來看，發現世界一片祥和，便不再害怕，重新回到天上。而原來的銀太陽也變成「月亮」，大地有了太陽和月亮交替守護，故事就一代接著一帶流傳了下來。

　　作者將原住民族中普遍流傳的射日傳說，融合編寫成一則與鄉土情感、環保教育有關的美麗故事；故事中的人們，在面臨生存威脅時，共同設法度過困境的互助精神，是現代人該引以為戒，深自警惕之處。圖像以細膩的色鉛筆與蠟筆技法勾勒出主角的神韻，賦予神話中的金、銀太陽人性化的角色。圖畫的線條精緻、筆觸清晰可辨，加以豐富、飽和的色彩運用，表現出畫面結構的層次和深度，讓故事中茂密的森林、乾渴的土地，以及人物的表情、姿態皆生動有趣。另外，作者在蝴蝶頁上，以漫畫的方式告訴讀者創作本書時的心情轉折，是幽默又可親的呈現。（董惠芳）

◆作、繪者介紹：**賴馬**

1968年生，1987年進入「漢聲雜誌」擔任美術編輯，隔年轉任《兒童日報》美術編輯。第一本圖畫書創作《我變成一隻噴火龍了》，榮獲第一屆國語日報牧笛獎圖畫故事組優等獎、第九屆中華兒童文學獎，新聞局小太陽獎的圖畫故事書類和最佳文字創作獎；亦以該書與《現在，你知道我是誰了嗎？》同時入榜第一屆豐子愷兒童圖畫書獎。

三度入選義大利波隆那國際兒童書展的台灣館代表參展作家。《射日》是賴馬第一本與台灣原住民傳說相關的作品，另著有《我和我家附近的野狗們》、《帕拉帕拉山的妖怪》、《慌張先生》、《早起的一天》、《十二生肖的故事》等。

受傷的銀太陽越來越暗淡……人性化的角色描寫形成畫面特色。

書名：與山海共舞：原住民
主編：林貞貞（漢族）等
繪者：王其鈞（漢族）
攝影：張詠捷（漢族）等
出版社：秋雨文化事業股份有限公司
出版日期：2002年11月
頁數：96頁
尺寸：30x29cm
定價：600元
ISBN：957281222X（精裝）

本書為簡介台灣原住民族的知識性圖畫書，以淺白的語言介紹台灣原住民族的歷史、文化慣習、社會組織及儀式祭典與物質生活，搭配詳細的照片、地圖及生動活潑的繪圖和圖解，書末更附上索引與參考資料，以及「台灣原住民文化地圖」與「台灣原住民文化年表」，提供讀者快速檢索，也可針對有興趣的資料深入探究。

其中，第一部分為〈認識台灣原住民的N種方法〉，一從「物質生活中觀察」，再「從精神生活中瞭解」，以此兩類分述各族群的物質文化與精神文化特徵。

第二部分則依「史前時代」、「南島語族」、「荷西與滿清時期」及「日據時代」與「光復至現代」，大量以文字、表格與圖解介紹台灣原住民各族群的關聯、來台順序，以及族名由來傳說，還有各族群在文化與語言上的相似之處。亦探討各原住民政策的發展，以及在生活、文化、政治、經濟和宗教等各層面造成的影響。

第三到第十二部分則依序介紹台灣原住民族十族：賽夏族、泰雅族、布農族、鄒族、邵族、魯凱族、排灣族、卑南族、阿美族與雅美（達悟）族。從地理位置、文化慣習、社會組織、儀式祭典及物質生活與歷史事件等，以百科形式編排。

在〈平埔族〉的介紹中，除了概述台灣的平埔族的分布及文化之外，亦獨立介紹了平埔族中的凱達格蘭族、噶瑪蘭族、道卡斯族、巴宰族與西拉雅族的文化特徵與歷史故

事，提供相當豐富的資料。由於本書於2002年11月出版，故在2004年之後才正名成功的太魯閣族、撒奇萊雅族與賽德克族並未列入書中。而至2002年12月才獲得正名的噶瑪蘭族，仍將其歸列於「平埔族」中介紹。

　　作者在介紹平埔族的篇幅中，不只透過古地圖介紹平埔族以前的分布狀況，更以搜集到的古畫資料，呈現出當時平埔族人的生活。

　　本書曾獲得金鼎獎圖書主編及美術編輯二項大獎，可以說是一本對於認識台灣原住民族群很好的入門書。（林庭薇）

◆作者介紹：林貞貞

本書主編，各篇章負責撰文者分別為許雅芬、張振陽、陳秋香、吳佳靜、吳玉婷及王芳屏與文上瑜等。

◆繪者介紹：王其鈞

插畫風格細緻，繪有《與山海共舞原住民》。

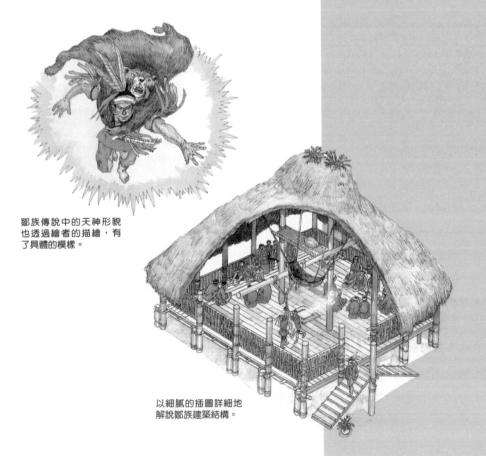

鄒族傳說中的天神形貌也透過繪者的描繪，有了具體的模樣。

以細膩的插圖詳細地解說鄒族建築結構。

原住民尊重生命與天地的傳統，是綠色矽島台灣美妙的「原」動力

泰雅族 彩虹橋的審判

[平裝普及版]

The Rainbow's Judgment : Stories of the Atayal Tribe

故事採集 ● 里慕伊・阿紀【Rimuy・Aki】　　繪圖 ● 瑁瑁・瑪邵【Meimei・Maraw】

英文譯者 ● 文魯彬【Robin J. Winkler】　　編輯顧問 ●《山海文化》孫大川【Pa'labang】

史　英・吳密察・李　喬・李瑞宗・帝瓦伊・撒耘・浦忠成・馬紹・阿紀・高金素梅

夏曼・藍波安・張子樟・張炎憲・陳建年・陳松秀・曾志朗・管蕎政・動力火車

黃光男・黃榮村・楊孝漢・瑞自強・蔣竹君・蔡中涵・謝世忠・情劭・法務司　共同推薦

書名：泰雅族：彩虹橋的審判

作者：里慕伊・阿紀（泰雅族）

繪者：瑁瑁・瑪邵（泰雅族）

出版社：新自然主義股份有限公司

出版日期：2002年12月

頁數：134頁

尺寸：21x20cm

定價：360元

ISBN：9576964806（平裝）

　　本書是「台灣原住民的神話與傳說」系列叢書之七，由作者採集、重述三則神話與傳說故事，書後附有問題與討論，以及33頁補充資料，提供初學者認識泰雅族，也使泰雅族人藉此更深入認識自我。

　　〈巨石傳說〉講述泰雅族祖先的誕生故事，他們從巨石中誕生，在自然環境中生活，而居住的高山叢林則提供生活所需，從吃食到衣著，無不取自自然環境。在那時，生活與自然息息相關，也與天地萬物一同呼吸與體會。祖先從觀察到學習，動物生活與人類繁衍後代產生影響，泰雅族祖先就因模仿蒼蠅交配而繁衍，綿延至今。

　　〈神奇的呼喚術〉講述人與大自然之間的互相依存，打從泰雅族先祖開始，凡生活必需，呼之即來，無須擔心缺菜少肉無火升，米飯也只需一串稻穗就可提供全家人吃飽，無虞缺糧，也不需辛勤工作。可惜人不懂珍惜，先是山豬遭割耳，爾後稻穗遭浪費，最後木材被驚嚇；從此，人們只能用勞務換取生活所需，告別神明所賜予的恩惠。

　　〈彩虹橋的審判〉講述神靈之橋的由來，泰雅族先人卜大，遵循傳統與風俗習慣及生活規範，因行事正直，成為族中精神領袖。卜大死後化作彩虹高掛天邊，護佑後人，為提醒人們勿忘傳統文化，成為審視與評斷所有死者的彩虹橋。從此以後，彩虹橋成為族人檢視今生的重要依據，只要今生無愧，終能在祖靈的迎接下安然渡過。

　　三個故事除了有精彩且發人深省的內容

之外，同時也提供理解泰雅族文化環境關鍵：即語言之重要。首先，〈巨石傳說〉將瑪大斯(matas)此一傳統由來做了完整的解釋，並強調其重要性；其次，〈神奇的呼喚術〉則著墨於生活中常見的多個重要單字，包括將山豬叫聲發音為發呵(vha)，水的聲音為葛夏(qsya)，木柴為葛侯盾(qhunig)，而各類謀生器具也各有其稱謂。最後在〈彩虹橋〉中，嘎嘎(gaga)乃意指族人共同擁有的習俗、文化與信仰，並強調尊重嘎嘎之可貴，其影響不僅僅及於此生，還可關注來世。透過淺顯的語言練習，展現了理解泰雅族文化環境之可能，搭配細緻描繪的圖像，得以開闊的心胸去認識不同於漢人社會的泰雅族故事。

　　書末提供的索引資料與繪本故事相輔相成，同時有延伸討論與學習的可能，資料整理詳盡，是初識泰雅族文化不可多得的入門引導。（鄭宇庭）

◆作者介紹：**里慕伊・阿紀**

是一位擁有泰雅族自由靈魂的故事傳述者，熱愛兒童教育及文字藝術。除了故事編寫，也負責泰雅族母語教育與國小補救教學計畫。寫作時不只詳查資料，且親身以母語訪問部落耆老，希望透過故事傳承文化，讓泰雅族文化能被更多大小讀者看見。

◆繪者介紹：**瑁瑁・瑪邵**

泰雅族人，畢業於臺南家專美工科藝術設計組，從事藝術創作多年，創作風格十足的原住民風味，靈感往往來自於生活經驗、祖先傳說、夢，以及祖靈庇佑，希望為同胞留下更多文化元素，在創作之餘致力於高中原住民藝術教學，同時以藝術創作和藝術傳承為己任。

泰雅族祖先模仿蒼蠅交配學習繁衍後代。

織布中的泰雅族女人。

書名：魯凱族：多情的巴嫩姑娘
作者：奧威尼‧卡露斯（魯凱族）
繪者：伊誕‧巴瓦瓦隆（排灣族）
出版社：新自然主義股份有限公司
出版日期：2003年1月
頁數：134頁
尺寸：21x20cm
定價：360元
ISBN：9576964903（平裝）

　　本書是出自於「台灣原住民的神話與傳說」系列，本系列由擔任行政院原住民族委員會主任委員孫大川總策劃，書中收錄四個採集自魯凱族的口傳故事。除了以漢語書寫之外，每篇故事都有英文翻譯，每頁頁末還有魯凱族語重要名詞的唸法與解釋。更規劃「部落百寶盒」單元，介紹包括魯凱族分布範圍與族內各群族的異同與源流，還有階級制度、石板屋建築和慶典；並收錄魯凱族網站資訊、實用的生活會話教學、魯凱族語與漢語名詞對照表，以及魯凱族文化導覽圖。

　　故事包含〈美麗的慕阿凱凱〉，講述大貴族的美麗女兒——慕阿凱凱，遭壞心老人擄走，強嫁給他的孫子。流落異鄉的慕阿凱凱最後感動丈夫，並且奇蹟般地回家。〈雲豹的頭蝨家族〉則是描述雲豹帶領族人從東海岸遷徙到古茶布安，其中爾部祿家族專職養育雲豹；雲豹年老後，族人護送雲豹回到祖先身旁，並永遠以身為雲豹的民族為榮。〈卡巴哩灣〉講述卡巴哩灣族人源起。遠古時代，生命之光射進卡里阿罕洞穴中的陶壺，壺中的兩顆太陽蛋生出一對男女，為卡巴哩灣部落的始祖傳說；他們結為夫妻，繁衍出健康的子孫；子孫沿海岸遷移到卡巴哩灣，視其為永久的家鄉。

　　〈多情的巴嫩姑娘〉亦譯為巴冷公主。卡巴哩灣大頭目貌美的女兒——巴嫩，受到許多人愛慕，但她卻愛上達露巴淋王國的百步蛇君王——卡瑪瑪尼阿尼。出嫁後，巴嫩

常派蛇子女回鄉探望族人,至今也常派白鷺鷥在故鄉上空盤旋,思念家鄉。

　　本書的前兩篇故事採集自古茶布安,後兩篇採集自大武部落,分別代表魯凱族兩個系統。閱讀魯凱族口傳故事,一方面可以了解魯凱族的世界觀,另一方面可以從中認識魯凱族遷徙歷史。全書編排深入淺出,除了從故事中得到樂趣,也是簡單活潑的補充教材。

　　本書繪者出身排灣族,雖不是魯凱族畫家,但也充分掌握魯凱族的圖騰細節。例如,族人圍繞在慕阿凱凱的周圍看著她擺盪鞦韆;繪者將人的細節捨棄,以大膽粗獷的畫法勾勒原住民深邃的五官模樣。另外,巴嫩姑娘頭戴百合花,在百步蛇君王與巴嫩之間擺放著陶壺、獵刀和琉璃串珠等物。

　　書中圖畫都是取自原住民族藝術創作的元素,不同的藝術表現法,也代表著不同的世界觀,希望非原住民的讀者在了解後,可以更加尊重族群間的差異。(柯蕙鈴)

◆作者介紹:

奧威尼・卡露斯

漢名為邱金士,魯凱族人,離家多年後,1990年重回到好茶部落繼承外曾祖父志業,成為古茶布安(好茶部落)史官,亦參與原運呼籲重建部落、保存魯凱族文化,並以漢字記錄族人口述歷史、族譜、祭典。另著有《魯凱童謠》、《雲豹的傳人》、《野百合之歌》和《神祕的消失》。

◆繪者介紹:

伊誕・巴瓦瓦隆

家鄉在屏東三地門達瓦蘭部落。80年代原住民族運動中常出現的百合花圖樣,正是出自伊誕之手。藝術創作多元,包含詩文、繪畫、雕刻和影像。作品有《土地和太陽的孩子:排灣族源起神話傳說》、紀錄片《在大姆姆山下繼續呼吸》等。

百步蛇君王迎娶巴嫩的畫面,構圖大膽、用色鮮明。

書名：春神跳舞的森林
作者：嚴淑女（漢族）
繪者：張又然（漢族）
出版社：格林文化事業股份有限公司
出版日期：2003年3月
頁數：40頁（無頁碼）
尺寸：28.5x21.5cm
定價：260元
ISBN：9789577455796（精裝）

　　本書以阿里山的鄒族神話傳說故事為基礎，傳達鄒族與森林共生的觀念，以及萬物有靈的中心思想，同時結合原住民文化和環境保育意識。作者與繪者多次親臨阿里山現場，進行田野調查及考據，將鄒族的部落、傳說、生活方式和自然觀念都藉由文字和圖畫呈現出來的全新創作繪本。

　　故事由移居至平地的鄒族孩子——阿地帶著奶奶遺留給他的櫻花瓣，搭著阿里山小火車，跟隨父親回到故鄉，想要感受奶奶一直懷念的滿月櫻花祭，卻失望的看見全是光禿禿的櫻花樹。夜裡，他跟著隨風飛舞的櫻花瓣，穿越千年神木的樹洞，遇見奶奶小時候在山上認識的動物朋友，才知道喚醒春神的櫻花精靈因為環境被破壞而生病，每年迎接春神的滿月櫻花祭必須取消，動物生活陷入絕境。透過鄒族神靈的呼喚，阿地與鄒族的靈獸黑熊一起尋找銀光珍珠，看見這片美麗山林面臨破壞的現狀和問題。阿地真心的眼淚，終於使櫻花盛開，春神甦醒在森林裡飛舞。

　　故事選用一個成長在都市的孩子當主角，跟隨父親回到祖靈之地，點出原住民對失落文化的追求，也藉由象徵春天、生命和希望的櫻花精靈帶出這片土地的問題和需要被重視的文化議題、生態意識。故事鋪陳不僅喚醒保護自然山林的意識，也完成阿地對這片原生山林的文化和生態的啟蒙與成長之旅。

　　圖畫的技法和風格，以渲染和層疊的技

法，描繪阿里山濃鬱神祕的森林氣息，畫面層次豐富，意涵深刻，繪者更將鄒族的神話和代表性的圖騰隱藏在畫面中，表達出鄒族「萬物有靈」的精神。如：書中一再出現的繡眼畫眉是鄒族的占卜鳥，指引方向；畫面中與鄒族孩子阿地一起進行尋找歷程的黑熊，用來比擬鄒族哈莫天神和隨行靈獸黑熊之間的關係。此外，繪者描繪的動物、植物和花卉皆是阿里山區特有種，連象徵春天的櫻花意象，也選用台灣原生特有種「阿里山櫻」，足見繪者試圖使用圖像語言傳遞其中心思維的精神。

　　讀者跟著鄒族少年的腳步，穿梭在現代和歷史、魔法和現實、回憶和未來之中，體會原住民萬物有靈，以及其與自然的關係，深刻傳遞了在孩子心中種下一顆愛護自然的種子的重要性，也說明親近自然、尊重自然萬物和愛護自然生態的觀念，同時反思現代文明的幻象與迷失。（嚴淑女）

◆作者介紹：**嚴淑女**

童書作家，創作有《春神跳舞的森林》、《再見小樹林》、《編織的幸福》、《勇12——戰鴿的故事》、《雲豹與黑熊》、《黑手小烏龜》、《搖滾森林》、《蔓蔓，真好》等圖畫書作品，曾獲得教育部原住民文化教育繪本獎、中國時報開卷好書獎最佳童書、好書大家讀最佳少年兒童讀物獎等獎項。

◆繪者介紹：**張又然**

專業圖畫作家，曾擔任義大利波隆那國際兒童書展台灣館駐館畫家，入選波隆那兒童插畫展，亦獲得中華兒童文學獎美術類、福爾摩莎插畫展入選、教育部原住民文化教育繪本獎、第一屆豐子愷圖畫書獎入選等獎項肯定。圖畫書創作包含《春神跳舞的森林》、《再見小樹林》、《少年西拉雅》和《黑手小烏龜》等。

豐富的圖像語言，融合鄒族神話、傳說、自然、人與靈獸的意象。

書名：故事地圖
作者：利格拉樂・阿𡠄（排灣族）
繪者：阿緞（漢族）
出版社：遠流出版事業股份有限公司
出版日期：2003年6月
頁數：28頁（無頁碼）
尺寸：23x25.5cm
定價：280元
ISBN：957324912X（精裝）

本書為「台灣真少年系列」中描寫排灣族的日常生活故事。主角在夏日裡與家人有了爭執而離家出走，打算一路走到三地門鄉；迷路時，腦海中竟不自覺浮現起外婆所說的故事，那些故事發生的地點，不停在眼前與記憶中的位置互相重疊。從幼時離家出走的經驗，將一段段的神話、傳說藉由外婆的口說出來，在主角小小的心靈繪出屬於作者的部落故事地圖。

沿路上椰子樹遮蔭、芒果花飄香、含笑花怒放，大武山脈視線所及，彷彿目的地就在眼前。主角不覺想起「外婆一瞇著眼，嘴裡嘀咕時，那就是準備說故事的時刻。」外婆說的故事在主角「離家出走」的過程中，不斷引起共鳴，例如：主角路經「紅色大石頭」，

就想起外婆曾說有位老人家因為思念家人，悄悄下凡，在紅色大石頭上流連忘返不忍離去。故事不只被主角一一述說，也從外婆的嘴裡說出來，更在工匠的家中出現；繪者將故事放入一格格的方塊裡，讀者可以從圖中尋找故事線索。

故事最後以外婆幽默有趣的話語：「是祖靈的護衛，讓不懂事的小孩兒邊走邊玩，離不開祂的視線，走再遠，終究還是回來了……」畫下句點。但是這裡繪者並不畫外婆，反而畫出房子，意圖與文中的「終究會回家」相互呼應。

繪者特別注重文中提及的景物與故事氛圍，像是說到蝴蝶谷的故事時，畫面中安排外婆與幼年時的主角兩人並坐，氣氛非常溫

馨，另一頁則畫滿了蝴蝶飛舞，更讓人覺得融入了故事之中。

作者表示外婆的故事依循著部落土地空間開展，代表土地即是地圖，故事化成一個個標記，所以才能使迷途的孩子回歸，找到真正回家的路。

一個個懸而未完的故事，拼湊起主角離家的過程，形成一幅聚落的故事地圖，存於腦海，難以遺忘！（吳宗憲）

外婆和孫子坐在椅子上說故事。

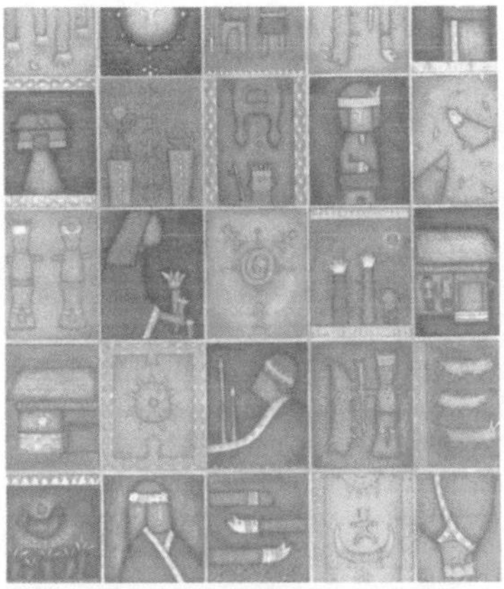

繪者以一格一格的方式呈現出故事拼圖。

◆作者介紹：

利格拉樂．阿𡠄

排灣族人；嫁給瓦歷斯．諾幹後，開始認同原住民族身分，主動以文字抒發原住民族文化。她與先生創立《獵人文化》雜誌並發起原住民族運動，書寫散文和報導文學，出版《誰來穿我織的美麗衣裳》、《紅嘴巴的VuVu》、《穆莉淡——部落手札》，編著《1997台灣原住民文化手曆》等書。

◆繪者介紹：阿緞

本名陳幼緞，1983年到1989年主要教學齡前孩子畫畫，體驗到純真沒有年齡限制。1998年到2003年，持續於美術編輯工作。本書是阿緞的第一本圖畫書創作。

書名：姨公公
作者：孫大川（卑南族）
繪者：簡滄榕（漢族）
出版社：遠流出版事業股份有限公司
出版日期：2003年6月
頁數：32頁（無頁碼）
尺寸：25.5x 25.5cm
定價：300元
ISBN：9573249081（精裝）

遠流出版事業股份有限公司於2006年出版「台灣真少年」系列繪本，首波推出六位不同族群較具有指標性的作家。作者們藉由敘述自己小時候的故事與讀者交換生活經驗。六個人的童年回憶，也點出了台灣六個地方的特有歷史情境。本書為此系列中代表原住民的故事。

本書作者為台東卑南族人，而書中所說的姨公公是他姨婆的繼任丈夫。作者的媽媽是個遺腹女，在她九歲時外婆也去世了，所以媽媽等於是姨婆帶大的。媽媽跟姨公公的關係不好，但是作者幼時卻很黏姨公公，在作者成長過程中，姨公公是個對他有深刻影響的人，於是當受邀撰寫兒童繪本時，便決定將童年時和姨公公相處的故事寫出來。

書中故事描述作者童年和姨公公相處的過程，並藉由回憶來述說姨公公的形象。姨公公是部落的領導人，扮演部落間溝通、協調和談判的角色，化解部落間的紛爭。姨公公率領族人前往談判大南部落魯凱族人誤

以圖騰式的畫風細緻描繪故事的精髓，很值得欣賞。

殺卑南族人的事件，一路走到了大南部落附近的溪邊，他突然停下腳步，平靜的對憤憤不平的族人說：「我們今天就到此為止吧，我們的憤怒和仇恨，已經隨著我們剛才的腳步和怨毒的咒罵，發洩完畢了。何不就以溪水為界，我們折返回去吧！」就這樣化解了部族間可能無法善罷的戰爭。

　　作者的故事簡潔，留給繪者很大的想像空間發揮創作。繪者選擇以圖騰式的畫風細緻描繪故事的精髓，很值得欣賞。繪者依據作者的童年敘事呈現圖像記憶，作者與繪者對童年記憶的合力創作，不只是作者本身的童年詮釋而已，更蘊涵著記憶豐富的文化想像。

　　作者自姨公公身上傳承而來的知識經驗：他知道如何從夢境中和祖靈與宇宙萬物相接的整合能力，如何自得其樂，擁有熟練的打獵技術等。透過姨公公的身教，作者更體會了卑南族所謂「英雄」的意義，以及身為卑南族人應擔的責任，進而傳遞上一世代的精神價值。（黃俐雯）

◆作者介紹：**孫大川**

1953年生，卑南族。現為行政院原住民族委員會主任委員、原舞者基金會董事長、中華民國臺灣原住民族教育學會理事長。以原住民的身分創作詩、散文和小說，主編「台灣原住民之神話與傳說」系列〈十冊〉，其作品深刻切入探討原住民問題，將部落的文化以文字形式呈現，充滿對原住民文化深沉的關懷與感受。

◆繪者介紹：**簡滄榕**

1938年生。臺北師範學校藝術科畢業，回到故鄉宜蘭小學教書，並以故鄉體驗為繪畫創作題材。為讓孩子得以在沒有升學壓力的學習中長大，毅然辭去教職，深居簡出，一家人悠游讀書、畫畫和遊戲的生活。以叟柚為筆名為報章雜誌及兒童刊物畫插畫，曾獲1995年童書「插畫創作金獎」及1997年中華兒童叢書文學類最佳插畫「金書獎」。

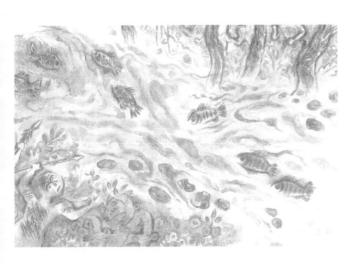

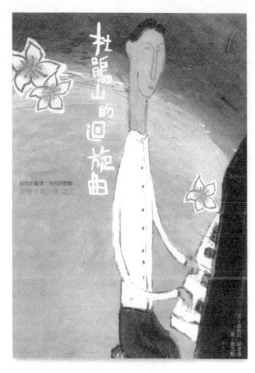

書名：杜鵑山的迴旋曲
作者：盧梅芬（漢族）、蘇量義（漢族）
繪者：黃志勳（漢族）
出版社：國立臺灣史前文化博物館
出版日期：2003年11月
頁數：32頁（無頁碼）
尺寸：17.4x25cm
定價：200元
ISBN：9570151242（平裝）

杜鵑山是一個滿山遍野的杜鵑花山，為高一生家族的土地，亦即現在頭目的住所。廣義而言，從塔塔加山的鞍部延伸至整個特富野（達邦）部落的生活範圍都叫做杜鵑山；而杜鵑山是嘉義縣貫穿嘉南平原的母河——曾文溪的發祥地，迴旋曲的故事便是在此發聲。

日治時期，高一生協助學者編寫族語語典，反對日本人徵調族裡青年上太平洋的戰場，國民政府來台後，他成為嘉義阿里山吳鳳鄉（今阿里山鄉）第一任鄉長，隨後二二八事件爆發，他鼓勵族人遷往吳鳳鄉定居，民國40年被指控「窩藏匪諜」及「貪汙」的罪名，民國41年被政府逮捕，43年離世。他體內流著世代族人的血液，筆下寫著日本名「矢多一生」，那是父親過世後被日本郡守收養後給的，「一生」意為族內第一位接受高等教育薰陶的學生。隨著地方政權更替，族人生活的語言也換了，「高一生」便是他新的名字，那是個漢人的名字。

但是他從未忘記出生時，土地給他的「Uyongu Yatauyungana」，是鄒族的名字。

故事主述高英傑，他於二二八的音樂紀念會上，聽到父親創作的歌曲，隨著音符，邀請讀者一起尋找記憶的足跡，走進故鄉的杜鵑山裡，聽見父親與母親合唱〈長春花〉，族人高唱父親創作的移民之歌。

深夜裡的圍捕行動抓住了父親，歌聲硬生生地在樂譜上劃下了休止符，現在要再聽見父親的聲音，只能在父親墓園旁的迴音

谷，低聲唱著父親創作的歌曲。

　　本書將圖文創作放在前半部，後半部為作者歷史資料整理。圖畫故事除去了繁多的資訊，留下的文字只用聲音串連著，從孩子在音樂會聽見父親的創作歌曲開始，畫面裡的線條伴隨一首首樂曲擺動於杜鵑山中，搭配畫面裡溫暖的色調，推起鄒族生命的搖籃。冷冽的一夜，被一頁的銳利劃破，線條不再圓潤。直到父親的書信與歌曲給了孩子回應，舒服的線條回來了，孩子輕聲唱著父親的創作，心想「春天總算回來了」。

　　在文獻資料裡有幾封高一生在獄中寫給家中的書信真跡，以及父子的照片，另附有〈長春花〉、〈移民之歌〉、〈春之佐保姬〉等高一生的代表作品，以及高英傑從日語及鄒語轉譯成的中文歌詞，最後整理了高一生的年表，讓讀者簡明地了解他的一生。（王俊凱）

◆作者介紹：**盧梅芬**

1999年迄今，任職於國立臺灣史前文化博物館展示教育組研究助理，長年關注於原住民藝術、博物館以及原住民文化政策的發展，曾經策辦「轉彎人生：台灣原住民歌謠特展」(2009)、「回憶父親的歌：陳實、高一生與陸森寶的音樂故事」(2003)等多場原住民音樂展覽。與蘇量義合著《杜鵑山的迴旋曲》。

◆繪者介紹：**黃志勳**

插畫家。繪有《杜鵑山的迴旋曲》、《海洋hohaiyan》、《愛寫歌的陸爺爺》，分別以水彩、油畫及拼貼技法呈現原住民音樂家陳實、高一生、陸森寶的創作故事；本套書獲九十二年優良政府出版品獎——圖書類獎項，為該年度花東地區唯一獲獎的政府出版品。

明亮畫面呈現出高一生的音樂與故鄉。

以剪影帶出高一生被國民政府捉走時的暗夜。

書名：愛寫歌的陸爺爺
作者：林娜鈴（卑南族）、蘇量義（漢族）
繪者：黃志勳（漢族）
出版社：國立臺灣史前文化博物館
出版日期：2003年11月
頁數：30頁（無頁碼）
尺寸：25x17.4cm
定價：200元
ISBN：9570151234（經摺精裝）

本書是一個關於卑南作曲家——陸森寶的音樂故事。故事由八首曲子組成，串連音樂家的生命故事，也緊密貼合著卑南部落普悠瑪（puyuma，今名為南王）的文化傳承。

陸森寶自幼接受日本教育，就讀臺南師範學校期間曾接受正規西洋音樂訓練，替未來的音樂創作奠定了基礎。他的一生創作無數，但目前留有紀錄的大約只有五十幾首，多以族語填詞，並拜訪部落中的老人家，詢問典故與傳統，方能對古老的詞句有更深刻的體會，此認真確實的態度來對待文化紀錄，是其創作之所以難能可貴之處。

此外，陸森寶的音樂是為族人而作，他的四子陸賢文於書中說道：「我覺得父親的歌曲有一個很大的特點是別人少有的，就是凡是他所作的歌都是免費的，是誠心送給族人的。」在誠信互助的部落中，陸森寶求學時期曾受過許多親族的幫助，因此「回饋鄉親」便成為他最大的創作動機，使用第一人稱撰寫，描述寫歌時的心情，使讀者更能從字句中體會到他對待族人的溫柔和用心。

故事由讚美歌頌卑南山（都蘭山）的《頌讚聖山》、講述祖先起源的《頌祭祖先》、男女互訴衷情的《散步歌》、為鄰家女孩遠嫁而作的《大家再見》、傳遞故鄉訊息給前線子弟的《美麗的稻穗》、描述戰火中族人思鄉之情的《思故鄉》，與提醒人們不忘祖先恩澤的《海祭之歌》和感念造物主之恩的《上主垂憐》等八首歌曲串連起來。

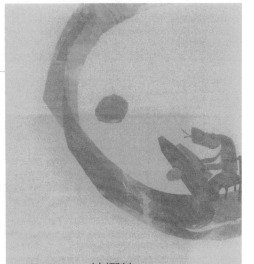

　　北風吹來族人所吟唱的古老歌謠，吹進了普悠瑪，也開啟族人悠遠的遙想：提醒大家不要忘記先人的守護，才讓族人得以在此落腳安身。年輕的歲月中，那些一同工作、一同歌唱、一同漫步田野間的朋友們，是記憶中歡笑洋溢的美好；即使在戰火連連的歲月裡，也要把故鄉豐收的好消息，傳遞給身在前線的親族子弟，以撫慰他們對家鄉和親人的思念。想起古老的傳說中，普悠瑪的祖先越過重重阡陌與海洋，帶回珍貴的小米種子，成為日後族人的主食，我們應當心懷感恩，真心讚美始終看顧著大家的神靈。我們多麼希望那些為了討生活，而必須遠離家鄉的朋友，在想念故鄉的時候能夠用力唱著家鄉的歌！只要閉起眼，就隨著風回到了卑南山。

　　翻譯為漢文的歌詞，讀來仍舊充滿純樸的詩意；繪者以拼貼的技法，呈現出五顏六色的繽紛畫面，訴說著陸爺爺的心情故事。十六開經摺裝訂的拉頁，每個跨頁都是一幅與歌曲相映的獨立圖畫，而一併拉開之後，又能串連成一長幅美麗的景致，顯示出繪者巧妙的構圖安排。（鐘尹萱）

◆作者介紹：林娜鈴

文史工作者，於2004年間，配合國立臺灣史前文化博物館特展——「回憶父親的歌」，籌劃「回憶父親的歌：陳實、高一生與陸森寶的音樂故事」套書，一套三冊。與作家蘇量義合著《愛寫歌的陸爺爺》。

◆繪者介紹：黃志勳

插畫家。繪有《杜鵑山的迴旋曲》、《海洋hohaiyan》、《愛寫歌的陸爺爺》，分別以水彩、油畫及拼貼技法呈現原住民音樂家陳實、高一生、陸森寶的故事；本套書獲九十二年優良政府出版品獎圖書類獎項，為該年度花東地區唯一獲獎的政府出版品。

以連續三張小圖道盡歌中的意境。

書名：小島上的貓頭鷹
作、繪者：何華仁（漢族）
出版社：青林國際出版股份有限公司
出版日期：2004年2月
頁數：32頁（無頁碼）
尺寸：21x28cm
定價：250元
ISBN：9867635396（精裝）

作者藉由雅美（達悟）族生活的蘭嶼島上的小貓頭鷹的視角，用擬人化的詩意書寫方式，利用蘭嶼角鴞的流浪成長過程，使讀者從中了解島上特有生物。封面貓頭鷹腳下的獨木舟暗示書名小島的所在地。書名也採用相同的媒材技法，由直線條刻畫而成，具有溫暖的手作風格。書中以小貓頭鷹的成長過程為故事線，將蘭嶼的景物和文字做完美畫面串連，帶領讀者一起跟著圖文揭開蘭嶼小島的神祕面紗。

在整本皆是跨頁的灰藍色天空裡，大樹上剛出生不久的小貓頭鷹好奇心旺盛，有一天竟不小心掉到樹下了，當晚雨不停的下著，尚未學會飛行的小貓頭鷹開始了地面流浪記。牠遇到了多腳的椰子蟹和在樹葉中唱歌的螽斯，也遇到了白鼻心和竹節蟲，更從地面上看到尖鼠。最後小貓頭鷹飛向天空，看到生完蛋的大海龜慢慢爬回大海，也終於看到牠的家：蘭嶼島。以木刻的特殊技法完整體現蘭嶼的生態世界，是一本令人難忘的圖畫書作品。

繪者使用木刻版畫為創作媒材，透過簡單的線條，呈現在平面的紙張上，有讓人意想不到的視覺效果。一筆一畫的雕工痕跡，筆觸的真實感令人不禁想伸手觸摸。書中簡單的構圖、純粹的顏色和俐落的線條，皆是作者費了一番苦心的成果，突顯木刻版畫特有的樸質感。故事場景大多為灰藍的顏色基調，是為了配合貓頭鷹的夜間生活習性，而

視角的變化是跟著小貓頭鷹的成長，角度由仰角轉為俯角，瞬間開闊了閱讀的視野。

　　本書曾獲第二十八屆金鼎獎的圖書美術編輯獎，使用木刻版畫的技法，色彩基調和故事內容充滿不常見的神秘感，每一個跨頁都是一幅動人的藝術作品，不管是書中的線條、色彩或空間感，都有助於啟發讀者在欣賞美學的敏感度。書末附錄的小常識，適時的補充畫面的故事內容，有助於孩子熟識蘭嶼這座台灣離島的土地。（林依綺）

◆作、繪者介紹：**何華仁**

1958年生，資深的賞鳥人，也是木刻版畫家，擅長以黑白的版畫表現台灣野鳥的豐富生態。《小島上的貓頭鷹》是第一本以版畫方式創作的圖畫書。曾任中國時報、自立報系的美術編輯，目前專職於創作；另一個頭銜是台灣猛禽研究會理事長。特別喜愛夜行性猛禽的貓頭鷹，由於對只生存在蘭嶼島上的蘭嶼角鴞與其特殊的棲息環境感興趣，本書在蘭嶼友人的幫助下完成。

粗線條的雨滴搭配圓滑的水滴，好似小貓頭鷹慌亂的害怕淚水。

豐厚的羽翼和翅膀上的精細線條成正比。

書名：百步蛇的新娘
作、繪者：姚亘（漢族）、王淇（漢族）
出版社：信誼基金出版社
出版日期：2005年2月
頁數：36頁
尺寸：24x25cm
定價：250元
ISBN：9861610243（精裝）

在故事裡，讀者可以很清楚看見一條故事線——從頭目外出無意間觸怒百步蛇王，使得頭目必須付出代價。

在小女兒露古決定犧牲自己的那一刻，故事中第一個性格鮮明的角色即出現。讀者開始聚焦在露古的一舉一動，為其同情或不捨。但是故事後來峰迴路轉，原來蛇王擁有法力，能變身為一位美男子，且擁有許多財富；至此，第二個顯眼的角色也出現了，不但帶給讀者驚奇，也提出一個疑問——他們從此就過著幸福快樂的日子，故事就結束了嗎？

故事帶入第三個角色——露古的姐姐拉金。拉金在看見露古的好生活後，歹念立起，毒辣狠毒的個性立即顯現，迅速展開她陷害

妹妹、笑裡藏刀的劇情。所幸，危急之際，蛇王回來了。蛇王的眼睛是明亮的，他可以看見事情的真偽原委，因此他在拉金身上降下懲罰，並將露古救起。故事到此總算告一段落，蛇王和露古才算真正的「過著幸福快樂的日子」。

百步蛇在排灣族文化裡代表著祖先，也因此擁有高貴、力量的象徵。故事中的蛇王不似妖孽，反倒像是神祇，能左右人們幸福與看穿人性善惡。

除了中國的「蛇郎君」民間故事有類似的劇情結構。此則故事也可與西方故事「美女與野獸」互相對照——蛇王之於野獸、露古之於美女。或許情節不盡相同，但角色們皆擁有一段曲折迭起的經歷，每每讓人吃驚

或讚嘆，最後才完滿的得到幸福。

　　繪者翻閱許多典籍，發現了許多特別的原住民族故事，其中又以「百步蛇的新娘」最為印象深刻，並決定要將本篇故事繪成圖畫。不只從資料取材，更實地探訪排灣族原住民的部落，並居住在石板屋中體驗感受，以求更完美地呈現本書。

　　本書擁有單圖表現的構成特性，每一張畫皆可以成為一幅單獨的圖，沒有特別橋段、情節或動作承接圖來連結劇情，純以每一張畫的獨特性述說故事，將文字隱藏於「色彩」與「構圖」中。每一張圖的大小皆相同，皆包在有圖騰的方框裡，突顯了每幅畫皆可獨立的藝術創作特點。

　　圖畫以象徵手法說明人性：以黑色的背景來暗示頭目夫妻的悲傷，以百合來象徵露古的善良，以蜈蚣來象徵拉金的惡毒；以四竄的火焰來表現蛇王的憤怒；以遍開的櫻花來襯托結局的美好。本書細膩的繪畫筆觸表現出排灣族衣著藝術的美麗，並以渲染的方式在各幅畫的背景著色；流暢的文字與圖片共舞，譜出一篇易讀好看，又讓讀者驚喜的故事，是一則高水準的師生團隊作品。（莊捷安）

◆作、繪者介紹：

姚亘

國立臺灣師範大學美術研究所碩士，擅長水墨、國畫和工筆花鳥畫。本書為其任職於國立臺東大學美勞教育學系（現改為美術產業學系）時，與學生合作進行的一項繪本創作計畫成果。選擇原住民族的故事題材來創作，希望透過圖畫書的呈現，讓大家了解不同族群的文化之美。

王淇

畢業於國立臺東大學美勞教育學系（現改為美術產業學系）。在校期間參與了繪本創作計畫，繪製本書。

以百合和蜈蚣象徵性地表現露古姊妹兩人個性。

書名：雲豹與黑熊

口述：哈古（陳文生，卑南族）

作者：嚴淑女（漢族）

繪者：董小蕙（漢族）

出版社：財團法人臺東縣文化基金會

出版日期：2005年12月

頁數：32頁（無頁碼）

尺寸：25x25cm

定價：300元

ISBN：9868181100（精裝）

　　本書出自卑南族的口傳故事，作者至台東建和部落木雕村進行原住民故事採錄時，將哈谷頭目口述的故事撰寫而成。

　　故事主角為身上有美麗花紋，在台灣已經絕種的雲豹，以及胸前有「V」字型圖案的台灣黑熊，這兩種台灣很珍貴的動物，現今在山區都很難被看見了。

　　然而，雲豹身上為何有如雲彩般的花紋？又被稱為白喉熊的台灣黑熊胸前那白色「V」字型圖案又從何而來？長年在深山中與動物相處的卑南族人對此發揮了獨特的想像力。

　　「為什麼雲豹看到黑熊就要趕快逃走？」故事從雲豹和黑熊兩個家族多年前的恩怨開始說起。

　　原本雲豹和黑熊的身上都是灰黑無特別的色彩。有一天他們相約為對方彩繪身體，黑熊很仔細的在雲豹身上塗滿黃褐色，再仔細彩繪出美麗的雲彩圖案。但是，雲豹在黑熊胸口畫了雪白的新月型圖案之後，發覺黑熊的身體太大，要全部彩繪需要花費好大的力氣，因此他取巧的想出用姑婆芋的大葉子沾滿黑色顏料，趁黑熊睡著時，快速的將他全身塗黑。

　　黑熊醒來發現自己被塗成黑色，氣得大吼，追得雲豹往深山裡逃，嚇得再也不敢出來。作者以逗趣的故事說明了兩種動物的特徵由來，也詼諧的趣解雲豹絕跡的可能性。

　　繪者以中國水墨的畫法、水彩的寫意，繪出輕鬆的線條和豐富的臉部表情，充分呈現

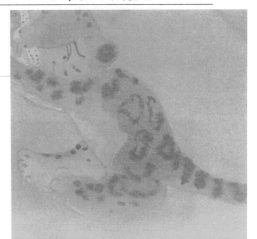

故事的幽默趣味和動感張力。

　　圖畫中，看似平靜柔和的色彩，卻處處可見卑南族口傳故事的幽默風趣。

　　繪者運用鬆軟的筆觸，表現黑熊趴在石頭上呼呼大睡的平和；在畫面角落營造只露出一半身體的雲豹的隱匿；黑熊追逐雲豹時前者憤怒，後者驚慌，形成追逐而躍入空中的動感。這一連串的畫面，創造出如同傳統京劇高潮迭起的戲劇張力。

　　這個歷代傳承的口傳故事不只令人容易記住雲豹和黑熊的特徵，更傳遞出卑南族與山林動物緊密的關係，也展現原住民幽默的想像力；圖文並茂的繪本形式，不僅能帶領孩子進入原住民美麗的文化傳說中，同時達到文化傳承的目的。（嚴淑女）

◆作者介紹：**嚴淑女**

童書作家，著有《春神跳舞的森林》、《再見小樹林》、《編織的幸福》、《勇12——戰鴿的故事》、《雲豹與黑熊》、《黑手小烏龜》、《搖滾森林》、《蔓蔓，真好》和《拉拉的自然筆記》等圖畫書，作品曾獲教育部原住民文化教育繪本獎、中國時報開卷好書獎最佳童書、好書大家讀最佳少年兒童讀物獎和第一屆豐子愷圖畫書獎入選等。

◆繪者介紹：**董小蕙**

國立臺灣師範大學美術系西畫組畢業、美術研究所理論組碩士，出版《莊子思想之美學意義》、《莊子虛靜觀照之下的寫生意義》等書。曾旅遊歐洲多國寫生創作，舉辦多次油畫創作個展。其水彩作品融合西方印象派及東方水墨寫意特質，呈現中國水墨繪畫寫意筆觸及西方豐富的色彩與光影。

憤怒、害怕的追逐畫面，充滿動感。

書名：天上飛來的魚
作、繪者：劉伯樂（漢族）
出版社：國立台灣美術館
出版日期：2006年12月
頁數：32頁
尺寸：22.5x27.3cm
定價：250元
ISBN：9789860074529（精裝）

本書首段便以一段詩意的文字寫道：「二月的時候下了一陣雨，長著翅膀的飛魚跟著雨水落在海上。」兩句話便顛覆了人們原本的認知──原來在這篇故事裡，飛魚是來自天上，而不是海裡。

作者說到成為「達悟」是快樂的，所以飛魚才會甘冒痛楚，不惜飛入火光中。魚躍進火光後得以成為人，似於一種鯉魚躍龍門的進化儀式，讀者可以在其中端倪到該族的起源傳說。這樣的開頭已經足以作為介紹「雅美（達悟）族人快樂生活」的引子。

作者在本書前段開頭以連續的問句為非原住民或沒有相關生活經驗的讀者拋出想像的問題：若你今天是過著如同雅美（達悟）人的日子一般，你會快樂、會喜歡嗎？作者不斷地提到「快樂」二字，從族人生活的各個面向，例如：如何張羅日常的飲食、製作自己的衣飾和製作許多陶製藝品等，去觀看他們是如何「快樂」。

本書與其說是一篇故事，倒不如說是一篇民族采風誌；書中寫、繪出雅美（達悟）族人的生活形式及其文化。從產業活動、房屋建設與居住習慣、飲食特色、造船技能、男女的衣著特色、物質文化，以及祭儀活動。最後以最大的活動──捉飛魚為本書的高潮，同時也暗示了最大的快樂即將來臨。

無數的飛魚飛向拼板舟，呼應前文──飛魚彷彿迫不及待地想轉世為雅美（達悟）族人般的急迫。而族人也張開魚網，歡喜的看著一條條的飛魚落進網裡，成為他們一整

年的快樂。

　　有趣的是，飛魚不可能被一網打盡，總有落於網外者。在一般的印象中，沒落進網裡的魚總是幸運兒，但在本書中，這些魚卻是「可惜沒飛進火光成為達悟人」的可憐魚。這些「可憐的飛魚」，還會變成飛鳥飛回「不快樂的天上」，期待來年能重返故地，再次成為飛魚，才有機會成為「快樂的達悟人」。

　　在閱讀本書之後，我們不但能從文字中理解雅美（達悟）文化，也能感受到族人對其生活那份自信、知命的「快樂」；更能從圖畫中看見蘭嶼的美麗，窺見族人的生活樣貌，分享他們在島上的安然自在。（莊捷安）

◆作、繪者介紹：**劉伯樂**

1952年生於南投縣埔里鎮。文化大學美術系西畫組畢業。曾任建設公司企畫設計、教育廳兒童讀物編輯小組美術編輯。多年來在各種文類的創作上不遺餘力，至少有40餘本不同刊物為其心血。喜歡自然觀察、野鳥攝影等等親近大自然的活動，並將人與自然和平互動的觀念載於其創作上，在圖畫書上面所體現的便是給予幼兒的「關懷大自然」的認知。作畫多用水彩為媒材，質樸的色彩與線條表現，予人一種鄉土藝術的力道。

以細膩的筆觸繪出雅美（達悟）族的服裝特色。

不同年齡階段的婦女，裝扮也有所不同。

書名：二十圓硬幣上的英雄：莫那‧魯道
作者：鄧相揚（漢族）
繪者：邱若龍（漢族）
出版社：國立台灣美術館
出版日期：2006年12月
頁數：32頁
尺寸：22.5x27.7cm
定價：250元
ISBN：9789860074581（精裝）

　　本書以賽德克族相關的歷史事件為主題發展故事。自日本統治台灣後，採取高壓政策，不僅奴役原住民，侵略土地，並且強制要求改變他們的生活習俗。長期受日本人暴虐無道統治的原住民，漸漸醞釀起抗日的情緒。

　　泰雅族的賽德克頭目莫那‧魯道為了族人生存的尊嚴，率領族人，於1930年10月27日發動了「霧社抗日事件」。雖然最終仍舊是寡不敵眾，許多寧死不屈的族人，紛紛選擇自縊。而莫那‧魯道最後也舉槍結束自己的生命。光復之後，國民政府將莫那‧魯道的牌位奉祀在台北及台中的忠烈祠，再於1973年將其遺骸從臺灣大學請出，安葬在霧社「抗日紀念碑」園區內。

　　本書故事從一枚於2000年，適逢霧社事件七十週年的二十元硬幣說起，讓讀者從生活中認識歷史事件，這樣的敘事方式，拉近了讀者的距離。

　　在描繪技巧上，以線條勾勒強調人物的肢體動作與表情，再根據畫面張力的需要，巧妙的運用直線、折線、曲線與明暗度加以變化。背景則以透明水彩表現，烘托鮮明的個體，適時留白，形成強烈的張力與戲劇性。

　　舉例來說，封面上莫那‧魯道右手高舉彎刀，五位族人持茅或握刀，每人姿勢雖高低不同，但視線一致，形成一股橫向的衝力；書名等文字區塊，與槍和茅形成三條平行線，也與站立的族人，構成水平與十字的穩定結

構。而在頁14-15中，文字的鋪陳帶來滿目瘡痍與橫屍遍野的景象，但繪者在構圖處理上卻有其巧思，以跨頁的方式呈現莫那‧魯道與日本人的對峙，雖然長矛受制，但莫那‧魯道的眼神卻魄力十足，反而彰顯日本人幾乎無力壓制的緊張感。畫面右上頁斜角，以淡彩表現運動場上死傷慘重的情景，暗示日本人落荒而逃的窘境。

　　「霧社抗日事件」與莫那‧魯道二者有其關鍵性的連結，但隨著時間的演進，國人對於這個屬於日本殖民時期的悲痛記憶卻漸漸淡忘。

　　本書透過二十元硬幣發行時，將莫那‧魯道的肖像鑄印其上，帶領讀者重溫當年事件始末，也重新讓我們認識這位抗日英雄。（卓淑敏）

◆作者介紹：鄧相揚

1951年出生於南投縣埔里鎮，為執業醫檢師與報導文學作家，從事「霧社事件」與泰雅族、邵族、平埔族群的田野調查與研究長達二十餘年，陸續完成了二十餘冊有關原住民的專著或學術論文，其中《風中緋櫻》一書於2003年由公視拍成年度歷史大戲連續劇。

◆繪者介紹：邱若龍

1965年生，台灣通霄人，賽德克族人女婿，對「霧社事件」及台灣原住民族文化有極大興趣。曾繪製「霧社事件」調查報告漫畫，擔任《gaya》紀錄電影和《風中緋櫻》電視等美術指導。

莫那‧魯道專注的眼神魄力十足，日本人無力招架。

書名：高山上的小米田
作、繪者：卓惠美（泰雅族）
出版社：南投縣政府教育局
出版日期：2007年2月
頁數：34頁
尺寸：21x30cm
定價：100元
ISBN：9789860088953（平裝）

本書為九年一貫國民教育課程的鄉土教育計畫中，第一本賽德克族三語繪本讀物。本計畫的故事使用塞德克族三種語系——德固語（Tkedaya）、都達語（Teuda）與德路固語（Truku，太魯閣語）與中文對照而書寫。此計畫延攬了南投縣教育界、宗教界及地方耆老參與編輯；而本書是以中文和賽德克族都達語對照創作。

本書作者以小時候的日常生活故事帶出瓦旦與阿公之間的祖孫情，以及阿公死亡的故事。阿公的小米田在高山上，瓦旦總是用羨慕的眼光看著阿公背起網袋、腰繫著獵刀、手握著拐杖，每天去山上的小米田工作。直到有一天阿公終於要帶他一起去山上的小米田。

繪者以水彩為媒材畫出粗線的筆觸，呈現瓦旦對大自然環境的感受、沿途彎曲山徑景象的想像；各種動物的嘶吼聲好像要把人吞沒般；路旁的芒草隨風搖動，好像老巫婆可怕的雙手，一副要抓人的模樣。

祖孫兩人來到了高山上小米田，阿公在田裡例行的巡視並用彎刀砍掉田裡的雜草。瓦旦則在附近玩耍，累了便斜躺在樹幹上唱著阿公教他唱的歌，後來不知不覺睡著。睡夢中，他好像聽到阿公在叫他「瓦旦……瓦旦……」。

故事由此開始進入轉折，文字描述瓦旦爬上樹大喊：「阿公。」繪者則在圖中以連續三大跨頁表現，沒有文字的畫面裡，深綠色水彩由中間以漸層方式呈現出一大遍綠油油的小米田，左下角的瓦旦彷彿在尋找什麼？

「如果阿公死在山上會成為惡靈，就沒有辦法通過彩虹橋跟祖先團聚。」透過這段文字描述帶出賽德克族人過世以後，靈魂都會走過一道彩虹的傳說。祖靈會在橋的彼端迎接子孫到祖靈的世界，象徵著認祖歸宗的意涵；而紋面更是死後認祖歸宗的標誌。

阿公的臉上有紋面，這紋面在賽德克族裡除了美觀、避邪以外，女子的紋面代表善織、男子的紋面代表勇武，是祖先留給後代子孫一種認祖歸宗的應允和約定。紋面同時也是族人代代相傳的符碼，彷彿是賽德克族人古老的印記，具有族群識別的意義。（林翠釵）

◆作、繪者介紹：**卓惠美**
1965年生於南投縣仁愛鄉馬列霸部落，為小學教師，也是原住民族的圖畫、文字作家，善以生活事件來作為說故事的素材，最近的創作為《阿公的大腳丫》，以多媒體電子繪本方式來呈現國語、泰雅語的雙語發音的兒童鄉土教學。

層疊的山巒中，傳來瓦旦對阿公的呼喚。

書名：少年西拉雅
作者：林滿秋（漢族）
繪者：張又然（漢族）
出版社：青林國際出版股份有限公司
出版日期：2007年6月
頁數：36頁
尺寸：28.5x21.5cm
定價：250元
ISBN：9789866830341（精裝）

本書為西拉雅族的故事。故事背景大約在兩三百年前的台灣台南，當時這個地區還是一片未開發的山林，景色優美，草原綻放滿滿的梅花，是梅花鹿的天堂，也是西拉雅族人的故鄉。本書由兒童文學作家林滿秋、插畫家張又然共同攜手合作，歷時三年才誕生。為2005年台南縣政府與青林國際出版公司共同策劃「南瀛之美」系列圖畫書之一，是台灣第一本說、畫平埔族「西拉雅人」的繪本。

故事描述西拉雅族少年加儂和少女伊蕊娜，救起了一個跌落山谷的荷蘭少年戴格。在養傷的過程中，加儂和戴格被彼此截然不同的生長文化深深吸引，更因為喜愛梅花鹿而成為好朋友。西拉雅人因受荷蘭人的殖民，族人改變了不獵殺母鹿和小鹿的規矩，加儂、伊蕊娜和戴格決心保護梅花鹿。但在一場以殘酷手法獵鹿的大規模行動中，加儂卻看到了戴格參與狩獵的身影……該書描述來自不同文化的兩個少年結成好友，卻無力阻止文化與生態的巨變。

作者接受邀稿之時，知道要以平埔族中的西拉雅族為主題，腦中立即出現「西拉雅人、梅花鹿、荷蘭人」這幾個元素來構思故事內容，最後藉由兩個不同文化的荷蘭少年與西拉雅少年，因為對梅花鹿的愛而成為朋友，並且從中帶出西拉雅族人的生活形態。作者寫出了兩個少年雖然來自不同文化，他們卻擁有共同的價值觀；藉此來傳達生態保育概念。

　　繪者為了更清楚西拉雅族中的祭儀文化，親自拜訪台南東山東河村，實際體驗祭儀「夜祭」的過程。此外也分別向研究西拉雅族、荷據時期和梅花鹿這些領域的學者、文史工作者請教；並以三年的時間，實地走訪、考察資料。在許多片段的文字及圖像資料中，確實考究書中所要呈現的自然環境、建築和動、植物等，組成比較完整的文化面貌。大量採用跨頁全景式描繪實景，希望讓畫面除了豐富、正確以外，能將更多當時的氛圍與生活狀況表現在其中。

　　本書結合西拉雅族人和荷蘭人之間的友情故事，以及動物保育；透過精緻豐富的畫面，讓讀者進入時光隧道，回到那一個人和大自然共存的時代。並以優美細緻的繪畫風格，展現當時土地廣闊的氣勢，提供讀者豐富的觀察角度與視野，更帶給讀者深度的文化意涵和知識啟發的價值。（黃俐雯）

◆作者介紹：**林滿秋**

1960年生。淡江大學中國文學系畢業。旅行、散步與寫作是她生命中最重要的三件事，目前專職寫作，為孩子寫出動人故事是她最喜歡的工作。曾獲最佳少年兒童讀物創作獎、圖書金鼎獎、國家文藝獎和中山文藝獎等。另著有：《一把蓮》、《隨身聽小孩》、《錯別字殺手》、《尋找尼可西》和《雲端裡的琴聲》等。

◆繪者介紹：**張又然**

1968年生。繪畫和大自然是他最熱愛的事物。專職插畫創作。擅長以細緻的線條和渲染的技巧勾勒畫面情景，透過田野調查與縝密的資料，將資訊融入畫作中，畫面層次豐富，意涵深刻。以《春神跳舞的森林》入選義大利波隆那國際兒童插畫展，亦以推薦畫家的身分代表台灣參展。

西拉雅人的祭儀過程──「夜祭」。

書名：那魯
作、繪者：李如青（漢族）
出版社：和英出版社
出版日期：2007年10月
頁數：38頁（無頁碼）
尺寸：21.6x30.4cm
定價：280元
ISBN：9789867942920（精裝）

勇士那魯和雲豹的故事與原住民的狩獵文化有關，作者在創作之初並無特定的指涉族群，不過從地理位置和服飾可大約看出來書中可能包含的族群有：卑南族、阿美族、排灣族、魯凱族、泰雅族和賽德克族。

本書的創作動機是源於作者長時間與原住民接觸的關係。作者將原住民與山的親切互動躍然於紙上，也強調獵殺雲豹的行為並非原住民傳統的習俗。原本作者是將書中的動物主角設定為台灣黑熊，但後來選用雲豹的原因是取其珍貴稀少之故；希望藉由雲豹的日漸減少，喚醒台灣人對於絕種動物的愛護之心。書末附上雲豹的小常識和中英雙語CD，輔助讀者閱讀。

傻大個的模樣是大家對於那魯的第一印象，也因此對於他出去玩耍時，常常失蹤的原因都嗤之以鼻，以為他在說謊。那魯成長為一位十六歲的壯碩青年後，雖然擁有高大威猛的身材，但卻無男子應具備的打獵功夫；連一隻野豬都沒有殺過的他，情竇初開的對金朵公主情有獨鍾。

部落裡的頭目開出的條件：「最先獵殺到美麗的雲豹並將之獻給頭目的人，就能娶金朵公主為妻。」包含那魯在內的年輕單身男子，都背起行囊出發狩獵。在狩獵的過程中，那魯認識了厲害的獵手虎殺和遇見獵物雲豹母子。在愛情和友情的兩難下，那魯該如何取捨呢？

本書畫風細膩，以少見的國畫技法將原

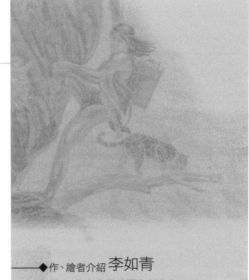

住民傳統服飾的編織特色細緻地表現出來。那魯和虎殺在林中奔跑的畫面充滿速度感，甚至能使讀者彷彿感受到風從身邊呼嘯而過的感覺；在人物裸露的皮膚下也能看出作者的技法使用在描繪健壯肌肉的功力。全書以黃褐色為基底，呈現出廣大山林的遼闊感，也確實的體現了人類在林中的渺小。在版面安排上，使用上下的排版，將畫面的五分之一當作文字區塊，另外的五分之四則是繪圖的空間，使每個單頁畫面都能成為一幅動人的圖像。

　　作者原本以開畫展的目的而創作，將原住民的狩獵文化當作主題投稿，進而獲得出版機會。作者在主題的經營上也顛覆世俗對「勇士」一詞的定義，並不是使用蠻力就是勇。虎殺也發現熟悉山野的那魯和動物之間難以解釋的奇妙連結，原來就是那魯對於生命的尊重和疼惜。到底真正的勇者是什麼？那魯的美好情操說明了一切！（林依綺）

◆作、繪者介紹 **李如青**

金門人，現為專職的圖文創作者。從小愛畫圖的他，父親很少限制他的發展。國立藝專（現為國立臺灣藝術大學）美工科畢業後，曾在廣告公司擔任十年的企劃；想把對臺灣周遭環境的感動化為文圖，散播美善在每個人心田。第一本繪本創作《那魯》，獲得第32屆「金鼎獎」兒童及少年圖畫書類最佳圖畫書，以及入選「好書大家讀」年度最佳好書推薦。他說：「我的作品繞著台灣，以台灣做為出發點，希望將這些故事當成一個禮物，給社會一點服務。」另有兩本經典之作：《勇12——戰鴿的故事》和《雄獅堡最後的衛兵》。

以水墨畫的方式呈現那魯和虎殺競跑的速度感。

書名：葫蘆花與陶鍋
作者：李治國（漢族）等
繪者：邱淑芬（漢族）等
出版社：臺東縣政府教育局
出版日期：2007年11月
頁數：26頁
尺寸：30.5x22cm
定價：無
ISBN：無（精裝）

本書出版的發跡點，源於國小鄉土語言課程。作者為教授布農語的老師，她挑選出「葫蘆花與陶鍋」這個知名的傳說，編寫成完整的故事；除了漢語，也使用羅馬拼音寫成布農語。圖畫由美術老師設計、學生繪製，此創作形式不僅增加學生的成就感，也增添他們對布農文化及語言的參與感。

根據布農族其中一個人類起源的傳說，男性祖先原本是藏匿於葫蘆花中的一隻小蟲，女子則是來自於陶鍋。本書將故事安排在一個擁有溫暖陽光的白日，蔚藍的天空中出現了一朵金黃色的葫蘆花，隨著微風輕輕吹拂飄盪，最終掉落在廣大的草原上。一開始即點出了葫蘆花出現的時間、天氣以及周遭的環境背景。自然萬物的滋養，讓葫蘆花中的小蟲變成一個強壯的男孩。自然萬物看到男孩都喊著「布農！布農！」。男孩春天在花叢中和蜜蜂、蝴蝶嬉戲；夏天在河流中與魚蝦游水；秋天在樹林中以水果充饑；到了冬天則穿著獸皮衣禦寒。清楚交代四季更迭的特色，也說明了人的生活依賴著大自然，大自然孕育著人。

當日子一天天過去，越來越寂寞的男孩爬上了玉山，向天神祈禱。天神賜給男孩陶鍋和火種，並要他運用這兩項物品煮食，只要勤勞努力，就會有回報。男孩從早到晚努力地搬運木材、並用火將陶鍋燒得通紅；直到有一日，陶鍋裂開了！正當男孩不知所措時，破掉的陶鍋中走出一名美麗的女孩，兩

人一同在大地上生活，生下許許多多的子孫。布農，發音為「Bunun」，直到最後一頁，作者才揭開了謎底，原來「布農」指的正是「人類」。

　　本書文圖的編排，左頁為文字，右頁則是圖畫。左頁文字的部分以黑色為背景，搭配上、下兩排紅色花邊的設計，就像一座舞台；白色的字體，使得文字隨著故事前進，慢慢浮現。另外，句子的排列則以上一段為國語，下一段為布農語拼音，容易對照、方便教學。

　　右頁圖畫的部分皆以紙版畫構成，黃灰色為基底，圖案則採用黑色；紙版畫雖是以線條和簡易圖形組成，但看似簡單的圖案，卻呈現出彷如古樸的圖騰。畫面大部分運用較為正面且平視的角度呈現；雖然較為平面稍無立體感，但是卻使文字和圖畫的搭配，瀰漫著神話傳說所給人的古老韻味和神祕感。（蔡竺均）

◆作者介紹：**李治國**

本書由當時初來國小校長李治國統籌，帶領台東縣國小老師王美充、胡祝賀、許瑞芬、邱玉珍、黃國將、邱妙銘和劉梅玲等人共同編輯。其中主編邱玉珍為布農族族人，現於台東縣海端鄉初來國小、崁頂國小、海端國小等小學擔任布農語專任老師。

◆繪者介紹：**邱淑芬**

台東縣初來國小美術老師。本書故事出爐後，由邱淑芬先分鏡為20個畫面，再利用每周美術課與11名初來國小的學生：胡念珍、胡至軒、胡子平、胡夢品、高志昌、胡姿涵、胡馨婷、古瑪琍、林玉梅、林正國和吳瑋倫共同完成。

右頁皆以紙版畫構成，左頁則以舞台的形式放置文句。

書名：魯凱族神話童書
作者：梅海文（漢族）
繪者：林文賢（卑南族）
出版社：台灣原住民部落振興文教基金會
出版日期：2007年12月
頁數：46頁
尺寸：26x19cm
定價：200元
ISBN：9789572822869（平裝）

世界上所有民族自古到今都有流傳神話故事，而且幾乎都有相同的故事原型，像是關於天與地，以及將大自然神格化等。魯凱族神話故事就是始於古代族人對天與地的一種敬畏，以及對於大自然以令人類不知所措和無法理解的方式，掠奪及毀壞人類擁有的一切所做的合理化詮釋，並從此代代口述傳誦。

由於魯凱族和其它原住民族一樣沒有自己可書寫的文字符號，所以在使用其母語於日常溝通時，是以口頭敘述方式呈現。作者於口傳神話收集記述時，儘量保持耆老口述後由魯凱族翻譯者口譯成漢文的語法結構，以求接近其文字的原始意涵及樣貌；讀者在閱讀此書時，便能很輕易瞭解口傳故事與一般書寫故事之間的差別。

作者採集了由耆老口述的魯凱族口傳神話故事，整理後參考行政院原住民族委員會委員的意見，選擇適合收錄篇章出版。

書中的六個故事分別簡述如下：〈人仔山的孕婦石〉為古時候大南社的一位懷孕婦女，因為欲與居住在地下部落洞穴的地下人交易，在回程中不幸變成石頭。〈大南社的創世紀〉為大南社最早的貴族源起之傳說，描述古時候大南社發生大洪水，只有魯凱族一對兄妹及動物幸運生還。〈彩虹女〉為一位魯凱族女孩毛阿卡凱被母親虐待，在父親和情人可魯魯發現母親與妹妹其實是老鼠後，將她們趕走，女孩和情人結為夫妻過著幸福快樂的日子。〈雲豹的故鄉〉記述好茶

的始祖普拉路央有一次帶雲豹利庫勞從台東太麻里社前往霧頭山及北大武山打獵，因而決定率領台東的族人來到好茶及魯敏康建立新部落。〈巴冷與神壺〉提及古茶布安（舊好茶）聖水發源地的北方的一個占卜用的陶壺，有一年因山洪暴發不幸被沖走，被一位具有神力的青年巴冷順利取回，於是他從此成為部落中最有地位的貴族，也享有納貢的權利。〈神的使者達庫陸邦〉為一對夫妻終日忙於田作無暇照顧年幼的孩子，神明因而接走孩子代為照顧，孩子長大後在八位神靈相伴下返家，幫助耕種。他離開前將一些祭祀用聖物交給父母，供部落的農民祭儀使用，使得部落年年豐收。

　　書中圖畫使用油性蠟筆及不透明水彩等複合媒材，每張圖畫均顏色鮮艷且色彩飽滿。繪者以模仿兒童繪畫的筆觸來繪製，希望能以活潑生動的色調增加兒童閱讀的童趣。（李沛涵）

◆作者介紹：**梅海文**
曾任職於《中國時報》。擔任台灣第一本原住民族青少年雜誌《Ho Hai Yan台灣原YOUNG》編輯。現任台灣原住民部落振興文教基金會，編輯《台北原野月刊》。為了採集由耆老口述的魯凱族口傳神話故事，親自探訪居住在台東縣卑南鄉東興新村達魯瑪克部落（原大南村）、屏東霧台鄉舊好茶部落，以及都市中的耆老。

◆繪者介紹：**林文賢**
國中美術老師，從事插畫創作的業餘插畫家。作品另有《布農族神話童書》及《阿美族神話童書》等。

傳說中的人仔山洞穴。

專門被用來占卜的陶壺。

書名：希‧瑪德嫩
作者：盧彥芬（漢族）
繪者：曹俊彥（漢族）
出版社：臺東縣政府文化處
出版日期：2008年11月
頁數：32頁，22頁（教學輔助手冊）
尺寸：29.5x21cm
定價：300元
ISBN：9789860158755（精裝）

本書是配合政府推行雅美（達悟）族的小孩「看繪本，輕鬆學族語」活動所出版的作品，文末附有漢語與族語的對照、教學光碟及教學輔助手冊。手冊包含「雅美（達悟）族人的名字變化」、「故事紙牌」、「句型練習」、「提問討論」、「小書製作」與「我也是編織高手」等六個課程單元設計，並以傳統和改編歌謠設計遊戲，加上該族的傳說、傳統生活和織布活動的補充介紹，方便教師應用於教學。

這則故事依據雅美（達悟）族的傳說，延伸改寫而來。正在織布的希嫻‧瑪德嫩聽見女兒希‧瑪德嫩哭著回家訴苦，說自己的名字常被其他小朋友取笑，故意叫她「瑪德勒」，那是族語中「聾子」的意思。母親正專注的織著布，沒有理會她，小女孩氣得跑出屋外，不見蹤影。直到太陽下山，媽媽停下手邊的工作後，才發現孩子還沒回家，於是急得四處呼喊、找尋。

焦急的母親想起部落中老人說過的古老傳說：從前有個鎮日忙於織布的母親，孩子因肚子餓而哇哇大哭都無暇理會，於是孩子吃下織布用的蠟，長出羽毛、長出翅膀，變成「弗伊德鳥」飛走了。希嫻‧瑪德嫩越想越不安，找著找著，終於在海邊的船旁找到睡著的希‧瑪德嫩。

母親告訴女兒，「瑪德嫩」在族語中表示很有智慧、很有能力的意思；因為奶奶非常會織布，希望小瑪德嫩也能像奶奶一樣，擁有很棒的織布能力才起的名字。聽了母親

的解釋，希‧瑪德嫩這才明白原來自己的名字富有這麼美好的意義。她下定決心不再理會那些嘲笑她的孩子，從今以後要好好跟著母親學習織布。希婻‧瑪德嫩於是仔細且耐心的教導、傳授女兒織布的技術。故事最後結束在母女倆一邊織布，一邊輕聲哼歌的溫柔畫面裡。

　　這是一則溫馨的故事，藉著母女的互動，表達出母親對孩子的愛與期待，也讓孩子明白部落傳統文化的重要，與「代代相傳」的意義與價值。繪者運用柔和的水彩作媒介，描繪出故事的美好，線條溫潤卻有力，用色柔美而細膩，將母親擔憂的神態、孩子慍怒的表情恰如其分的呈現。另外，繪者對光影的觀察與琢磨，表現出從白天到黑夜的時光流動，讓讀者每一次翻頁都能看見一幅美麗的風景，彷若置身於蘭嶼，天光雲影躍然紙上。（董惠芳）

◆作者介紹：**盧彥芬**
畢業於臺東大學兒童文學研究所，長期從事閱讀推廣與故事媽媽說故事活動，並擔任故事媽媽團體與各項閱讀活動授課講師，目前為台東縣故事協會總幹事、兒童文化藝術基金會執行長。2007年編寫第一本圖畫書《小孩與螃蟹》，之後陸續編寫《希‧瑪德嫩》和《嘎格令》等作品。

◆繪者介紹：**曹俊彥**
1941年生於台北大稻埕；曾任國小美術教師、教科書編輯委員、「中華兒童叢書」美術編輯、信誼出版社總編輯，1964年第一本圖畫書《小紅計程車》問世，創作不輟。現為自由創作者，集編、寫、繪於一身，為兒童創作，且積極參與推廣工作。作品《小蝌蚪找媽媽》、《山櫻花》入選2007年義大利波隆那國際兒童書展的台灣館參展名單。

母親為尋找女兒心焦不已。

以母女溫馨的互動，呼應代代傳承的織布技術。

書名：看‧傳說：台灣原住民的神話與創作（展覽遊戲書）
作者：陳嬋娟（漢族）
繪者：雷恩（排灣族）、黃麗娟（漢族）
出版社：高雄市立美術館
出版日期：2009年3月
頁數：80頁
尺寸：27x26cm
定價：400元
ISBN：9789860176506（活頁精裝）

　　本書榮獲第二屆國家出版獎入選，為高雄市立美術館「看‧傳說——台灣原住民的神話與創作展覽」的精裝遊戲書，書中除了介紹展覽的內容與主題，也提供互動教具，增加欣賞、操作、創作、體驗與學習的樂趣，使整本書更具互動的活潑性。

　　全書以傳說為主軸，藉由阿美族、卑南族與排灣族的傳說與故事，結合當代原住民藝術家以各式媒材所詮釋的創作作品，並搭配插畫、版畫與照片，讓讀者重新認識並體驗原住民族的文化內涵。除了介紹各族群的傳說與故事外，亦各自概述各族群的地理分布、社會組織，以及與社會組織相對應的儀式祭典或物質文化與紋飾。例如：阿美族的年齡組織與豐年祭、卑南族的少年會所、青年會所與猴祭，以及排灣族的貴族制度與琉璃珠、紋手和圖騰。從中也可以看到，各族群的社群文化、物質文化與精神文化，背後還蘊含著豐富的族群傳說與故事。例如：阿美族的「阿里卡該」是有關年齡階級組織和海祭、排灣族的琉璃珠故事與意義，由此可知原住民族文化背後蘊藏著深層的意涵。

　　本書的圖以抽象概念與文化符號的構圖呈現，用色飽滿，強烈的視覺呈現與曲線線條，讓人有置身神話世界之感。其中，阿美族的「梅花鹿取火」的故事，利用一展頁的圖畫來表達部落與島嶼之間遙遠的距離、族人對火的乞求與渴望，以及得到火時的歡欣、雀躍與感恩，並以正反兩面表達小鳥與梅花鹿前後取火的過程。而另一則「火的傳說」，

更在左右兩頁各畫上了南方小島與本島，並在中間頁放入嘴裡啣著火把跳躍的梅花鹿投影片；在翻動投影片的過程中，如臨梅花鹿跳躍取火之境。此外，書中並搭以照片與版畫來傳達族群文化生活的真實感，讓人在虛與實、夢與真的互動交錯中，更加認識及體驗原住民族文化，也呼應了「看・傳說」這個主題。

　　書中概述各族群的傳說、故事與神話，以及生活與植物，也介紹當代各族群代表藝術家的作品，如：阿美族的季・拉黑子、卑南族的哈古與排灣族的撒古流・巴瓦瓦隆，讓人感受到各族群的藝術特色和不同線條的表現方式。書中也包含展覽的活動內容，不論是現場作品、小朋友參與體驗或是活動等照片，皆讓人有親臨現場之感，是一本深刻的展覽體驗書。此書結合遊戲、知識與圖像，很適合家長陪同孩子一起共讀，就如同陪孩子一起逛了趟美術館般雀躍。（林庭薇）

◆作者介紹：**陳嬋娟**
作者任職於高雄兒童美術館教育推館組，負責本書撰稿編輯，策劃「看・傳說──台灣原住民的神話與創作展覽」，亦於高雄兒童美術館推廣各類美術教育活動，最近的策展為「奇幻野獸國」。

◆繪者介紹：

雷恩
族名為Kulele Ruladen（古勒勒・羅拉登），1973年出生，屏東三地門排灣族人，畢業於國立藝專美術科，是少數接受學院養成的原住民藝術創作者。擅以工藝、雕塑、繪畫與運用複合媒材裝置作品來詮釋族群文化、原住民族當代文化與社會議題；也喜歡用裝置藝術來傳達議題觀念。代表作品有：《部落意象──琉璃珠的故鄉》、《戀念百合》、《被詛咒的獵首人》等。

黃麗娟
繪有《看・傳說：台灣原住民的神話與創作》一書。

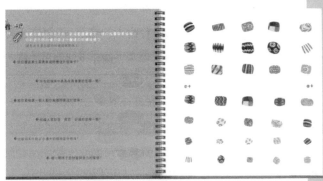

以貼紙形式呈現認識排灣族琉璃珠的互動教具。

書名：尤瑪婆婆的口簧琴
作、繪者：翁韻淇（漢族）
出版社：國立東華大學
出版日期：2009年4月
頁數：32頁（無頁碼）
尺寸：28x21cm
定價：200元
ISBN：9789860183399（平裝）

故事從兩個太魯閣族小朋友放暑假隨父母回故鄉花蓮奶奶的家開始。他們在院子玩耍時，被遠處傳來優美的樂聲吸引，循著樂音傳來的方向，他們遇見了正在吹奏口簧琴的太魯閣族尤瑪老婆婆。

本書繪者使用水彩、水性色鉛筆及粉彩筆等混合媒材繪圖。構圖有預留文字呈現的位置，圖文搭配得宜，色調及風格一致。冷色調的淡彩暗示故事中淒美感人的過往回憶。圖案的呈現，例如：飄散的落葉，其位置帶領了故事行進的方向，使讀者感受到豐富的情感氛圍。除此之外，圖畫有分近、中、遠景，以及分格畫面來闡釋意象。透過圖畫，讀者隨著故事情節，穿越時光隧道，回到尤瑪老婆婆的少女時代；得知她是如何和初戀情人瓦頓相識，接觸口簧琴，以及瓦頓因為必須保鄉衛族而一去不復返，使她倍嘗與情人分離的相思痛苦。

尤瑪老婆婆臉頰上刺的寬邊V形紋飾，現今在年輕的原住民族男女中已很少見。「紋面」為太魯閣族、泰雅族與賽德克族的傳統文化特徵，對其族群的男子而言，是成年的標記，也是英勇的象徵；對其族群的女子而言，則是善於織布的標記。不會織布與沒有紋面的原住民女子在部落裡通常是無人追求的。然而，紋面這個傳統文化，因日本殖民政府的嚴禁與現今社會環境與文化的影響下，漸漸地改變，致使現今比較可能在太魯閣族、泰雅族與賽德克族的少數年長者臉上才看得到紋面——這個舊時代的印記。

「口簧琴」又稱為口琴、口弦、嘴琴，是一種具有相當久遠歷史的傳統樂器，廣泛被使用於亞洲，尤其是在東南亞、南亞，以及北亞一帶。屬於自體發聲，即利用樂器本身的構造來發出聲響的一種樂器。大致上簧片分單簧及多簧，琴座有分竹片及鐵片，簧片則有竹簧、銅簧和鐵簧三種。在台灣的原住民族群中，幾乎每一族都有屬於自己特色的口簧琴，且有不同的稱呼；各族中只有雅美（達悟）族人不使用口簧琴。口簧琴在太魯閣族及原住民族舊時的社交禮儀活動中扮演相當重要的角色，因為在不能高調示愛的年代，有情男女只好藉由吹奏口簧琴來表達對彼此的好感。故事中，瓦頓將親手製作的口簧琴贈與尤瑪做為定情之物；尤瑪珍惜口簧琴，因為它代表著屬於她少女時代的一段無法忘懷的初戀回憶。（李沛涵）

◆作、繪者介紹：**翁韻淇**

高雄人。就讀東華大學藝術設計系時，修習「東台灣生態文化繪本」課程。親自探訪不同的原住民族群部落再行創作。她實地前往花蓮縣秀林鄉、三棧溪部落，拜訪太魯閣族耆老及收集故事，經過七個月的醞釀後，創作完成本書。在教授徐秀菊指導下，六位創作同學前往國外十個城市，介紹及推廣花蓮特有的原住民族群風俗文化。各主題除了繪本外，另有繪本罐頭包裝光碟有聲書、繪本果凍胸章、繪本糖果衣、繪本棒棒糖與繪本馬克杯等創意商品。

吹奏口簧琴的尤瑪婆婆。

尤瑪和瓦頓相識時。

書名：火光中的撒奇萊雅
作、繪者：陳奕杰（漢族）
出版社：國立東華大學
出版日期：2009年4月
頁數：40頁（無頁碼）
尺寸：28x21cm
定價：200元
ISBN：9789860183399（平裝）

本書以撒奇萊雅族之加禮宛事件所改編，為該族歷史與體驗的故事類型，全文以中文寫成。

主角阿力在一次父親的安排下，回到不熟悉的水璉老家拜訪帝瓦伊爺爺，並由爺爺的身上得知自己所屬族群是由一部用心酸、血淚，埋藏身分多年而成的歷史。

噶瑪蘭族人因不滿漢人與清兵不斷地侵奪其土地，便聯合達固胡灣的撒奇萊雅族人起而攻之，但撒奇萊雅族因人數的劣勢與火力的不足，在家園被火燒毀並逃到深山之後，頭目孤木為了族人決定犧牲自己對清兵投降，清兵卻以極刑處決了他及妻子伊婕。此後，撒奇萊雅族人便四處流散、隱埋身分，並藏身在阿美族人之中。

作者在描繪孤木思索下一步該如何走時，運用了三幅小分鏡，充分的將他思考、無奈、下定決心離去的情境給表達了出來。而他與妻子遭清兵刑求的場面，以畫面來述說，即使孤木想追求和平，卻不可得之，強化了清兵蠻橫與他捨身求仁的精神。

爺爺在故事結束後告訴阿力：絕不可忘記自己身上流傳的血液。

在撒奇萊雅族正名之後，爸爸幫阿力報名了木神祭與成年禮，由督固叔叔帶領他走向砂婆礑山。走了幾個小時後，阿力氣喘吁吁，被叔叔取笑無法當族裡的勇士，這反而激勵了他。

到了三角石聖地，由頭目帶領祭祀、敬酒，再回到山下的茄苳樹下，長老為青少年

戴上頭帶，恭賀他們通過成年禮的考驗。

晚上的火神祭，充分的將當年孤木帶領族人逃離被清兵火燒部落的歷程，傳承給每位撒奇萊雅族的後代子孫。燃燒了火神塔，眾人盡情跳舞，阿力也以身為撒奇萊雅族人為榮。

作者在最後一幅圖中，畫出了撒奇萊雅族人圍著火堆跳舞的場景。藉由將阿力的臉龐畫在近景，相互映照，充分將文字中對於族人恢復族名與祭典的快樂，以及阿力的心情完完全全表達出來，那是一股帶著驕傲、滿足和喜悅的心情。阿力也在火光之中，結束了這趟有意義的旅程——屬於撒奇萊雅族人的尋根之旅。

本書在最後也附上關於撒奇萊雅族的祭典、習俗、神話、傳說和服飾等介紹，讓人容易明瞭該族的特色，以及介紹帝瓦伊爺爺，這位讓讀者了解撒奇萊雅族正名成功背後的重要推手。（吳宗憲）

◆作、繪者介紹：**陳奕杰**

成長、讀書都在花蓮，直到大學接觸原住民族文化。本書為其第一本繪本，亦是「東台灣生態文化繪本」第二年之計畫成果之一。在教授徐秀菊與插畫家鍾易真的指導下，以花蓮生態文化為主題，共同創造精采趣味，又兼具深度歷史及文化意義的繪本，呈現出花蓮充沛的自然生態與多元文化。

孤木與妻子被清兵處死畫面，充滿無奈感。

書名：土地和太陽的孩子：排灣族源起神話傳說
作、繪者：伊誕‧巴瓦瓦隆（排灣族）
出版社：藝術家出版社
出版日期：2009年9月
頁數：32頁
尺寸：21.5x27.7cm
定價：250元
ISBN：9789866565410（精裝）

本書講述排灣族的神話傳說，故事原文未標示注音符號，為了能讓幼小的孩子也能閱讀，書中附有一張「繪本注音學習單」。

繪本開頭即點明這是來自很久很久以前，排灣族拉瓦爾(ravar)人所留下來的創始故事。萬古以前，四周什麼都沒有，神明由於孤寂而創造了天地，也創造了風、雷、雨和地震，以及山林和海水的子民。為了創造出部落，造物者在得繞(djerau)這個地方生出一男一女，女的叫卡力(kariu)、男的叫卡如阿(karua)，他們便是排灣族阿地誕(qatitan)的始祖——代表那最初的、由土地中誕生的生命，故稱土地為父母。

當時天空和地面的距離很近，太陽也不夠亮，居民的生活十分不便。有一天，部落中的一對兄弟發現對面大姆姆山(tjaivuvu)的山頂正在冒煙，決定前去一探究竟，弟弟撒畢力(sapili)先在山頂發現一個陶壺，想把陶壺帶回家去，沒想到陶壺一下就從撒畢力的背袋內回到原地，不肯走。隨後趕來的哥哥撒泰熱(satjair)將這個會說話的陶壺命名為勒勒單(reretan)，兄弟倆恭敬的請求陶壺一起下山，陶壺才願意跟他們一起離開。

半途上，陶壺不肯過河，兩兄弟只好搭橋；陶壺不肯進部落，兩兄弟必須進行「炊煙(kicevulj)」和「打破驅除(ceberuk)」的儀式，待陶壺明白這是個乾淨美麗的部落後，它才肯進入。

又為了讓陶壺能夠安心的留在部落裡，他們請了百步蛇王來守護，陶壺一天天變大，天空也漸漸變高、太陽越來越亮。有一天，「碰！」的一聲，陶壺破了，生出一名嬰兒——勒佛勒佛(ljeveljev)，即是排灣族太陽與陶壺的後代——麻麻沙妮蘭(mamazangiljan)的始祖，專司排解紛爭、救濟貧困和傳承樂藝等事務，成為族人的生活核心。

　　這是一則帶有神祕色彩的「生命傳承」故事，表達排灣族人對天地的敬畏與共生的生命態度。作者運用費工時的套色木刻版畫呈現，將族人的口傳故事記錄下來。全書圖像以跨頁的大圖安排，版畫上的木刻紋路清晰可見，作者用色鮮明大膽，細膩又俐落的刀痕，讓木刻版畫在粗獷的線條中同時展現細緻的思維。

　　圖中人物的表情神態皆生動；排灣族圖騰、衣飾、器物亦不馬虎，不僅恰如其分的傳遞出故事的細節，也讓讀者看見作者心中對故鄉土地的深厚情感，與對部落文化傳承的責任和熱情。（鐘尹萱）

◆作、繪者介紹：

伊誕‧巴瓦瓦隆

排灣族，出生於屏東三地門鄉，排灣族Laval系發源地達瓦蘭部落。作者成長於部落中的藝術家族，一直以來，大自然的美好和單純的力量是他所追尋價值，其創作相當多元，包括詩、小品文、紀錄性文章、繪畫、版畫、雕刻、廣告設計、裝置藝術、攝影及影像紀錄等，作品細膩，且富含詩意、古樸且神祕的想像。

八〇年代的台灣野百合學生運動及原住民運動，則是影響作者創作風格的重要時期；作者曾推動「原住民大專學生文學運動」，是台灣原住民社會運動刊物、海報和T恤上的百合花圖樣創作者。八八風災後，投身為家鄉創作與拍攝紀錄片。本書是他的第一本圖畫書創作，入圍第33屆金鼎獎。

作工細緻的木刻版畫。

書名：阿美野菜奶奶
作、繪者：李孟芬（漢族）
出版社：國立東華大學
出版日期：2009年4月
頁數：36頁（無頁碼）
尺寸：28x21cm
定價：200元
ISBN：9789860183399（平裝）

本書為東華大學所策劃出版的「東台灣生態文化繪本系列」六冊一套的其中一本，故事主角為阿美族的奶奶和孫女巴奈。全書以插畫介紹各種野菜，內容較傾向知識類讀物。

書末附有書中所提及可食用之野菜照片，並詳敘其野菜基本資料和別稱、採收季節、可食用部位，以及其他特性；另外，也將野菜名以羅馬拼音翻譯為阿美族語。

本書環繞在奶奶背著大竹簍帶領巴奈尋找野菜的過程，奶奶和巴奈一邊欣賞風景，在路途上看見各式各樣豐富的野菜。巴奈發現了龍葵的果實可當零嘴的「黑子菜」；灑點鹽巴就能當涼菜的紫花酢醬草，孩子亦可以握住其莖柄當童玩，互相拉扯朝下的葉面；長在河旁充滿香氣的野薑花，可製成爽口的菜餡；吃起來帶有苦味的兔仔菜，又稱鵝仔菜；傳說是日本人送的禮物，任何煮法都很美味的昭和草；芋頭葉也可以享用，但要小心和有毒的姑婆芋搞混；樹上也有可食用的山蘇，外型因為像鳥巢，所以又叫「鳥巢蕨」……

書中除了介紹阿美族人常食用的野菜外，也介紹花蓮縣有名的野菜黃昏市場，在這個市場中販賣更多種類的野菜。當然，作者也透過奶奶的講解，向讀者介紹更多野菜，及其煮食的方式。

文字運用奶奶和巴奈交錯的觀點，由好奇心十足的巴奈負責提問，睿智的奶奶則詳盡說明植物的名稱、特性和煮法。在一問一

答的你來我往間，讓索然無趣的知識類文句敘述，變得活潑且生動。

　　阿美族充分運用大自然所賦予的植物，無論根、莖、葉都不浪費，且皆能運用族人的智慧和創意完成每一道料理，也難怪阿美族自稱為「吃草民族」。經由奶奶的介紹，讀者也可以了解阿美族的特性是善於運用大自然的資源，透過一代傳承一代的信念，讓屬於他們的智慧文化也流傳下來。

　　全書以水彩和色鉛筆為主要表現媒材。大部分採跨頁的方式繪製畫面，使得花蓮純樸的鄉間和建築物、清澈見底的河流和綠意盎然的景色一一展現在讀者眼前。文字擺放在兩旁，中間為淺淡底色，不會讓畫面產生壓迫感而影響閱讀情緒。

　　另外，繪者也以伸縮鏡頭的手法，縮小畫面視野，放大野菜的外型，讓野菜外型更可細膩地展現出來。（蔡竺均）

◆作、繪者介紹：**李孟芬**

台北板橋人。畢業於花蓮教育大學視覺藝術教育研究所，現於花蓮縣吉安鄉化仁國小擔任老師。作者平時喜愛繪畫，而花蓮的好山好水更是讓她得到不少靈感。2007年時，出版第一本圖畫書《魚的家‧巴拉告》，為東華大學所出版的「東台灣生態旅遊繪本系列」套書的其中一本，此本書描述花蓮縣光復鄉的阿美族生態捕魚法「巴拉告」的故事。第二本創作即為本書，隸屬「東台灣生態文化繪本系列」套書。

全書關於蔬果等細節均清楚描繪。

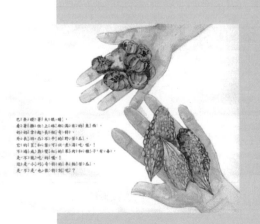

書名：黃金神花的子民：鄒族源起神話傳說
作、繪者：不舞・阿古亞那（鄒族）
出版社：藝術家出版社
出版日期：2009年9月
頁數：32頁
尺寸：21.5x27.7cm
定價：250元
ISBN：9789866565502（精裝）

本書是鄒族人(cou)的創世神話，雖以漢語書寫，但關於地方與角色的命名，仍以該族族語為主。

故事從天神尼弗如(nivenu)與戰神哈莫(hamo)說起。首先藉由天神的足跡讓讀者了解鄒族主要部落的地勢是如何成形。祂搖動了楓樹與茄苳樹，分別是鄒族人（包含鄒族人的兄弟馬雅人），以及漢人的祖先布杜(budu)。祂教會了鄒族人如何狩獵、捕捉，製作編籃、器物，也吩咐人們可以到河裡捕魚蝦來吃，天神留下足跡後便離開。

接著是戰神哈莫的故事。祂原本還是部落的小孩，某日族人帶著他到河邊網魚，要他在岸邊看守著，想不到他卻不見了！後來孩子從天上回到了部落，告訴族人，祂就是原本在河邊失蹤的小孩。祂教導地上的族人如何與神對話和歌唱，鄒族的祭典瑪雅斯比(mayasvi)便由此而生。祂並且告訴地上的族人，天下到處開滿了菲蝶烏(fiteyu)，也就是黃金石斛蘭，因此只要每逢祭典，族人就會將菲蝶烏插在皮帽上，高聲地吟唱迎神曲與送神曲，鄒族的子孫也因此得以延續至今。

鄒族的神話演義緊扣嘉義阿里山週遭的地景，除了讓讀者了解鄒族的故鄉阿里山是如何形成，也順帶提到西邊的嘉南平原是充滿了泥土香味的神話。天神在創造人的橋段不只有創造鄒族人與馬雅人，布杜（漢人）也在其中，可見其神話具有廣闊的包容性。另外戰神的出身並不像天神憑空降下，而是在天上學習了所

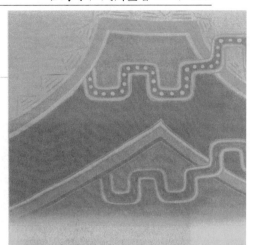

有事物後回到地上的族裡小孩；這樣的安排拉近讀者與戰神的距離，因為戰神曾經也是族人。當戰神教導族人歌曲和儀式，族人即使看不懂也聽不懂，也不會感到訝異，仍認為這是天國的語言。

　　圖像部分不以寫實的筆觸來描繪阿里山的山林鳥獸和人群，角色與地景的設計以簡明的線條、圖騰般的符號來詮釋一切；大膽與華麗的用色，如同孩子玩耍般的塗鴉作品，簡明線條與華麗色彩搭配起來，嚴謹不失趣味。

　　例如，人像面孔的設計，外圍用一圓表示頭型，圓內三個小圓圈分別代表是兩顆眼睛與嘴巴；中間一條彎曲的線將臉對拆兩半、左右各用差異甚大的顏色塗上，這樣的面孔不只清楚表達了人像面孔的特徵，也講出此面孔是由另外兩人（兩個顏色）組合出來的，由此可見作者在色彩與線條上的用心。（王俊凱）

◆作、繪者介紹：

不舞・阿古亞那

1972年出生於嘉義縣阿里山鄉來吉村，私立復興高級商工職業學校美工繪畫組畢業。1999年在面對鄒族的聖山——塔山，設立了工作室，除了自創品牌「哈莫哇那」，也致力於部落的工藝教學。

鄒族人的遷移從特富野社跟隨著山豬，發現了來吉；同樣的，來吉的山豬也帶領著不舞，讓不舞創作出「紅色山豬」，而山豬的意象，也重新賦予來吉部落新的文化形象。鄒族語Fuzu是山豬的意思，不舞的山豬圖像恰巧也像一個F，另外也有人提到在漢人的世界中，F是福的意思，更有人說F就是Formosa福爾摩莎之意。

頭繫黃金神花的戰神教導族人祭祀歌謠，用色大膽華麗。

書名：嘎格令
作者：盧彥芬（漢族）
繪者：筆兔（邱承宗，漢族）
出版社：臺東縣政府文化處
出版日期：2009年11月
頁數：32頁，22頁（教學輔助手冊）
尺寸：29.5x21cm
定價：300元
ISBN：9789860201703（精裝）

嘎格令是「雅美（達悟）族語繪本」系列之三，由作者重述與創作故事；另附有教學輔助手冊一本，供討論與參考使用。

全書描述一位雅美（達悟）族長者用智慧與膽識，解決問題的傳說故事。敘述從主角老爺爺的回憶出發，這段記憶儼然是他此生與自身疤痕同在的經驗。從家族與大船開始，此乃蘭嶼特有之文化活動「拼板舟下水儀式」：在完工的當天，族人選擇水芋、羊和豬，供作大船下水時分送親友的祝賀禮，而這艘船在開航的過程中，他們仍不忘帶著奮進的精神與家鄉的歌謠，出發至綠島試航，沿路有歌聲伴隨，風浪再大也不累。

為了捕捉大白羊，老爺爺憑藉著豐富的經驗帶領族人重回綠島，用計謀引誘大白羊現身，經過一番智取與力爭，總算制服牠。但突如其來的氣候變化讓他們差點回不了蘭嶼，只帶回大白羊的犄角。

我們應注意到書中故事敘述者的巧思。首先，作者以一位老爺爺作為主述者，不但讓故事可以順利開展，也讓讀者能夠在故事一開始便進入書裡所建構出的文化情境。更明確地說，即是以故事帶領讀者進入雅美（達悟）族的傳統文化，並且以文字與圖畫輔助說明傳統文化的珍貴。因此，圖文之間搭配的重要性便在此出現，圖畫能顯現的乃是蘭嶼生活之樣貌；而沒說到的生活情境，如祭儀、主食與歌曲；則由文字補足。其次，當文化情境被建構出來，討論的話題便能夠更加明確。

　　故事從老爺爺與大海開始說起，強調了蘭嶼人與大海之間的關係，而白山羊更是說明了島上人與動物之間的關係，作為一種獨特的存有，牠與蘭嶼人之認同有相當的關聯，因此大船上的族人才會一而再、再而三的嘗試要將山羊帶回、束手無策之下只好請老船長披掛上陣。

　　最後，雅美（達悟）族語之「嘎格令」，乃指故事中之山羊，究竟為何會逃脫至綠島？海上為何起大霧？又為何只帶回白山羊之犄角，此乃傳說故事刻意未解釋清楚的不確定性，值得在闔上書本後提供大小讀者討論與詮釋。

　　本書製作用心，圖文搭配合宜，畫家的構圖於寫實之外又帶有神祕感，足見其氣氛營造之用心。作為封面的大山羊與老爺爺對望，為這個故事主旨傳達更深一層之含意，原來在萬物有靈的世界裡，我們人類竟是如此渺小。（鄭宇庭）

◆作者介紹：**盧彥芬**
作者從媽媽說故事到故事媽媽，因為說故事愛上兒童文學，因此成為兒童文學研究所研究生。從家庭主婦到學校志工團副團長，因為孩子的笑容愛上閱讀推廣，因此成為台東縣故事協會總幹事和兒童文化藝術基金會執行長。最喜歡做的事是編織閱讀網及帶領親子共讀，期待更多大人一起來說故事給小孩聽。負責族語翻譯為希婻·紗旮燕，現職椰油國小鄉土語言支援教師。

◆繪者介紹：**筆兔（邱承宗）**
插畫家，年齡不詳、夜行性動物、喜歡惡作劇。本書以精美生動的插圖搭配故事描述，圖像令人印象深刻。

勇士拋勾智取大白羊，畫面表現勢均力敵的拚勁。

本書由國立自然科學博物館策劃，改編自根據荷蘭文獻資料考證之拍瀑拉族的歷史故事。

由於拍瀑拉族沒有自己的文字，是以口耳相傳的方式傳承族群歷史。八〇年代學者透過荷蘭文獻資料，搜尋到一些畫面、圖像，才知道這段被遺忘的歷史故事。

作者以簡淺易懂的文字書寫；從甘仔轄・阿拉米站在山丘上遠眺家園，想起在祖靈面前許下的諾言：「我要用我的生命保護族人，守護祖靈賜予的土地。」為起始。當時，荷蘭人為了奪取台灣的自然資源，先趕走北邊的西班牙人，並且用武力脅迫許多村落歸順，下一個目標就是拍瀑拉族的土地。

甘仔轄・阿拉米用火攻擊敗荷蘭人，但隔年春天，荷蘭人再派出數百位軍人組成的遠征軍，來勢洶洶。漫長的黑夜裡，身為族長的甘仔轄・阿拉米只能不斷祈求祖靈賜予力量保護族人、守護家園。

天一亮，甘仔轄・阿拉米向族人宣布：決定停止戰爭！他認為唯有和荷蘭人談判才能保護拍瀑拉族的命脈。在荷蘭人的會議上，甘仔轄・阿拉米不卑不亢地提出要求，由於他的堅持，荷蘭人答應讓拍瀑拉族重新過著平靜祥和的生活。

繪者於蝴蝶頁交代了故事發生的地理位置。而後更大量採用跨頁版面來呈現圖像故事，猶如拍電影般，運用全景鏡頭記錄當時的歷史影像，使圖文關係在故事軸線上相互呼應。

書名：大肚王：甘仔轄・阿拉米
作者：莫凡（漢族）
繪者：蔡達源（漢族）
出版社：青林國際出版股份公司
出版日期：2009年12月
頁數：26頁，8頁（導讀手冊）
尺寸：22.1x29.3cm
定價：250元
ISBN：9789866830679（精裝）

　　圖畫在視覺上重現了十七世紀拍瀑拉族在台灣的生活原貌。例如：以竹子或木頭為建材的房子；而狗尾草、芒草和相思樹等植物圍繞著居住環境生長，使讀者猶如身歷其境。

　　由於在大肚台地西側一帶草原與森林的生態環境很適合野生梅花鹿生長，繪者在第9頁的圖也畫了野生梅花鹿在草原上奔跑；拍瀑拉族的穿著、打獵方式，以及所使用的武器等，雖然文字沒有說明當時的環境與生活方式，然而書中的圖已完整呈現出來了。（林翠釵）

◆作者介紹：莫凡

曾任出版社編輯，著有《大肚王—甘仔轄・阿拉米》一書。

◆繪者介紹：蔡達源

1966年生於台北市。高雄師範大學視覺傳達研究所畢業，曾任美術專任教師，課餘時間從事插畫及繪本創作，目前為高雄師範大學視覺設計系繪本創作兼任講師。2007年以台灣民間傳奇人物「義賊廖添丁」插畫，代表台灣參加義大利波隆那國際兒童插畫展入選。2008年再次入選。另有作品《廖添丁》、《風中的小米田》、《向夢想前進的女孩》。

荷蘭人與拍瀑拉族人互相攻擊，兩個畫面相互呼應，彷彿戰爭冤冤相報何時了。

書名：日月潭的水怪
作者：吳燈山（漢族）
繪者：張哲銘（漢族）
出版社：世一文化事業股份有限公司
出版日期：2010年1月
頁數：36頁
尺寸：26.5x24.5cm
定價：450元
ISBN：9789861933818（精裝）

邵族主要分布於台灣中部的日月潭，是所有原住民族當中人數最少的一支。在部落中流傳至今的古老神話，除了故事動人外，往往也含有某種意義或是價值。在本書中所產生的衝突，即便是運用到現今的社會，不分族群，都有其意義或是可討論的空間存在，這也表示在不同層面或是方向上，都有可以拉回同一面向參考的思考邏輯，比方說信仰中的敬神傳統，或是與大自然共存的道理等等，即使被敘說的方式不盡相同，但深層的意涵卻擁有相同的本質。

　　本書中的長髮人魚源於邵族的「水精傳說」。參考《邵族神話與傳說》所述，在太陽出來時，有一種「人面魚」會浮出水面，坐在海邊的大石頭上曬太陽。據說人面魚的頭髮很長，身體是魚的樣子，頭和臉卻似女人；沒有人敢靠近。但是，誰都沒有看過真正的人面魚，所以傳言中的水中人魚是否真實存在，即便到了二十世紀，仍是未解之謎。本書透過繪者對於人魚的想像，讓我們看到人魚和人類之間，源自於熱愛這片居住的土地所建立的情誼；栩栩如生的畫面搭配故事敘述，也增添了更多對於神話的想像。

　　早期居住於台灣土地上的原住民們，尚未發展文字系統，傳播和記錄的方式不方便也不容易，只能透過神話傳說中的勸誡、禁忌和教訓，藉傳承文化的過程，希望後代子孫能依循這樣的規則生活，除了避免壞事發生外，在部落中也有凝聚族群的力量。

　　特別是環境資源有限，絕不能短視近

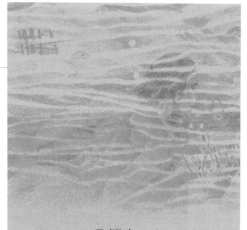

利，因為一時的利益迷惑而自私破壞；以免到頭來
不只造成自然環境的永久傷害，我們自己也得不償
失。所幸永續發展的理念與人類的生活方式，雖然
有時會與大自然產生不和諧的摩擦，形成拉扯與掙
扎；但在不同時代、環境下，卻有著一樣對於未來
的美好期待與希冀。作者透過神話的形式來傳達古
早就已存在的智慧，讓我們知道學習老祖先與大自
然和平相處之道。

　　隨書附有文化導覽影音光碟，以及邵族地理位
置、祭典和習俗、服裝和飾品、傳統藝術等說明，讓
讀者閱讀完故事後，再更進一步了解有關邵族的
生活模式。透過不同的詮釋方式，也能更深刻的記
住邵族的特色和習俗。尊重、接納不一樣的生活習
俗，不管以什麼形式呈現，都可以讓我們藉著了解
彼此，發現多元社會的美好。（顏若卉）

◆作者介紹：**吳燈山**

1954年出生，雲林縣北港鎮人，為高
雄市博愛國小退休教師。小時候處
於物資較匱乏和艱困的環境，卻也
給予他更多與大自然相處的時間，
成為日後創作的養分。出版過眾多
繪本、散文和親子教育等書籍，像是
《親子溝通無障礙》、《如何教出優
秀的孩子？》。現任高雄市兒童文學
寫作學會理事。

◆繪者介紹：**張哲銘**

1964年出生，雲林縣人。從小喜愛畫
畫，因經濟問題不得不放棄國立藝
專美術科的學業，從事插畫工作，
繪畫的經驗和實力從此逐漸往上累
積。目前為專職的繪本畫家、美術老
師，曾任許多藝術教育機構、基金
會、美術教室的藝術顧問，並在2003
年以《木之繪本：小鹿系列》獲得義
大利波隆那國際兒童插畫獎。

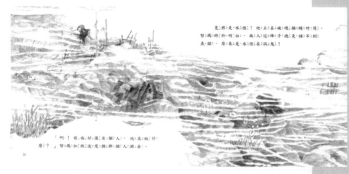

人類與人魚的衝突起源。

書名：回到美好的夜晚
作者：劉克襄（漢族）
繪者：鍾易真（漢族）
出版社：花蓮縣文化局
出版日期：2010年11月
頁數：40頁
尺寸：28.5x21.5cm
定價：250元
ISBN：9789860253719（精裝）

本書內容來自於作者本身在花蓮太巴塱旅遊的經驗。透過阿美族歌曲的力量和穿透力，讓感動油然心生，產生了故事情節的發想，對於陌生民族的想像，也隨著那天與部落族人的巧遇，自然而然地產生這個美好的故事。

阿美族大多分布於台灣東部的花蓮，生活在這片狹長的土地上，他們發展出一套自己與大自然之間的相處模式，從古早時代的矮房到現在的高大圍牆，其中的轉變帶給他們衝擊和適應，以及生活上的智慧與經驗。

透過故事中的旅人，隨著他的腳步，一步一步地去發現、探索，甚至還帶點冒險的興奮感，一頁一頁的翻開下一個旅人將要帶領讀者揭開好奇心的地點，吸引著我們的目光前進。

從現代科技文明的都市進入到一個未知的部落，所有的未知都成為了驚奇，雖然無法再次重回現場的感動，卻能經由部落中的耆老和朋友的引導下，用心去感受平凡和簡樸帶給人們的自然且深層的感動。

阿美族擁有樂天知命的生命態度，擅於歌舞的他們經常透過傳統歌曲表達自身的情感。此外，阿美族也被稱做是「吃草的民族」，辨識可食用的野生植物就像是流在他們血液中的天賦，是種與生俱來的禮物。

部落中過去的生活方式彷彿隨著歌曲而浮現，獵山豬、搗小米、拔野菜等等的傳統祭典或日常生活，都跟著書中所哼唱的歌詞與曲調，帶領讀者身歷其境。

　　書後附有歌曲與歌詞，並且加上了歌詞的註釋，在閱讀完故事後，能夠一起跟著這首曲子，想像自己也回到那樣美好的夜晚。另外，對於阿美族的名稱由來、分布區域和傳統食物等，都有詳細的介紹和說明。包括在花蓮當地每個部落的命名由來，增添且豐富了書中知識性的內容。

　　自2008年起配合花蓮縣政府推動「新故鄉社區營造第二期計畫」，用社區文化繪本的方式與國立東華大學共同合作出版了兩本圖書——《回到美好的夜晚》與《吧滴力向南走・向北走》。

　　這個計畫希望能讓更多人藉由簡單、樸實的繪本，看到不平凡、有深度的美，也能夠認識花蓮在地的原住民族群，看看他們的生活型態和漢人有哪些不一樣的地方，或許能從旁觀者的角度進一步轉變成參與者，共同享受這樣的生活。（顏若卉）

◆作者介紹：**劉克襄**

1957年出生，台中縣烏日鄉人，畢業於中國文化大學新聞學系，曾任《中國時報》人間副刊主任。他是作家、旅行家、詩人、散文家，也有人稱他作自然觀察者。他關心土地、自然、生物，文字內容清新樸實，充滿自然田園的意象，再加上歷史人文的背景脈絡，透過書寫記錄的方式，讓更多人能了解、愛護和珍惜美好的台灣。

◆繪者介紹：**鍾易真**

1963年出生，花蓮人，畢業於實踐家政專科學校美工科。從小就喜歡畫畫，也喜歡在大自然生活的動物和花草，總是幻想著自己有一天能成為畫家。接觸不同藝術領域的作品後，從事繪本創作，也成立自己的個人插畫工作室，出版了十餘本的繪本，像是《牛奶怪來了》、《流浪小老鼠的家》、《鄉童的遊戲》、《年獸魯拉回家了》和《不想被噓童話集》等，現在的她喜歡四處與大家分享繪本中的美好。

歌謠、音樂與部落生活緊密相連。

書名：吧滴力向南走・向北走
作者：徐秀菊〈漢族〉、李雪菱〈漢族〉
繪者：郭育君〈漢族〉
出版社：花蓮縣文化局
出版日期：2010年11月
頁數：40頁
尺寸：28.5x21.5cm
定價：250元
ISBN：9789860253702（精裝）

本書為花蓮縣文化局計畫出版系列繪本之一，結合繪本藝術型態，以社區文化為主題，描寫花蓮縣鄉土風情。因此，書中以花蓮縣為介紹範圍，包含噶瑪蘭族與阿美族等原住民族，且嘗試記錄台11線上大大小小的文化工作室，用嶄新的視野期待展現東海岸的多元風貌。

從書名開始到封面的設計、故事角色和故事內頁都含有大量的象徵手法。乍看《吧滴力向南走・向北走》這個書名雖未能解其意，卻能引起讀者好奇。書名借用阿美族語「吧滴力」，源自英文「Battery」，即積蓄電力、能量之意；亦即象徵東海岸文化工作室帶來的力量有如持續發電的電池一般，蓄勢待發、綿延不絕。

故事中向南旅行的女孩象徵花蓮的大海，向北旅行的男孩象徵躍升於海的太陽。編排上更打破傳統，採前後共敘，大海女孩與太陽男孩一個由前（由北向南），一個由後（由南往北），最後在書的中心——項鍊海岸——共同參加吧滴力派對。以編排方式呈現與故事內容互相呼應的空間移動關係，使閱讀具有旅行感的樂趣。

本書的故事大致上以遊記的方式呈現。主題是以介紹東海岸的文化工作室為主，但在故事內容中並非用知識性文字或是敘述性的語氣一一說明每個景點的特色，而是以將其列為補充資料附錄於書末，發揮類似旅遊書籍的功能。

文字內容中能注意到作者特別區別男孩

和女孩的敘述語氣，利用不同的敘述口吻展露男孩與女孩的個性——女孩的口吻感性溫婉，男孩的口氣清楚而有條理。搭配繪者在角色外型的設計——女孩擬海浪的俏麗圓弧長髮；男孩配戴擬太陽光芒的圖騰頭巾。角色人物的設計，人物造型和敘述語氣可說是相輔相成。

　　本書的繪者在圖畫上表現了擬真的手法，考究了東海岸各處的文化工作室與各族群的服飾、建築與活動，畫中也配合故事設計了一些細節。例如：男孩和女孩即將相遇在吧滴力派對的前一頁中，男孩看出窗外，正好有女孩的身影在海邊；而在女孩用餐的附近，男孩恰巧騎著單車經過。這些細節都為敘述式的遊記圖畫書增添了豐富的故事情節。（黃湄評）

女孩往南走，享用豐盛的風味餐。

男孩向北行，遇見手工藝家。

◆作者介紹：

徐秀菊

美國伊利諾大學藝術教育博士，現任國立東華大學藝術與創意產業系專任教授。教授藝術教育、視覺藝術認知發展學、插畫藝術。致力於推廣社區取向的藝術教育，也從事繪本的創作和教學。為本書主編，也共同參與繪本故事創作。

李雪菱

東華大學多元文化教育博士，現任慈濟大學兒童發展與家庭教育學系助理教授。結合教學理論與教學現場，不僅持續研究、教學與服務，也致力於寫作紀錄教學心得。另外著有《切開鴕鳥蛋——olinggo把兒童文學變好玩了》。

◆繪者介紹：郭育君

國立東華大學藝術教育碩士。現任慈濟大學實驗國民小學藝術與人文教師。創作多以東台灣風土民情為主題，除了搭配文字繪製繪本，也深入花蓮的人文風情創作自寫自畫的作品。另外著有《遺忘的芭吉魯》、《魔法女祭司的秘密》。

書名：月亮的禮物
作者：吳冠婷（漢族）
繪者：林傳宗（漢族）
出版社：世一文化事業股份有限公司
出版日期：2010年12月
頁數：38頁
尺寸：26.4x24.6cm
定價：450元
ISBN：9789861933894（精裝）

本書是一則關於布農族射日的神話傳說故事，書中還附贈一片CD，內容除了講述故事外，還以說演故事的方式，生動的傳達書中所附錄的延伸資料。

談到射日，通常我們馬上聯想到的是「后羿射日」，但是布農族的射日少了直接的殺戮，卻包含著：勇氣、溫馨、善解與包容。

故事一開始描述：「古時候，天上有兩個太陽。當一個太陽往西邊落下時，另一個太陽便從東邊升起。所以，那時候只有白天，沒有黑夜。」太過勤勞的太陽，曬死了放在樹蔭下的嬰孩，傷心的父親決定要射下其中一個太陽，於是帶著大兒子出發。

經過了好多年，父親年老了，兒子也長大成人了，他們終於找到太陽，父親立刻拉箭，射傷了太陽的左眼。太陽起先很生氣，經過溝通之後，才知道太陽的好意反而造成人間的苦難，太陽深覺愧疚，於是受傷的太陽決定變成月亮，還送給父子倆雞和小米。從此，就有了白天與黑夜。

全書共有九個跨頁，共計18個頁面，其中有八個跨頁都是滿版出血，其中一個單頁出血，其餘五個單頁，則是以占二分之一頁面的裝飾性圖框為插圖。

高彩度與高明度，充滿溫暖的色調，呈現鮮活的生命活力，是本書色彩的特點。將具體的實物以誇張簡潔的線條表現，與大量使用的象徵性符號，相互融合。

本書雖然命名為《月亮的禮物》，但是極大的篇幅卻是講述從布農族的觀點來看

月亮是怎麼由太陽轉變而來,而書中也用一小段文字,「過了很久,太陽終於露面。父親立刻拉弓搭箭,向太陽射出,『嗖!』的一聲,箭不偏不倚射中太陽的左眼,濺出的血變成一閃一閃的星星。」順道提及了星星是如何產生的。

　　本書在「給父母的話」的單元中,提到原住民族對於自古以來與大地共生的生活文化智慧;「故事導讀」則由作者以〈勇敢、溝通和感恩〉標示本書的要旨。而附錄的延伸資料,也以圖文並陳方式,深入淺出的說明,便利讀者查找。像是包紮太陽受傷的眼睛的「護胸布」上的圖案(頁25),就可以從服裝上的圖案進行對照。

　　這本繪本在文字與圖像上有諸多可以重複觀看討論之處,在閱讀之餘,不妨也仔細聆聽CD,再次閱讀,會有不同的感受!(卓淑敏)

◆作者介紹:吳冠婷
畢業於國立屏東師範學院語文教育系,現任國小教師。崇尚自然、好讀閒書、喜歡旅行,尤其熱愛日本的風土民情。曾獲新竹市政府著作甲等獎,另外著有《自然大追蹤》、《自然大驚奇》兩本書。

◆繪者介紹:林傳宗
1963年生,家住雨港基隆。從小就喜歡塗鴉、畫畫;長大後,畫畫成了工作、也是興趣。作品還有《燈塔》、《爺爺的大漁船》和《國王的長壽麵》等。

部落青年向長者述說月亮的仁慈。

原住民族分布地圖

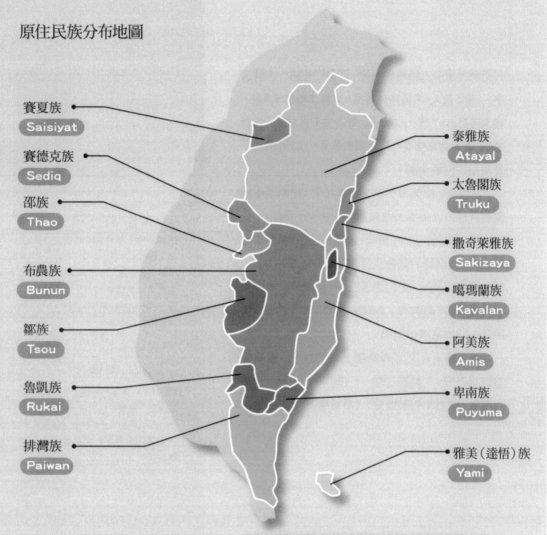

賽夏族
Saisiyat

賽德克族
Sediq

邵族
Thao

布農族
Bunun

鄒族
Tsou

魯凱族
Rukai

排灣族
Paiwan

泰雅族
Atayal

太魯閣族
Truku

撒奇萊雅族
Sakizaya

噶瑪蘭族
Kavalan

阿美族
Amis

卑南族
Puyuma

雅美（達悟）族
Yami

目前尚未獲得正名之平埔族，李亦園（1995）將其分類如下：

1. 雷朗族(luilang)：台北盆地及桃園。

2. 凱達加蘭族(Ketagalan)：台北北濱、金山、基隆一帶。

3. 道卡斯族(Taokas)：桃竹苗地區。

4. 巴則海族(Pazeh)：台中盆地。

5. 巴布拉族(Papora)：台中清水、梧棲。

6. 貓霧悚族(Babuza)：大肚溪以南，濁水溪以北地區。

7. 和安雅族(Hoanya)：雲嘉地區。

8. 西拉雅族(Siraya)：分布在台南、高雄、屏東地區。分為西拉雅、大滿（四社熟番）、馬卡道三個亞族。相傳最早的西拉雅系的平埔族人，便是在今台南縣佳里鎮的番阿塭登陸。屏東縣境內的西拉雅族分布如下：上淡水社（今萬丹鄉上社村）、阿猴社（今屏東市）、放索社（今林邊鄉水利村放索）、下淡水社（今萬丹鄉社皮村）、塔樓社（今里港鄉塔樓村）、茄藤社（林邊車路墘）、武洛社（里港鄉武洛）、力力社（新園鄉力社）。

※資料來源：行政院原住民族委員會

《台灣原住民圖畫書50》書目

編號	書 名	文／圖	附屬叢書	故事族別	出版單位	出版日期
1	雅美族的船	文／宋龍飛（漢） 圖／陳壽美（漢）	中華兒童叢書	雅美族 （達悟）	台灣省政府 教育廳	1966.09
2	布農族的獵隊	文／馬雨辰（漢） 圖／陳壽美（漢）	中華兒童叢書	布農族	臺灣書店	1967.09
3	小矮人	文／鄭惠英（漢） 圖／洪義男（漢）	幼幼閱讀列車	賽夏族	信誼基金 出版社	1984.10
4	蘭嶼的故事	文／謝釗龍（漢） 圖／楊恩生（漢）等	中華兒童叢書	雅美族 （達悟）	台灣省政府 教育廳	1986.12
5	神鳥西雷克	文／劉思源（漢） 圖／劉宗慧（漢）	繪本台灣風土民俗	泰雅族	遠流出版事業 股份有限公司	1989.04
6	女人島	文／張子媛（漢） 圖／李漢文（漢）	繪本台灣風土民俗	阿美族	遠流出版事業 股份有限公司	1989.04
7	懶人變猴子	文／李昂（漢） 圖／王家珠（漢）	繪本台灣風土民俗	賽夏族	遠流出版事業 股份有限公司	1989.06
8	仙奶泉	文／嚴斐琨（漢） 圖／李漢文（漢）	繪本台灣風土民俗	排灣族	遠流出版事業 股份有限公司	1989.09
9	能高山	文／莊展鵬（漢） 圖／李純真（漢）	繪本台灣風土民俗	布農族	遠流出版事業 股份有限公司	1989.11
10	火種	文／劉思源（漢） 圖／徐曉雲（漢）	繪本台灣風土民俗	雅美族 （達悟）	遠流出版事業 股份有限公司	1989.11
11	阿里棒棒飛魚祭	文／陳木城（漢） 插畫／羅平和（漢） 攝影／關曉榮（漢）	田園之春叢書	雅美族 （達悟）	行政院 農業委員會	1994.06
12	刺桐花開過新年	文／李潼（漢） 圖／李讚成（漢）	田園之春叢書	噶瑪蘭族	行政院 農業委員會	1997.09
13	雅美族的飛魚祭	文、圖、立體設計／ 洪義男（漢）	中華幼兒圖畫書	雅美族 （達悟）	台灣省政府 教育廳	1997.12
14	邦查wawa放暑假	故事編導／ 笛布斯·顗賚 （陳麗真）（阿美） 插畫／楊大緯（漢）		阿美族	大大樹 音樂圖像製作 新力音樂發行	1998.08
15	小莫那上山	文／劉曉蕙（漢） 圖／溫孟威（漢）	精湛兒童之友 月刊第16期	泰雅族	台灣英文雜誌 社有限公司	1999.08
16	重返部落	文、攝影／ 王煒昶（漢） 插畫／ 撒古流（排灣）	田園之春叢書	布農族 排灣族	行政院 農業委員會	2000.12
17	母親·她束腰	文／ 歐蜜·偉浪（泰雅） 圖／ 阿邁·熙嵐（泰雅） 瑁瑁·瑪邵（太魯閣）	小書迷04	泰雅族	晨星出版 有限公司	2001.01

編號	書　名	文/圖	附屬叢書	故事族別	出版單位	出版日期
18	NeNeNe台灣原住民搖籃曲	文（賞析）/溫秋菊（漢）圖/蔡德東（排灣）	母語繪本	泰雅族賽夏族布農族鄒族魯凱族排灣族卑南族阿美族雅美族（達悟）噶瑪蘭族巴則海族	信誼基金出版社	2001.05
19	射日	文、圖/賴馬（漢）	台灣兒童圖畫書	泰雅族	青林國際出版股份有限公司	2001.05
20	與山海共舞：原住民	文/林貞貞（漢）等圖/王其鈞（漢）攝影/張詠捷（漢）等	探索家園	賽夏族泰雅族布農族鄒族邵族魯凱族排灣族卑南族阿美族雅美族（達悟）平埔族	秋雨文化事業股份有限公司	2002.11
21	泰雅族：彩虹橋的審判	文（採集）/里慕伊・阿紀（泰雅）圖/瑝瑝・瑪邵（泰雅）	台灣原住民的神話與傳說	泰雅族	新自然主義股份有限公司	2002.12
22	魯凱族：多情的巴嫩姑娘	文（採集）/奧威尼・卡露斯（魯凱）圖/伊誕・巴瓦瓦隆（排灣）	台灣原住民的神話與傳說	魯凱族	新自然主義股份有限公司	2003.01
23	春神跳舞的森林	文/嚴淑女（漢）圖/張又然（漢）	格林名家繪本館	鄒族	格林文化事業股份有限公司	2003.03
24	故事地圖	文/利格拉樂・阿𡠄（排灣）圖/阿緞（漢）	台灣真少年5	排灣族	遠流出版事業股份有限公司	2003.06
25	姨公公	文/孫大川（卑南）圖/簡滄榕（漢）	台灣真少年2	卑南族	遠流出版事業股份有限公司	2003.06
26	杜鵑山的迴旋曲	文/盧梅芬（漢）蘇量義（漢）圖/黃志勳（漢）	部落的旋律・時代的脈動【高一生】	鄒族	國立臺灣史前文化博物館	2003.11

編號	書 名	文/圖	附屬叢書	故事族別	出版單位	出版日期
27	愛寫歌的陸爺爺	文/林娜玲（卑南） 蘇量義（漢） 圖/黃志勳（漢）	部落的旋律・時代的脈動【陸森寶】	卑南族 （南王）	國立臺灣史前文化博物館	2003.11
28	小島上的貓頭鷹	文、圖/何華仁（漢）		雅美族 （達悟）	青林國際出版股份有限公司	2004.02
29	百步蛇的新娘	文、圖/姚亘（漢） 王淇（漢）	亞洲民間故事【台灣】	排灣族	信誼基金出版社	2005.02
30	雲豹與黑熊	口述/ 哈古（陳文生，卑南） 文/嚴淑女（漢） 圖/董小蕙（漢）	故事繪本	卑南族	財團法人臺東縣文化基金會	2005.12
31	天上飛來的魚	文、圖/劉伯樂（漢）	文化台灣繪本	雅美族 （達悟）	國立台灣美術館	2006.12
32	二十圓硬幣上的英雄： 莫那・魯道	文/鄧相揚（漢） 圖/邱若龍（漢）	文化台灣繪本	泰雅族	國立台灣美術館	2006.12
33	高山上的小米田	文、圖/ 卓惠美（泰雅）		賽德克族	南投縣政府教育局	2007.02
34	少年西拉雅	文/林滿秋（漢） 圖/張又然（漢）	南瀛之美	平埔族 （西拉雅）	青林國際出版股份有限公司	2007.06
35	那魯	文、圖/李如青（漢）	我們的故事系列：李如青作品	卑南族 阿美族 排灣族 魯凱族 泰雅族 賽德克族	和英出版社	2007.10
36	葫蘆花與陶鍋	總編/ 李治國（漢）等 插畫/邱淑芬（漢）等	初來布農神話故事【故事繪本】	布農族	臺東縣政府教育局	2007.11
37	魯凱族神話童書	文/梅海文（漢） 圖/林文賢（卑南）		魯凱族	台灣原住民部落振興文教基金會	2007.12
38	希・瑪德嫩	編寫/盧彥芬（漢） 圖/曹俊彥（漢）	雅美（達悟）族語繪本	雅美族 （達悟）	臺東縣政府文化處	2008.11

編號	書名	文/圖	附屬叢書	故事族別	出版單位	出版日期
39	看・傳說：台灣原住民的神話與創作（展覽遊戲書）	撰稿編輯/陳嬋娟（漢）插畫繪圖/雷恩（排灣）黃麗娟（漢）		阿美族卑南族排灣族	高雄市立美術館	2009.03
40	尤瑪婆婆的口簧琴	文、圖/翁韻淇（漢）	東台灣生態文化繪本	太魯閣族	國立東華大學	2009.04
41	火光中的撒奇萊雅	文、圖/陳奕杰（漢）	東台灣生態文化繪本	撒奇萊雅族	國立東華大學	2009.04
42	土地和太陽的孩子：排灣族源起神話傳說	文、圖/伊誕・巴瓦瓦隆（排灣）	悅讀台灣人文系列	排灣族	藝術家出版社	2009.09
43	阿美野菜奶奶	文、圖/李孟芬（漢）	東台灣生態文化繪本	阿美族	國立東華大學	2009.04
44	黃金神花的子民：鄒族源起神話傳說	文、圖/不舞・阿古亞那（鄒）	悅讀台灣人文系列	鄒族	藝術家出版社	2009.09
45	嘎格令	編寫/盧彥芬（漢）圖/筆兔（邱承宗，漢）	雅美(達悟)族語繪本	雅美族（達悟）	臺東縣政府文化處	2009.11
46	大肚王：甘仔轄・阿拉米	文/莫凡（漢）圖/蔡達源（漢）		平埔族（拍瀑拉）	青林國際出版股份有限公司	2009.12
47	日月潭的水怪	文/吳燈山（漢）圖/張哲銘（漢）	台灣故事繪本	邵族	世一文化事業股份有限公司	2010.01
48	回到美好的夜晚	文/劉克襄（漢）圖/鍾易真（漢）	社區文化繪本系列	阿美族	花蓮縣文化局	2010.11
49	吧滴力向南走・向北走	文/徐秀菊（漢）李雪菱（漢）圖/郭育君（漢）	社區文化繪本系列	阿美族	花蓮縣文化局	2010.11
50	月亮的禮物	文/吳冠婷（漢）圖/林傳宗（漢）	台灣故事繪本	布農族	世一文化事業股份有限公司	2010.12

原住民圖畫書出版單位資料：（依單位名稱筆劃多寡排序）

大大樹音樂圖像
台北郵局7-94號信箱
02-23413491
http://www.treesmusic.com/

世一文化事業股份有限公司
702 台南市南區新樂路46號
06-2618468
http://www.acme0-6.com.tw/

台灣英文雜誌社有限公司
231 新北市新店區寶興路45巷1號2樓
02-29124356
http://www.fmp.com.tw/fmp/

行政院農業委員會
10014 台北市中正區南海路 37 號輔導處
02-23812991
http://www.coa.gov.tw/show_index.php

和英出版社
300 新竹市東區金山街87號
03-5636699
http://www.heryin.com/home.asp

花蓮縣文化局
97060 花蓮市文復路6號
03-8227121
http://www.hccc.gov.tw/Portal/?lang=0

青林國際出版股份有限公司
114 台北市內湖區內湖路一段314號7樓之1
02-87972777
http://www.012book.com.tw/

南投縣政府教育局
540 南投市復興路669號
049-2222106
http://www.ntct.edu.tw/index.htm

信誼基金出版社
100 台北市重慶南路2段75號
02-23913384
http://www.hsin-yi.org.tw/

秋雨文化事業股份有限公司
100 台北市中正區新生南路一段50號2F200B室
02-23217038
http://www.joyee.com.tw/

台灣原住民部落振興文教基金會
80645 高雄市前鎮區瑞隆194巷6弄10號之12F
07-7214150
http://tw.streetvoice.com/users/TITCERF/

格林文化事業股份有限公司
106 台北市大安區新生南路2段2號2樓
02-23517251
http://www.grimmpress.com.tw/

財團法人原住民族文化事業基金會
10044 台北市博愛路63號7樓
02-23113998
http://www.ipcf.org.tw/ipcf/

財團法人臺東縣文化基金會
95051 台東市南京路25號
089-341148

高雄市立美術館

804 高雄市鼓山區美術館路80號
07-5550331
http://www.kmfa.gov.tw/home01.aspx?ID=1

國立東華大學藝術創意產業學系

97401 花蓮縣壽豐鄉志學村大學路二段一號
03-8635000#5882
http://c037.ndhu.edu.tw/bin/home.php

國立臺灣史前文化博物館

950-60 台東市博物館路1號
089-381166
http://www.nmp.gov.tw/

國立台灣美術館

403 台中市西區五權西路一段2號
04-23723552
http://www.ntmofa.gov.tw/

晨星出版有限公司

407 台中市工業區30路1號
04-23595820
http://star.morningstar.com.tw/

新自然主義股份有限公司

10054 台北市中正區杭州南路一段63號9F
02- 23925338
http://www.thirdnature.com.tw/

臺東縣政府文化處

95051 台東市南京路25號
089-320378
http://www.ccl.ttct.edu.tw/

遠流出版事業股份有限公司

100 台北市中正區南昌路2段81號6樓
02-2392-6899
http://www.ylib.com/

藝術家出版社

100 台北市重慶南路一段147號6樓
02-23886715
http://www.artoday.com.tw/artbook/001.html

台灣兒童圖畫書精彩100

林文寶　主編

張晏瑞　主編

《台灣兒童圖畫書精彩 100》原版書影

發行人／李瑞騰
指導單位／行政院文化建設委員會
出版單位／國立台灣文學館
地址／70041 台南市中西區中正路 1 號
電話／06-221-7201
傳真／06-221-8952
電子信箱／pba@nmtl.gov.tw
網址／www.nmtl.gov.tw

主編／林文寶
副主編／孫藝玨

撰文者／林文寶、李公元、陳玉金、王妍蓁、邱慧敏
林庭薇、王宇清、林德姮、蔡竺均、林珮熒
林芝蘋、嚴淑女、林依綺、楊郁君
執行編輯／陳玉金
校對／吳美滿
美術設計／徐毓尉
印刷／九億彩色印刷事業有限公司

著作財產權人／國立台灣文學館
本書保留所有權利。欲利用本書全部或部分內容者，須徵求著作財產權人同意或書面
授權。請洽國立台灣文學館研典組（電話：06-221-7201）

經銷展售／
國立台灣文學館‧雪芙瑞文學咖啡坊（06-221-4632）
五南文化廣場（04-2437-8010）‧文建會員工消費合作社（02-2343-4168）
南天書局（02-2362-0190）‧唐山出版社（02-2363-3072）‧府城舊冊店（06-276-3093）
台灣的店（02-2362-5799）‧啟發文化（02-2958-6713）‧三民書局（02-2361-7511）
子魚語文創作社（02-2531-7832）‧草祭二手書店（06-221-6872）

初版一刷／2011 年 12 月
GPN 1010004617
ISBN 978-986-03-0876-1

定價／新台幣 350 元整
Printed in Taiwan

國家圖書館出版品預行編目資料

台灣兒童圖畫書精彩 100 / 林文寶主編. -- 初版. --
台南市 : 台灣文學館, 2011.12
面；　公分

ISBN 978-986-03-0876-1(平裝)

1. 繪本 2. 推薦書目

012.3　100026610

《台灣兒童圖畫書精彩 100》原版版權頁

台灣兒童圖畫書 精彩

◎主編
林文寶

國立台灣文學館
National Museum of Taiwan Literature

館長序

開啟兒童亮麗的未來

今年適逢中華民國建國一百年，任何從事文化工作者，都應藉此清理過往，總結歷史經驗，對於未來，應會有較新、較具可能性的開展。

國立台灣文學館在建國一百年推出「台灣文學，精彩一百」計畫，即是一個例子，這計畫除了以一個特展呈現之外，同時也是一本圖文並茂的書，我們企圖通過「精彩一百」來呈現百年間值得加以特寫的有關台灣文學的人、事、書等，幾乎是一個小型的台灣文學史。百年來台灣文學的發展，用比較淺顯的的方式，讓讀者、讓觀眾可以在比較快也比較輕鬆的情況下，進入台灣文學的範疇，這是我們今年對台灣文學的一種作為。

兒童文學方面，過去有很多前輩，在不同歷史時期，作過不同程度的努力跟貢獻，他們的成就一直讓我們敬佩與懷念，在這樣的年度裡面，如何產生較具體的總結，也是一個必要的思考，特別是兒童圖畫書的領域，與一般兒童文學之研究或推廣有很大的不同，但對於兒童會產生較重大的影響，因

■國立台灣文學館兒童書房
　──「台灣兒童百年好書精選 100」
　展示現場海報。

■國立台灣文學館兒童書房
——「台灣兒童百年好書精選 100」
展示現場。

為圖畫書圖文並茂，且通過正式出版，出現在兒童教育的場所，讓兒童能夠透過圖畫和文字，去接觸作家所要表達的童真、童趣，以及通過閱讀，開啟他們亮麗的未來。兒童文學具有非常重要的屬性，包含成長及啟發的主題，如何通過文學、文字去呈現，這正是過去長期以來兒童文學作家或者插圖繪畫者們所努力的方向。

　　我們出版這本書，是希望利用這機會，把品質很好且值得流傳下去的作品，經過林文寶教授所籌組的工作團隊，加以票選，最後以並茂的圖文再現其精彩。我們當然期待從事教育工作的人或為人父母者，可以藉由這本書找到讓孩子有興趣閱讀的故事。這本書也同時保留了過去兒童文學作家、繪圖者努力的成果。

　　最後，希望好作品不因時間而流失，文學作品能超越時間，讓每個時代的孩子都能閱讀，我們期待也努力創造、保存更多的精彩。

國立台灣文學館 館長

李瑞騰

■國立台灣文學館兒童書房
——「台灣兒童百年好書精選 100」
展示現場海報。

/ 目錄 /

content

台灣兒童圖畫書精彩 *100*

試說台灣圖畫書的歷史與記憶

林文寶

壹、前言

本計畫受國立台灣文學館委託，擬編選《台灣兒童圖畫書精彩 100》。於是重閱有關圖畫書相關資料與文獻，是以聯想到台灣圖畫書的許多相關人、事、物。

圖畫書原屬於低幼孩子的讀物，因此，所謂台灣圖畫書，即是等同於台灣兒童圖畫書。

現在台灣童書市場上充滿外來的翻譯圖畫書，而台灣本土圖畫書創作和出版是從什麼時候開始的呢？翻開台灣圖畫書的歷史，驚訝的發現，事實上台灣本土圖畫書創作從 50 年代就開始了。本文藉由圖畫書文獻的蒐集，讓大家一起回顧那一段歷史和記憶。

台灣圖畫書歷史的研究，或說是始於賴素秋《台灣兒童圖畫書發展研究（1945～2001）》（2002 年碩士論文）。於今視之，雖可說是頗為簡陋，但這是文獻不足使然。

至於，2004 年洪文瓊的《台灣圖畫書發展史：出版觀點的解析》一書（傳文文化事業有限公司出版，2004 年 11 月），從史的寫作觀點視之，或許仍會有人抱持不同的意見，但就文獻（材料）而言，則有令人大開眼界的驚喜。

「治史最重要的就是『材料』，此次我再度感受到基本史料蒐集與整理的重要」，這是洪文瓊〈出版感言〉中的話。其實，這也是學術研究者的共同心聲（尤其是兒童文學研究者）。

洪氏除《台灣圖畫書發展史——出版觀點的解析》一書外，同年七月亦編著《台灣圖畫書手冊》。

■賴素秋碩士論文《臺灣兒童圖畫書發展研究（1945～2001）》。　■洪文瓊著《台灣圖畫書發展史：出版觀點的解析》。　■洪文瓊編著《台灣圖畫書手冊》。　■洪文瓊編著《台灣兒童文學手冊》。

貳、《台灣兒童圖畫書精彩 100》

　　《台灣兒童圖畫書精彩 100》編選小組，小組成員皆是兒童文學研究所的碩、博士生：陳玉金、嚴淑女、林珮熒、李公元、林德姮。皆對圖畫書情有獨鍾，且亦頗有精闢見解。歷經多次討論與辯證，終於有《台灣兒童圖畫書精彩 100》的書目，個人試將其緣起、意義、目的與態度說明如下：

　　個人致力於兒童文學研究，首重兒童文學基本史料與整理，且以台灣在地為優先，亦即是以「本土策略，全球表現」。

　　其間，除研究專案和論文之外，已完成基礎史料的收集與整理者有：

1、兒童文學選集（1945 ～ 1987）全套五冊（幼獅版）

2、兒童文學選集（1988 ～ 1998）全套七冊（同上）

3、台灣兒童文學 100（文建會）

4、254 位兒童文學作家作品目錄（台灣文學館）

5、台灣兒童文學評論分類資料目錄（台灣文學館）

6、2000 ～ 2009 台灣兒童文學精華集（小魯）

7、策劃主編新世紀少兒文學家系列（九歌）

■林文寶主編《兒童文學詩歌選集》。　■林文寶總策畫、洪志明主編《童詩萬花筒——兒童文學詩歌選集》。　■《台灣兒童文學 100（1945 ～ 1998）》　■林文寶總策畫《2000 ～ 2009 台灣兒童文學精華集》。　■林文寶主編《與鴿子海鷗約會：林良精選集》。

　　《台灣兒童圖畫書精彩 100》的編選，其意義與目的：

1、為兒童提供本土的優良圖畫書。

2、為學術界提供研究史料。

　　所謂台灣，除指創作地域之外，亦兼指其精神與內涵。是以台灣圖畫書的編選，是以樂趣、啟蒙、染情、益智為主，其訴求主題是：歷史的、本土的、創作的。我們相信有許多人堅持為台灣兒童創作；在建國百年之際，讓我們循其先行者的腳步，尋找我們共同的歷史與記憶。

台灣兒童圖畫書精彩 *100*

編委推薦書目的原則如下：

1、印象非常深刻的作品。

2、從國內外各大兒童文學獎圖畫書類和優良圖畫書推薦活動中挑選。

3、故事類和非故事類兼備。

4、不同年代的圖畫書。

5、不同作家的代表作。

6、不同議題的原創圖畫書。

7、文圖兼備的圖畫書。

8、不同年齡層的圖畫書。

編委在推薦書目的討論過程中，有建議、有質疑，也有批評與爭議。所謂的批評與爭議皆是為兒童圖畫書，更是為關懷本土，了解自己的起點。

幾經討論，最後的決議：

1、入選《台灣（1945～1998）兒童文學 100》的 17 本圖畫書優先入選。

2、由於 2011 年 8 月，行政院原住民族委員會已出版由本人擔任計畫主持人之《台灣原住民圖畫書 50》，為了資源避免重複使用，以及讓更多精彩圖畫書有機會被看見，因此以原住民為題材的圖畫書不列入本案選書。（《台灣原住民圖畫書 50》詳細書目，請見附錄一）

3、以 10 年為一個世代。

4、在同一世代，每位圖畫作家以一本為原則。

綜合以上原則，合計選出 100 本。

依世代列表如下：

■林文寶主持計畫
《原住民圖畫書 50》。

● **依世代列表**

世代	本數
50 年代	2
60 年代	9
70 年代	7
80 年代	13
90 年代	29
21 世紀 10 年代	40

參、台灣兒童圖畫書始於何時？

台灣兒童圖畫書到底始於何時？可見的最早圖畫書是何種形象？

2000 年 6 月出版的《彩繪兒童又十年》列的是：1957 年 3 月出版的《舅舅照像》。

洪文瓊《台灣圖畫書發展史》附錄一〈台灣圖畫書發展簡要年表〉列的是：1956 年 12 月出版的「童年故事畫集」。（頁 105）

「童年故事畫集」，由童年書店發行，鄭嬰主編，共有四冊：

《赤血丹心》　程鶯編著，陳慶熇繪圖

《虞舜的故事》　曾益恩編著，鄧雲峰繪圖

《瑪咪的樂園》　丁弋編著，陳慶熇繪圖

《牛郎織女》　程鶯編著，鄧雲峰繪圖

■林文寶策畫《彩繪兒童又十年——台灣〔1945 ～ 1998〕兒童文學書目》。

■《赤血丹心》 程鶯編著，陳慶熇繪圖。　■《虞舜的故事》 曾益恩編著，鄧雲峰繪圖。　■《瑪咪的樂園》 丁弋編著，陳慶熇繪圖。　■《牛郎織女》 程鶯編著，鄧雲峰繪圖。

其實，台灣圖畫書的歷史，仍然可以往前溯源。其間，由教育部國民教育司、國立中央圖書館編輯的《中華民國兒童圖書目錄》是重要的指引。其中「國語類：故事、小說」低年級有書目如表 1：

■《中華民國兒童圖書目錄》。

台灣兒童圖畫書精彩 *100*

表 ❶：《中華民國兒童圖書目錄》「國語類：故事、小說」低年級書目

書名	作者	出版年月（民國）	出版者
小風箏	莫朝雄	46.03	香港
小把戲	沈秉文	43.10	香港
小蝴蝶	高仲平	45.10	香港
小木屐	胡三元	45.10	香港
小蓮花	莫朝雄	45.08	香港
小水滴	金秋	45.10	香港
小白兔	趙濟安	45.04	香港
小老鼠	趙濟安	45.03	香港
小麻雀	趙濟安	45.03	香港
小花貓	趙濟安	45.04	香港
小山羊	趙濟安	45.04	香港
小肥豬	趙濟安	45.05	香港
小黃狗	趙濟安	45.05	香港
小公雞	趙濟安	45.06	香港
小鴨子	趙濟安	45.06	香港
小猴子	趙濟安	45.05	香港
王老頭兒	國語推行委員會	46.04	台北市
國語讀本	李劍南	45.10	台北市
小美的狗	國語推行委員會	45.06	台北市
鸚鵡為什麼光會學舌	國語推行委員會	45.11	台北市
舅舅照像	國語推行委員會	46.03	台北市
聰明的阿智	國語推行委員會	45.11	台北市
四青年	國語推行委員會	46.02	台北市
烏龜跟猴子分樹	國語推行委員會	46.04	台北市
小狗兒想出去	國語推行委員會	45.07	台北市
天要塌下來了	國語推行委員會	46.01	台北市
小老鼠兒	國語推行委員會	46.04	台北市
大公雞和肥鴨子	國語推行委員會	45.11	台北市
打老虎救弟弟	國語推行委員會	46.1	台北市
虞舜的故事	曾益恩	45.12	台北市
瑪咪的樂園	丁弋	45.12	台北市
牛郎織女	程鶯	45.12	台北市
赤血丹心	程鶯	45.12	台北市
頑皮的小白兔	辛媛英	46.05	台北市
三隻羊	芮宣之	46.06	台北市
動物的生活故事	國語推行委員會	40.09	台北市
烏鴉變白了	國語推行委員會	40.10	台北市

出版地	版面	冊數	頁數	彩色頁說明	適用年級
亞洲出版社	18.5x14	1	28	加紅等四色	低
亞洲出版社	18.5x14	1	28	加藍等三色	低
亞洲出版社	18.5x14	1	28	加紅等三色	低
亞洲出版社	18.5x14	1	28	加紅等三色	低
亞洲出版社	18.5x14	1	28	加黃等三色	低
亞洲出版社	18.5x14	1	28	加黃等三色	低
亞洲出版社	18.5x14	1	28	加黃等四色	低
亞洲出版社	18.5x14	1	28	加紅等四色	低
亞洲出版社	18.5x14	1	28	加黃等四色	低
亞洲出版社	18.5x14	1	28	加紅等三色	低
亞洲出版社	18.5x14	1	28	加紅等三色	低
亞洲出版社	18.5x14	1	28	加紅等三色	低
亞洲出版社	18.5x14	1	28	加棕等四色	低
亞洲出版社	18.5x14	1	28	加紫等四色	低
亞洲出版社	18.5x14	1	28	加紅等四色	低
亞洲出版社	18.5x14	1	28	加紅等四色	低
寶島出版社	19x13	1	16	加紅等二色	低
寶島出版社	11.5x13	1	32	加紅等三色	幼、低
寶島出版社	18.5x13	1	16	加紅等二色	低
寶島出版社	18.5x13	1	20	加黃等二色	低、中
寶島出版社	18.5x13	1	16	加紅等二色	低、中
寶島出版社	18.5x13	1	28	加黃色	低
寶島出版社	18.5x13	1	20	加紅藍色	中
寶島出版社	18.5x13	1	16	加紅等四色	低
寶島出版社	18.5x13	1	14	加紅藍色	低
寶島出版社	18.5x13	1	14	加藍色	低
寶島出版社	18.5x13	1	16	加黃紫色	低
寶島出版社	18.5x13	1	16	加紅等三色	低
寶島出版社	18.5x13	1	16	加藍黃色	低
童年書店	13.5x13.5	1	22	加紅等五色	低、中
童年書店	15.5x13.5	1	22	加紅等五色	低、中
童年書店	15.5x13.5	1	22	加紅等五色	低、中
童年書店	15.5x12.5	1	22	加紅等五色	低、中
正中書局	18.5x13	1	16		幼、低
正中書局	18.5x13	1	21		低、中
國語推行委員會	18x13	1	31		低、中
國語推行委員會	18x13	1	31		低、中

台灣兒童圖畫書精彩 *100*

　　從以上書目中，早於 1956 年 12 月者，就有 23 本之多。而《小水滴》、《小蓮花》標示為「第二集 1、2」，可見尚有「第一集」。而書目最後兩本筆者仍未見。如再扣除在香港出版的 15 本，仍有 8 本之多。

　　又目錄頁 29 有：

兒童寓言版畫集（四冊）　魏廉、魏訥著　41.10　台北市　世界書局

■兒童寓言版畫集（四冊），魏廉、魏訥著，41 年 10 月，台北市：世界書局。

　　陳洪甄木刻，頗有特色，稱之為圖畫書，誰曰不宜？

　　又目錄頁 55「幼稚園類：識字」類有「兒童漫畫故事集」10 冊如表 2：

表 ❷：《中華民國兒童圖書目錄》「幼稚園類：識字」類「兒童漫畫故事集」書目

書名	作者	出版年月（民國）	出版者	出版地	版面	冊數	頁數	彩色頁說明	適用年級
孤兒	薛世英		台北市	正中書局	15x10.5	1	31	加紅色	幼、低
孟子的幼年	薛世英	37.01	台北市	正中書局	15x10.5	1	31	加藍色	幼、低
鈴銓拾金	薛世英	37.01	台北市	正中書局	15x10.5	1	31		幼、低
小航空家	薛世英	37.01	台北市	正中書局	15x10.5	1	31	加藍色	幼、低
郊遊記	薛世英	37.01	台北市	正中書局	15x10.5	1	31	加綠色	幼、低
金花病了	薛世英	37.01	台北市	正中書局	15x10.5	1	31		幼、低
報童	薛世英	37.01	台北市	正中書局	15x10.5	1	31		幼、低
窮畫家	薛世英	37.01	台北市	正中書局	15x10.5	1	31	加藍色	幼、低
學仙去	薛世英	37.01	台北市	正中書局	15x10.5	1	31	加綠色	幼、低
最後勝利	薛世英	37.01	台北市	正中書局	15x10.5	1	31	加紅色	幼、低

所謂「漫畫故事集」，因未見文本，不便置喙。

至於，由台灣省國語推行委員會主編，寶島出版社發行的「小學國語課外讀物」，則是值得注意的一套書，其書目如表 3：

表 ❸：「小學國語課外讀物」書目

年級	號碼	書名	作者、繪者
一年級用	0	小學國語首冊補充讀物第一冊、第二冊	
	2	舅舅照像	林良著、林顯模畫
	3	烏龜與猴子分樹	朱信著、王鍊登畫
二年級用	101	小美的狗	
	102	聰明的阿智	
	103	小狗兒老想出去	
	104	天要塌下來了	郭寶玉著、潘瀛峰畫
	105	小老鼠兒	郭寶玉著、王鍊登畫
三年級用	201	大公雞肥鴨子	謝豈平著、王鍊登畫
	202	打老虎救弟弟	張敏言著、王鍊登畫
	203	王老頭兒	
四年級用	301	鸚鵡為什麼光會學舌	朱傳譽著、王鍊登畫
	302	四青年	

其間，有標示作者、繪者者，是個人親眼目睹者。這套讀物有〈我們為什麼編印小學國語課外讀物？〉一文，說明編印原因，全文如下：

我們為什麼編印小學國語課外讀物？

小孩子不能看課外的書，因為他們認識的字太少；可是越不能在課外閱讀，也就越不能學會課本以外的字。這樣互為因果，只有等小孩子認識的字到了相當數量以後再讀書。可惜的是在六年的國民學校裏所能學到的字，也不過三千多個，離閱讀需要的字數還差得很遠；讀任何一份普通書報也得要認識六千字。這只是就識字的數量來說；至於字的用法，那就更不是只憑一套國語課本就能讓學生充分明白的了。

台灣兒童圖畫書精彩 *100*

　　幸而現在從開始入國民學校一年級的時候起，就先學八個星期的注音符號和說話。小孩子在這八個星期裏取得了閱讀的工具——注音符號，此後他們就可以利用國字旁邊的注音符號閱讀，從閱讀中可以記住國字的音，認識國字的形和義。我們編這種課外讀物，就是適應這個需要，教小孩子在閱讀中不但能學到課本以外的字，而且還可以學到大量的國語詞彙和表現方法。

　　這種讀物，我們是分年級編的。內容和文字逐年加深，我們的計畫是在四年裏教小孩子認識而且會寫六千七百八十八個常用字。這就是我們編輯這種課外讀物的目的。

台灣省國語推行委員會謹識

　　林良《舅舅照像》於 2000 年元月由幼翔文化事業出版社重新出版，洪義男重新繪圖，文字部分則與寶島出版社版完全一致。

■ 1.林良著、林顯模圖《舅舅照像》。
　 2.林良著、洪義男圖《舅舅照像》。

　　又不見《中華民國兒童圖書目錄》收錄，而筆者所見，且早於 1956 年 12 月：

1、鳥的生活　主編者王文俊　編輯者梁甌倪　編圖者呂基正　教育廳編審委員會發行　承印者華明印書館　42 年 2 月

2、亂世孤兒少年時代　新興書局總批發　42 年出版（無出版月）

　　前者《鳥的生活》，封面標示「連環圖畫」第二輯，可見有未見的第一輯。就內容形式而言，不是「連環圖畫」，卻似知識類圖畫書。後者《亂世孤兒少年時代》，則是「文藝名著圖畫故事叢書」12 本中的第 10 本。就內容形式而言，不是圖畫故事書，而是連環圖畫。二者版式是：7.3×5.2 公分。

　　台灣最早的圖畫書，到底是哪一本，事實上仍有待學者的努力，以及文獻的出現。

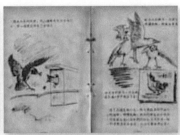

■《鳥的生活》封面
　以及內頁插圖。

■《亂世孤兒少年時代》封面
　以及內頁插圖。

肆、台灣圖畫書的崛起

論及圖畫書，自然涉及繪本、幼兒文學等用詞。

本文將圖畫書、繪本視為同義詞，但本文採用「圖畫書」一詞。

圖畫書是以較低齡的兒童為訴求對象，是兒童的啟蒙讀物。是以不論幼兒圖畫書、兒童圖畫書，或稱圖畫書，亦皆等同視為以低齡兒童為訴求對象。

以下試論圖畫書、幼兒文學等學術用語的形成。

一、圖畫書

「圖畫書」和「幼兒文學」這兩個用詞，都是以幼兒為訴求對象，它們在台灣地區的流行，大約是在 80 年代中期以後，其中「圖畫書」的流行普及又早於「幼兒文學」。

出版社正式使用圖畫書者，是始於鄭明進，即是 1978 年 4 月將軍出版社的《新一代幼兒圖畫書》。但「圖畫書」這個用語的流行，則首推英文漢聲出版公司，1983 年 1 月起，漢聲以幼兒為對象每月推出「漢聲精選世界最佳兒童圖畫書」兩冊（心理成長類及科學教育類各一），並委由台灣英文雜誌總經銷。由於印刷及內容、裝訂都有一定水準，且行銷造勢成功，漢聲這一套精選圖畫書為國內幼兒圖畫書市場打開一片天地，「圖畫書」這個詞彙也成為兒童文學界的普遍用語。

其實，學術界則早已有「圖畫書」的用詞。今以師專時期五本兒童文學教材為例，首先列五本教材出版相關資料如下：

台灣兒童圖畫書精彩 *100*

作者	書名	出版地	出版社	出版年月	出處
劉錫蘭編著	兒童文學研究	台中市	台中師專	1963 年 10 月 修訂再版	頁 43 ～ 59
林守為編著	兒童文學	台南市	台南師專	1964 年 3 月	頁 11 ～ 12
吳鼎編著	兒童文學研究	台北市	台灣教育輔導月刊社	1965 年 3 月	頁 79 ～ 90
葛琳編著	師專兒童文學研究（上、下）	台北市	華視出版社	1973 年 2 月	上 冊 頁 55 ～ 56 下 冊 頁 152 ～ 161
許義宗著	兒童文學論	台北市	自印本	1977 年	頁 16

其次，將圖畫書分類，列表如下：

● **圖畫書分類表**

分類 作者	圖畫書	插畫	連環圖畫	圖畫故事書	故事畫
吳鼎			∨		∨
劉錫蘭					
林守為				∨	
葛琳	∨	∨	∨	∨	
許義宗	∨		∨		

　　劉錫蘭的著作雖然出版較早，但其分類則依吳鼎的說法為主，卻未採用「圖畫形式」。吳鼎將兒童文學的形式，分為散文形式、韻文形式、戲劇形式、圖畫形式等四種，或說已具有圖畫書的概念。林守為則在「兒童故事」文類中列有「圖畫故事」（頁78～80）。至於，葛琳、許義宗則已有現代西方圖畫書的概念。

二、幼兒文學

　　「幼兒文學」是跟「圖畫書」相對應的用語。文學作品通常是透過書刊跟讀者見面，有專業的「幼兒文學」應是很自然的事。國內正式揚起「幼兒文學」大旗，使「幼兒文學」成為作家可投入耕耘的對象，是始於 1987 年 1 月信誼基金會宣布設置「信誼幼兒文學獎」。

　　此後，「幼兒文學」漸成為通行的詞彙。1983 年國立台北師範學院、台北市立師範學院開始設置幼師科。1990 年教育部正式核准台北市立師範學院設置「幼稚教育系」，並把「幼兒文學」列為一年級必修課程，有別於其他系開的「兒童文學」課。幼兒文學與兒童文學走上分化，並獲得學院承認，這表示我國兒童文學已明顯朝再分化出幼兒文學的方向發展。

　　圖畫書在出版界與學術界，官方與民間的共同推動之下，在 80 年代正式崛起。

　　台灣圖畫書如同兒童讀物一樣，一直維持官方、民間兩條路線並進發展，兩者不相競逐，早期官方系統佔優勢，後期則民間系統勝出。

　　官方系統，由最早國語推行委員會、台灣省教育廳「小學生」雜誌社、兒童讀物編輯小組，擴展到農委會，以及縣市文化局、處與圖畫書出版有密切關係，以下略述早期的官方系統與圖畫書的關係。

台灣兒童圖畫書精彩 *100*

1、《小學生畫刊》的臺灣圖畫書：

　　《小學生》雜誌於 1951 年 3 月創刊，由吳英荃擔任發行人，李畊擔任編輯，1953 年 1 月成立編輯委員會，並且把《小學生》分成「雜誌」和「畫刊」兩個姊妹刊。《小學生雜誌》以中、高年級學生對象。

■《兒童文學與兒童讀物的探索》。

　　《小學生畫刊》，起初名為《小學生畫報》，是半月刊，至 1966 年 12 月止，共出版 332 期，前後共計 14 年。前後 12 年中，在安定中進步。第 13 年 290 期（1965 年 3 月）由李畊主編，他的新構想、新作風，使畫刊進入一種革新的境界。最後一年由林良主編（307 期，1965 年 12 月），畫刊又以新面目、新姿態出現。於是乎畫刊的革新便進入第二個階段，也是《小學生畫刊》的最高潮。

　　林良從 307 期到 332 期，這一年時間，林良有一位得力助手趙國宗。負責美術編輯設計，每期有一個獨立的圖畫故事。林武憲〈有關小學生畫刊的最後一年〉一文見《兒童文學與兒童讀物的探索》（1993 年 6 月，彰化縣政府），特別介紹這些可貴的台灣的圖畫書（頁 252-254），其資料不易見且珍貴，試引錄整理如表 4：

表 ❹

期數	封面主題	作者、繪者	出版年月
314 期	哪裡最好玩	林良文、陳海虹風景畫、劉興欽繪人物	1966.03.20
315 期	小銅笛	劉興欽繪著	1966.04.05
316 期	小快樂回家	林海音文、趙國宗繪圖	1966.04.20
317 期	大年夜飯	林良文、童叟繪圖	1966.05.05
318 期	小啾啾再見！	林良文、吳昊繪圖	1966.05.20
319 期	國王和杜鵑	蘇樺文、海虹繪圖	1966.06.05
320 期	小畫眉學鳥飛	劉興欽文、柯芳美繪圖	1966.06.20
321 期	最大的象	嚴友梅文、陳雄繪圖	1966.07.05
322 期	媽媽的畫像	華霞菱文、陳存美繪圖	1966.07.20
323 期	童話裏的王國	楊喚文、廖未林繪圖	1966.08.05
324 期	阿凱上街	樂　雋文、高山嵐繪圖	1966.08.20
325 期	養鴨的孩子	林鍾隆文、席德進繪圖	1966.09.05
326 期	芸芸的綠花	林良文、梁白坡繪圖	1966.09.20
331、332 合期	小榕樹	陳相因文、林蒼莨繪圖	1966.12.05

■《小快樂回家》封面及封底。

■《小榕樹》封面及封底。

■《國王和杜鵑》封面及封底。

■《媽媽的畫像》封面及封底。

■《童話裏的王國》封面及封底。

台灣兒童圖畫書精彩 *100*

2、中華幼兒叢書

　　兒童讀物編輯小組發展歷程中，除了編纂《中華兒童百科全書》、編印《兒童的雜誌》及定期分批出版《中華兒童叢書》之外，對於國內幼兒讀物的出版，也曾投諸心力，先後於 70 年代和 90 年代分別出版《中華幼兒叢書》及《中華幼兒圖畫書》。

　　1970 年，因台灣省社會處有一筆經費，委託省政府教育廳兒童讀物編輯小組，為農忙時期全省托兒所編輯一套適合托兒所及幼稚園小朋友閱讀的幼兒讀物，自 1973 至 1974 年間，陸續出版《中華幼兒叢書》。這套書為 12 開正方形，每一本皆全彩印刷，色彩鮮明，外觀相當顯眼。

■《兒童讀物編輯小組的歷史與身影》。

　　這套書到底有幾本？個人在《兒童讀物編輯小組的歷史與身影》（2003年 10 月，台東大學兒童文學研究所印，與趙秀金合著）中認為是十本（見頁 147）。洪文瓊於《台灣圖畫書手冊》中，認為《中華幼兒叢書》共有12 冊（2004 年 7 月，見傳文文化事業有限公司，頁 24：《太平年》、《顛倒歌》、《小蝌蚪找媽媽》、《跟爸爸一樣》、《那裏來》、《一條繩子》、《你會我也會》、《好好看》、《小野鼠和小野鴨》、《小紅鞋》、《家》、《數數兒》等 12 本）。且於《台灣圖畫書發展史》一書中，亦認為 12 冊（見 2004 年 11 月，傳文文化事業有限公司，頁 35），並引扉頁說明之（頁50～51）。

　　其後，王利恩碩士論文「《中華幼兒叢書》與《中華幼兒圖畫書》研究」（2005 年 8 月台東大學兒童文學研究所），則認為這套書有 11 本（頁 8），其相關資料如表 5：

表 ❺

編號	書名	作者	繪者	出版日期
1	那裏來	唐茵	曾謀賢	1973.06
2	小蝌蚪找媽媽	白淑	王碩	1973.06
3	跟爸爸一樣	華霞菱	江義輝	1973.06
4	一條繩子	子敏	曾謀賢	1973.06
5	小野鼠和小野鴨	羅淑芳	廖未林	1973.12
6	小紅鞋	林良	趙國宗、瓊綢	1973.12
7	好好看	馬曼怡	曾謀賢	1973.12
8	你會我也會	唐茵	趙國宗	1973.12
9	家	林良	邱清剛	1974.08
10	數數兒	曼怡	陳永勝	1974.09
11	五樣好寶貝	華霞菱	呂游銘	1974.11

■中華幼兒叢書《那裏來》封面及封底。

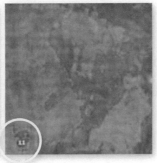

■《五樣好寶貝》封面及封底。

　　就現有資料看來，這套書籍確實是 11 本，它們的出版者是台灣省政府社會處，而不是教育廳。表 4 中的編號即是《中華幼兒叢書》本身的編號。其中編號為 1 的《那裏來》，原是第二期《中華兒童叢書》中的其中一本，編號為 11089，出版日期是 1971 年 12 月 31 日，其間差異只是版式不同，又文字有直排與橫排不同。至於《太平年》、《顛倒歌》二本書則標示為《中華兒童叢書》，兩本書的出版時間同為「中華民國五十九年五月一日」。書的類別是文學類，閱讀對象是一年級，書的編號為 11077、11078。其間之所以混淆，或許是由於二者版式相同使然。而這兩本書或可勉強稱之《中華幼兒叢書》前身；因在《中華兒童叢書》中，這兩本的版式很獨特。

■《太平年》封面及封底。

台灣兒童圖畫書精彩 *100*

3、其他

　　從 1994 年 6 月至 1997 年 12 月，兒童讀物編輯小組為 4 期編印 22 冊圖畫書，稱為之《中華幼兒圖畫書》。其特色是並非單純的平面。其中《神祕的果實》、《昆蟲法庭》與《四合院》三書在主體結構設計的部分，還聘請相關建築設計工程來研發。

■《神祕的果實》立體書。　■《四合院》立體書。

伍、台灣圖畫書演進二、三事

　　台灣圖畫書崛起於 80 年代。90 年代則進入活絡的年代，亦即以民間系統勝出的時期。

　　以下試以事件、人物、套書三個角度論述之：

一、事件

　　事件是指圖畫書的徵獎活動。有關圖畫書徵獎活動，有洪建全兒童文學創作獎、信誼幼兒文學獎、陳國政兒童文學獎（1993 年創設，2000 年中止舉辦），以及國語日報社的牧笛獎（1995 年創設，2009 年終止）。

■牧笛獎圖畫書得獎作品　　■牧笛獎圖畫書得獎作品《我變成一隻噴火龍了！》。
《祝你生日快樂》。

1、洪建全兒童文學創作獎

洪建全教育文化基金會於 1974 年 4 月 4 日，宣布設立「洪建全兒童文學創作獎」，其意義有二，一是開創台灣大財團資助兒童文學活動的先河；二是為台灣掀起兒童文學創作的熱潮。

洪建全兒童文學創作獎中有「圖畫故事類」。從 1974 ～ 1991 年共舉辦 18 屆，其中 7、8、9 屆無圖畫書故事項。

■洪建全兒童文學創作獎「圖畫故事類」得獎作品《妹妹在哪裏？》、《奇奇貓》。

2、信誼幼兒文學獎

財團法人信誼學前教育基金會於 1987 年，創辦信誼幼兒文學創作獎。設立宗旨在肯定幼兒文學的重要性；獎勵本土幼兒文學創作及培育幼兒文學創作人才；提升幼兒文學創作的品質和欣賞水準。

獎項早期分圖畫書創作獎及文字創作獎兩項，近年來分圖畫書創作與動畫影片創作獎兩項。

信誼幼兒文學獎至今已有 23 屆（2010 年）。2009 年更於大陸設立「信誼圖畫書獎」，並於 2010 年 12 月首度在南京舉行頒獎大會。

■信誼幼兒文學獎得獎作品《假裝是魚》、《紅公雞》。

台灣兒童圖畫書精彩 *100*

二、人物

　　談到台灣圖畫書，勢必提及鄭明進與郝廣才。在眾多訪問及論述中，個人同意洪文瓊的看法。

1、鄭明進（1932 年 6 月 7 日～）

（攝影／陳玉金）

　　鄭明進，1932 年生於台北市六張犁，台北師範藝術科畢業。學生時期即開始創作，1951 年曾以水彩畫〈柿子〉入選全省美展，而後屢獲殊榮。

　　從事教職後，開始與兒童美育的關係密不可分，也因此正式接觸圖畫書。

　　1977 年 8 月，從台北市西門國小服務滿 25 年退休，於是專心致力於圖畫書的推廣與編輯。洪文瓊〈鄭明進老師側記〉一文，稱他是「為天下藝術家『養魚』」，洪氏説：

　　　　如果你關心台灣的文化發展，相信你不會忽略兒童文學這個環節。如果你觀察當代台灣兒童文學的發展，相信你一定會注意到時下最耀眼的「兒童圖畫書」。如果你研究台灣的兒童圖畫書，相信你絕對不會錯過一個教父級的人物，那就是鄭明進。

　　　　稱鄭明進為「台灣的兒童圖畫書教父」，絕非過譽。一方面，他是台灣最早在正式的兒童出版物上使用「圖畫書」一詞的人。（民國 67 年，他為將軍編寫兩輯「新一代幼兒圖畫書」八冊，首先開啟標用「圖畫書」的紀錄。）一方面，近十年來台灣好幾家著名出版社紛紛出版圖畫書，他是肇始的鼓吹者兼規畫者。從英文漢聲出版社的「漢聲精選世界最佳兒童圖畫書」開始，而信誼基金會幼兒文學圖畫書創作獎，而光復的幼兒圖畫書，到最近台英社的「世界親子圖畫書」等等，舉凡你想到的較著名兒童圖畫書出版事項，幾乎無一不是來自他的建議或由他所精心擘畫。更重要的是，他除了參與圖畫書的創作和規畫外，還積極投入圖畫書的推廣工作。為介紹圖畫書所作的演講或發表的文章，台灣兒童文學界也數他第一。「兒童圖畫書」這個名詞能夠在台灣普遍流行，兒童圖畫書出版、創作能夠在台灣蔚為風潮，從而使兒童文學受到社會更大的重視，鄭明進可說貢獻最大。鄭明進全心全力為台灣的兒童圖畫書立旗豎碑，事蹟昭彰，稱他為「台灣的兒童圖畫書教父」誰曰不宜。（見《兒童文學見思集》，頁 145。）

2、郝廣才（1961 年 4 月 3 日～）

（攝影／陳玉金）

　　郝廣才 1961 年生於台北，政治大學法律系畢業，1988 年以圖畫書《起牀啦，皇帝！》獲得首屆信誼幼兒文學獎。他不僅在圖畫書企劃與編輯的世界有豐富的閱歷，更是一位創作風格獨特，總是充滿想像力的故事中，引導孩子認識人生各種面貌的作家。洪氏在《台灣圖畫書發展史》一書中，對郝廣才的構述如下：

　　　　後起之秀的格林文化公司，雖然是 1993 年 3 月才成立，但它在台灣圖畫書出版業界引起的風潮，已足以在台灣圖畫書發展史上垂名立萬。格林文化負責人郝廣才，人如其名，有廣大才能，為台灣與國外童書插畫家、出版社往來最多的人，他是首位把台灣圖畫書版權賣給中南美洲巴西的人；他是台灣首位把波隆納國際童書插畫原作展引入台灣展出的人……。他有關圖畫書的諸多行事舉動，在國內引起不少人喝采，也引起不少人責難，特別是他幾乎只找國外名作家或大陸名家繪圖的行徑，尤其令諸多人難以忍受。筆者認為郝先生光是擴展台灣的能見度，以及把歐洲的名家作品（包括展覽）引進台灣就值得記上一筆。筆者較感遺憾的是從郝先生一手策畫推出的多種系列圖畫書，除了技法，筆者看不出他要帶給台灣一些什麼新觀念。　（頁 40 ～ 41。）

■信誼幼兒文學獎首屆首獎作品《起牀啦，皇帝！》為郝廣才撰文、李漢文紙雕。

台灣兒童圖畫書精彩 *100*

三、 套書

本文所指套書，不含系列。且以原創圖畫書為主。原創套書的流行，正是民間系統的力量。

最早的圖畫書套書是前面介紹過的《中華幼兒叢書》（11 冊），至於正式以「圖畫書」為名的套書是 1979 年 4 月，由將軍出版事業股份有限公司出版的《新一代幼兒圖畫書》兩輯 8 冊，是屬於知識性圖畫書，也因此展開了民間系統的本土圖畫書套書的出版。

在已出版的套書中，民間系統標示「圖畫書」或「繪本」較為重要者有：

套書名稱	出版時間	出版者
新一代幼兒圖畫書（8 冊）	1978 年 4 月	將軍
親親幼兒圖畫書（12 冊）	1988 年 8 月	親親文化
繪本台灣民間故事（12 冊）	1989 年 4 月	遠流
繪本台灣風土民俗（12 冊）	1989 年 4 月	遠流
愛護大地圖畫書（6 冊）	1990 年 4 月	東方
光復幼兒圖畫書（分數學、語文、自然、美術等系列，每系列各 10 冊）	1990 年 10 月	光復書局
幼兒成長圖畫書（分五輯，每輯 8 冊）	1994 年 8 月	光復書局
彩虹學習圖畫書（分心理成長、語文發展、社會觀察、自然觀察、想像創造、操作遊戲、民族文化等七系列，每系列 6 冊）	1996 年 9 月	台灣新學友
台灣兒童圖畫書（10 冊）	2001 年 4 月	青林國際
文化台灣繪本（10 冊）	2006 年 12 月	台灣東華

持平的說，民間系統的圖畫書，是優於官方系統。官方系統早期的兒童讀物小組也確實有不凡成果。如早期的《中華幼兒叢書》，以及 1994 年至 1997 年的《中華幼兒圖畫書》（22 冊）。後來的《田園之春》，雖有 100 冊之多，但可議之處頗多，而《南瀛之美》圖畫書系列的前三套，可說是官方出版的終結者。21 世紀以來，官方出版的圖畫書，都以委託民間出版為主。而民間原創圖畫書，則以系列為主。

■《田園之春》
總共有一百冊圖畫書。

■新一代幼兒圖畫書（8 冊）。

■親親幼兒圖畫書（12 冊）。

■光復幼兒圖畫書（分 4 系列，每系列各 10 冊）。

■光復幼兒圖畫書（分 4 系列，每系列各 10 冊）。

■幼兒成長圖畫書（分五輯，每輯 8 冊）。

■彩虹學習圖畫書（七系列，每系列 6 冊）。

陸、結語

洪文瓊在《台灣圖畫書發展史》中有云：

在完成近六十年台灣圖畫書發展的歷史分期分析探究後，反觀歷史的進程，筆者認為第三期是多元競榮的景象。（案：指交流開創期：1988~2004 年）

先進國家大軍壓境，但是從市場的環境予以省視，第三期基本上是為台灣圖畫書市場完成「創造需求」的階段，也提供台灣業界、創作者觀摩參與世界圖畫書產業體系運作的機會。接著我們應該開始朝未來第四期建立自我品牌的目標邁進。筆者認為圖畫書出版是台灣在國際文化產業中最有希望參與一搏的，因為圖像隔離比文字來的少，容易透過視覺，贏得第一印象。（頁 101~120）

所謂第四期「建立自我品牌」，是洪氏歷史分期分析探究後的結論，也是他的期許。於是他有了八項建言：

一、人才培育應列為第一優先。

台灣兒童圖畫書精彩 *100*

二、設置專業圖畫書美術館（日本稱為繪本館或兒童美術館）。

三、強化兒童圖書資訊的蒐集、整理、分析。

四、鼓勵獎助出版專業期刊。

五、獎勵有關圖畫書專題研究或撰寫教科書。

六、獎助鄉土題材圖畫書創作出版。

七、整理資深圖畫書作畫家人才檔。

八、設置並遴選圖畫書作畫家講座。（頁 102~103）

　　總之，90 年代以來的台灣圖畫書，看似眾聲喧譁、多元共生，其實是缺乏自我品牌的混搭。而所謂的品牌，即是文化的包裝。

　　在當代的世界，全球化正透過各種形式，影響地球上所有人的生活。持此，可知全球化是無可倖免。但全球化不必然會帶來「西化」，或單一文化。其關鍵在於我們是否有立足的自我文化。這是所謂的全球化與在地化之爭，應即是文化之爭。

　　台灣圖畫書要邁向「自我品牌」之路，無可避免的要面對全球化與在地化的檢驗。

　　首先，我們確認台灣圖畫書是屬於文化創意產業的歸屬。

　　其次，把台灣圖畫書這種文化產業放置在全球化之下透視之。

　　我們知道，全球化的核心之一在於：科技。因科技的發展造成社會、國家、文化和個人運作方式與認知自我方式的改變。核心之二在於市場經濟，甚至與政治有關。

　　在全球化之下，帶來跨國（或地區）文化交流，並且去除疆域的限制。於是有了連結性與鄰近感，相似的概念如「連結」（interconnection）、「網路」（networks）、「流動」（flows）。毫無疑問地，現實生活的體驗使得多數人對全球化現象已有了基本認同，這種多元多價（multivalent）的聯繫將現今全人類的實踐、生活體驗、政治、經濟與生態的命運連結起來，沒有任何個人或群體能自絕於外。

　　台灣圖畫書產業的從業者（作者、出版、行銷、讀者等）置身於全球化體系之下，豈能漠然不動於衷。

　　雖然全球化不必然會帶來西化或單一文化，而事實上卻是霸權佔盡優勢。或許堅持立基於自由與民主之全球化，則可免除全球化帶來的災厄。於是，湯林森（John Tomlinson）因而讚揚一種「世界主義」的理想。世界主義者的原意是成為「世界公民」，這意味在全球化情境下，現代公民不僅關切於在地的議題，同時也會體認到自身與世界各地人們的密切關係以及對全球事務的責任。世界主義是一種理想，所謂的民主與自由在理論上它就像一個「空集合」，容易遭受扭曲。

　　事實上，不同國家有不同歷史背景和文化價值，因此面對全球化的趨勢，便有了「在地化論者」（localizationist）的質疑，他們要求國際經濟的整合應該由在地國觀點出發，尤其須顧及在地勞工與企業的利益，並掌握自身的主體性，發展在地的認同和特色。全球化假象引爆了與在地化精神的嚴重矛盾，觸動了在地主體性的要求，各國弱勢群體紛紛注意到自主權力的保障，據此，形成了「全球思考，在地行動」（think globally，act locally）的新趨勢。羅伯士頓（Roland Roberston）所提出的「全球在地化」（glocalization）的觀念可消除全球和在地的對立關係。他提出「在地」代表了特殊性，「全球」意指普世性、普遍性。兩者並非兩個極端的文化概念，它們是可以相互滲透的。換言之，人們的生活世界是由當地事物構成的，所以全球性的責任也必須透過在地行動來實踐。

　　我的結論是：「全球在地化」是文化產業致勝的關鍵。

　　面對台灣兒童圖畫書的發展，我期待：

　　信誼幼兒文學獎繼續努力，繼續加油。

　　台東大學兒童文學研究所，且扮演更重要的學術主導地位。

　　我們期待強化兒童圖書資訊的蒐集、整理、分析。

　　當然，更期待專業兒童文學館的成立。

參考書目：

● 王利恩著，《中華幼兒叢書》與《中華幼兒圖畫書》研究，台東市，2005 年 8 月。
● 吳錫蘭論著，《兒童文學研究》，台中市，台中師專。1963 年 10 月修訂再版。
● 吳鼎論著，《兒童文學研究》，台北市，台灣教育輔導月刊，1965 年 3 月。
● 林文寶策畫，《彩繪兒童又十年（台灣 1945-1998 兒童文學書目）》，台北市，幼獅文化事業股份有限公司，2000 年 6 月。
● 林文寶、趙秀金著，《兒童讀物編輯小組的歷史與身影》，台東市，台東大學兒童文學研究所，2003 年 10 月。
● 林文寶、陳正治等六人，《幼兒文學》，台北市，五南圖書出版股份有限公司，2010 年 2 月。
● 林文寶，〈台灣圖畫書的歷史與記憶〉，《全國新書資訊月刊》，143 期，2010 年 10 月。頁 4-13。
● 林守為論著，《兒童文學》，台南市，台南師專，1964 年 3 月。
● 林武憲著，《兒童文學與兒童讀物的探索》，彰化縣政府，1993 年 3 月。
● 洪文瓊，《台灣兒童文學史》，台北市，傳文文化事業有限公司，1994 年 6 月。
● 洪文瓊，《兒童文學見思集》，台北市，傳文文化事業有限公司，1994 年 6 月。
● 洪文瓊，《台灣圖畫書手冊》，台北市，傳文文化事業有限公司，2004 年 7 月。
● 洪文瓊，《台灣圖畫書發展史》，台北市，傳文文化事業有限公司，2004 年 11 月。
● 教育部國教司、國立中央圖書館編輯，《中華民國兒童圖書目錄》，台北市，正中書局，1957 年 11 月。
● 許義宗著，《兒童文學論》，台北市，自印本，1977 年。
● 葛琳論著，《師專兒童文學研究（上、下）》，台北市，華視出版社，1973 年 2 月。
● 賴素秋著，《台灣兒童圖畫書發展研究》，台東市，2002 年 6 月。
● Tony Schirato & Jennifer Webb 著，游美齡、廖曉晶譯，《全球化觀念與未來》，台北縣，韋伯文化國際出版有限公司，2009 年 6 月。
● John Tomlinson 著，《文化與全球化的反思》，台北縣，韋伯文化國際出版有限公司，2007 年 9 月。

台灣兒童圖畫書精彩 *100*

附錄一

台灣原住民圖畫書
精選五十本書目

編號	書　名	・文／（族別） ・圖／（族別）	附屬叢書	族別	出版單位	出版日期
1	雅美族的船	・文／宋龍飛（漢） ・圖／陳壽美（漢）	中華兒童叢書	雅美族 （達悟）	台灣省政府 教育廳	1966.09
2	布農族的獵隊	・文／馬雨辰（漢） ・圖／陳壽美（漢）	中華兒童叢書	布農族	台灣書店	1967.09
3	小矮人	・文／鄭惠英（漢） ・圖／洪義男（漢）	幼幼閱讀列車	賽夏族	信誼基金 出版社	1984.10
4	蘭嶼的故事	・文／謝釗龍（漢） ・圖／楊恩生（漢）等	中華兒童叢書	雅美族 （達悟）	台灣省政府 教育廳	1986.12
5	神鳥西雷克	・文／劉思源（漢） ・圖／劉宗慧（漢）	繪本台灣風土 民俗	泰雅族	遠流出版事 業股份有限 公司	1989.04
6	女人島	・文／張子媛（漢） ・圖／李漢文（漢）	繪本台灣風土 民俗	阿美族	遠流出版事 業股份有限 公司	1989.04
7	懶人變猴子	・文／李昂（漢） ・圖／王家珠（漢）	繪本台灣風土 民俗	賽夏族	遠流出版事 業股份有限 公司	1989.06
8	仙奶泉	・文／嚴斐琨（漢） ・圖／李漢文（漢）	繪本台灣風土 民俗	排灣族	遠流出版事 業股份有限 公司	1989.09
9	能高山	・文／莊展鵬（漢） ・圖／李純真（漢）	繪本台灣風土 民俗	布農族	遠流出版事 業股份有限 公司	1989.11
10	火種	・文／劉思源（漢） ・圖／徐曉雲（漢）	繪本台灣風土 民俗	雅美族 （達悟）	遠流出版事 業股份有限 公司	1989.11

編號	書　名	· 文 /（族別） · 圖 /（族別）	附屬叢書	族別	出版單位	出版日期
11	阿里棒棒飛魚祭	·文 / 陳木城（漢） ·攝影 / 關曉榮（漢） ·插畫 / 羅平和（漢）	田園之春叢書	雅美族 （達悟）	行政院農業 委員會	1994.06
12	刺桐花開過新年	·文 / 李潼（漢） ·圖 / 李讚成（漢）	田園之春叢書	噶瑪蘭族	行政院農業 委員會	1997.09
13	雅美族的飛魚祭	·文、圖、立體設計 / 洪義男（漢）	中華幼兒圖畫書	雅美族 （達悟）	台灣省政府 教育廳	1997.12
14	邦查 wawa 放暑假	·故事編導 / 笛布斯 · 顗賚 （陳麗真）（阿美） ·插畫 / 楊大緯（漢）		阿美族	大大樹音樂 圖像製作， 新力音樂發 行	1998.08
15	小莫那上山	·文 / 劉曉惠（漢） ·圖 / 溫孟威（漢）	精湛兒童之友 月刊第 16 期	泰雅族	台灣英文 雜誌社有限 公司	1999.08
16	重返部落	·文、攝影 / 王瑋昶（漢） ·插畫 / 撒古流（排灣）	田園之春叢書	·布農族 ·排灣族	行政院農業 委員會	2000.12
17	母親，她束腰	·文 / 歐蜜 · 偉浪 （泰雅） ·圖 / 阿邁、熙嵐（泰 雅）、瑠瑠 · 瑪邵 （太魯閣）	小書迷 04	泰雅族	晨星出版有 限公司	2001.01
18	NeNeNe 台灣原 住民搖籃曲、 【導讀手冊】乘 著歌聲的翅膀	·文（賞析）/ 溫秋菊（漢） ·圖 / 蔡德東（排灣）	【母語繪本】	·泰雅族 ·賽夏族 ·布農族 ·鄒族 ·魯凱族 ·排灣族 ·卑南族 ·阿美族 ·雅美族 （達悟） ·噶瑪蘭族 ·巴則海族	信誼基金 出版社	2001.05

台灣兒童圖畫書精彩 *100*

編號	書　名	・文 /（族別） ・圖 /（族別）	附屬叢書	族別	出版單位	出版日期
19	射日	・文、圖 / 賴馬（漢）	台灣兒童圖畫書	泰雅族	青林國際出版股份有限公司（行政院文化建設委員會策畫）	2001.05
20	與山海共舞：原住民	・文 / 林貞貞（漢）等 ・圖 / 王其鈞（漢） ・攝影 / 張詠捷（漢）等	探索家園	・賽夏族 ・泰雅族 ・布農族 ・鄒族 ・邵族 ・魯凱族 ・排灣族 ・卑南族 ・阿美族 ・雅美族 （達悟） ・平埔族	秋雨文化事業股份有限公司	2002.11
21	泰雅族：彩虹橋的審判	・文（採集）/ 里慕伊・阿紀（泰雅） ・圖 / 瑁瑁・瑪邵（泰雅）	台灣原住民的神話與傳說	泰雅族	新自然主義股份有限公司	2002.12
22	魯凱族：多情的巴嫩姑娘	・文（採集）/ 奧威尼・卡露斯（魯凱） ・圖 / 伊誕・巴瓦瓦隆（排灣）	台灣原住民神話與傳說【魯凱語】	魯凱族	新自然主義股份有限公司	2003.01
23	春神跳舞的森林	・文 / 嚴淑女（漢） ・圖 / 張又然（漢）	格林名家繪本館	鄒族	格林文化事業股份有限公司	2003.03
24	故事地圖	・文 / 利格拉樂・阿𡠄（排灣） ・圖 / 阿緞（漢）	台灣真少年 5	排灣族	遠流出版事業股份有限公司	2003.06
25	姨公公	・文 / 孫大川（卑南） ・圖 / 簡滄榕（漢）	台灣真少年 2	卑南族	遠流出版事業股份有限公司	2003.06

編號	書　名	·文／（族別） ·圖／（族別）	附屬叢書	族別	出版單位	出版日期
26	杜鵑山的迴旋曲 （回憶父親之二）	·文／盧梅芬（漢） 蘇量義（漢） ·圖／黃志勳（漢）	部落的旋律· 時代的脈動 【高一生】	鄒族	國立臺灣史 前文化博物 館	2003.11
27	愛寫歌的陸爺爺 （回憶父親之三）	·文／林娜玲（卑 南）、蘇量義（漢） ·圖／黃志勳（漢）	部落的旋律· 時代的脈動 【陸森寶】	卑南族 （南王）	國立臺灣史 前文化博物 館	2003.11
28	小島上的貓頭鷹	·文、圖／何華仁 （漢）		雅美族 （達悟）	青林國際出 版股份有限 公司	2004.02
29	百步蛇的新娘	·文、圖／姚亘 （漢）、王淇（漢）	亞洲民間故事 【台灣】	排灣族	信誼基金 出版社	2005.02
30	雲豹與黑熊	·口述／哈古（陳文 生）（卑南） ·文／嚴淑女（漢） ·圖／董小蕙（漢）	故事繪本	卑南族	財團法人臺 東縣文化基 金會	2005.12
31	天上飛來的魚	·文、圖／劉伯樂 （漢）	文化台灣繪本	雅美族 （達悟）	國立台灣美 術館策畫， 東華書局股 份有限公司 出版	2006.12
32	二十圓硬幣上的 英雄：莫那魯道	·文／鄧相揚（漢） ·圖／邱若龍（漢）	文化台灣繪本	泰雅族	國立台灣美 術館策畫， 東華書局股 份有限公司 出版	2006.12
33	高山上的小米田	·文、圖／卓惠美（泰 雅）		塞德克族	南投縣政府 教育局	2007.2
34	少年西拉雅	·文／林滿秋（漢） ·圖／張又然（漢）	南瀛之美	平埔族 （西拉雅）	青林國際出 版股份有限 公司 出版 （台南縣政府 策畫）	2007.06

台灣兒童圖畫書精彩 *100*

編號	書　名	・文／（族別） ・圖／（族別）	附屬叢書	族別	出版單位	出版日期
35	那魯	・文、圖／李如青（漢）	我們的故事系列：李如青作品	・卑南族 ・阿美族 ・排灣族 ・魯凱族 ・泰雅族 ・塞德克族	和英出版社	2007.10
36	葫蘆花與陶鍋	・總編、美編／李治國（漢）等 ・插畫／邱淑芬（漢）等	初來布農族神話故事【故事繪本】	布農族	臺東縣政府教育局	2007.11
37	魯凱族神話童書	・文／梅海文（漢） ・圖／林文賢（卑南）		魯凱族	台灣原住民部落振興文教基金會	2007.12
38	希・瑪德嫩	・編寫／盧彥芬（漢） ・圖／曹俊彥（漢）	雅美（達悟）族語繪本系列二	雅美族（達悟）	臺東縣政府文化處出版（財團法人兒童文化藝術基金會執行）	2008.11
39	看・傳說：台灣原住民的神化與創作	・撰稿編輯／陳嬋娟（漢）等 ・插畫繪圖／雷恩（排灣）黃麗娟（漢）	（展覽遊戲書）	・阿美族 ・卑南族 ・排灣族	高雄市立美術館	2009.03
40	尤瑪婆婆的口簧琴	・文、圖／翁韻淇（漢）	東台灣生態文化繪本	太魯閣族	國立東華大學	2009.04
41	火光中的撒奇萊雅	・文、圖／陳奕杰（漢）	東台灣生態文化繪本	撒奇萊雅族	國立東華大學	2009.04
42	土地和太陽的孩子：排灣族源起神話傳說	・文、圖／伊誕・巴瓦瓦隆（排灣）	悅讀台灣人文系列	排灣族	藝術家出版社	2009.09
43	阿美野菜奶奶	・文、圖／李孟芬（漢）	東台灣生態文化繪本	阿美族	國立東華大學	2009.04
44	黃金神花的子民：鄒族源起神話傳說	・文、圖／不舞・阿古亞那（鄒）	悅讀台灣人文系列	鄒族	藝術家出版社	2009.09

編號	書　名	・文 /（族別） ・圖 /（族別）	附屬叢書	族別	出版單位	出版日期
45	嘎格令	・編寫 / 盧彥芬（漢） ・圖 / 筆兔（邱承宗） （漢）	雅美（達悟）族語繪本系列三	雅美族 （達悟）	臺東縣政府文化處出版 （財團法人兒童文化藝術基金會執行）	2009.11
46	大肚王：甘仔轄・阿拉米	・文 / 莫凡（漢） ・圖 / 蔡達源（漢）		平埔族 （拍瀑拉）	青林國際出版股份有限公司 出版 （國立自然科學博物館策畫）	2009.12
47	日月潭的水怪	・文 / 吳燈山（漢） ・圖 / 張哲銘（漢）	台灣故事繪本	邵族	世一文化事業股份有限公司	2010.01
48	回到美好的夜晚	・文 / 劉克襄（漢） ・圖 / 鍾易真（漢）	社區文化繪本系列	阿美族	花蓮縣文化局	2010.11
49	吧滴力向南走	・文 / 徐秀菊（漢） 　　李雪菱（漢） ・圖 / 郭育君（漢）	社區文化繪本系列	阿美族	花蓮縣文化局	2010.11
50	月亮的禮物	・文 / 吳冠婷（漢） ・圖 / 林傳宗（漢）	台灣故事繪本	布農族	世一文化事業股份有限公司	2010.12

《台灣兒童圖畫書精彩 100》撰寫體例說明：

・書目資料：包括頁數、尺寸、定價及 ISBN，頁數以書名頁起算至版權頁止。
・中央圖書館在 1988 年開始編訂台灣出版者識別號，
1989 年 7 月台灣開始實施 ISBN 制度，因此早期書目資料缺 ISBN 資料。
・出版日期以初版為主。
・如有舊版新編書，兩者書封和書目資料皆條列，並標示舊版及新版資料。
作、繪者簡介則僅介紹舊版作、繪者。
・如作、繪者為同一人，則介紹置於作者欄。

【試說台灣圖畫書的歷史與記憶】

台灣兒童圖畫書精彩 *100*

01

瑪咪的樂園

作者：丁弋
繪者：陳慶熇
出版社：童年書店
出版日期：1956 年 12 月
頁數：22 頁
尺寸：13.3cm×15.2cm
定價：3 元
ISBN：無（平裝）

作者介紹 | 丁弋

查無相關資料。

繪者介紹 | 陳慶熇

1923 年出生於福建。1947 年抵台，先後任職《新台日報》（今《新生報》）、省立台北師範附小美術教員，以「青禾」筆名發表連載漫畫。曾任《勝利之光》總編輯達 16 年，創作彩色絢爛的反共漫畫，著有多本漫畫專書。除了漫畫創作，也善於油畫，期望以「用中國畫的畫境，詮釋東方人的藝術情懷，畫出中國式的油畫」為己志。1966 年獲中國文藝美術類銀像獎，1994 年台灣省立美術館展出「陳慶熇繪畫六十年展」。1997 年與世長辭。

>>>  圖文內容與導讀

童年書店在 1956 年出版「童年故事畫集」四冊，分別為 1.《赤血丹心》（程鶯編著，陳慶熇繪圖）、2.《虞舜的故事》（曾益恩編著、鄧雪峰繪圖）、3.《瑪咪的樂園》（丁弋編著，陳慶熇繪圖）、4.《牛郎・織女》（程鶯編著，鄧雪峰繪圖），以圖畫與故事的原創性來看，我們選擇了其中第三冊《瑪咪的樂園》來推薦，成為本次 100 本中台灣早期圖畫書的代表性作品之一。

這本近似正方形小開本的圖畫書，雖然小巧，卻早在台灣 50 年代的童書出版品中，出現整本全彩印刷的樣貌，顏色鮮豔亮麗，相當讓人驚喜！封面可以看到一隻站在椅子上的黑貓，與一位服裝時髦的女士幾乎二分法的構圖，暗示著貓咪的主角性地位，背景則呈現二類壁紙及一種地毯的三區塊圖案，紋路與色彩各不相同，形成具有設計性、典雅又活潑的畫面構成，是一個相當吸引人的封面設計。內頁的圖文比例，大約也呈現 1:1 的二分法比重，文字不少，但圖畫的份量也占了很大空間，單頁圖與跨頁圖都有上、下方的放置，圖與文的區隔有時也有自然融入的安排，可說在圖文編排上的變化，相當靈活成熟，在那個沒有註明美編姓名的出版年代，這本小書的確是值得肯定美編者或者圖畫者的用心勞苦。

本書的畫者為陳慶熇，曾是大陸來台著名的反共漫畫家，也是專注於油畫創作的藝術家。本書畫風，角色線條時常有稜有角，形成一種個人獨特的造形，略可挑剔的是，書中說主角是一隻胖黑貓，但畫的黑貓卻身材姣好，脖子、四腳皆細長，加上輪廓線的折角變化，實在是看不出來像一隻大黑貓，雖然如此，如封面設計般的巧妙，畫面經營非常富有設計性，配色鮮豔卻舒適，背景有許多裝飾性斑點與紋路，構圖多變亦富有現代感，讓整本書還是相當有可看性。

故事在說什麼呢？一隻胖黑貓名叫「瑪咪」，在新主人的枕頭邊，告訴她自己幼貓時的故事，原來牠曾被富裕的女主人豢養，卻嚮往自由自在的屋外世界，一次因窗戶打開而逃離主人家，開始跟野貓接觸，因自己養尊處優，以及吃得太肥胖的身材，四處受苦受難，最後終於決定重返主人家，享受自己認為的真正樂園，再度成為被豢養呵護的家貓。文字作者丁弋，文筆極為俏皮有趣，摘述開頭的文字與大家欣賞：「……這隻黑貓，看樣子倒是挺好玩兒的，渾身光潔的長毛，黑裏俏；睡著的時候，蜷縮著臃腫的身體像個烏絨蒲團；更討人歡喜的是那張滑稽的臉。牠，就在我接收過來的晚上，蹲在我的枕頭邊，向我講了一個牠幼年的故事……」（李公元）

台灣兒童圖畫書精彩 *100*

02

舅舅照像

（舊版）
作者：林良
繪者：林顯模
出版社：寶島出版社
出版日期：1957 年 3 月
頁數：16 頁
尺寸：15×20.5cm
定價：無
ISBN：無（平裝）

（新版）
作者：林良
繪者：洪義男
出版社：幼翔文化事業出版社
出版日期：2000 年 1 月
頁數：22 頁
尺寸：19.5×24cm
定價：195 元
ISBN：9578301227（精裝）

（舊版）

（新版）

作者介紹│ 林良

筆名子敏，1924 年生，福建省同安縣人。國立師範大學（原師範學院）國文系國語科畢業，曾任《國語日報》主編、編譯主任、出版部經理、社長、董事長，也是著名的語文教育、兒童文學創作及散文寫作工作者。文風獨樹一格，文字清楚易讀，筆觸詼諧幽默，堅持使用簡明的文字書寫，作品包括《我要大公雞》、《媽媽》、《小太陽》、《和諧人生》、《爸爸的十六封信》、《彩虹街》等，另有《淺語的藝術》兒童文學論述專書。

繪者介紹│ 林顯模

1922 年生於台北板橋，從小喜愛繪畫，時常參加比賽屢獲佳績。青年時曾至馬尼拉工作，並赴日本東京川端美專學習油畫與素描，而後跟隨前輩畫家李石樵、楊三郎和藍蔭鼎習畫。曾於東方出版社，協助繪製兒童讀物插畫。1947 年，開始參加全省美展並以「燈下」入選佳作，1964 年成為台陽美術協會第 27 屆會員，受聘台塑公司，對台灣塑膠工業的開發設計功不可沒。退休後旅居美國，曾於 2009 年美國蒙特利市舉辦七十回顧展。

圖文內容與導讀

在 1950 年代，由台灣省國語推行委員會主編，寶島出版社發行的「小學國語課外讀物」套書，有許多精采好書，如王鍊登畫的《烏龜跟猴子分樹》、《打老虎救弟弟》、《鸚鵡為什麼光會學舌》，潘瀛峰畫的《天要塌下來了》等書，但其中最值得一提的是 1957 年 3 月出版的《舅舅照像》，文字由林良所寫，圖畫由林顯模所繪。

林良的文字，一向以淺白易懂而有趣著稱，這本《舅舅照像》即充分發揮了這些特質。整本書只有 155 個字，22 個句子，卻能夠把一個故事生動有趣的描述出來。故事在說胖舅舅，拿著照相機，對著繫鞋帶的小文、嚇著的小狗、扭頭的小妹妹、穿衣服的爸爸拍照，最後把照片拿給大家看，都是不完整的照片，卻也讓大家看了笑哈哈。這樣的故事，簡單卻很生活化。文字創作在 1957 年，照相應該還不太普及的年代，願意把物體拍得不完整而沖洗出來的概念，這是很有藝術性的表現手法，可見林良對於攝影藝術的視野相當宏觀，也很巧妙的營造一個和樂愉快的家庭生活。

而這樣的故事，在 1957 年林顯模畫了一本圖畫書，2000 年洪義男也文字不變的重新畫了新的版本，兩本相隔 44 年的圖畫書創作，到底有何不同呢？1957 年的版本，當然印刷、開本、紙張都無法跟 2000 年的版本相提並論，但是舊版本也有那個時代特有的時髦味道表現在畫面中，由封面來看，胖舅舅戴著具有藝術家氣息的貝雷帽，拿著手動雙眼相機，站在如星光大道般的走道上拍攝背對著我們的小男孩，但仔細一看，星光大道彷彿是傳統底片的放大繽紛版，暗示著攝影這門藝術的材料特質，相當前衛的設計概念。看著舊版，對照新版，林顯模似乎把那一個年代的裝扮、器物幫我們凍結住了，留下來給我們慢慢品味屬於那時代特有的人物穿著、慣用的器物造形，而洪義男則用自己漫畫家的風格，廣告顏料乾擦、留白輪廓線的個人表現技法，重新描繪出色彩更鮮豔、造形更現代、背景更豐富的新畫面出來，所以我們可以發現骨董雙眼相機改變成單眼式的傻瓜相機；戴貝雷帽、穿花格子襯衫的胖舅舅，改變成理平頭、臉上有痣、穿吊帶褲的胖舅舅；留著八字鬍穿西裝的爸爸，改變成穿汗衫年輕壯碩的爸爸，環境背景則多了彩虹、鳥群、樹林、花叢、柳葉等賞心悅目的搭配。

舊版有舊版的味道，新版有新版的新意，感謝兩位藝術家，都為這個有趣的小故事，用心畫出美麗巧妙的圖畫來。

（李公元）

台灣兒童圖畫書精彩 *100*

03

我要大公雞

（舊版）
作者：林良
繪者：趙國宗
出版社：台灣省政府教育廳
出版日期：1965 年 9 月
頁數：36 頁
尺寸：18×21cm
定價：無
ISBN：無（平裝）

（新版）
作者：林良
繪者：趙國宗
出版社：信誼基金出版社
出版日期：2008 年 2 月
頁數：36 頁
尺寸：21×20cm
定價：120 元
ISBN：978-986-161-234-8（平裝）

（舊版）

（新版）

作者介紹 ｜ 林良

生於 1924 年，筆名子敏，福建省同安縣人。畢業於國立師範大學（原師範學院）國文系國語科，曾任《國語日報》主編、編譯主任、出版部經理、社長、董事長，也是著名的語文教育、兒童文學創作及散文寫作工作者。文風獨樹一格，文字清楚易讀，筆觸詼諧幽默，堅持使用簡明的文字書寫，作品包括《我要大公雞》、《媽媽》、《小太陽》、《和諧人生》、《爸爸的十六封信》、《彩虹街》等，另有《淺語的藝術》兒童文學論述專書。

繪者介紹 ｜ 趙國宗

1940 年出生於高雄大港埔。畢業於師範大學藝術系，留學於德國福克旺藝術學院工業設計系高級部，曾任國立藝術學院美術系系主任、院長。曾獲省教育廳第一屆兒童讀物最佳插圖獎、金書獎，為台灣資深且傑出的童書插畫家、瓷版畫藝術家，獲各界高度肯定與推崇，作品有《我要大公雞》、《蕙蕙的藍帶子》、《阿灰的奇遇》、《你會我也會》、《小紅鞋》、《錢鼠來了》、《媽媽》、《賣火柴的小女孩》、《誰吃了彩虹》、《月亮船》等。

>>>  圖文內容與導讀

1965 年 9 月出版的《我要大公雞》，是台灣省政府教育廳兒童讀物編輯小組出版的「中華兒童叢書」編號第一本的書，在台灣圖畫書出版史上具有象徵性的意義。

《我要大公雞》文字由林良所寫，圖畫由趙國宗所畫。故事在說小男孩胖胖發現了一隻大公雞，大公雞為了吃花生米跟胖胖及哥哥成為了好朋友，但是他們只能偷偷把大公雞藏起來，因為愛乾淨的媽媽是不可能允許他們養公雞。隨著天亮大公雞的啼叫，驚醒了爸爸與媽媽，更引來大公雞的主人張媽媽前來找雞，張媽媽不忍心喜愛大公雞的胖胖失望，提出了胖胖只要收集到五十張不同郵票就能換取大公雞的條件，胖胖與哥哥努力地收集、整理、與同學交換郵票，到底最後能不能如願得到大公雞呢？故事採取開放式的結局，留給小讀者發揮和想像的空間。

林良的文字，簡潔有趣，具有韻文特點，讓孩子讀起來輕鬆又富有節奏感。如開頭文字：「樹蔭下，有青草，大太陽，晒不到。微風吹過來，胖胖想睡覺。一二一，來了一隻大公雞，戴著大紅帽，樣子真神氣！」兩小段落，押著ㄠ跟一的韻，讀起來如童謠般容易琅琅上口。而劇情安排，也符合兒童認知的學習心理。大公雞因為貪吃胖胖的花生米，開始跟胖胖追逐比賽跑，讓胖胖由原本想趕走大公雞，到後來喜歡上大公雞，孩子與動物藉由遊戲而建立了感情。胖胖因為偷養了大公雞，晚餐吃飯表現得特別懂事守規矩，文字巧妙地描述出偷偷做壞事的小孩把自己變乖的狀況。最後的集郵換公雞的心願是否能成功，都是讓孩子去學習面對困境該如何去找出解決好方法。

趙國宗的圖，單純可愛，富有童趣。封面戴國王帽的男孩騎著橘色為主的大公雞，搭配真實郵票、紋路色紙拼貼組合，加上手寫書名的白字體、全綠的底色，讓封面大方又鮮活，且呼應內文故事的主題。內頁圖因當時印刷條件限制，黑白單色與彩色頁輪流編排，彩色頁以橘、綠、藍三色為主，單色頁以黑、藍表現，分明不複雜，活潑又舒服。角色及景物造形簡單，大都以單純幾何圖形來表現，如圓形、方形、菱形等，但是常有歪扭隨機的描繪，使得造形變化有趣味，另外跨頁中的大小構圖變化、簡潔的黑線條輪廓、大量的留白空間，都使得整本書閱讀起來十分賞心悅目。

2008 年信誼基金會重新出版《我要大公雞》，文字故事不變，圖畫請趙國宗全部重畫，全書彩印，以色鉛筆勾勒輪廓，搭配水彩塗色，構圖上顯得更隨性瀟灑，色彩鮮豔亮麗富有現代感，讓這本經典圖畫書有了嶄新面貌。（李公元）

台灣兒童圖畫書精彩 *100*

04

沒有媽媽的小羌

作者：劉興欽
繪者：劉興欽
出版社：台灣省政府教育廳
出版日期：1966 年 5 月 30 日
頁數：36 頁
尺寸：18×21cm
定價：無
ISBN：無（平裝）

作者介紹 | **劉興欽**

1934 年生於新竹橫山鄉。因盟軍轟台丟下的文宣「南瓜大尉」，而啟發對漫畫的興趣。台北師範專科學校畢業後分發到台北永樂國小任教，開始大量創作漫畫。創作《阿三哥》、《大嬸婆》成為漫畫明星，日後成為新竹內灣社區營造的象徵物。並在發明領域中大放異彩，有多項發明與專利，屢獲國際大獎，獲美國聯合大學榮譽博士等殊榮。唯一獲蔣介石、蔣經國、李登輝、陳水扁等四位總統接見肯定的漫畫家。曾獲文藝獎、紐倫堡世界發明展金牌獎、漫畫金像獎終身成就獎等。

繪者介紹 | **劉興欽**

同上。

圖文內容與導讀

漫 畫 發明家劉興欽，現在早已是家喻戶曉的響叮噹人物。在 1966 年時，他曾經在台灣省教育廳兒童讀物編輯小組出版的「中華兒童叢書」中，創作了該系列第一本圖文同作者的精采童書《沒有媽媽的小羌》。

故事描述住在山坡茅屋的阿松小男孩，帶著獵人上山打死了一隻母羌，卻難過的發現沒有媽媽照顧的小羌，於是把牠帶回家豢養。隨著日子過去，小羌關不住在籠子生活，開始破壞家裡的菜園、番薯地，終於在爸爸建議下：「小羌需要同伴和自由；你愛牠，就應該讓牠快樂自由。」阿松決定帶著小羌回歸森林，依依不捨的含淚送走小羌。這樣的故事，具有成長小說的特質，男主角阿松藉由親眼看見獵人殺害母羌，而產生憐憫之心，並進一步願意照顧幼小的小羌，但隨著小羌破壞家中農作物，進一步思考野生動物尋求自由的意義。如此意外、衝突、思考、解決的模式，應該很吸引孩子閱讀，引起情感認同的共鳴。只不過現代環境裡，要看見「羌」這樣的野生動物，似乎已經是很困難的一件事，重新閱讀此書，也可以重新跟孩子聊聊稀有少見的「羌」，是長什麼樣子呢？也藉著故事的重讀，更加警惕人類不要再因貪圖口腹之慾，而濫殺野生動物的愛生觀念。

劉興欽在這本書的圖畫描繪，則是另一項值得肯定的表現，他採用類似點描法的筆觸，一點一點的色塊，構成這本細膩、抒情的優美作品，人物造形介於漫畫與寫實之間，由於童年豐富的鄉野生活經驗，讓劉興欽野外郊區的畫面營造，總是如此生動自然。而小男孩時常傾斜的身體，也透露出劉興欽日後習慣的鄉土人物畫法，有點駝背似的姿態，在大嬸婆與阿三哥的鄉土人物，常常可以看見這樣的姿態，成為劉氏容易辨認的漫畫畫法。另一方面，因當時的印刷技術，內頁圖畫採用彩色、單色輪流印刷的裝訂模式，在彩色頁中，先是以綠色、黃色為主色調，後來最後一頁，以幾乎全紅的背景表現夕陽下的離情畫面，讓色彩的戲劇性情緒達到最大飽和，是很高明的色彩運用。

書本最後，還附有「想和做」的文字導引，「想」的部分，共問了四個題目，如第二題問說：「阿松為什麼要把小羌帶回家來養？」這樣的提問，有助於孩子重新回顧故事的功能，有點類似簡易的閱讀測驗。另一方面「做」的提問，就比較屬於開放式的引導，書中問說：「你看過了這本書的圖畫以後，知道小羌和小鹿的分別嗎？你會畫一幅小羌和小鹿的圖畫嗎？」答案有點困難了，畢竟對於羌與鹿的區別，現代的小孩應該是相當陌生的吧！（李公元）

台灣兒童圖畫書精彩 *100*

05

養鴨的孩子

作者：林鍾隆
繪者：席德進
出版社：小學生畫刊社
出版日期：1966 年 9 月 5 日
頁數：32 頁
尺寸：17.5×20 cm
定價：4 元 5 角
ISBN：無（平裝）

作者介紹｜ 林鍾隆

1930 年生於桃園楊梅，童年受日本教育，1946 年開始學習華語，考取台北師範學校，歷任國小、初中及高中老師。筆名林外，才氣縱橫，兼具小說家、詩人及兒童文學作家等多重身分，為多產和著作種類繁多的「全能型」作家，作品超過百餘種，如《阿輝的心》、《醜小鴨看家》、《大龍崗下的孩子》、《我要給風加上顏色》、《山》等。曾創辦、主編台灣第一本童詩雜誌《月光光》，曾榮獲第一屆布穀鳥兒童詩獎、《中國時報》開卷最佳童書獎等。2008 年病逝，享年79 歲。

繪者介紹｜ 席德進

1923 年生於中國四川，杭州國立藝專畢業。受馬蒂斯、林風眠影響，發展出剛勁有力、粗黑線條的繪畫風格。曾赴美及歐洲等地旅行生活，受普普、歐普、硬邊藝術影響。返國後經個人省思，專研台灣民間藝術與傳統建築，熱情推動本土藝術研究。作品融合傳統與鄉土，創作水彩、水墨與油畫，兼納東西方繪畫特長，開創出個人雄渾動人充滿氣魄的獨特風貌。1981 年過世，享年 59 歲。

圖文內容與導讀

1966 年《小學生畫刊》第 325 期，封面書寫「特載兒童文學創作：養鴨的孩子」，這時期的《小學生畫刊》，除了封面封底，有刊登小朋友畫畫作品外，其他內頁全是一個完整的圖畫故事，可說是台灣原創圖畫書的早期雛形，而這一期作品《養鴨的孩子》作者林鍾隆、繪圖席德進，讓這本圖畫書具有稀有珍品、值得推薦的經典地位。

故事開頭介紹，「這本書的作者林鍾隆先生，寫過一部成名的少年小說《阿輝的心》，台灣的風光，鄉村的兒童，在他筆下寫活了。我們邀請他給低年級的小朋友寫一本書，《養鴨的孩子》就是他的答覆。鄉村、村童、鴨子，真美！」故事描述養鴨孩子阿火，一早就趕鴨到池塘邊喝水，其中一隻小胖胖鴨子，卻獨自游玩遇到蛇要咬牠，阿火一急用竹竿打水趕跑了蛇，卻讓小胖胖驚嚇的躲藏起來，阿火找牠找到黃昏，最後在姊姊阿芳呼喚下，小胖胖游上岸被阿芳抱住，卻拉屎在姊姊身上，一跛一跛搖晃著屁股跑回家，最後阿火終於把牠趕回鴨寮去。林鍾隆的文字，流暢有趣，題材充滿本土色彩，鴨子與少年心中想法，都描述生動靈活。

繪圖者更是台灣重要畫家席德進。書前介紹，「繪圖者席德進先生，是一位成名的大畫家，但是小朋友在他心目中的地位，比大畫家還大！一個成名的畫家最愛的是誰？這本書是他的答覆：小孩子！你看看他給孩子們畫的，你就知道許多大人一生都是小朋友的朋友。」這樣的介紹，或許有點過於吹捧席德進，畢竟除了這本圖畫書以外，他幾乎不再有任何兒童圖畫書的作品出現，純藝術的創作，才是他真正發光的舞台。封底的繪圖者介紹，也透露出這樣的訊息：「他在繪畫界認識他的真正才能以前，曾經有一段時間關起門來作畫，有了閒暇，就給小朋友的讀物畫插圖，因為那是他最樂意做的。五十一年出國，環遊世界。五十五年回國，完成這一本圖畫集，獻給小朋友。」雖說是閒暇之作，不過圖像表現果然有大畫家風範，充滿個人強烈風格。席氏以剛勁有力、粗黑線條著稱，整本書充分發揮此項特點：主角少年阿火，圓胖臉龐大大雙眼，粗壯有精神，將養鴨孩子刻畫傳神；台灣鄉間為主的場景，有鴨寮、磚屋、瓦甕、竹簍、斗笠、竹筏等民間器物，搭配池塘植物的姿態變化，時常意到而簡潔不繁雜，更見他畫面構圖的功力。這時期正是席德進旅遊歐美回國後，開始熱中於台灣民間藝術的鑽研，並且在作品創作上更有自信的展現本土特色的關鍵期，有了這本為兒童創作的圖畫書出現，雖然成為絕響，卻也真的值得為他喝采！（李公元）

台灣兒童圖畫書精彩 *100*

小榕樹

作者：陳相因
繪者：林蒼莨
出版社：小學生畫刊社
出版日期：1966 年 12 月 5 日
頁數：32 頁
尺寸：17.5×20 cm
定價：4.5 元
ISBN：無（平裝）

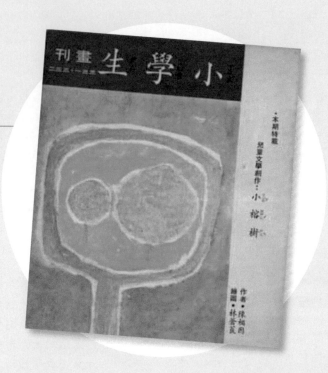

作者介紹 ｜ 陳相因

福建省人，曾於高雄縣永芳國小教書。由於在小學生雜誌社發表的短篇童話創作〈小野貓〉而成名，童話故事靈感，源自於自己小孩與貓相遇的親身經驗，曾被台灣童話研究者陳正治教授於專書舉例。作品有小學生畫刊社出版的《小野貓》、《小榕樹》，中華兒童叢書《洋娃娃逃跑了》、《誰是好朋友》等，是一位具才華與潛力的創作者，遺憾的是出道不久，即因發生意外而不幸過世。

繪者介紹 ｜ 林蒼莨

《小學生畫刊》簡介為「林蒼莨，中學時代，喜歡漫畫，早有成就。進大學以後，興趣傾向美術設計。為兒童作畫卻是他一向的宿願。」（1966.12.05）為師大美術系 48 級畢業，曾於「東方廣告」任職，後接手金太陽廣告公司，拍攝電視廣告片，台灣著名零嘴「乖乖」圖案即為他設計作品。後移居國外，目前返國定居台東，從事陶藝創作。插畫作品有中華兒童叢書《動物園》、《流浪的小黑貓》、《動物和我》（單張圖），小學生畫刊《小榕樹》等。

>>> 圖文內容與導讀

第 3 31、332 的《小學生畫刊》是一本合輯，特載兒童文學創作《小榕樹》作品，這是一篇童話故事，但是出版型式以圖畫書來表現，採用早期「中華兒童叢書」低年級文學類書籍的印刷模式，全彩、單彩輪流印刷，形成台灣早期圖畫書獨有的風貌。

本書值得推薦的原因，在於整本書文圖皆優，雖然出版於 1966 年，但是如今看來，故事與圖畫都不老套陳舊，相當有現代感，故事開頭附有簡介，為當時主編林良所寫：「一棵愛乾淨的小榕樹，得到了許多小動物的幫助，把垃圾堆和臭水溝變成風景區。這是一個很使人感動的童話。作者陳相因先生，寫作態度非常認真，他的作品對兒童很有益。畫家林蒼莨先生，作品有個性，所以他筆下的童話世界，筆下的樹（不單指榕樹），也是很特殊的。」故事描述原本生長在臭水溝的小榕樹，因為發願希望讓自己環境變好，得到了小鴨子、大白鵝、青蛙、兔子、公雞等動物的幫忙，終於讓臭水溝與乾淨的小溪相通，把臭水溝沖洗成清水溝，也讓更多動物、小孩喜歡來到小榕樹的周圍生活玩耍。主角小榕樹是不會動的植物，卻是故事思想的靈魂角色，影響動物們一起前來努力挖地道，共同清乾淨周遭的生活環境，很有正向積極的力量，而愛護環境的環保概念，也以不說教的劇情，明確大方的傳遞出來，是相當有教育性與趣味性的童話故事。

圖畫表現，封面一大一小的兩個綠點居中，代表榕樹媽媽與小榕樹，周圍有藍色線條圍繞，代表乾淨的小溪流，背景為橘色塗抹，有大地溫暖的感覺，整體看來，卻有抽象畫的味道，相當前衛有設計感。內頁的構圖，特別是「樹」的描繪，就像林良所言的「有個性」、「很特殊」，彷彿看見兩棵樹的對話般，忽大忽小，朦朧色彩中帶有筆觸，頗有意境，而小孩子或人群，大都以細小的小影子呈現，有時黑色迷人、有時彩色豔麗，更加凸顯出主角「樹」的獨特與魅力，也讓這本圖畫書，有種在參觀小人國的樂趣。另外，幾個故事中重要的小幫手，青蛙、鴨子、白鵝、兔子、公雞等動物，造形都有不落俗套的趣味設計，以一種樸拙的童趣表現，總而言之，這本書的圖畫表現，相當大方有朝氣，充滿藝術性。

據說陳相因已在很年輕的時候意外身亡，而林蒼莨也早已不在兒童插畫界發表作品，1966 年出版的這本《小榕樹》，如今看來，更加讓人覺得精采美麗而懷念。（李公元）

台灣兒童圖畫書精彩 *100*

一毛錢

作者：華霞菱
繪者：張悅珍
出版社：台灣省政府教育廳
出版日期：1967 年 4 月
頁數：36 頁
尺寸：17.5×20cm
定價：無
ISBN：無（平裝）

作者介紹｜華霞菱

筆名雲淙。北平師範學校畢業後，曾於北平的幼稚園和小學任教，1945 年抗日戰爭勝利後，因國民政府號召到台灣任教，推廣「國語」，而到台灣。到台灣後，不僅繼續幼稚園的教學，也開始為幼兒寫作，創作兒歌、童話和散文，特別擅長兒歌的寫作，認為兒歌的寫作原則為「要口語、押韻、有趣味、句子不能長、念起來要流暢」。曾任新竹師範附幼的園主任以及《幼兒教育月刊》總編輯。兒童讀物著作有《一毛錢》、《老公公的花園》、《顛倒歌》、《贈言》等。

繪者介紹｜張悅珍

1936 年生於台北縣三芝鄉。師大美術系畢業，早年擔任中學美術老師及插畫工作。曾為「中華兒童叢書」繪製多本插畫，出版作品有《一毛錢》、《玻璃海》、《快樂的一天》等。1972 年與丈夫曾謀賢移居美國紐約，原從事織品設計工作，三年後與丈夫辭掉工作，共同以 Jean & Mou-Sien Tseng 為名發表，在美國多家出版社繪製童書，共同出版《七兄弟》、《花木蘭》、《青龍白虎》等圖畫書，作品表現出東方特質的細膩畫風。

圖文內容與導讀

1950 年代,台灣兒童課外讀物十分欠缺,由台灣省政府教育廳和聯合國兒童基金會合作,由教育部和聯合國教科文組織指導的「中華兒童叢書」是當時重要的兒童課外讀物來源。《一毛錢》是「中華兒童叢書」第一期出版的叢書之一,標示為科學類,二年級適讀。本系列書以教育目的為主,低年級適讀的部分,仿造國外圖畫書,採用圖畫較多,文字較少的圖畫書形式呈現。

本書故事內容描述,小胖在草地上翻跟頭,看見草裡有一個又小又白,又圓又亮的小東西。他把這個小東西拿去給媽媽看。媽媽告訴他,這是一毛錢,要小胖在發現一毛錢的地方等待失主,物歸原主。小胖回到原地,看見小白兔、大公雞和老花狗,分別問牠們:「你丟了一毛錢嗎?」所有的動物都否認。小胖拿著一毛錢,想著:一毛錢有什麼用呢?賣冰棒的哥哥走過來,他問:「一毛錢有什麼用呢?」賣冰棒的哥哥回答:「買一枝小小的冰棒。」但小胖知道這不是他的錢。賣青菜的姊姊走過來,小胖也問她:「一毛錢有什麼用呢?」姊姊回答,可以買兩棵小蔥。但他知道這不是他的錢,不能拿來買小蔥。這時阿文哥哥慌慌張張,低著頭找來找去,原來他是這一毛錢的失主。小胖把一毛錢還給了阿文哥哥,並且問他一毛錢有什麼用,阿文哥哥告訴他,把它存在撲滿裡,只要存五個一毛錢,可以買一塊橡皮,十個可以買一枝鉛筆,三十個或是五十個,可以買一本心愛的故事書。小胖也很想要有一個撲滿。晚上阿文哥哥送來一個撲滿給小胖,小胖很喜歡,把撲滿放在枕邊。媽媽拿了一毛錢放入小胖的撲滿裡,小胖在夢裡也笑著。

顯然本書想透過故事傳達物歸原主的道理,雖然不脫教育目的,作者華霞菱以淺白、流暢的文字,在短短的頁數裡,巧妙的在傳達物歸原主的主旨之外,在小胖遇到三隻不同的小動物的同時,放入相關常識,像是小白兔吃草、大公雞捉蟲吃、老花狗啃骨頭,以及在當時的物價和幣值關係上,一毛錢能買到的東西,並且教導小朋友「積少成多」的道理。

在插圖表現方面,繪者張悅珍能將 1950 年代,台灣社會當時的兒童以及大人的形象,透過簡約的筆法,畫入書中,例如小胖的憨厚白胖的樣子,白上衣、黑短褲,搭配藍色鞋子的造型,以及媽媽穿著旗袍、手提菜籃、穿著高跟鞋的造型,對照賣冰棒的大哥哥,戴著竹帽、脖子吊著販賣冰棒的箱子和打赤腳的樣子,以及賣菜的姊姊,頭戴斗笠以扁擔挑菜等模樣,記錄著當時不同階層的生活群像,十分珍貴。(陳玉金)

台灣兒童圖畫書精彩 *100*

08

下雨天

作者：慎思（潘人木）
繪者：周春江
出版社：台灣省政府教育廳
出版日期：1967 年 9 月
頁數：36 頁
尺寸：18×21cm
定價：無
ISBN：無（平裝）

作者介紹 ｜ 慎思

為潘人木筆名之一。1919 年出生於遼寧，本名潘佛彬。重慶國立中央大學外文系畢業，1949
年遷居台灣，開始文學創作。1965 年起，任台灣省教育廳兒童讀物編輯小組編輯、總編輯，以
多種筆名發表兒童文學作品，題材豐富，計有兒歌、童話、兒童故事、兒童散文、圖畫書等，
作品《冒氣的元寶》、《小螢螢》，曾獲台灣省教育廳第一期、第二期金書獎「最佳寫作獎」。
退休後於台灣英文雜誌社主編《世界親子圖書館》系列。2005 年病逝，享年 87 歲。

繪者介紹 ｜ 周春江

1934 年生，台灣師範大學美術系畢業，與台灣另一位前輩畫家高山嵐為同屆同學。曾任廣告設
計、電視節目製作、國立台灣藝術學院教師等。插畫作品不多，卻極具特色，色彩豐富，造形
富有童趣，作品《下雨天》富有設計感，人物造形十分可愛討喜；《老鞋匠和狗》，色彩處理
富有層次變化，故事感人，而畫面懷舊風格，更添增故事的閱讀魅力。插畫作品有中華兒童叢
書《我家有架電視機》、《玉蜀黍》、《下雨天》、《老鞋匠和狗》等。

 圖文內容與導讀

《下雨天》，一本小女孩對雨天的可愛幻想故事詩，文字由台灣著名的兒童文學作家潘人木以「慎思」筆名創作發表，圖畫則是周春江所繪。

潘人木的文字，一向以簡潔流暢富有韻味為特色，更重要的是能夠以兒童觀點為出發，營造一個既有生活觀察又可愛幻想的日常情境。故事開始，描述小狗和小女孩小蘭發現下雨了，媽媽去買菜，沒有帶雨傘，擔心媽媽被淋濕了怎麼辦為開頭，之後為一連串小女孩對雨天的幻想情節，如小雨點兒像珍珠，想要找條線串成小項鍊；要小狗嘗嘗窗外飄進的雨點甜不甜，自己也想吃一盤；媽媽沒帶傘，可以買塊大墊板或者大蚌殼來遮雨，雖然沒有正經的想到買支傘，但是這樣的安排卻充滿孩子的想像樂趣；自己長大後，更想當氣象局職員，開飛機到天空寫個大「雨」字，提醒大家帶傘，或者發明一個可以選擇氣候變化的大開關，也想到做成大雨傘，遮住整個城市，更甚至要拿自己的豬公撲滿，把菜市場重新蓋在自己家的院子旁，讓媽媽買菜不帶傘也不怕雨淋。最後媽媽終於回來了，沒有淋溼也沒有買墊板、大蚌殼，卻帶回來了一支新雨傘，並提醒小女孩不要再把雨傘拿去玩壞囉！但是小女孩因為天氣放晴，跑到戶外玩小水坑的影子遊戲了，並且告訴媽媽玩水坑可比玩雨傘更有趣。

周春江的圖畫，亦是精采值得一看！封面以紫色為背景，搭配黃邊藍水綠葉的池塘、黑白點點衣拿藍傘、穿藍鞋的小女孩、黑白斑點的小狗，構成顏色上非常鮮豔突出，大方有變化。上頭飄下的雨絲，用「下雨」兩字重複呈現，是很可愛又有意境的「文字圖」設計。內頁圖的表現，在那成本有許多限制的出版年代，也是採用單色、彩色輪流套印，雖然有些頁面顯得顏色單調較無生氣，但是因圖畫風格的強烈，版面構圖的精緻呈現，還是讓這本書的插圖很有生命力的表現。

在人物造型方面，女主角小女孩生動可愛，衣服穿著也隨著劇情有所改變，封面為黑圓點洋裝，書名頁為黑白紋衣服配黑褲，內頁故事主要以桃紅色有蕾絲邊的洋裝為主，之後則有駕駛飛行衣、彩色點點的洋裝、看水坑時的吊帶裙及黃色大圓帽，這樣的服裝變化，成功創造出一位淘氣愛幻想的可愛女孩形象。物品場景的構圖，常有幾何圖形重複的描繪，富有設計性，如黑白彎曲條紋的樹幹、黑白格子交錯的地毯、大小圈圈變化的池塘漣漪、黑圓點白底的桌巾等等，都讓整本書看起來不但不會老舊，並可說是充滿現代感的設計，應該值得推薦為台灣早期精采圖畫書代表作之一。

（李公元）

台灣兒童圖畫書精彩 *100*

09

十兄弟

（舊版）

（新版）

（舊版）
作者：謝新發
繪者：鄭明進
出版社：王子出版社股份有限公司
出版日期：1968 年 10 月

（新版）
作者：沙永玲（編著）
繪者：鄭明進
出版社：小魯文化事業股份有限公司
出版日期：2010 年 2 月

作者介紹 ｜ 謝新發

舊版作者，謝新發，曾任國小教師，後來從事導遊工作。

繪者介紹 ｜ 鄭明進

1932 年生於台北市，台北師範學院藝術科畢業，當了 25 年的小學美術老師，除了努力於兒童畫教學之外，也從事水彩畫、油畫創作。1977 年從學校退休後，更加投入兒童圖畫書的創作與推廣，插畫作品曾參選「日本第十二屆世界兒童圖畫書原畫展」。1992 年榮獲第四屆信誼幼兒文學「獎特別貢獻獎」。圖畫書代表作品有：《十兄弟》、《小紙船看海》、《小動物兒歌集》、《一條線》、《看地圖發現台灣好物產》、《請到我的家鄉來》等。

>>>  圖文內容與導讀

《十兄弟》是素有台灣圖畫書教父之稱的鄭明進，在他 36 歲時，個人第一本創作的兒童圖畫書，對鄭明進來說，是他創作上的重要紀錄，也是他擔任國小美術教師十五年後，特別以孩子欣賞的眼光來創作的作品，據他在新版書後所言：「創作這本書時，我特別在意畫面如何呈現才能讓幼兒也懂得欣賞。」

鄭明進自己分析這本書的圖，採用了幾種符合幼兒視覺觀點的畫法，分別有「平塗剪影式的畫法」、「左右移動式的景物空間」、「人物造型的誇張」、「幼兒剖面式的特徵畫法」、「畫面情境的趣味性營造」，以及「粉紅、藍、綠、橙、黑等特別色的交雜運用」等等。可以歸納本書的圖畫表現，造型簡單卻大方有趣，顏色分明且鮮明亮麗，構圖誇張並富有兒童畫特徵，以現今圖畫書大都精細繁雜的畫風來看，這本書恰好呈現出另一種樸素單純的童趣美感。

《十兄弟》是廣泛流傳於華人世界的民間故事。初版文字是由曾任小學教師的謝新發所寫，描述農家夫婦一胎生下十個兒子，每個都長得各有特色，分別有順風耳、千里眼、大力氣、銅頭、鐵骨、長腿、大頭、大腳、大嘴、大眼睛等。長大後十兄弟身體結實喜歡打抱不平，有一天「順風耳」因為聽到遠方有人哭啼，「千里眼」告知有成千上萬人為皇帝造長城而受苦，所以「大力氣」跑去快速蓋好長城，卻惹來皇帝擔心造反的殺機，於是兄弟輪流上場，分別有砍不斷頭的「銅頭」、皮鞭打不死的「鐵骨」、大海淹不死的「長腿」，並抓了一堆用「大頭」帽子裝的魚蝦，用「大腳」腳上刺到的木柴起火，卻在被「大嘴」一口吃完海鮮湯下，引來老么「大眼睛」愛哭的淚水，卻驚喜地把皇帝要來抓他們的軍隊全部淹死或沖走，從此大家和平地過日子。可以說，整個故事劇情緊湊、逸趣橫生，故事似乎隱含著「兄弟齊心」、「團結力量大」的教育意涵，但是整本書最大的精采與享受，還是在於每位兄弟的特異功夫，能讓孩子大開眼界並直呼過癮！

2010 年小魯出版社重新出版，文字改由沙永玲編著，皇帝改成國王，並且更加精簡文字，原圖不變，但是版面組合及配色上略有不同，原本的 35 頁變成 27 頁，似乎經過特別思考討論過後的成品，但兩種版本文字各有優缺點，圖像配色的不同，也有視覺上強弱的不同感受，新版採用牛皮紙來印刷，古味十足。如果兩種版本一起對照相看，相當有欣賞比較的樂趣，只不過舊版《十兄弟》坊間幾乎是絕版珍品，不易尋得。2010 年小魯版《十兄弟》，2011 年賣出韓國版及大陸簡體字版。最後引用資深兒童文學作家林良推薦《十兄弟》的好話：「把民間故事化為繪本，以文字圖畫建立典範！」（李公元）

台灣兒童圖畫書精彩 *100*

10

影子和我

（舊版）

（舊版）
作者：林良
繪者：高山嵐
出版社：台灣省政府教育廳
出版日期：1969 年 2 月
頁數：32 頁
尺寸：18×21cm
定價：無
ISBN：無（平裝）

（新版）
作者：林良
繪者：梁淑玲
出版社：國語日報出版社
出版日期：2008 年 4 月
頁數：48 頁
尺寸：20×20.5cm
定價：250 元
ISBN：9789577515476（精裝）

（新版）

作者介紹｜ 林良

生於 1924 年，筆名子敏，福建省同安縣人。畢業於國立師範大學（原師範學院）國文系國語科，曾任《國語日報》主編、編譯主任、出版部經理、社長、董事長，也是著名的語文教育、兒童文學創作及散文寫作工作者。文風獨樹一格，文字清楚易讀，筆觸詼諧幽默，堅持使用簡明的文字書寫，作品包括《我要大公雞》、《媽媽》、《小太陽》、《和諧人生》、《爸爸的十六封信》、《彩虹街》等，另有《淺語的藝術》兒童文學論述專書。

繪者介紹｜ 高山嵐

1934 年生於台南，師大美術系畢業。曾任美術設計、電影導演。曾為「台北美國新聞處」、《正聲兒童》、《新生兒童》、《創作》雜誌、《皇冠》雜誌等設計海報、封面、插圖，插畫作品並常見於六○年代的《聯合副刊》。現定居美國洛杉磯，專注油畫創作。曾獲史比爾全球賽第一名、美國費蒙藝術節畫展第一獎、中華民國油畫學會金爵獎、亞洲廣告大會第二獎等。童書作品有《小鼓手》、《阿才打獵》、《影子和我》、《重九登高》等。

>>>  圖文內容與導讀

出版 於 1969 年的《影子和我》，是早期「中華兒童叢書」優秀作品之一，文字由林良所寫，圖畫則是高山嵐所創作。2008 年，國語日報社重新出版，圖畫改由梁淑玲所繪。

林良文字書寫一向淺白易懂，描述內容頗能符合幼童生活經驗的理解，很能抓住小讀者閱讀的樂趣，《影子和我》也是這樣一本有意思的童書。以第一人稱「我」，貫穿整本書的主要描述，而最主要的內容，則是在表現影子在我們日常生活中的各種現象與特性，是一本富有科學觀察卻不艱深難懂的知識類圖畫書，並且擁有文學氣息的文字表現。文中描述，白天、中午、晚上，「我」的影子變化；樹蔭下、路燈下、客廳裡、停電時，「我」的影子變化；爸爸寫信的影子、燭火下的影子、月光下的竹影、直升機的影子、李白愛喝酒的影子，以及自己最愛的「媽媽打毛衣的影子」，這些都成為文中描述的影子變化，最後的結尾，如果我晚上睡覺時，可憐的影子自己做些什麼呢？回到一個小孩有趣的提問上。每個跨頁都表現一則影子的小故事，以「我」來陳述，讓人特別有親切認同的感覺。

1969 年出版的《影子和我》圖畫表現，可說是非常傑出前衛。高山嵐是設計界的高手，在六〇年代許多雜誌、書籍的封面設計上，都有傑出不凡的表現，這本可愛的童書配圖，也表現得美輪美奐。

首先是封面設計上，在沒有電腦特效處理的年代，高山嵐以拼貼技法，呈現色彩繽紛、紋路豐富的設計美感。內頁配圖，每頁皆以不規則的圓形為框邊基礎，圈內表現主角與影子的有趣變化。單色套印時，以黑白線條富有設計性的幾合構圖，描繪主角的故事，圓圈外則以草綠色套印成背景主色調，有穩重樸實的感覺；彩色套印頁時，人物角色則改以色紙剪貼，加添些許細小的色彩描繪，圓圈內的背景以富變化的各種紋路色塊組合，如月曆紙、光影照、藤編紋、軟墊紋等等，圓圈外則每個跨頁皆有不同顏色的套印，形成夢幻又充滿設計感的插畫風格。整本書的人物設計，輪廓線條簡潔流暢，服裝設計具有現代美感，臉蛋中黑色圓圈的大眼睛，形成容易辨認的個人風格。

2008 年出版的《影子和我》，改由梁淑玲配圖繪製，整本書的色彩轉為清新淡雅，構圖上也有另一番幻想情境，封面以手影表現飛鳥展翅的形狀，很能表現本書的主題意境，資深圖畫作家曹俊彥在推薦文中，有很好的讚美：「畫家不只具象呈現文字所敘述的可愛的影子，而且以優雅色彩和簡潔造形營造出如詩的氣氛。完全符合本書——以文學的筆講述科學內容的創作精神，從現象的觀察去發現生活周遭的真，再由真實的現象延伸想像進入美的藝術境界。」（李公元）

台灣兒童圖畫書精彩 *100*

（舊版）

小琪的房間

（舊版）
作者：林良
繪者：陳壽美
出版社：台灣省政府教育廳
出版日期：1969 年 9 月
頁數：36 頁
尺寸：18×21cm
定價：無
ISBN：無（平裝）

（新版）
作者：林良
繪者：莊姿萍
出版社：國語日報社
出版日期：2008 年 2 月
頁數：48 頁 +CD
尺寸：22.5×24.5cm
定價：250 元
ISBN：9789577515414（精裝）

（新版）

作者介紹｜ 林良

生於 1924 年，筆名子敏，福建省同安縣人。畢業於國立師範大學（原師範學院）國文系國語科，曾任《國語日報》主編、編譯主任、出版部經理、社長、董事長，也是著名的語文教育、兒童文學創作及散文寫作工作者。文風獨樹一格，文字清楚易讀，筆觸詼諧幽默，堅持使用簡明的文字書寫，作品包括《我要大公雞》、《媽媽》、《小太陽》、《和諧人生》、《爸爸的十六封信》、《彩虹街》等，另有《淺語的藝術》兒童文學論述專書。

繪者介紹｜ 陳壽美

實踐家專畢業。曾任電視主持人、手工藝設計、實踐專科「色彩學」教師。曾參與《小學生畫刊》、「中華兒童叢書」繪製，並出國修習手工藝創作，插畫作品雖然不多，卻有很好的成績表現。《雅美族的船》、《布農族的獵隊》，在人物造形、服飾上面，刻畫傳神，是台灣早期以原住民創作主題的傑出圖畫書；另有配圖作品《小學生畫刊第 322 期——媽媽的畫像》、《愛漂亮的蝴蝶》、《小琪的房間》、《老公公的花園》、《兒童故事詩》、《ㄅㄆㄇ》等。

圖文內容與導讀

出版於 1969 年出版的《小琪的房間》，無疑的是早期「中華兒童叢書」中令人相當懷念的精采傑作！林良的親切故事，搭配陳壽美的美麗圖畫，讓許多五、六十年代出生的小女生，有了相當親切的認同感，產生難忘的閱讀印象。

故事在說，小女孩小琪的房間很乾淨，但其實都是媽媽花很多時間幫忙整理，小琪的好朋友小珍珠到她家玩，發現小琪的房間真乾淨，以為都是小琪自己整理的。過了幾天，小珍珠也請小琪到她家，小琪發現小珍珠用過的東西都會放回原位，小珍珠說她是跟小琪學的好習慣，讓小琪很不好意思的跑回家去了。第二天早上，媽媽來整理房間時大吃一驚，原來，小琪已經學會整理自己的房間了。林良很巧妙的營造一個生活上很容易發生的同儕故事，不說教卻立意明顯的告訴孩子，要有「愛整潔」及「重榮譽」的美德。只不過以女孩子為主角，似乎暗示著女生應該要會整理自己房間的傳統印象，如果也有男生版的《小琪的房間》故事，似乎更能夠打破男女兩性的刻板印象。

而這本書能夠讓許多人總是懷念的因素，還有一個很重要的原因是陳壽美創造出來的美麗圖像。封面兩位亮眼的小女孩，眼神甜美的交會，一紅一綠的洋裝，搭配髮型與髮飾的變化，橘色圓圈包圍，及大面積的黃白背景烘托著，封面設計溫馨又大方，十分吸睛，也十分賞心悅目。內頁圖的描繪，呈現許多小女生應該會很喜歡的小東西，如洋娃娃、小吊飾、小玩具、故事書等等，書中大人、小孩的服裝搭配，家中家具、物品、場景的營造，都有不退流行的現代感。版面設計富有抒情的美感，以多種顏色的棉絮紋路當背景，用圓形變化去搭配，讓畫面舒服與柔美，更可見女性插畫家的細膩與巧思。整本書的色彩十分柔和，陳壽美後來從事色彩學的教學工作，由這本圖畫作品的配色來看，即見她相當成熟精采的示範。

2008 年國語日報社重新出版這本書，圖畫改由莊姿萍所繪，同樣是女性插畫家，以另一種可愛面貌，詮釋這個不會老套的生活故事。資深圖畫作家曹俊彥在圖像導讀中描述新版圖畫：「**這本書的圖畫，採用的就是『講清楚，說明白』的畫法，畫家採用針筆勾勒線條，再仔細的填上鮮麗明亮的色彩，讓圖畫很明白的說出故事的含義。**」(李公元)

台灣兒童圖畫書精彩 *100*

顛倒歌

（舊版）
作者：華霞菱
繪者：廖未林
出版社：台灣省政府教育廳
出版日期：1970 年 5 月
頁數：24 頁
尺寸：24.5×24.5cm
定價：無
ISBN：無（平裝）

（新版）
作者：華霞菱
繪者：廖未林
出版社：信誼基金出版社
出版日期：2006 年 6 月
頁數：24 頁
尺寸：24.5×24.5cm
定價：150 元
ISBN：9861611061（平裝）

（舊版）

（新版）

作者介紹 | **華霞菱**

筆名雲淙。北平師範學校畢業後，曾於北平的幼稚園和小學任教，1945 年抗日戰爭勝利後，因國民政府號召到台灣任教，推廣「國語」，而到台灣。到台灣後，不僅繼續幼稚園的教學，也開始為幼兒寫作，創作兒歌、童話和散文，特別擅長兒歌的寫作，認為兒歌的寫作原則為「要口語、押韻、有趣味、句子不能長、念起來要流暢」。曾任新竹師範附幼的園主任以及《幼兒教育月刊》總編輯。參與「中華兒童叢書」著作《一毛錢》、《老公公的花園》、《顛倒歌》、《找》等共十餘本。

繪者介紹 | **廖未林**

1922 年出生於湖南岳陽。1949 年畢業於杭州國立藝專西畫科，同年 8 月經福州至台灣。作品風格多變，擅長商業設計和圖案設計。1973 年赴美國紐約舉辦畫展，後定居紐約，從事染織設計。1992 年退休，遷居洛城。2005 年回到桃園居住，仍以畫圖為主要活動。早期曾在《中央日報》上畫四格漫畫《小雀斑》，參與「中華兒童叢書」以及其他兒童讀物繪著有：《提燈的女孩》、《小木頭人兒》、《顛倒歌》、《黃狗耕田》、《阿輝的心》、《唱唱看》、《小野鼠和小野鴨》等。童書舊作《顛倒歌》（2006 年）、《小野鼠和小野鴨》（2008 年）重新出版。

圖文內容與導讀

本書為「中華兒童叢書」其中的一本，內文以幽默講反話的兒歌形式表現，加上插畫用色濃豔大膽，造形誇張，是一本很有特色的圖畫書。書中的文字內容是一首兒歌，為華霞菱在新竹師院附小幼稚園擔任主任時所寫的作品，提醒兒童生活中熟悉的事物，如果顛倒了，會是怎樣的狀況呢？而正確的事實又是如何？

《顛倒歌》寫著：「小三兒小三兒聽我說／我來唱個顛倒歌／水牛整天睡懶覺／公雞要唱催眠歌／兔子騎上獵狗背／駱駝游泳過大河／小雞啄了鷹翅膀／小羊齊把大狼捉／偷兒嚇跑看家狗／老鼠咬了貓耳朵／顛倒的事兒錯又錯／小三兒會不會把對的事情說一說／水牛耕田力氣大／公雞會唱早起歌／獵狗追兔跑得快／駱駝專走大沙漠／老鷹要捉小雞去／大狼常把小羊拖／好狗看家偷兒怕／貓捉老鼠笑呵呵／小三兒小三兒真不錯／請你吃個大蘋果」。

兒歌的前半段藉由成人和兒童小三兒的對話，敘述和事實完全相反的事情，以孩子們熟悉的動物做了一些和平日習性相反的事情，引發兒童的閱讀興趣。後半段再藉由「顛倒的事兒錯又錯／小三兒會不會把對的事情說一說」轉換敘述，由成人轉為兒童。而文句以七言為主，並以小三兒作為對象，首、尾句以和小三兒的對話前後呼應，其中區隔內容的中間段，則以不工整的字數，使得兒歌念誦進行中，有了明顯的段落分隔，這種一前一後、一反一正的寫法，顯現作者在創作時的用心與巧思。

繪者廖未林注意到兒歌當中出現許多動物以及動作，他在本書的插畫，採取寫實方式的繪畫風格，小讀者在閱讀時，能很快的辨認出動物的名稱。為了不使動物太死板，書中的動物都帶著動感，例如：貓受驚嚇的畫面，以誇大的方式，畫出貓毛像被電到的樣子；以身體蜷曲的姿勢來呈現狗受到驚嚇逃跑、夾著尾巴的樣子。而動物臉部表情，更是用誇大、模擬人的表情，像是歡喜、害怕、驚嚇、凶惡、憤怒等情緒。因為圖與文的配合相得益彰，更能凸顯「顛倒」的事實。

2006 年信誼出版社挑選《顛倒歌》編入《童書任意門》系列，重新出版，讓新一代的兒童也能讀到這本精采有趣的圖畫書。重版的《顛倒歌》，將原本是直排的內文，改為橫排，因此在內頁的編排上，也做了適度的變動。因為當代排版印刷技術的進步，能輕鬆的從原書掃描圖檔，再依照圖畫書翻頁的視覺動線作版面設計的調整，例如舊版第 6 到 7 頁的跨頁畫面，原本老鷹的頭部朝著左方延伸，在新版則順著翻頁的動線，畫面左右反作，其餘畫面也都順著內文的需要做調整。由於繪者技法純熟，整體畫面並沒有因為調整而有生澀感。(陳玉金)

台灣兒童圖畫書精彩 *100*

太平年

（舊版）

（舊版）
作者：陳宏
繪者：林雨樓
出版社：台灣省政府教育廳
出版日期：1971 年 6 月
頁數：24 頁
尺寸：24.5×24.5cm
定價：9 元
ISBN：無（平裝）

（新版）
作者：陳宏
繪者：曾謀賢
出版社：信誼基金出版社
出版日期：2006 年 6 月
頁數：24 頁
尺寸：24.5×24.5cm
定價：150 元
ISBN：986161107X（平裝）

（新版）

作者介紹 | 陳宏

1932 年出生於河北獲鹿，1948 年赴台。曾任《大華晚報》主編、主筆，《中國郵報攝影雜誌》總編，參與劇本修編工作，改編古典名劇《桃花扇》、《李逵鬧梁山》等。曾任各大攝影比賽、影展評審，輔導各大專院校攝影社團多年。1999 年，因臥病全身癱瘓，被診斷罹患肌肉萎縮性側索硬化症（ALS，俗稱「漸凍人」）。2000 年因呼吸衰竭做氣切，後藉著注音板，以眨眼（轉動眼球）方式繼續創作，出版作品字數超過 19 萬字，作品通過文字傳遞出積極、樂觀的生活態度，鼓勵讀者。

繪者介紹 | 林雨樓

本名曾謀賢。1936 年生於台北市。1954 年畢業於省立台北師範學院美術科。為《學友》、《東方少年》繪製插圖。1963 年畢業於師範大學美術系。1964 年任職省教育廳「中華兒童叢書」第一任美術編輯，並繪圖出版《可愛的玩具》、《哪裡來》、《梅村的老公公》、《太平年》等書。1971 年《可愛的玩具》獲得全國兒童讀物最佳插圖「金書獎」。1972 年移民美國紐約，任職於 Film Dimensions 影片公司美術設計，製作《中國歷史》影集。1990 年獲頒中國書畫會國畫「金爵獎」。與太太張悅珍，在美國為多本童書合作繪圖，出版《七兄弟》、《青龍白虎》等書。

>>>  圖文內容與導讀

快過新年了，不安好心眼的黃鼠狼看到長得肥胖的小雞，動起了歪腦筋。他向雞媽媽提出邀請，想請雞寶寶們一同去開同樂會。他向雞媽媽保證，會好好招待雞寶寶。雞媽媽拒絕了黃鼠狼，小白雞卻不擔心，主動向雞媽媽提出願意去參加同樂會的想法。不過，也提出但書，要黃鼠狼派車子來接。小白雞請大花狗幫忙，黃鼠派了車來，小白雞請他們先回去，等他們把車子弄好看一點再來。車子布置好了，黃鼠狼來接他們，覺得車子非常沉重，但沒有懷疑，到了目的地，邀請小雞下車，這時躲在車裡的大花狗衝了出來，黃鼠狼嚇得四處逃竄，小雞們終於可以回家過個平安的年。

作者陳宏說明，寫《太平年》的緣起，是由於一句歇後語：「黃鼠狼給雞拜年，不懷好心。」陳宏覺得不懷好心還不夠，重新整理構思新的故事，試圖戳破這個陰謀，成為一個在過節氣氛中，過程緊張卻不失詼諧的故事。而書中的雞寶寶靠著智慧，讓全家人化險為夷，最終能度過一個太平年。

本書繪圖者曾謀賢，試圖將充滿歡欣的過年氣氛，透過點、線、色彩和構圖，來表現故事內涵。讓即使看不懂字的小讀者，也能夠從欣賞圖畫，了解圖畫的大意。曾謀賢表示，在他參與這本書的創作時，因為當時麥克筆才剛剛上市，而麥克筆的色彩亮麗，可以讓畫面充滿愉快的氛圍，能符合故事的需求，因此他採用了麥克筆，加上粉蠟筆和色紙，以混合的媒材來運用。

畫面中的線條綿密且多層次，包括一筆一筆畫出來的草地、樹葉、房屋等質感，還有雞媽媽、雞寶寶簡單而清晰的模樣、黃鼠狼狡詐的造型，還有大黃狗熱心而有膽識的樣子，都讓角色有了清楚的定位。而本書的構圖變化豐富，有遼闊的原野畫面，也有近景特寫動物們的表情，色彩鮮豔，故事性強，效果也很突出。

《太平年》為「中華幼兒叢書」系列中的一本，畫面設計、色彩調配、角色造型、故事內容和節奏感等方面都很傑出。經信誼基金出版社於2006年重新製版，外加導讀手冊和故事光碟，以「童書任意門」盒裝套書方式面世，而筆名林雨樓的曾謀賢，也以本名現身。

重版的《太平年》改直排書為橫排書，因此在閱讀翻閱的順序上也做了適度的調整。美編在編排版面時，將幾個畫面，作了左右相反的調整，以便圖和文之間更為緊密。順著閱讀的動線的安排，在翻頁時也能跟著情節的演變，達到流暢的閱讀效果。（陳玉金）

【太平年・書單編號13】

台灣兒童圖畫書精彩 *100*

（舊版）

小蝌蚪找媽媽

（舊版）
作者：白淑
繪者：王碩
出版社：台灣省政府社會處
出版日期：1973 年 6 月
頁數：20 頁
尺寸：24.5×24.5cm
定價：無
ISBN：無（平裝）

（新版）
作者：曹俊彥
繪者：曹俊彥
出版社：信誼基金出版社
出版日期：2006 年 6 月
頁數：20 頁
尺寸：24.5×24.5cm
定價：150 元
ISBN：9861611088（平裝）

（新版）

作者介紹 ｜ 白淑

白淑，不詳。

繪者介紹 ｜ 王碩

王碩為曹俊彥的筆名。1941 年在台北大稻埕出生。台北師範學校畢業。曾任小學美術教師、廣告公司美術設計，出版社美術編輯、總編輯、特約編輯企畫。目前致力於創作圖畫書，與圖畫書閱讀推廣，並經常在報章雜誌發表連環圖畫及插畫，創作編輯設計超過三百六十本以上的「中華兒童叢書」，以及多本原創圖畫書，例如：《圓仔山》、《加倍袋》、《別學我》、《屁股山》、《阿牛牯的隱形披風》等。

>>> 圖文內容與導讀

本書以小蝌蚪找媽媽的過程，介紹青蛙從蝌蚪慢慢長大，變成水陸兩棲的青蛙歷程。

故事開始，有一隻在池塘裡成長的小蝌蚪在找媽媽，在河中他掛了幾根細水草，以為自己是一隻小蝦子，跟在河蝦後面叫媽媽，河蝦告訴他，「我不是你的媽媽。」他吸住了一片樹葉，以為自己是一條小魚，又跟在大魚後面叫媽媽，也被大魚糾正。樹葉掉了，小蝌蚪身上蓋了一片野菇，他以為自己是一隻烏龜。小蝌蚪以為自己是烏龜，跟在烏龜後面叫媽媽，當然也被拒絕了。接著他又躲入一個貝殼裡面，跟田螺說，媽媽我在這裡，田螺說：「你不是我的孩子！」找了好久，小蝌蚪還是沒有找到媽媽，在一連串找媽媽的歷程，他已經長出了兩條後腿，過了幾天，又長出了兩條前腿。尾巴不見了，身上也變綠色了。小蝌蚪以為蚱蜢是他的親戚，想請蚱蜢幫忙找媽媽，小蚱蜢見到他，怕得不得了，趕緊通知同伴，「青蛙來了，快逃！」小青蛙這才知道自己是青蛙，這時一隻大青蛙，跳到他的跟前告訴他，你是我的孩子！他們在水邊照照，發現彼此長得一模一樣，終於找到媽媽了。

在水中生長的小蝌蚪，從黑色變成水陸兩棲的綠色青蛙，是一段很奇妙的變化過程，透過這本圖畫書的故事，可以帶領幼兒認識奇妙的青蛙成長和變化，也藉此認識水中的其他生物。幼兒能在書中觀察到，不同物種間的相同和不同，也能感受到小蝌蚪基於親情的渴求，努力找媽媽的歷程，以及透過試探、裝扮等解決問題的技巧。

這本書的圖畫是曹俊彥以單版版畫的方式製作出來的，有別於手繪的風格，他以類似蓋章的方法，蓋出來不同的造型和景物。藉由壓印的手法，蓋出了魚、蝦、烏龜、蚱蜢等不同的造型。也能作為欣賞版畫或是嘗試版畫創作的初步認識。

本書原屬於「中華幼兒叢書」系列中的一本，自 1973 年 6 月出版多年後，在 2006 年 9 月，由信誼基金出版社重新出版印行，在版面的編排上，開本大小和裝訂方式不變，但文字部分，邀請曹俊彥以兒歌的方式，重新潤飾書寫，而小蝌蚪遇見魚和大蝦的情節，也做了對調，讓故事的節奏更為流暢，描繪更為完整。

（陳玉金）

台灣兒童圖書書精彩 *100*

討厭山

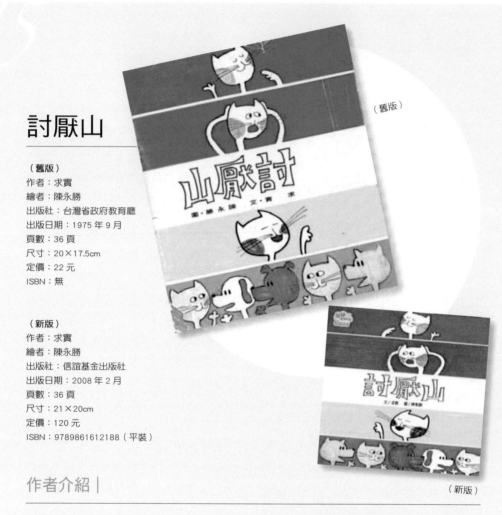

（舊版）

（舊版）
作者：求實
繪者：陳永勝
出版社：台灣省政府教育廳
出版日期：1975 年 9 月
頁數：36 頁
尺寸：20×17.5cm
定價：22 元
ISBN：無

（新版）
作者：求實
繪者：陳永勝
出版社：信誼基金出版社
出版日期：2008 年 2 月
頁數：36 頁
尺寸：21×20cm
定價：120 元
ISBN：9789861612188（平裝）

（新版）

作者介紹

求實，不詳。

繪者介紹｜ 陳永勝

1950 年生於宜蘭。復興美工科畢業。曾任《中國時報》美術編輯、室內設計師、《時報周刊》專欄作者。曾於《中國時報》、《小樹苗月刊》發表作品。1974 年由教育廳出版的《數數兒》是第一本兒童插畫作品。繪著兒童讀物有：《數數兒》、《土塊兒進城》、《春天在我家》、《討厭山》、《黑仔的一天》、《丁丁和毛毛》、《兩個娃娃》、《沒有名字的小狗》、《嘰哩呱啦》、《牽牛花》、《荷花開》、《綠驢子》、《骨頭博士找骨頭》、《一個一個又一個》、《阿黃的尾巴》、《什麼也沒有》、《穿衣服出門去》等。目前從事室內設計、美術編輯、兒童插畫等工作。

圖文內容與導讀

本書經由一隻花貓咪講述自己因為偷吃了別人的東西，而被警察追捕，經歷各種想像、荒謬的驚險，用來警惕其他貓咪和小狗，如果偷吃東西的下場，就是被捉到討厭山，接受各種違反他們平日習性的事情做為處罰，希望藉由自己的經歷，讓其他常常偷吃別人東西的小貓咪和小狗得到警惕。

花貓咪為大家講自己經歷的故事：有一個下午，他偷偷溜進了鄰居家的廚房，聞到了很香的菜和飯，便偷偷吃了鄰居家小狗的飯菜，因為犯了法，警察經過了一番追趕，抓到了花貓咪，把他送到「討厭山」。在討厭山裡面，什麼事情都是討厭的：身被紮滿了小辮子；用尾巴釣魚，釣到的魚還要送給別的貓咪吃；要像兔子一樣啃胡蘿蔔；像豬一般，在稀泥地裡打滾；戴上手套不讓洗臉；在背上擺球，餓了的時候背部不能弓起來；以光亮的澡盆做為床鋪；臨睡前為大老鼠唱催眠曲；好不容易睡著了，卻來了一隻最會叫的公雞做伴。幸好過了幾天，總算有警察來釋放花貓咪回家了。

為了勸止其他小貓咪、小狗不要偷吃別人的東西，花貓咪所講的討厭山的故事，雖然不是什麼體罰，卻以違反本性的事做為處罰，實在太討厭了。作者藉由花貓咪的口述，講述的故事雖然教條，

幸好故事不以打罵懲罰做為故事的發展，而改以頗富新意的方式，經由花貓咪在討厭山所受到一則又一則的懲罰，能認知到貓的生活習性！

文字內容之外，插畫者陳永勝原本就擅長以單純可愛的動物造型，做擬人化呈現。在許多畫面中，運用了誇張的動作和造型，來帶動氣氛，例如第 6 到 7 頁的跨頁，警察和貓各占一頁，而警察一邊追趕貓，一邊吹著哨子，整個身軀占滿了頁面，另一邊，貓則是飛快的逃跑，連魚骨頭都飛在半空中。接下來的第 8 到 9 頁，則以連環圖畫的方式，以小視窗分別畫出警察追逐貓的畫面，有些時候警察占上風，有些時候則是貓占上風，畫面生動逗趣。

在本書中，圖畫搭配文字故事的整體構圖也有巧思，在一隻花貓咪講述故事給幾隻小貓小狗聽的過程，繪者巧妙的分割兩個畫面，上方是花貓咪講述的故事內容，下方固定出現三隻小狗和兩隻小貓的半身像，隨著故事的進展，表情以擬人化呈現，讓動物們的表情能充分展現，十分討喜而充滿趣味，為原本充滿教條的內容，得到戲劇性的閱讀趣樂味。此外，繪者採用麥克筆鮮豔濃厚的色彩，大膽使用桃紅色和黃色做為主色調，更增添了活潑熱鬧的氣氛。（陳玉金）

台灣兒童圖畫書精彩 *100*

小紙船看海

（舊版）

（新版）

（舊版）
作者：林良
繪者：鄭明進
出版社：將軍出版社
出版日期：1976 年 4 月
頁數：46 頁
尺寸：17.5×20cm
定價：40 元
ISBN：無（精裝）

（新版）
作者：林良
繪者：鄭明進
出版社：民生報
出版日期：2006 年 6 月
頁數：48 頁 +CD
尺寸：17.5×20cm
定價：260 元
ISBN：9868227615（精裝）

作者介紹｜ **林良**

生於 1924 年。祖籍福建省同安縣，習慣以筆名「子敏」發表散文，以「林良」本名為小讀者寫作。畢業於國立師範大學國文系國語科及私立淡江大學英國語文學系，當過小學老師、新聞記者，歷任《國語日報》編輯、編譯主任、出版部經理、國語日報社社長。2005 年以《國語日報》董事長兼發行人退休，並持續從事寫作至今。為兒童寫作長達五十多年，著作與譯作豐富，散文《小太陽》最為讀者熟悉，兒童文學論文集《淺語的藝術》影響台灣兒童文學發展，其餘兒童文學創作及翻譯計兩百餘冊。曾獲中山文藝創作獎、國家文藝兒童文學特別貢獻等殊榮。

繪者介紹｜ **鄭明進**

1932 年出生於台北市，台北師範藝術科畢業。曾任國小美術教師 25 年，身兼編寫、翻譯、編輯、引薦推廣等多重角色，對台灣兒童圖畫書的推廣有啟蒙的地位，被童書界封為「台灣兒童圖畫書教父」。著有《怎樣瞭解幼兒童》、《幼兒畫的認識與指導》、《幼兒美術教育》、《媽媽美術教育》、《兒童美術主題 100》等，本身也著作多本兒童文學插畫，曾任漢聲圖書、雄獅美術、台英圖書、《兒童日報》等公司擔任編輯顧問，現任福武書店巧連智雜誌編輯顧問。

>>> 圖文內容與導讀

將軍出版社出版「新一代兒童益智叢書」系列「文學類」，將《小紙船看海》規劃為本系列的第一本。是林良為幼兒寫作的散文故事，雖然內容以分行書寫，但是並不押韻。

透過故事的內容，告訴小讀者，世界上的水都到哪裡去了。隨著故事中的兩隻紙船，在旅行過程中所看到的兩岸風光，讓小讀者知道，山上的水是怎麼流到大海的。而兩隻紙船在旅行過程中，看到的兩岸風光，從山裡的風光，到城市的場景，也告訴我們，人們依水而居的生活環境。此外，紅紙船與白紙船的相遇，一同結伴看大海，代表作者想傳達旅程中如果有好伙伴，將能分享彼此的所見所聞。

剛下過一場大雨，山上有一位小男孩，拿著一張紅紙，摺了一隻小船，輕輕放在小溪裡。紅色的小紙船從山上的小溪出發，來到了大溪，它看到了河岸邊的村莊、稻田、農夫還有牛。接著，它漂流進了大河，見到了許多木頭船，岸上有許多工廠，都有冒著煙的大煙囪。紅紙船在寬大的河面，感到有點害怕，他希望能找到同伴一起走。同時間，在大雨過後，城裡有位小女孩，拿著一張白紙，摺了一隻小紙船，輕輕放在馬路邊的水溝裡。白紙船順著水溝，漂進了大陰溝，水很髒，上面漂著許多人們丟棄的垃圾。白紙船從陰溝漂到了大河裡。這裡看得到藍天和綠樹，也看得到白色的大橋。白紙船在這裡遇到了紅紙船，它們相互靠在一起，都想到大海看海，先是經過了大河口，岸上有更大的城市。大樓房就像是一座一座的山。馬路上到處都是人和汽車。它們飄到碼頭邊，看到了大輪船，也看到大船出海，終於見識到了大海的寬廣，它們是兩隻見過大海的小紙船。

插圖由鄭明進繪製，對於故事如詩一般的想像內容，提供了具體的場景和畫面。靈活運用各種媒材，以水彩和彩色筆搭配拓印、轉印、塗鴉等複合媒材，使畫面更具變化，而細節也更為豐富，其中隱藏了許多小趣味。

本書在出版多年後，因為將軍出版社結束營業，而把版權轉給聯經出版公司，2006 年 6 月經由聯合報系的民生報童書出版部與聯經出版公司協議取得版權，開本改為寬 17.5 公分 x 長 20 公分的全彩精裝，作者林良在文字上做了一些修訂，繪圖者鄭明進也因為本書從彩色搭配部分套色，更改為全部彩色印刷，更重新繪製部分插圖，完成了新版的《小紙船看海》。2009 年因聯合報系部門整併，出版單位再回到聯經出版公司。（陳玉金）

台灣兒童圖畫書精彩 *100*

媽媽

作者：林良
繪者：趙國宗
出版社：信誼基金出版社
出版日期：1978 年 7 月
頁數：34 頁
尺寸：19×17cm
定價：60 元
ISBN：9622400019（精裝）

作者介紹 | 林良

生於 1924 年。祖籍福建省同安縣，習慣以筆名「子敏」發表散文，以「林良」本名為小讀者寫作。畢業於國立師範大學國文系國語科及私立淡江大學英國語文學系，當過小學老師、新聞記者，歷任《國語日報》編輯、編譯主任、出版部經理、國語日報社社長。2005 年以《國語日報》董事長兼發行人退休，並持續從事寫作至今。為兒童寫作長達五十多年，著作與譯作豐富，散文《小太陽》最為讀者熟悉，兒童文學論文集《淺語的藝術》影響台灣兒童文學發展，其餘兒童文學創作及翻譯計兩百餘冊。曾獲中山文藝創作獎，國家文藝兒童文學特別貢獻等殊榮。

繪者介紹 | 趙國宗

1940 年生於高雄。1963 年畢業於師範大學藝術系。1965 年創作出版《我要大公雞》，為中華兒童叢書第一本圖畫書。1972 年至德國福克旺藝術學院工業設計系高級部留學畢業。1978 年擔任繪圖的圖畫書《媽媽》為信誼基金出版的第一本幼兒圖畫書。1982 年應聘於國立台灣藝術學院美術系，曾任系主任。曾獲台灣省政府教育廳第一屆兒童讀物最佳插畫獎、金書獎，作品有《小紅鞋》、《你會我也會》、《棒棒天使》、《童話城》、《冬天裡的百靈鳥》、《小白楊》、《天空的衣服》、《快腿兒的早餐》、《錢鼠來了》、《牽牛花》等。

>>> 圖文內容與導讀

本書 為信誼基金出版社於 1978 年規劃出版「幼幼圖畫書」系列中的第一本，這系列書是專門為幼兒設計的圖畫書，開本比一般圖畫書稍小，書總共有十六則跨頁，其中以圖畫為主，每則跨頁搭配幾句簡單的話。

與幼兒關係最為密切的媽媽，是本書主題，內容寫著：「小狗有媽媽。小貓，也有媽媽。／牛媽媽把小牛帶在身邊。／馬媽媽把小馬帶在身邊。／小鳥的媽媽，找東西給小鳥吃。／小雞的媽媽，帶小雞去吃東西。／袋鼠媽媽身上有個搖籃，帶著小袋鼠到處去玩。／鴨媽媽會游泳，帶著小鴨在池塘裡玩水。／我也有媽媽。媽媽大，我小。／小時候，媽媽抱著我。／小時候，媽媽餵我飯。／小時候，媽媽教我走路。／小時候，媽媽帶我出去玩。／媽媽做好東西給我吃。／媽媽，買新衣服給我穿。／媽媽喜歡我，我喜歡媽媽。／小狗、小貓、小雞、小鴨，你們看，這是我的媽媽！」透過作者林良，以幾句簡單的句子，將幼兒喜愛的小動物和自己作對照，寫的是生活中簡單且熟悉的日常生活小事，展露出所有的媽媽對小孩的愛。全書的字數不多，正好符合幼兒剛剛學習閱讀，急著想翻頁的特性。

簡單的文字，搭配繪者趙國宗搭配的插圖，以強烈鮮豔的對比色吸引讀者。先是配合文字內容，出現了小狗、小貓、牛、馬、小鳥、小雞、袋鼠、小鴨等動物母子圖，藉由動物間的親情關係，拉近小讀者喜愛動物的閱讀心理。文字中沒有刻意設定性別的「我」，則以小女孩的樣貌出現，清晰的線條和圓形的輪廓，鉤勒出母親和小女孩的外觀，以一連串的親子互動，讓幼兒們認知到，媽媽對他們的愛。

本書以本土原創為幼兒設計出版，並考慮幼兒閱讀心理，以觀念為先的企劃方式，為台灣幼兒閱讀開創了新的里程。為了讓家長們能了解這種類型讀物的閱讀方式，編者特別在書中撰述〈給爸爸媽媽的話〉，說明這本書的使用方式，第一步是指導寶寶欣賞圖畫，可以不受拘束的，「把畫面上的東西，一樣一樣指出來讓寶寶欣賞，一樣一樣說給寶寶聽。」第二步則是指導寶寶一面看圖，一面說話。「這時候，你就用得著圖畫旁邊的句子了。」而第三步，是把書送給孩子，「告訴他，這是他的書，他隨時可以拿書出來看，拿出來念。」在幼兒閱讀教育尚在起步階段的當時，首開風氣之先。（陳玉金）

台灣兒童圖畫書精彩 *100*

18

桃花源

作者：奚淞
繪者：奚淞
出版社：信誼基金出版社
出版日期：1979 年 4 月
頁數：24 頁
尺寸：19×17cm
定價：60 元
ISBN：9622400035（平裝）

作者介紹｜ **奚淞**

1947 年出生於上海市。1970 年畢業於台灣國立藝專美術科，畢業後赴法國，就讀於巴黎美術學院專攻美術，並於巴黎十七版畫室學銅版畫。回國後，先後任職《雄獅美術》主編、英文漢聲出版有限公司副總編輯。曾為「中華兒童叢書」：《神醫華佗》、《扁鵲》、《中國歷史上的名臣賢相》等書繪製插圖，並為幼兒自寫自畫《桃花源》、《愚公移山》、《三個壞東西》等書。喜愛美術及文學創作，以手引動心，用心推動手，從事一連串專題的探究，包括《給川川的札記》、《夸父追日》、《姆媽，看這片繁花》、《三十三堂札記》、《自在容顏》、《心與手》、《大樹之歌》、《光陰十帖》等書。

繪者介紹｜ **奚淞**

同上。

>>> 圖文內容與導讀

由奚淞撰文、繪圖的幼兒圖畫書《桃花源》，故事取材自晉朝陶潛寫的〈桃花源記〉，內容描述一位漁夫在偶然間到達的村莊，有如人間仙境，讓人嚮往。奚淞的朋友為〈桃花源記〉故事增添結尾，「**雖然漁夫迷失了通往桃花源的路，卻用雙手建了一個新的桃花源。**」由於這樣的結尾感動了奚淞，在1970年代，有感於台灣童書市場充滿外國童話，他找到一些中國傳統素材，希望兒童能有不同的閱讀內容，《桃花源》是其中的第一本。

《桃花源》故事內容描述從前有個老漁夫，每天划船到河裡打魚。有一回，划到一個從來沒有到過的地方。他看見水從山洞裡流了出來，就划到山洞裡去。一出山洞，見到美麗的一片桃花林。林裡面住了一群人，他們歡迎老漁夫的到來，也希望他在這裡住下來。老漁夫表示，很喜歡這裡的美景，也願意留下來，但是他想回去把朋友們一起帶來，臨走時折了一枝桃花，帶回去給朋友看。回到了村子裡，老漁夫告訴朋友們，他到了一個開滿桃花的村子，那裡的人們都過著快樂的生活，大家聽了都希望老漁夫趕快帶他們去。當大家划著船，排成了船隊，跟著老漁夫走了好遠的水路，老漁夫卻是忘了當初是怎麼走的。找不到桃花源，老漁夫心裡很難過，帶回來的桃枝上的桃花也謝了。老漁夫把花枝插在土裡，希望能種活，每天澆水之後，終於有一天樹枝吐出綠綠的新芽，長成了小桃樹。朋友們看到了，都很喜歡，大家都向老漁夫要回去插枝。沒多久，所有的桃樹都長大了，當桃花盛開時，老漁夫知道，他們不需要再去尋找桃花源了，因為只要自己肯努力，也可以開創自己的桃花源。

《桃花源》是信誼基金出版社規劃的「幼幼圖畫書」其中的一本，當時台灣各界普遍對當代圖畫書形式還沒有概念，圖多文少的書籍並非童書市場的主流，而本書不僅以幼兒為預設讀者，且以圖畫書形式呈現，圖像和內容傳遞的是中國傳統文化的想法，是當時難得一見、專為幼兒製作的本土原創圖畫書。除了這本書之外，奚淞以同樣的概念，在「幼幼圖畫書」系列中，陸續出版了《三個壞東西》以及《愚公移山》，也同樣都是取材自中國古典故事，以精簡的文字改寫，再加入積極的精神，圖像皆採用毛筆勾勒線條，將國畫中特有的構圖方式，以及傳統民間色彩，融入圖畫中。信誼基金出版社後來還以三本一套的盒裝方式重新印刷出版。（陳玉金）

台灣兒童圖畫書精彩 *100*

19

汪小小學畫

（舊版）

（舊版）
作者：林良
繪者：吳昊
出版社：台灣省政府教育廳
出版日期：1980 年 11 月
頁數：36 頁
尺寸：17.5×20.5cm
定價：44 元
ISBN：無（平裝）

（舊版）
作者：林良
繪者：余麗婷
出版社：國語日報社
出版日期：2008 年 4 月
頁數：42 頁
尺寸：20×20.5cm
定價：250 元
ISBN：9789577515469（精裝）

（新版）

作者介紹｜林良

生於 1924 年。祖籍福建省同安縣，習慣以筆名「子敏」發表散文，以「林良」本名為小讀者寫作。畢業於國立師範大學國文系國語科及私立淡江大學英國語文學系，當過小學老師、新聞記者，歷任《國語日報》編輯、編譯主任、出版部經理、國語日報社社長。2005 年以《國語日報》董事長兼發行人退休，並持續從事寫作至今。為兒童寫作長達五十多年，著作與譯作豐富，散文《小太陽》最為讀者熟悉，兒童文學論文集《淺語的藝術》影響台灣兒童文學發展，其餘兒童文學創作及翻譯計兩百餘冊。曾獲中山文藝創作獎，國家文藝兒童文學特別貢獻等殊榮。

繪者介紹｜吳昊

1932 年生於南京市，1973 年於德國石峽市舉辦版畫及素描個展，1997 年台灣省立美術館「吳昊的繪畫歷程展」，2009 年「吳昊個展」於台中月臨畫廊。1972 年榮獲中華民國畫學會「金爵獎」，1979 年參加第六屆英國國際雙年版畫展獲「爵主獎」。擅以獨特的暈染技巧，做成多彩而透明的背景，油畫中蘊含著版畫的趣味，版畫中透露著油畫的肌理。有名的藝術品：〈白玫瑰與枇杷〉、〈少女和鳥〉、〈村之一〉、〈向日葵與橙〉、〈藍色瓶上多色玫瑰〉、〈貓〉、〈蝴蝶與女孩〉……等。

圖文內容與導讀

象形 是漢字構造法則的基礎，對客觀實體加以摹擬，將外形特徵濃縮為圖案化和抽象化的線條，東漢作家許慎在《說文解字·敘》曰：「象形者，畫成其物，隨體詰詘，日月是也。」對孩子而言，塗鴉是視覺的呈現，由不識字的圖像童騃至及長舞文弄墨，描繪是表意的基礎。畢卡索也曾說：「我窮一生的時間，去學習像小孩子那樣畫圖。」孩童的畫，筆觸自然不造作，童心妙趣橫逸。

《汪小小學畫》是汪小小被人綁架和得救的經過。汪小小的身體很小，好像生活在《格列佛遊記》中的小人國，他身軀小到可以住在鳥籠裡，好朋友小白狗是汪小小的白馬。汪小小看花燈時被人綁架了，但憑著冷靜機警的應變能力，為自己找到了脫困的方法。

他的求救方法即是請不離不棄的小白狗，帶信給爸爸。信裡畫的是被關起來的地點，村外養魚魚池旁的小房子，左邊三棵大樹，右邊三棵大樹。爸爸找了好朋友大力王五，按圖索驥發現歹徒正在議價，他們適時解救了汪小小。

《汪小小學畫》有兩個版本，一個是1980年由吳昊所繪，台灣省政府教育廳編印的「中華兒童叢書」，該系列書是1964年聯合國教育科學文化組織，為了協助我國發展國民教育，由聯合國兒童基金會提撥了五十萬美元，與當時的台灣省教育廳共同推動兒童讀物出版計畫。另一則是2008年由國語日報社出版，圖畫為曾獲得《國語日報》兒童文學牧笛獎第三名的余麗婷繪製。

本書是林良為孩子撰寫的經典好故事，藉由閱讀能習得危機處理及保護自己之道。故事內蘊警世哲理，但文字具韻律性，如歌的行板運用了很多排比，「大」與「小」映襯修辭。吳昊所繪版本，以服裝、造形、建築樣式和部分的家具來塑造時代感，而從畫具、咖啡、洋書等東西的出現，推知西學東進，汪小小的爸爸應該是受到西方美術影響的畫家。「到廟裡看花燈」以及想把汪小小賣給「耍把戲的」，營造出這個故事的時代背景，圖像會說話，引領我們進入更精采的想像世界。

新版本由余麗婷繪製的現代版圖像，更凸顯汪小小軀體看到的龐然大物，許多直線都拉長呈彎曲的特殊畫法。畫家曹俊彥認為畫裡彎著身體的大人，像是用廣角鏡頭相機拍攝的照片，運用透視的誇張表現，兼顧汪小小表情與大人巨大感。（王妍蓁）

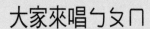

台灣兒童圖畫書精彩 *100*

20

大家來唱ㄅㄆㄇ

作者：謝武彰
繪者：董大山
出版社：親親文化事業有限公司
初版日期：1981 年 8 月
頁數：80 頁
尺寸：19×26cm
定價：250 元
ISBN：9579427100（精裝）

作者介紹 ｜ 謝武彰

西元 1950 年出生於台南縣將軍鄉，1978 年在信誼基金出版社擔任編輯兩年。第一次參加文學獎，就與黃基博並列洪建全文學獎首獎，並出版了合輯《媽媽的心・春》。擅長利用生活素材創作，作品眾多，其中，《大家來唱ㄅㄆㄇ》曾獲國家文藝獎的殊榮。

繪者介紹 ｜ 董大山

1950 年出生於屏東潮州，曾就讀東方工藝專科學校，一生致力於創作，擅長童書插畫與陶瓷。目前旅居澳洲雪梨，並在雪梨華僑文教中心開設「說美說畫・彩色人生」等講座。作品有《積木雞》、《隱形手》等。其中，《大家來唱ㄅㄆㄇ》更獲得了國家文藝獎的殊榮。

>>> 圖文內容與導讀

謝 武彰一開始接觸文學，就是以兒童文學為主要創作方向，擅長的文類很廣，作品包含兒童詩、兒歌、散文以及圖畫書等。

謝武彰在信誼基金出版社擔任編輯時發現，家長非常喜歡以注音符號為主題所寫的兒歌。因此，當時出版社先推出林武憲所創作的《我愛ㄅㄆㄇ》。西元 1980 年再推出謝武彰的《大家來唱ㄅㄆㄇ》。

《我愛ㄅㄆㄇ》的內容和用詞最簡單，適合初接觸注音符號的讀者閱讀。當時，謝武彰是推薦讀者先看《我愛ㄅㄆㄇ》再來看《大家來唱ㄅㄆㄇ》，謝武彰認為，如此一來，可讓小讀者對注音符號的應用更加純熟。

《大家來唱ㄅㄆㄇ》是一本適合幼兒以及國小低年級兒童閱讀的書籍。由於兒歌的句子短、句數少、富韻律，幼兒不僅喜歡唸，更喜歡聽。因此作者將三十七個注音符號編寫成三十七首兒歌，兒歌的內容不僅貼近兒童生活經驗，在閱讀的同時，小讀者也能從中學習到很多生活的常識。

例如〈方伯伯種田〉這一首，小讀者朗誦了這首兒歌之後，不僅學習到翻田、番茄、番薯、方伯伯等聲符的運用，更能了解農事上的常識──耕種前要先翻土。

〈安安吃橘子〉這一首，小讀者透過兒歌不僅學習了安安、酸酸、甜甜、秋天、新年等韻符的練習。也了解到什麼時候是吃橘子的季節。

謝武彰的文字淺白易懂，他不會刻意雕琢語句，但所寫文字平實中透著餘韻，活潑中帶有童趣。他的兒歌多取材自生活素材，例如：〈桃子和葡萄〉、〈花園裡的蝴蝶〉、〈小蜘蛛織網〉、〈長長的香腸〉等，都是日常生活中常見的材料，但是作者擅長利用這些看似平凡的事物，營造出鮮明、活潑，充滿詩意的文學作品。

就算是人人聞之色變的蟑螂，謝武彰也有辦法利用巧思，讓大家用不同的角度看待。例如〈小蟑螂〉這首兒歌：小蟑螂，鬍子長。進廚房，到桌上，又吃菜，又喝湯。在作者的妙筆巧思下，蟑螂平時猥瑣骯髒的形象全不見，取而代之的是調皮與童趣。

全書左邊皆為彩色插圖，右邊固定為文字搭配黑白插圖。謝武彰的文字簡明清新，搭配上董大山明朗的繪圖風格，此書曾獲得國家文藝獎的殊榮。（邱慧敏）

台灣兒童圖畫書精彩 *100*

21

聚寶盆

（舊版）

（舊版）

（舊版）
作者：李南衡
繪者：曹俊彥
出版社：信誼基金出版社
出版日期：1982 年 8 月
頁數：23 頁
尺寸：17×19cm
定價：60 元
ISBN：無（平裝）

（新版）
作者：李南衡
繪者：曹俊彥
出版社：信誼基金出版社
出版日期：2008 年 2 月
頁數：23 頁
尺寸：20×21cm
定價：120 元
ISBN：9789861611924（平裝）

作者介紹｜ 李南衡

1940 年生於台灣桃園。1964 年私立東海大學社會系畢業。曾在廣告公司擔任創意主任、兒童雜誌主編、信誼基金出版社社長、化工公司秘書，目前已退休。曾編《日據下台灣新文學》五冊、著作十數本、翻譯六本，在各報紙雜誌寫專欄。兒童讀物著作有《聚寶盆》、《海através人生》、《大頭仔生後生》等。為第一人在報上以台文寫時事評論。目前擔任綠色和平廣播電台節目主持人。

繪者介紹｜ 曹俊彥

1941 年在台北大稻埕出生。台北師範學校畢業。曾任小學美術教師、廣告公司美術設計，出版社美術編輯、總編輯、特約編輯企畫。目前致力於創作圖畫書，與圖畫書閱讀推廣，並經常在報章雜誌發表連環圖畫及插畫，創作編輯設計超過三百六十本以上的「中華兒童叢書」，以及多本原創圖畫書，例如：《圓仔山》、《加倍袋》、《別學我》、《屁股山》、《阿牛牯的隱形披風》等。

圖文內容與導讀

　　一個東西放到聚寶盆裡，變成了兩個一模一樣的東西，兩個東西，放到聚寶盆裡，變出很多很多一模一樣的東西，這是大家所熟悉的「聚寶盆」故事。本書就是取材自「聚寶盆」的概念，發展出來的新故事。連書中主角小朋友的名字「多多」都和故事的意涵有關。

　　多多是個什麼都要的小男孩，給他一張色紙，他嫌太少。給他兩張，他說不夠。給他三張，他還多要。多多要氣球，給他一個，他嫌太少，給他兩個，他說不夠，給他三個，他還想多要。多多要東西，只嫌少，不嫌多。終於，有一天，來了一位老公公，送給他一個聚寶盆，還告訴他，喜歡什麼東西，只要放進去，就可以變出很多很多。如果不希望繼續變多，只要對著聚寶盆喊：「夠了！」東西就不再變多了。老公公拿出一個水果糖，放在聚寶盆裡，果然一顆變兩顆、兩顆變四顆，變出了很多水果糖，直到多多對著聚寶盆大喊：「夠了！夠了！」才停止。多多，從此就把喜歡的東西變成很多，小玩具熊還有各式各樣的玩具，小房間很快就堆滿了。有一天，好奇的多多想知道，聚寶盆裡到底藏了什麼法寶，他爬進聚寶盆裡，結果一個多多變出了好多的多多。這到底該怎麼辦呢？要由誰來跟聚寶盆喊「夠了」呢？

　　故事的最後，並沒有提供解答，而是留下了疑問句。也提供給幼兒，以及與孩子共讀的家長，一同思索，到底最後應該怎麼解決？作者深懂人性喜歡多的心理，運用了民間故事聚寶盆的故事原型，表現出人性貪心和好奇，並以流暢、押韻的短句重複出現，在短短的 484 個字當中，以符合邏輯的方式，展開故事的情節，再以驚喜和開放式的結局收尾，創作出這個有趣又帶思考性的故事，讓讀者在閱讀故事之後，留下想像和思考空間。

　　本書繪者曹俊彥以簡潔的線條、富有民族風味的東方色彩，以紅色和黃色為主色調，營造出全書溫暖的氣氛。他以白色作為背景，捨棄場景的描繪，讓畫面中的主角人物和主要物件跳出，凸顯「聚寶盆」的造型與效果。而主角人物為當代小孩，童趣的男孩造型，以及故事中古代人物老公公的裝扮，讓讀者能透過「聚寶盆」的故事，理解從古至今，不變的人性。畫面中還出現了文字故事中所沒有的小狗，從多多和小狗的互動，讓畫面更加豐富。在最後的跨頁，當主色調從原本白色的背景，到最後的橘紅色背景，不僅增添畫面熱鬧氣氛，也透過橘紅色顯現危急的張力。傳統的民間故事，因為這本小書，拉近了和小讀者的距離，也有了新的詮釋。（陳玉金）

台灣兒童圖畫書精彩 *100*

22

女兒泉

作者：洪義男
繪者：洪義男
出版社：皇冠出版社
出版日期：1985 年 4 月
頁數：35 頁
尺寸：21.9×30.5 cm
定價：180 元
ISBN：無（精裝）

作者介紹｜ 洪義男

1944 年生，台北人。以重回歷史現場的臨場感與生命力為使命的台灣重要畫家，從小喜愛畫畫，十六歲於漫畫界嶄露頭角，從首部漫畫作品《薛仁貴東征》開始，畫筆幾十年未曾停歇。1960 年代起，創作能量延伸至兒童圖畫書，除了配合文字作者創作圖畫書，也嘗試自寫自畫。擅長配合傳統民間故事，展現傳統風格和民族情感的圖畫。2011 年 10 月 1 日病逝。

繪者介紹｜ 洪義男

同上。

>>>  圖文內容與導讀

本書故事為一個少數民族的民間故事。傳說很久以前，天目山沒有水，如果不下雨，當地人就要到七里外的小河去挑水。當地有一位頭髮長到腳跟的長髮姑娘，靠採野菜和去七里外的小河挑水來養豬和照顧終年躺在床上的生病的母親。有一天，長髮姑娘上山摘野菜時發現石壁上有一顆紅蘿蔔，當她用力拔起紅蘿蔔時，洞眼流出了泉水，泉水喝起來好清好甜。一陣怪風將長髮姑娘吹到山神那裡，山神告誡她不能將此祕密告訴別人，否則就殺死她。

因為山神的告誡，使得長髮姑娘不敢將泉水的事告訴任何人，但眼看莊稼快要枯死了，村人須跋涉遠方挑水，她的內心痛苦極了，而內心的痛苦使得她一頭烏溜溜的長髮變成了雪白色。

有一天，長髮姑娘看到辛苦挑水的老人家跌倒在地，撞破了腿，鮮血直流，哎哎地喊痛，使得長髮姑娘再也忍不住了，大聲地告訴村人：「天目山有水！」村人聽到了，便拿著工具，跟著長髮姑娘爬上了天目山。

村人把紅蘿蔔砍碎，又把洞眼鑿得更大，泉水奔流而下，正當村人高興地歡呼之時，長髮姑娘被一陣風帶到山洞裡。面對山神的憤怒，長髮姑娘並不感到後悔也不害怕，只請求山神在懲罰她躺在山泉下受苦前，先讓她回家向媽媽告別。

當長髮姑娘在山腳下看到淙淙的泉水與田裡綠油油的秧苗時，不禁感到欣慰。而在與母親與豬欄裡的小豬告別後，長髮姑娘便到泉水奔流的岩石下坐著。在長髮姑娘傷心流淚時，突地耳邊響起山神的聲音，因為她的孝心與犧牲感動了山神，山神決定放她回家。當長髮姑娘站起身時，雪白的長髮也變回烏溜溜的頭髮，長髮姑娘便開心地回家了。

故事的結尾原是淒美的，作者卻讓它有了一個較美的結局，也因而更加強了善良與付出的正向結果。本書的圖畫以集錦或套疊的描圖方式呈現故事內容，畫面以跨頁方式表現，而畫面搭配文字描述，包含了兩個以上的場景，藉以表達長髮姑娘的生活或心情、村中的環境或村民的狀況等等，使本書的畫面顯得活潑且充滿變化。而版面大多將畫面框起，占了整頁的六方之一，上下留白，文字位於下方留白處，使人在閱讀過程，有種觀看影視之感。

民間故事大多勸人為善，而本書也藉由文字描述女主角的善良、孝順與無私，加上畫面中造形純真、甜美、眼神清澄的形象，進而加深了讀者對於「美」和「善」的連結。（林庭薇）

台灣兒童圖畫書精彩 *100*

23

水牛和稻草人

作者：許漢章
繪者：徐素霞
出版社：台灣省政府教育廳
出版日期：1986 年 12 月 20 日
頁數：38 頁
尺寸：18×21cm
定價：100 元
ISBN：9576541662（平裝）

作者介紹 ｜ **許漢章**

1934 年生於高雄市，台南師範專科學校畢。曾任高雄市苓洲國小校長，長期關注語文教育與兒童文學。其《認識兒童文學》一書，獲高雄市文藝獎、《國語文教學新嘗試》則獲中國語文獎章，雅好書畫，曾獲日本全國書畫優選。另有童話創作：《小烏龜坐飛機》、《小紙船的流浪》、《龜兔祖孫三代賽跑》等及教學評量諸著作，1990 年病逝。

繪者介紹 ｜ **徐素霞**

1954 年生，苗栗人。新竹師專美術科畢。至法國留學多年，1997 年獲法國國立史特拉斯堡人文科學大學藝術博士學位。曾任職國立新竹教育大學藝術與設計系，教授多年，於 2010 年退休，專事藝術創作。曾在法國及台灣舉行過多次個展。作品有：《媽媽，外面有陽光》、《追尋美好世界的李澤藩》、《媽媽小時候》、《家裡多了一個人》、《踢踢踏》等。

>>> 圖文內容與導讀

《水牛和稻草人》屬於「中華兒童叢書」系列第五期的叢書。作者許漢章以樸實的筆法寫出農夫的兩位好朋友——水牛和稻草人。

故事一開始,是設定在炎熱的夏天,水牛阿勞在榕樹下乘涼。不久,阿勞就進入夢鄉。在夢裡,阿勞經歷了春、夏、秋、冬四季,牠夢到這段時間與主人一起忙的農務瑣事。

春天,阿牛拖著沉重的犁幫忙翻土、鬆地,準備春耕。夏天,農夫忙著插秧,這是阿牛最清閒的時刻,可以陪著小主人玩耍。秋天,望著肥碩的穗子,水牛和老農夫、小主人一起笑得很開心。

這個時候,小麻雀突然出現,毫不客氣的吃起稻穀,小主人跑來跑去的驅趕麻雀,阿勞也甩著尾巴幫忙趕。小主人覺得這樣趕麻雀太辛苦,便用稻草、竹竿和紅色破布製作了稻草人,擺在田裡嚇唬麻雀。麻雀以為稻草人是農夫,都不敢下來吃稻穀了。有一天,突然下起大雨,擔心稻草人被淋壞,小主人特地送簑衣給稻草人穿。

隨著時間一點一滴的過去,很快就到了秋割的時刻。收割完畢後,稻草人也被丟棄在田旁小溪裡,後來被大雨沖得支離破碎。

大夢初醒的水牛,踏著闌珊的步伐到池塘喝水。此時,水牛竟然看到稻草人躺在水池裡。小主人將破碎的稻草人重新修整後,安放在不怕風雨的地方。等到秋天稻穀成熟時,稻草人又可以派上用場了。

全篇故事描述台灣早期的農村生活。透過作者文字的描述,小讀者經歷了四季的農事。

繪圖方面,由於繪者出生於農家,對農家生活有深刻的體驗。因此在繪製《水牛和稻草人》的插圖時,徐素霞利用宣紙及中國水墨化的技巧,傳遞出自己小時候的生命經驗、生活回憶以及對大自然的情懷。透過繪者的圖像,讀者可以閱覽台灣鄉間的風景與田間的景致,體驗到濃濃的懷舊風味。

由於繪者藉由水彩畫的元素,搭配上水墨畫的技巧,成功描繪出台灣本土的鄉村景致。因此,此繪本內的五幅插圖入選 1989 年義大利波隆納國際童書原畫展,繪者徐素霞因為這部作品,成為台灣第一位入選波隆納國際童書原畫展的插畫家。（邱慧敏）

台灣兒童圖畫書精彩 *100*

24

神射手和琵琶鴨

作者：李潼
繪者：劉伯樂
出版社：國語日報社
出版日期：1987 年 7 月
頁數：29 頁
尺寸：21.6×26.1cm
定價：150 元
ISBN：9577512267（精裝）

作者介紹｜ **李潼**

本名賴西安，1953 年生於花蓮，為作家、填詞人。空中行專畢業。創作文體包括小說、散文、童話、新詩、評論等。致力於少年小說創作。作品包括《天鷹翱翔》、《順風耳的新香爐》、《再見天人菊》、《少年噶瑪蘭》、《望天丘》、《少年龍船隊》、《台灣的兒女》系列 16 冊等。曾獲洪建全兒童文學獎、教育部文藝創作獎、時報文學獎、國家文藝獎、台灣兒童文學獎、兩岸少年兒童文學獎等、九歌現代兒童文學獎，2004 年病逝。

繪者介紹｜ **劉伯樂**

1952 年，出生於南投埔里，文化大學美術系西畫組畢業。專業圖文作家、插畫家，從事圖畫書與散文創作、攝影、野鳥生態紀錄等。曾任廣告企劃、台灣省政府教育廳兒童讀物編輯小組美術編輯。創作包括《黑白村莊》、《我砍倒了一棵山櫻花》、《奉茶》、《草鞋墩》、《我看見一隻鳥》、《海田石滬》等。曾獲時報開卷好書獎、好書大家讀年度好書、新聞局小太陽獎、中華兒童文學獎、楊喚兒童文學獎等。

 **圖文內容與導讀**

故事講述烘爐地的居民，在琵琶鴨南渡過冬，棲息此地時，總會趁機捕捉牠們來食用。主角黑豆仔是擅使彈弓的神射手，原本是捕獵琵琶鴨的高手。他瞧不起用捕鳥網和竹夾的獵者，認為太不磊落。

有一次，當黑豆仔要捕獵琵琶鴨時，突然發現鴨子們竟不逃走，反而圍在一起，將弱小的鴨子圍在中央保護。一隻跛腳的琵琶鴨走出群中，對著黑豆仔說，若要吃牠們，就把牠的跛腳拿去吃吧。黑豆仔體悟到鴨子如同人類一樣，也有家人，也有情感，因此動了惻隱之心，轉身離去。後來一些琵琶鴨被捕鳥網捉住，當獵人們打算將牠們解下時，卻遭受一大群琵琶鴨的圍攻。黑豆仔此時拿出彈弓，將網子與竹夾破壞，幫助獵人脫離困境，更解救了琵琶鴨群。後來，神射手黑豆仔成為鴨群的朋友。然而，黑豆仔也知道，烘爐地的人們不會一下子便放棄捕食琵琶鴨。

本書是國語日報社與行政院農委會共同編輯，具有保育教育的目的性，亦經常被選為生命教育、保育教育的題材，是一本富含教育功能的圖畫書。故事充滿了對生命的尊重與省思。藉著擬人化的動物，傳達了動物與人類之間同樣具有尊貴的生命與情感，黑豆仔的省悟，正是對讀者良知的呼籲與喚醒。頗值得讀者玩味的是，為什麼只有黑豆仔聽見跛腳琵琶鴨的請求？作者這樣的安排，無疑是表達了人類往往以自己的利益作為考量，而不去傾聽別人心聲的普遍性。跛腳琵琶鴨和黑豆仔之間跨越人類與動物的溝通與友情，儘管有些理想化，但確實具有動人的戲劇效果。

圖畫的表現上，繪者採用了簡單、寫意的細黑筆觸，反而帶來一種質樸、富有野性生命力的感受。而在色彩上，繪者以極淡的水彩平塗，加上選色柔和，散發了溫暖的氛圍。本書的文字編排集中於單頁（大多於左頁）；而在頁面的四周，作者使用的裝飾性的邊框，讓人聯想到捷克藝術大師慕夏（Alphonse Musha，1860~1939）的作品，以及中國廟宇建築藝術和傳統民俗畫，是繪者低調表達的風雅趣味。繪者本身是觀察、記錄、繪畫鳥類的專家，因此在書中呈現的野鴨姿態生動豐富，充分顯示了繪者的專業。（王宇清）

台灣兒童圖畫書精彩 *100*

25

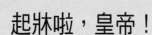

起牀啦，皇帝！

作者：郝廣才
繪者：李漢文
出版社：信誼基金出版社
出版日期：1988 年 4 月
頁數：44 頁
尺寸：26.5×25.7cm
定價：250 元
ISBN：9576420970（精裝）

作者介紹 | **郝廣才**

1962 年生，國立政治大學法律系畢業。曾任編輯，現為專職作家、格林文化發行人、城邦出版集團副董事長。作品包括《皇帝與夜鶯》、《帶著房子離家出走》、《一塊披薩一塊錢》、《小石佛》、《第一百個客人》、《大熊米多力》等。曾獲信誼幼兒文學獎圖畫書獎、1995 年金石堂年度最佳創意人物、義大利波隆納國際兒童書展插畫家評審。

繪者介紹 | **李漢文**

生於 1964 年，新民商工電子科畢業。曾任編輯，後轉為專業紙雕藝術家。作品包括《女人島》、《虎姑婆》、《賣香屁》、《十二生肖的故事》、《紙牌王國》、《綠野仙蹤》、《肥豬齁齁叫》、《回家》等。曾獲信誼幼兒文學獎圖畫書獎、第三十六屆紐約國際廣播電視節目展動畫銀牌獎、紐約國際立體插畫獎銅牌及銀牌獎等。2008 年病逝。

>>> 圖文內容與導讀

本作品是第一屆信誼幼兒文學獎圖畫書獎的得獎作品。這本圖畫書不論是文字或圖像，都十分具有特色。

故事主要描述一位年紀尚幼便已登基的小皇帝天祺，總是賴床，無法早起上早朝的趣味故事。對一個小小年紀的孩子來說，睡不飽覺是相當痛苦的事，縱使當上皇帝能夠享有極高的權力和別人的尊敬，也無法補償小皇帝的睡眠不足。歷史上有不少年幼登基的皇帝，在一般世人眼光裡，總認為當皇帝代表了盡享榮華富貴，卻少有人理解當皇帝的辛苦。作者從歷史中找到了故事的趣味點，將之發揮成這個充滿童趣的故事。而當天祺某次從無聊的早朝中溜走，躲到後花園去打盹，遇上了誤闖皇宮的賣梨子小童王小二，王小二不相信天祺是皇帝，還教他踢球以及早起的秘訣。天祺從王小二的話得到靈感，找到早朝再也不會遲到的秘訣。

在文字方面，作者採用了押韻的方式，讓文句充滿了節奏感。豐富的韻腳變換，而非一韻到底，有時隔頁換韻，有時隔段押韻，讓讀者讀起來，琅琅上口，同時仍能保有散文的口語化，顯示作者極佳的文字掌控力與編排的用心。而韻文的方式，也讓這個具有中國歷史風味的故事，增添了古風的韻味。

在圖像方面，本作品其實並非「繪」出來的，而是以立體紙雕的方式來呈現。插畫家選擇了一種在台灣少見的表現方式，令讀者耳目一新。立體紙雕具有豐富的層次感與立體感，而插畫家的巧手所拼貼出來的角色們，各個表情十足，肢體動作誇張逗趣，彷彿頁面上正上演著精采的紙偶戲。除了立體的紙雕、紙偶外，我們還能看見有時以平面的剪紙藝術來呈現背景，以單色的色紙呈現輪廓，並加以疊合，製造出遠景的縹緲感。

另外，插畫家也運用了如漫畫中的「連續畫格」的運作，來呈現生動的動感。例如第 10 頁與第 11 頁，採用了大小相同的四個畫格，來呈現文字表達的「**又推、又搖、又哄、又叫。好不容易穿上衣、戴上帽⋯⋯**」像是漫畫一般的連續動作，豐富了文字上的簡單描述，也讓書中版面的編排更富變化。

總和而言，這部作品的圖文配合相得益彰，效果獨樹一幟，具有開創的意義，因此在台灣的圖畫書發展史上，成為代表性的作品之一。（王宇清）

台灣兒童圖畫書精彩 *100*

穿紅背心的野鴨

作者：夏婉雲
繪者：何華仁
出版社：國語日報社
出版日期：1988 年 6 月
頁數：29 頁
尺寸：21.6×26.1cm
定價：150 元
ISBN：957751300X（精裝）

作者介紹 | **夏婉雲**

台東大學兒童文學研究所畢業。曾任寫作會秘書、中小學教師、台北市兒童文學教育學會總幹事、中華民國兒童文學學會理事。作品有《大冠鷲的呼喚》《愛吃雞腿的國王》、《坐在雲端的鵝》、《文字詩的悄悄話》等。曾獲金鼎獎、洪建全兒童文學獎童詩獎第一名、楊喚兒童文學童詩獎、台北文學獎、台灣省兒童文學創作獎童話佳作等。

繪者介紹 | **何華仁**

曾任台灣猛禽研究會理事長、台北野鳥學會理事長。畫家、作家、野鳥觀察家。擅長以木刻版畫、繪本形式呈現野鳥題材，並舉辦過多次版畫展，創作包括有《鳥聲》、《鳥兒的家》、《小島上的貓頭鷹》、《灰面鵟鷹的旅行》、《野鳥有夠酷》等。曾多次獲得金鼎獎、小太陽獎。

圖文內容與導讀

本書為行政院農業委員會和國語日報社合編的「自然生態保育」圖畫書。故事講述每年冬季總有各種候鳥棲息的「野鴨鎮」，居民在今年的水鴨群中，發現一隻花鳧身上，竟有一枝射穿身體的長竹箭。這個消息在小鎮上傳開，並將這隻水鴨取名小唐。野鴨協會的成員與獸醫擔心這隻水鴨的傷勢會讓牠無法進食，展開了救援行動，但水鴨的警覺性高，無法接近。救援失敗的消息傳至全國，來了一位神槍手「歪脖兒」。在歪脖兒的協助下，順利將水鴨麻醉，手術得以順利進行。得知水鴨康復後，一位婦人寄來了一件紅背心，讓水鴨穿上。

作者以相當寫實的筆法來呈現這個故事，彷彿一段真實的事件紀錄。故事的敘事語調平實和緩，給人寧靜的感覺，營造出野鴨鎮的和善氛圍。故事雖然名為「穿紅背心的野鴨」，但在結局結束之前，讀者都無法猜出「紅背心」究竟所指為何。作者營造了一個對野鴨十分友善的「野鴨鎮」，整個救援的過程充滿了愛心與熱心，也十分順利。倒是野鴨出自動物的本能，無法體會鎮民的用心。作者並未使用擬人化的童話手段來塑造動物角色，而保有動物的真實本性，因而使得故事的焦點聚焦於鎮民的行善舉止。故事以無法接近野鴨進行救援作為高潮，而解決事件的關鍵人物神槍手「歪脖兒」，也讓人聯想到李潼與劉伯樂合作的《琵琶鴨和神射手》裡的「黑豆仔」，兩者有異曲同工之妙。

圖像方面，繪者採用寫實的表現方式，與文字的風格相一致。尤其是書中的精細描繪的野鴨，讓讀者能夠仔細欣賞野鴨的美。在背景方面，繪者以淡彩、大量留白的方式呈現，讓人類和野鴨作為主體，從背景中跳脫出來，顯得十分醒目。繪者在許多頁面中，皆運用了黃色，使得畫面充滿了溫暖的色調，也使全書有了統一的色彩調性。而少數頁面則以藍色為為主調，如夜晚與海浪。這少數幾頁的藍色調在眾多的黃色調頁面中形成了美麗的對比。

總結來說，這本圖畫書的文字與圖像風格一致，構成一本四平八穩的作品。「紅背心」象徵了人類的良善與溫暖，書中對人性光明面的彰顯，讓本書極富教育性質。（王宇清）

台灣兒童圖畫書精彩 *100*

27

媽媽，買綠豆！

作者：曾陽晴
繪者：萬華國
出版社：信誼基金出版社
出版日期：1988 年 06 月 01 日
頁數：33 頁
尺寸：23×21.3cm
定價：150 元
ISBN：9576421403（精裝）

作者介紹 | 曾陽晴

1962 年生，曾任漢聲出版社、天下文化出版社編輯、《中國時報》人間副刊專欄作家、《中時晚報》主編等職，目前任教中原大學通識教育中心副教授。著有：《謀殺愛情的人》、《抖腳的男人》、《中國古代性文化報告》等。最得意的童書作品，除了《媽媽，買綠豆！》外，就是和太太劉宗慧合作的《元元的發財夢》。

繪者介紹 | 萬國華

1961 年生，曾任漢聲出版社美術編輯，後赴澳洲就讀葛里菲斯大學廣告美術設計系，返國後從事美術設計工作，少參與童書插畫。1988 年以《媽媽，買綠豆！》獲得信誼幼兒文學獎創作佳作獎，信誼基金會並於 2008 年重新出版「信誼幼兒文學獎 20 年經典紀念版」。

圖文內容與導讀

《**媽**媽，買綠豆！》這本圖畫書，在台灣長銷超過二十二年，可說是台灣原創幼兒圖畫書的經典之作。樸實的風格、完整的結構、清雅的筆觸，展現出簡單、素樸的生活情味，和親子相處的幸福滿足。

故事從阿寶和媽媽上街買菜開始，母子倆在雜貨鋪前停下來買綠豆，畫面描繪民國五、六十年代的庶民風情，各種豆類盛放的貨架、木櫃、竹簍、木桶、紙箱、磅秤、舊式電話機，流露出熟悉的舊時記憶；老闆身後的黑板，記錄的賒帳文字，細膩小節，顯示緊密的人情互動，親切而美好。

接著阿寶回家洗綠豆、浸綠豆，利用分格把時間的流轉呈現出來，脫框而出的一大鍋綠豆，誇張比例成為視覺焦點也是故事的重心；煮綠豆湯、喝綠豆湯、做綠豆冰到種綠豆，豐富的細節運用連續畫面呈現，阿寶和媽媽的對話，以簡短的文字表達，畫龍點睛式的帶動情節，每一跨頁都安排一個故事的重點或主題畫面，不同方式的畫面切割，掌握圖文之間呼應的韻律與節奏，加強每頁分鏡在視覺編排上的可看性。

母子濃郁的親情在互動中細膩呈現，過程中，母親給予阿寶充分的主導權，在阿寶的提醒下，一一的完成煮綠豆的程序，尤其母子倆坐在門前台階，一起喝綠豆湯，這種單純的快樂對幼兒而言是愛和安全感的保證，阿寶的參與則建立孩子的自信心，能夠鼓勵孩子發揮潛能，成為積極主動具探索精神的孩子。

對大人而言，本書感受到早期生活型態的優閒步調，從圖像人物的衣飾、陳設等，營造出來的懷舊氣氛，母親圓胖的親切造型，不必刻意雕琢，即流露的溫暖呵護，小男孩阿寶的稚氣純真，表情生動、情緒飽滿；情節樸實而貼近生活，人物平凡卻極具本土特色，表達全世界都明白的共通情感。

書末，母子倆種植的一顆小綠豆，發芽成長的圖片，更是演示了愛物惜物，對生命有情的珍惜態度，我們不單只是滿足於綠豆湯、綠豆冰的口腹享受，更進一步成為幼苗成長的守護者，最後一幅圖片則充滿了象徵意義，平凡的幸福、實在的陪伴，與真心的守護，是我們能給孩子與這片土地的允諾，這是本書最觸動人心的部分。（林德姮）

台灣兒童圖畫書精彩 *100*

28

一條線

作者：林蔕
繪者：鄭明進
出版社：上誼文化實業股份有限公司
出版日期：1988 年 11 月 15 日
頁數：24 頁
尺寸：18.5×16.5cm
定價：70 元
ISBN：9576420342
（平裝：第十冊）

作者介紹｜ 林蔕

本名林錦純，1962 年生於屏東縣東港鎮，實踐專校美術工藝科畢業。最大的嗜好是與兒童分享
喜、怒、哀、樂，在書店發現小學時代閱讀過的圖畫書是最欣喜的事。現於東港從事兒童美術
教學與插畫創作。

繪者介紹｜ 鄭明進

1932 年出生於台北市，台北師範藝術科畢業，曾任國小美術教師 25 年，具有赤子之心的畫家，
專長為水彩畫，推廣圖畫書不遺餘力，傾囊相授培育畫家、編輯等相關人才，有「台灣兒童圖
畫書教父」之稱。致力國際繪畫交流活動、擔任競賽評審。曾任《兒童日報》、《雄獅美術》
編輯顧問，現任日商福武書店巧連智雜誌編輯顧問。

>>> 圖文內容與導讀

線條是藝術創作的基礎元素，線條本身具有非常豐富的表現性，會以不同的表情語言，成為空間中靜止與波動的主角。但是一般人觀看圖像，容易先入為主被映入眼簾整體形狀所影響，而忽略線條的存在。發明「相對論」的科學家愛因斯坦曾經說過：「想像力，比知識更重要。」黑格爾在《美學》中也認為：「想像」就是創造，最傑出的藝術本領就是「想像」。想像力能經由事物的表象，直搗隱而未顯的內蘊，發現韻外之味，創造出形象本身外的意涵，觀賞本書就需要有著天馬行空的想像力，才能發現物外之趣。

本書中的一條線，是造形的要件，具有生命力。對幼兒言，雙腳接觸的線即是道路，透過「一條線的散步」觀察解析，進入從「線條」到「筆觸」的深度體驗。

這一條線，分隔了山巒與海水、平地，萬壑與溪谷，平原與草原，天際與地平面，東山飄雨與西邊晴，雲淡風輕登高與雨後彩虹溪畔垂釣；鳶�‍鴞徜徉與雁陣翩飛，橙紅色夕陽西下與暈黃華燈初上，閃爍星空與萬戶燈火，明月在天與漆黑夜幕，直至萬籟俱寂。由黎明浮現的一條線——路，開始前行延伸，各種線條組合的畫面，色彩變化充滿了理性規則，或是交錯盤纏混亂充滿隨機性，圖畫具有故事性、連續性與傳達意義的特殊性。沿著這條線拓展視野，欣賞大自然都市景觀的變幻，與豐富的視覺饗宴。

西方名言：「一幅圖勝過千言萬語」，畫家以天真的心靈與無窮的創造力，進入圖像的想像世界，「一條線」構思靈巧，能夠勝過精雕細琢的圖畫嗎？亞洲第一位得到國際安徒生大獎的日本藝術家赤羽末吉，作品《追追追》以旅行者衣服上的圖案鳥被惡犬驚嚇而脫逃，旅行者追回這些逃走的鳥，帶領讀者穿越山脈、原野。歷經四季遞嬗，移動空間、時間，在日本歌舞伎舞台般的絢麗背景襯托下，富於戲劇趣味，也展現日本傳統繪畫的獨特美感，人仰馬翻幽默的美奇野趣，讓追的過程賞心悅目。《追追追》與《一條線》有著異曲同工之效。《追追追》書中的鳥就如《一條線》書中的一條線，都帶領讀者跨過畫面，延伸觸角，沿途貪看山色。理性與感性的巧妙交疊應用，線條的方向、秩序、韻律或隨機，以及對比性質的掌握，如疏密、鬆緊、明暗、遠近、曲直、粗細等，讓觀者捕捉到線條不同節奏感的韻律流動線條。

生活周遭處處有線條，兩河流域的蘇美文、埃及的象形文字、中國的甲骨文，都是由最簡單的線條所構成。對線條的認同，是藝術家的信仰；是東方中國藝術的最珍貴資產，創作中運用線條建立起形式的趣味，及造型或內涵上的動力，是想像力與創造力的極致。（王妍蓁）

台灣兒童圖畫書精彩 *100*

29

千心鳥

作者：劉宗銘
繪者：劉宗銘
出版社：台灣東華書局股份有限公司
出版日期：1989 年 4 月 4 日
頁數：32 頁
尺寸：30×22cm
定價：160 元
ISBN：無（精裝）

作者介紹｜ 劉宗銘

1950 年出生於南投埔里。國立台灣藝專雕塑科畢業。曾前往日本兒童教育專門學校研修繪本創作。現為國立台灣藝術大學多媒體動畫系兼任助理教授。作品有《稻草人卡卡》、《烏龜船》、《大風吹》、《蓋房子》、《娃娃愛畫畫》等百餘冊。

繪者介紹｜ 劉宗銘

同上。

>>>  圖文內容與導讀

春天到了，兩隻千心鳥正在尋覓一個適合的地方，準備下蛋生小鳥。隨著時間一天天的過去，鳥媽媽終於生下鳥蛋了。

搗蛋貓和調皮鼠想吃蛋，就合夥把蛋偷走。但是蛋殼太硬了，咬也咬不動，摔也摔不破。最後，吃不到蛋的貓和鼠，惱羞成怒，一腳把蛋踢到水裡。

看到蛋被丟進水裡，鳥媽媽著急得不知該如何是好？這個時候，水裡的動物同心協力的把蛋捧出水面來。大家小心翼翼的將蛋抱到岸上，許多熱心的動物主動過來幫忙孵蛋，大家抱著蛋，要讓蛋溫暖。

在大家悉心的關注與呵護下，蛋殼一層一層的裂開了。最後，小鳥終於破殼而出。

搗蛋貓和調皮鼠看到初出生的小鳥，又動了壞念頭，想吃鳥。沒想到小鳥的尾巴居然變長了！就這樣，千心鳥用長長的尾巴纏住搗蛋貓和調皮鼠，救了自己的爸媽也救了所有的動物。

《千心鳥》屬於四季歌系列之一，1989 年出版。1981 年至 1989 年，是台灣繪本發展的蓬勃期，當時除了翻譯的作品以外，自製或改寫的作品也很多。劉宗銘的《千心鳥》就是自創的故事，除了文字之外，就連圖畫也是劉宗銘一手包辦。

劉宗銘從小就喜歡畫漫畫，尤其是劉興欽的漫畫影響他最深。所以觀看劉宗銘的繪本時，會發現他的繪畫風格融合了漫畫的特色。

在故事的節奏上，作者擅長掌握重複的原則，但文字描述卻不會乏味單調。故事起承轉合之中，帶點懸疑，激發讀者的好奇心。最後結局是小千心鳥救了大家，讓讀者有出其不意的感覺。

構圖方面，作者懂得利用色彩來營造氣氛，例如搗蛋貓出現時，色調偏冷，帶出讀者緊張感。在描述到動物合力照顧蛋的情節時，畫面就出現很多暖色調，散發出溫馨與歡娛的氣氛。

劉宗銘在創作之前，總會仔細思考讀者的年齡層，而且一本書都會有一個主題。例如《千心鳥》的主旨就是「愛」。因為愛，才可以讓堅硬的蛋殼自動剝落；因為愛，小千心鳥才能勇敢面對搗蛋貓和調皮鼠，解救大家。主旨立意明確，但整部繪本卻沒有一點說教意味，反而充滿了濃濃的童趣。不僅貼近孩童的心靈，更能陶冶孩童的性格。

這本繪本在西元 1989 年獲得中華民國兒童文學學會「78 年度優良圖書金龍獎」的殊榮。（邱慧敏）

台灣兒童圖畫書精彩 *100*

30

皇后的尾巴

作者：陳璐茜
繪者：陳璐茜
出版社：信誼基金出版社
出版日期：1989 年 4 月
頁數：28 頁
尺寸：20.7×21.8cm
定價：160 元
ISBN：9576420989（精裝）

作者介紹｜陳璐茜

1963 年出生於台北，畢業於輔仁大學大眾傳播學系，現為自由創作者。出版種類豐富，包含散文、小說、童話、圖畫書、圖文書、玩具書和工具書等近六十冊。1991 年開設「想像力開發教室」，現今仍致力於創作教學。圖畫書作品有《從星星來的禮物》、《小螞蟻丁丁》、《小豬農場》、《黑貓汪汪》、《毛毛和 101 個房客》、《積木馬戲團》、《三個人去旅行》等。曾獲日本 KFS 全國童畫大賞入賞、信誼基金會兒童文學獎、中華兒童文學獎、金書獎、金鼎獎等。

繪者介紹｜陳璐茜

同上。

圖文內容與導讀

本書是 1989 年信誼幼兒文學獎第二屆特別佳作獎的得獎作品，是以細膩的針筆繪製而成，展現出細緻且溫柔的畫風。在人物方面，作者運用常見的擬人方式的設定，包覆其所欲傳達的主題。

故事是發生在一個遙遠的國度裡，一個坐落於米米森林的綠龍國。長久以來，綠龍國尊貴的皇后一直有個困擾：一條她身高兩、三倍的大尾巴。大尾巴的存在對皇后而言是個莫大的麻煩，除了使她備受嘲笑之外，也製造不少麻煩，總令她尷尬不已。皇后想了許多辦法：向巫婆求救、藏在裙子中、鋸斷它等方式，但仍舊無法解決尾巴帶給她的困擾。嘗試過各種辦法卻仍無法改變事實的皇后，悶悶不樂地去參加綠龍國一年一度的草莓盛會，結果一個不小心又翻倒了草莓派；又羞又窘的皇后急忙的想要躲起來，但是神奇的事情發生了，皇后的尾巴竟然滿布著許多粉紅可愛的草莓！從此以後，皇后再也不因她的尾巴而困擾，因為皇后的尾巴具有神奇的能力！

作者傳達了一個概念：正視問題，而不是一味地隱藏。無論是何種困擾、缺點或是不滿之處，當否定它、假裝看不見時，問題是不可能消失，唯有鼓起勇氣面對正視它，或許可以找到更不一樣的可能性。

在背景方面，作者大量使用留白的方式，更加凸顯主角皇后，使得她的一舉一動、心情起伏更可清楚得知。同時，作者在每頁當中也運用了邊框，雖然邊框的基本元素是簡單的線條，但卻可看見作者的創意在本書中展現無遺。邊框運用簡單的線條，以及每頁背景環境所延伸組合而成，好比是廚房用具邊框、繩索邊框、草莓派邊框、水果邊框等等，讓圖畫更具一致性。另外，在許多細節當中，也可見到作者的想像力，如皇后的植物服裝、戴著睡覺帽的月亮、心形的眼睛、長出嫩芽的巫婆掃把等，都讓整本圖畫書生色不少。

全書作者以淺易的文字進行敘述，情節當中加入了幽默、想像以及神奇的魔力。本書散發作者一貫的獨特的魅力，每隻恐龍特別的外貌造型、想像力豐富的花草樹木、建築物等背景，故事情節與背景元素的相互映照之下，加上作者細膩的筆觸和柔和的色彩，創造出幻想性十足的米米森林的虛擬世界。（蔡竺均）

台灣兒童圖畫書精彩 *100*

31

李田螺

作者：陳怡真
繪者：楊翠玉
出版社：遠流出版事業股份有限公司
出版日期：1989 年 09 月 04 日
頁數：32 頁
尺寸：21×29.7cm
定價：240 元
ISBN：9573200872（精裝）

作者介紹 | 陳怡真

1950 年生，台灣大學中文系畢業，加拿大英屬哥倫比亞大學亞洲所碩士。歷任《中國時報》記者、《中國時報》人間副刊主編、副刊組主任、《時報周刊》撰述委員、文化局研究員、正中書局總編輯。現為自由作家。

繪者介紹 | 楊翠玉

曾任《中時晚報》時代版美術編輯，現為自由插畫創作者，作品：《兒子的大玩偶》、《台南古城》、《隨心所遇》，獲獎紀錄：波隆納國際童書原畫展、新聞局「小太陽獎」最佳插畫獎、加泰隆尼亞國際插畫雙年展、聯合國保護兒童宣言指定插畫家。

>>> 圖文內容與導讀

客家民間故事《李田螺》，藉由彭家員外三個女兒的不同性情、不同際遇，正面肯定主角三妹的良善美德與孝順勤奮，並加入客家族群特有的習俗，闡揚善有善報，天公疼憨人的天理循環。

彭家三妹不同於父親和兩位姊姊的刻薄勢利，她愛護動物、幫助窮人、耐心照顧病重的母親。母親死後，父親再娶，兩個姊姊也都嫁給有錢人，只有她不願聽從父親的安排，嫁給好吃懶做的有錢人家公子，父親一氣就把她嫁給剛巧經過門外叫賣的李田螺。

李田螺靠撿田螺叫賣維生，三妹嫁給他，自是洗衣、燒飯樣樣勞苦。雖然李田螺意外發現了烏金，夫妻倆也不生貪念，僅拿走一塊，只知道其餘黑金都是一個叫李門環的人擁有。及至三妹生了孩子，回娘家拜訪父親，父親陰錯陽差幫孫子取名為「李門環」，順理成章獲得黑金的寶藏。三妹也因為她的好心幫助乞丐擠腳上膿瘡，因而讓臉上的麻子消失，變得更美麗。大年初二，回娘家，勢利的姊夫們當然看不起他們，想趁機羞辱，結果反而自己吃了大虧。兩位姊姊也想和妹妹一樣美麗，卻非出於善念，結果適得其反。應驗了好人必有好報，壞人終會受到懲罰和報應的故事規則。

故事情節段落安排得宜，文字活潑有趣，善用對話鋪陳情節，很能吸引孩子閱讀。而繪者運用漫畫式圖案畫法，靈活的線條將人物表情誇張而傳神的呈現，替故事增添許多喜感。運用粉彩層層敷設上色，有古樸厚實的穩定感，不使畫面流於膚淺平塗的通俗畫法。構圖大器且具張力，像員外賭氣出嫁三妹的跨頁，員外吹鬍子瞪眼的生氣表情，右手握拳，左手作勢趕他們出門的手勢，巨大的身形占了頁面四分之三，家裡大大小小的人物，全擠在他麾下的空間，連結右半頁面，三妹和李田螺步出四合院大宅的委屈，戲劇性十足。又能巧妙融合隱喻構圖，如有表情的太陽、似雲似霧籠罩在天空的神佛、一彎月亮包圍著李田螺初見三妹變美的容顏，在在凸顯繪者不凡的圖像敘事能力。

繪者除了運用大小圖搭配文字情節，更多幅運用邊框圖案，將故事細節細膩環繞，補充文字未竟之意，像夫妻倆胼手胝足的辛勤勞動、三妹替老乞丐擠膿瘡、替兒子做滿月、彭員外替孫子取名、大年初二回娘家，最後一幅富庶團圓的四合院大圖，邊框搭配主圖底色，做單色系層次變化，不會搶了大圖的光彩，又豐富了故事的可看性，延伸細節的想像與象徵意涵，值得讀者反覆品賞。（林德姮）

台灣兒童圖畫書精彩 *100*

賣香屁

作者：張玲玲
繪者：李漢文
出版社：遠流出版事業股份有限公司
出版日期：1990 年 01 月 04 日
頁數：32 頁
尺寸：21×29.7cm
定價：240 元
ISBN：9573200872（精裝）

作者介紹 ｜ 張玲玲

東吳大學日文系畢業，曾負笈日本修習兒童文學。現任格林文化出版公司副總編輯。畢業後做過許多行業，曾赴日本念「民間故事研究」，最後在出版這個行業找到自己的興趣與專長。也是因為工作的關係，接觸到兒童書，並喜歡上它。

繪者介紹 ｜ 李漢文

1964 年生，新民商工電子科畢業，曾任職漢聲出版公司繪圖編輯、遠流出版公司兒童部，1991年成立個人工作室。為台灣第一位將紙雕和繪本結合的藝術家。1988 年，與作家郝廣才合作，創作紙雕繪本《起牀啦，皇帝！》，開啟紙雕插畫的新領域，著作多以紙雕呈現，如：《十二生肖的故事》、《紙牌王國》、《賣香屁》等，並以《十二生肖的故事》和《紙牌王國》獲紐約國際立體插畫獎銅牌及銀牌獎。病逝於 2008 年。

 ## 圖文內容與導讀

《賣香屁》是一個獲得兒童喜愛的民間故事，總會挑起孩子的注意力，表現出異於常情的關切與興奮，原因在於：原本不登大雅之堂的放屁、拉屎的情節，成為故事講述的元素，拋開禮教束縛，呈現原始自然的生理現象，雖不免有粗俗之議，卻也展現民間故事貼近常民的活力，而兒童自是樂於接受這樣的「笑果」。

再者，民間故事的人物原型，善惡立判，因果必報，好人發財得好運，壞人悽慘遭天遣，應合人心的期待，與孩子強烈的正義感非常相符。而民間故事因口傳的特性，免不了內容或多或少有所改變，在大同小異的版本中，本書在故事剪裁上極為簡潔，精明的哥哥和吃虧的弟弟，兩兄弟的相互對照，憨厚的弟弟因兄嫂聯合串通，被逼只分到一隻牛蝨，卻能從牛蝨連環替換成一隻黃狗，弟弟又讓狗替他贏得一擔子雜貨，哥哥如法炮製，卻輸了田、打死了狗；弟弟埋了狗，狗墳上長出竹子，弟弟細心澆水，竹子長大落下的是金銀竹葉，壞心的哥哥搖竹葉，落下的是毛毛蟲，哥哥氣得砍了竹子；弟弟拿竹子當柴燒煮了一鍋黃豆，吃完黃豆竟放出能賣錢的香屁；但是一樣的方式，哥哥卻放出其臭無比的屁，最後和妻子陷在惡臭的屎便中。

在既定的故事框架中，作者張玲玲運用流暢的文字，描繪出生動的人物形貌，尤其寫弟弟很喜歡黃狗，「**每天餵牠吃東西，幫牠洗澡，喜滋滋的看著新朋友**」，互動情真意摯，為後續誇張傳奇的情節埋下合宜的理路。

圖像由李漢文用紙雕手法，模仿皮影戲人物的造型基礎，多取側面形像，動作僵直，再配以鏤空的線雕花紋，皮影戲的形像並非追求真實和準確性，而是要符合表演需要，在燈光映照下，鏤空的皮影人透過光影，活靈活現的展示在觀眾眼前；如此，便可能有凡夫如書生，著華服耕田、村婦如宮廷貴婦的過度裝飾。而這也是皮影戲的藝術趣味，畫家雕出勾細、剛勁的黑線，描繪人物服飾繁複的花紋，再佐以典雅的設色；而背景畫面的景物及邊框草藤雲霧，一樣工整細密，刀法洗練，尤其弟弟搖動竹葉的那一幅跨頁，竹幹錯落層次分明，竹葉飄飛動態十足，背景色澤渲染豐富而鮮麗，呈現皮影戲特有的光影效果，神秘優雅、柔裡帶剛。全書圖像讓這個故事增添一股文雅與裝飾的氣息，平衡故事原型的庸俗，交揉出雅俗共賞的品味。

（林德姮）

台灣兒童圖畫書精彩 *100*

逛街

作者：陳志賢
繪者：陳志賢
出版社：信誼基金出版社
出版日期：1990 年 3 月 1 日
頁數：28 頁
尺寸：25.5×34cm
定價：300 元
ISBN：9579526451（精裝）

作者介紹 ｜ 陳志賢

筆名陳仝，1964 年出生於嘉義縣朴子，1988 年畢業於國立藝術學院。1990 年以《長不大的小樟樹》獲選義大利波隆納國際童書原畫展，同年出版《逛街》。1991 年赴加州洛杉磯 SIC-Arc 建築學院學習建築設計。1993 年，進入位於瑞士阿爾卑斯山麓的 Lugano 建築工作室進修。1993-1994 年由美國出版社 Houghton Mifflin 出版英文圖畫書作品《Square Beak》和《On A White Pebble Hill》。2000 年以《A Brand New Day》獲選波隆納 A Four-Picture Story For The New Millennium 千禧書特展。2004 年《腳踏車輪子》再獲選波隆納國際童書原畫展。

繪者介紹 ｜ 陳志賢

同上。

>>> 圖文內容與導讀

本書以一家三口去逛街為主題,描述途中看到形形色色的人、事、物,充滿遊戲的趣味。不同於一般故事性的圖畫書,《逛街》不以事件為發展主軸,而是用時間來標示先後。清晨,一家人起床後,主角吃早餐、媽媽化妝、爸爸刮鬍子的動作,預告著這家人準備要出門。到了街上,他們看見各式各樣的人、房子、車子、奇怪的符號、動物,還有樹和花。夜晚,當月亮和星星出現在天空中,一家人回到家後,一起擠在床上呼呼大睡。

《逛街》的敘事簡單,主要以圖畫為視覺重點,每頁僅用兩、三句話來表示孩子對眼前景物的好奇。街上每一種類的物品都占了一個跨頁,不只教導孩子數量的觀念,也教導孩子分類和組合的概念,讓孩子用觀察力和聯想力,讀出書中刻意安排的趣味與遊戲性。蔣勳說這本書帶給他最大的快樂就是「沒有教訓,沒有意義,甚至連道理也沒有」,逛街對孩子而言只是「單純觀察與好奇的一種生命經驗」,雖然不同於一般故事具有「說理」的功能,但能如此與孩子互動的圖畫書,帶給孩子們的不僅是廣大的思考空間,更豐富了他們的想像世界。

作者用活潑飽滿的色彩、稚拙卻細膩的筆觸,展現出孩子逛街時愉悅、興奮的感覺。圖畫中的每樣物品、每個畫面、每個細節,都能讓讀者發現不同的樂趣。最後兩個白天與黑夜的跨頁將所有的物品集合起來,表現出街道的熱鬧和活力,讓讀者跟著書中主角的腳步看遍街上的景物,巷弄間、房子裡、天空中,到處藏著驚喜。白天,送信的郵差、玩球的狗、溜直排輪與滾圈圈的小孩、指揮交通的警察、下水道的工人、屋頂上精神抖擻的公雞……;晚上,月亮、星星、清道夫、警察抓小偷、貓頭鷹、觀星的人、屋子裡睡覺的人……讀者可以從兩幅圖的變化觀察街道是如何從白天的熱鬧轉為夜晚的寧靜,體會時間的循環與規律,也了解生物的作息。(林珮熒)

台灣兒童圖畫書精彩 *100*

34

國王的長壽麵

作者：馬景賢
繪者：林傳宗
出版社：光復書局股份有限公司
出版日期：1990 年 10 月
頁數：29 頁
尺寸：23.5×25.5cm
定價：230 元
ISBN：9574205177（精裝）

作者介紹 ｜ 馬景賢

1933 年生，河北良鄉縣人，師範大學國文系畢業。觸角廣泛，有兒歌、童話、圖畫書、兒童戲劇、兒童散文、兒童小說、兒童相聲等創作，亦有兒童文學翻譯作品及古典文學的改寫作品。作品有《小英雄與老郵差》、《白玉狐狸》、《風來鷹來》等。曾獲國家文藝獎、中興文藝獎、中華兒童文學獎等。

繪者介紹 ｜ 林傳宗

1963 年出生於基隆。圖畫書作品有：《小河愛唱歌》、《燈塔》、《爺爺的大漁船》和《敲！敲！敲！不斷的挑戰》等，曾獲洪建全兒童文學創作獎圖畫故事類。

>>> 圖文內容與導讀

共分為四個系列的「光復幼兒圖畫書」，於 1988 年開始編制策劃，廣邀四十多位作家以及二十餘位繪者創作，每系列的圖畫書均附有使用手冊《爸爸的書，媽媽的書》。各系列都有位主編負責企劃，數學系列由曹俊彥企劃，語文系列是謝武彰規劃，自然系列則由鄭明進負責，美術系列主編則為蘇振明。

在 1990 年首先出版數學系列、語文系列、自然系列，接著則於 1991 年出版美術系列；每個系列十本，共四十冊。本書是「光復幼兒圖畫書」數學系列中的一本。

以數學概念為主軸的兒童文學，若故事情節的鋪陳中教育成分過多，很容易就流於無趣。但，本書讀起來並不索然無味，是一本吸引人的圖畫書。全書添加了童話的誇張、趣味、幻想等特質，講述「長」的概念，使得整本圖畫書讀來逗趣不已。

在一座高高長長的城堡中，有一位國王非常喜歡長長的事物：長長的旗子、長長的路、長長的帽子、長長的窗戶、長長的湯匙，連皇后的頭髮都長長的。也因為喜歡長長的任何事物，國王的動物園中，每樣動物外貌上都有著長長的特點。

而為了慶祝國王的生日，大廚們設計了一款麵條製造機，由機器製造出來的麵條綿延不斷，也是長長的。全國的人民也開心地排一條長長的隊伍等著吃壽麵呢！特別的是，封面的畫面，同時也是全書的結尾：國王站在高高長長的梯子上，與動物園中有著長長脖子的長頸鹿以及長長尾巴的猴子一同分享長壽麵！

畫面誇張的長度比例，無論是曲折蜿蜒的路、國王的帽子、皇后烏黑的頭髮、長長的食物、狗兒長長的肚兒等等，都讓圖像呈現出逗趣的感受，也容易吸引讀者在閱讀的當中，不自覺的去尋找繪者隱藏於其中的巧思。

為了強調畫面中物品長度，本書皆採用跨頁的形式以及視角拉遠的鏡頭，讓畫面可以完整的展示其中的元素，也使讀者可以自行看出其比例。每位人物固定的身長外貌，對比長矛、地毯、椅子、動物等各擺設或動物時，事物的長高立判，趣味橫生；好比第 20 頁和第 21 頁的跨圖中，嬌小的國王、皇后和廚師等人物，環繞著長長的餐桌和餐椅，拿著長長的吸管、湯匙等餐具，享用著各類擁有長長外形的魚、蔬菜或麵包等佳餚，極具趣味性。（蔡竺均）

台灣兒童圖畫書精彩 *100*

大洞洞小洞洞

（舊版）
作者：陳木城
繪者：邱承宗
出版社：光復書局
出版日期：1990 年 12 月
頁數：30 頁
尺寸：23.5×25.5cm
定價：套書不分售
ISBN：9574205355（精裝）

（新版）
作者：陳木城
繪者：邱承宗
出版社：小魯文化事業股份有限公司
出版日期：2010 年 9 月
頁數：28 頁
尺寸：23.1×25 cm
定價：270 元
ISBN：9789862111758（精裝）

（舊版）

（新版）

作者介紹｜陳木城

1955 年生於台灣彰化縣埤頭鄉陸嘉村。曾擔任國小教師、校長、記者、督學、小學國語課本主編等，現任中華民國兒童文學學會理事長。熱愛生態田野、語文閱讀及文學創作；著作包含童話、兒歌、詩集、圖畫書、詩論、翻譯改寫等共計三百餘冊。曾獲洪建全兒童文學獎童詩首獎、金鼎獎、教育廳兒童文學創作獎、洪建全兒童文學獎童詩及兒歌首獎、上海陳伯吹兒童文學獎等多項大獎。圖畫書作品另有《靈鳥米利》、《一條尾巴十隻老鼠》等。

繪者介紹｜邱承宗

1954 年生於台中市，畢業於日本東京攝影專門學校，曾任兒童日報出版部經理，還曾成立以出版本土生態童書為主的「紅番茄文化事業出版社」，並開始自寫自畫、創作生態繪本。作品曾兩度入選義大利波隆納國際童書原畫展非文學類組，也曾獲台北市第九屆優良讀物獎、最佳兒童及少年科學類圖書金鼎獎、第八屆中華兒童文學美術類獎、第一屆豐子愷兒童圖畫書獎等獎項。作品有《池上池下》、《昆蟲家族》、《蝴蝶》、《啊！蜻蜓》、《我們的森林》等。

圖文內容與導讀

光　復書局於 1990 年出版本書,這本結合自然生態及展現地底下生活樣貌的圖畫書,書中許多技巧及想法,在二十年後的今日仍非常值得參考學習,而當時,這也是率先將生活面納入自然科學的圖畫書。二十年後,小魯出版社再度出版本書,希望能讓讀者見到珍貴的自然圖畫書寶藏,也讓創作者們看見更多知識類圖畫書創作的可能性,更讓作者及繪者當時的熱忱及創意永久保留。

故事內容是在描述一隻住在鄉下的老鼠,當牠正在讚嘆鄉下的環境優美清新,卻碰上老鷹凶猛的獵捕,嚇得牠急忙鑽進地洞中。原本以為逃離了老鷹,沒想到會鑽洞的蛇也追了上來,老鼠一家嚇得在地底到處奔逃。這時牠才發現原來會挖洞不只有老鼠,人類不僅為了探採礦物在地底下挖洞,也在地底下蓋房子呢!而且人類的大洞洞,規模是小小的老鼠洞比不上的。

本書的結構就如書名《大洞洞小洞洞》,以對照的形式呈現,小洞洞是小動物們為了躲避天敵、繁衍後代而挖,而大洞洞則是人們為了採集礦產、興建房屋及交通建設而挖。熱愛田野生態的作者在書中透過老鼠的眼光,來描寫人類在地底下的活動,本來老鼠以為在地底下跑的也是老鼠,仔細一看,長長的形狀,肚子裡裝滿了人,應該是條吃得飽飽的蛇吧!透過擬人的描寫手法,巧妙的讓讀者化身成其他動物來觀察人類,享受另一種閱讀的樂趣。

在書的最後,作者對讀者提出問題:地下住著各種小生物、水裡住著魚、地上住著人類、走獸和植物,天空住著小鳥,那世界到底有多大?怎麼住得下這麼多生物?這讓讀者省思自然空間的有限,當人們大量且無限制地開發環境時,是否也侵害了其他生物的生存空間。

本書的插圖運用豐富的色彩,大部分的動物皆以寫實手法繪製,著重細節的描繪,如老鷹、魚、蜻蜓,卻刻意將主角小老鼠卡通化,大大的眼睛、生動多變的表情及動作,再搭配誇張的動作和旁白,讓整體構圖柔化些,而鄉下老鼠的串場,在寫實細緻的風格中展現輕鬆趣味的一面,更吸引讀者的目光。

此外,大量使用剖面圖來呈現地底下的生態是本書另一特色。剖面圖可以展現人們平常看不到的內部結構,想要正確無誤的畫出剖面圖,需要細心的觀察及全盤了解事物。繪者除了蒐集資料進而想像延伸之外,還透過挖開乾燥的山坡切面,來觀察地底土壤潮濕的特質,希望能讓讀者藉著書中的剖面圖對地底下小動物們的生活一窺究竟,也對人們在地面下的生活有具體的了解。

本書利用特殊視野的鋪陳,呈現自然、人與環境相處的關係,同時關注人類對環境的使用,是一本兼具趣味與知識的作品。(林芝蘋)

台灣兒童圖畫書精彩 *100*

看！阿婆畫圖

作者：蘇振明
繪者：蘇楊挞
出版社：信誼基金出版社
出版日期：1991 年 10 月
頁數：30 頁
尺寸：23×25cm
定價：200 元
ISBN：9576420385（精裝）

作者介紹 ｜ 蘇振明

1951 年生於台南縣善化鎮，台北市立教育大學美勞教育系暨視覺藝術研究所教授。1992~2000 年間擔任行政院農委會「田園之春」100 本文化圖書策劃兼主編，1999 年擔任台南縣文化局《南瀛之美》圖畫書總策劃，曾獲信誼圖畫書獎。代表著作：《看！阿婆畫圖》、《阿公的紅磚厝》、《我家住美濃》、《逛奇美博物館》、《三角湧的梅樹阿公》、《滾鐵環》等十餘冊。

繪者介紹 ｜ 蘇楊挞

1912 年生於台南縣善化鎮。蘇振明教授的母親蘇楊挞（ㄜˋ），「挞」字的意思是「採收甘蔗田後，將乾的蔗葉耙成堆」。農業社會中名字是和生活相稱，對自己勤勞的勉勵。她一生耕田種稻、飼雞養鴨、敬天拜神。年歲大了，不拿鋤頭，改拿彩筆，七十七歲時學作畫，七十九歲錄製《樸素之美》影集。藉台灣農村生活的點點滴滴彩繪，讓我們看到五十多年前農村的面貌，也聞到鄉間花草、泥土的氣味。美術作品包括彩繪、刺繡、泥塑各類表現。

>>>  圖文內容與導讀

從事 美術教育、美術史與台灣樸素藝術研究的蘇振明教授在《國文天地》六卷五期〈國際現代樸素藝術的風潮〉中提到：「樸素藝術」是英文 Naive Art 翻譯而來，有未加工、無巧飾、天生自然、原始純真的意義。「樸素藝術」包含有三個層次的意義：首先作者應是無師自通的「自學者」，其次是作品風格自由或獨特，不受學院美術法則的束縛，最後即作品意象源自個人或社會生活的「精神性寫實」。「樸素藝術」的畫家大都出自民間的自學者，例如法國的盧梭、美國的摩西祖母、台灣的洪通、吳李玉哥等，題材內容多反映當代社會民俗意識，或美感形式延伸傳統民俗文化的意象，為「現代民俗藝術」或「現代民間藝術」。

蘇楊抳女士也是當之無愧的「樸素藝術」畫家，以童年般的心情筆法，樸拙的繪畫語言，畫出了歲月的經驗和感情，是本豐富的生活傳記。記錄著近五十年來，農民日出而作，日落而息躬耕生涯，貼近生活的藝術創作，也是台灣庶民的心靈意像。

《看！阿婆畫圖》獲得第四屆信誼幼兒文學獎佳作獎，「好書大家讀」推薦，1991年優良兒童圖書金龍獎第二名。蘇楊抳老太太，以六十多年拿鋤頭種田的手，畫出台灣農村的生活風貌。記錄了台灣農民耕田、種稻、栽花種瓜、飼雞養豬、敬天謝神的點滴，充滿濃厚的鄉土氣息，畫面自然且純真，蘊含農家勤儉、知足、惜福、敬天的美德。

二十一幅畫分由彩繪、刺繡、陶藝呈現珍貴民俗圖像及鄉土藝術，例如：彎腰耕作的農夫，以慣見的軀體符號，表現出上下二次元空間展開法為楔子，帶領讀者進入蘇楊抳女士的視覺白話文異世界。由自畫像寫真介紹鄉土文化情感，牽牛耕田的先生、掘番薯的阿婆，是農家夫婦圖像。「挽瓠瓜」、「挽菜瓜」乃務實的花；晚年種花為消遣，以畫筆讓花永不凋，留住永恆。「採芒果」、「採楊桃」結實纍纍、瓜熟蒂落的景象寫在農家歡喜的臉上。色彩和欣喜感情輝映，樹上粉紅色蝴蝶、樹下的小狗、小貓、雞，形成與自然合一的圓融世界。舊麻布袋彩繡「鬮雞相打」、「鬥牛」、「觀音菩薩」表現農家生活情趣與虔誠信仰；「養豬」、「飼魚」幫忙家計；像養小孩般關愛施肥、灌溉、除蟲，終年忙碌才能風調雨順好年冬——「拜天公」，圓滿「吃圓桌」均以展開式畫法呈現；封底以暖色調表現農暇夫妻促膝聊天的溫馨。

《看！阿婆畫圖》是本台灣農民畫冊，生活經驗是無價的，蘇楊抳女士藉大自然智慧的寶庫，學習到色彩、構圖、造型和線條的運用與搭配，質樸而生動。對鄉土的關愛而發之為圖像，相信每個人心中都有枝彩筆，與年紀無涉。(王妍蓁)

台灣兒童圖畫書精彩 *100*

七兄弟

作者：郝廣才
繪者：王家珠
出版社：遠流出版事業股份有限公司
出版日期：1992 年 05 月 20 日
頁數：32 頁
尺寸：22×31cm
定價：250 元
ISBN：9573211173（精裝）

作者介紹｜ 郝廣才

1961 年生，政治大學法律系畢業。曾任漢聲出版社主編、遠流出版社兒童館總編輯，現任格林文化發行人，城邦出版集團副董事長。是傑出的圖畫書出版者，延攬國內外傑出插畫家與作家，製作出優質的圖畫書，屢獲國際各項大獎的肯定。包括「波隆納國際童書原畫展」、「布拉迪斯國際插畫雙年展」、「加泰隆尼亞國際插畫雙年展」、「聯合國兒童救援基金會最佳插畫獎」等。亦是優秀的文字創作者，擅長以韻文寫作，著有《一片披薩一塊錢》、《第一百個客人》、《小石佛》等書。

繪者介紹｜ 王家珠

1964 年生，銘傳商專商業設計科畢業。作品《夢》，獲第 12 屆洪建全兒童文學獎佳作，《白賊七》於台北市分類圖書巡迴展第五梯次全國得獎暨推薦圖書雜誌展覽評選為優良圖書。作品有台灣民間故事圖畫書《白賊七》、《懶人變猴子》、台灣風土民俗圖畫書《媽祖回娘家》、《東港王船祭》、《亦宛然布袋戲》。

>>> **圖文內容與導讀**

民間故事是口耳相傳的流動載體，蘊含了歷代先民對生活的圓滿想像，彌補對現實不滿的出口，當中饒富趣味性的情節，更是被津津樂道、流傳至今的主因，在《七兄弟》這本書中，充分展現了這個特色。

作者郝廣才，獨鍾韻文方式寫作故事，在他的童書創作中有相當多成功的例子，《七兄弟》可算是他早期的嘗試之作。流暢的韻文，具有強烈的節奏感，非常適合朗讀。然而，如果作者用字遣詞的功力不夠，拘泥於押韻的形式，以詞害意或以韻害詞，則會減損故事的可讀性。本書作者勇於嘗試及努力追求繪本聲音節奏的表現方式，相當令人欽佩。

大體而言，全書的文字俏皮靈動，極富韻律，不論是意象的使用或意境的營造，都有值得我們喝采的地方。如：「皇帝出巡好威風，有大將，有小兵，隊伍長長像條龍。頭看不見尾，尾望不見頭。」短短數語，就將皇帝出巡的排場大器的描繪出來，具體而生動。

再如：「風不動，水不動，大海平平靜靜。聽不見一點聲音，看不到一絲波動／皇帝心裡正高興，他想老七這下準沒命。」皇帝預期的等待心思，與老七蓄勢待發的反擊，描寫騷動前的寧靜，製造扣人心弦的懸疑感。

繪者王家珠的圖像藝術，更是有口皆碑。書中花磚、窗簾圖案的裝飾，人物服裝的細節，海景的珊瑚水草，每個細微之處都處理完整，精緻繁複的程度令人驚歎！人物造形採用動物擬人形象，讓角色個性更加鮮明，似猴似人的七兄弟，令人和經典的孫悟空作聯想，承接其反叛性格與神通廣大的人物特點，以勇不可擋的氣勢，上天、下地，火燒、水淹，縱橫全書；對照虎將、烏兵的顢頇無能，豬皇帝腦滿腸肥，在場面中失去優勢的慌張、驚訝，表情生動，戲劇效果十足。

本書另一特色在於大膽的構圖布局，如電影靈活的運鏡手法，遠景、中景、特寫、俯瞰、仰視，帶動讀者的視覺，感受故事的壯闊與神奇，配合七兄弟的超能力，創造冒險與犯難的動感畫面。尤其，老六踩高腳的那一幅跨頁，畫面以一個仰角鏡頭展示，從鞋底的特寫往上延伸，老六高聳比山高，讀者彷彿被他踩在腳底，使他看起來更具氣勢，更有力量。這樣獨特而強烈的構圖，令人印象深刻。

郝廣才和王家珠合作的另一作品《巨人和春天》亦是精采絕倫之作，然因文字乃改寫自國外名家王爾德之原著，故未能入選台灣圖畫書100之列，有興趣的讀者，可自行參閱。（林德姮）

台灣兒童圖畫書精彩 *100*

老鼠娶新娘

作者：張玲玲
繪者：劉宗慧
出版社：遠流出版事業股份有限公司
出版日期：1992 年 10 月
頁數：32 頁
尺寸：21.5×30cm
定價：250 元
7ISBN：9573211165（精裝）

作者介紹 | 張玲玲

1954 出生於台北。東吳大學日文系畢業，曾於日本筑波大學專攻民間故事。現在從事兒童書編輯工作。作品有繪本台灣民間故事《女人島》、《賣香屁》（遠流），繪本台灣風土民俗《鹿港百工圖》、《東港王船祭》、《台南府城》（遠流）等。從小喜歡聽故事，長大的志向是為孩子編他們喜歡的故事。她認為每個人心中都有一個「小孩」，那代表了天真和勇於嘗試的精神，只是當我們長大，這個孩子便隱藏起來。做童書使她有機會和心中的孩子對話。

繪者介紹 | 劉宗慧

從小喜歡畫畫，繪畫作品獲獎無數，曾獲第九屆信誼幼兒文學獎「評審委員特別推薦獎」。作品《神鳥雷克西》獲中華民國兒童文學獎學會金龍獎；《老鼠娶新娘》獲 1992 年西班牙加泰隆尼亞雙年圖畫書首獎、《中國時報》十大童書好書榜、1993 金鼎獎；《元元的發財夢》獲 1994 年義大利 Sarmede 國際插畫巡迴展、入選 1995 年義大利波隆納國際童書原畫展……等。曾經因為畫得太頻繁而休息十年，《字從哪裡來》和《文字魔法師》是她重拾畫筆的兩本新作品。

>>>  圖文內容與導讀

這是一個流傳在台灣本土的童謠。「一月一，年初一。一月二，年初二。年初三，早上床，今夜老鼠娶新娘。」台灣習俗中，正月初三是老鼠娶新娘的日子，這本書就是用圖文說明它的由來。老鼠村長為漂亮的女兒舉行拋繡球儀式來挑選女婿。但是大黑貓連撲帶咬，把村子搞得一團糟。村長決定要出發替自己的女兒尋找最強的丈夫，牠找太陽、烏雲、風和牆……，最後牠發現救了自己女兒，還會打牆的老鼠阿郎，雖然小，但是也有別人比不上的本事，牠高興的在正月初三把女兒嫁給牠。

作者把簡單童謠中的一句話，利用想像，以小老鼠的角度去說為何老鼠要在正月初三的時候娶新娘，形成一個結構完整、符合邏輯，充滿趣味的故事。繪者在圖畫構圖安排上更把這個傳統的故事透過小老鼠的眼光，來看人類的世界。在圖畫上，繪者創造老鼠的世界和人的世界構成了有趣的畫面——大社區裡面的小社區。老鼠社區中所有細節、物品和制度都和人類一模一樣，觸動讀者的想像力，細密的畫風和營造的幽默趣味，讓故事與圖畫相互輝映。

在色彩上，繪者使用具有中國傳統特殊色彩的磚紅色為主調，喜氣的顏色符合故事娶新娘的氣氛。運用精密寫實畫風，仔細描繪農村的一磚一瓦，建築風格及生活型態，讓讀者融入故事描述的氛圍。在構圖上，利用黑貓的流口水的巨大黑色剪影，對照小老鼠拋繡球的紅色喜慶，塑造危險的情緒。而充滿整個跨頁的黑貓姿態更訴說了緊張萬分的戲劇張力，足見繪者利用圖畫的說故事功力。

另外，這本書就像無字書，讀者可以完全不看故事文字，只要循著圖畫裡豐富的內容和畫面，就可以自己編故事，補足更多的細節。這對小孩子來說，非常珍貴。他們可以利用這本書，每天編一個完全不同的故事，每次重新看，都會發現新的東西，也可以為這個故事增添更多細節和產生閱讀的樂趣。

這本書也是台灣第一本正式授權給美國北地出版公司，出版英文版的童書作品，並榮獲西班牙「第五屆加泰隆尼亞雙年童書插畫大獎」。繪者花了大約 7 年的時間以誠摯的態度和嚴謹的方式去創作這本書，並努力地突破自己以往的繪畫技巧與意念，不僅配合故事內容繪圖，同時也讓圖畫本身講述故事，擁有獨立的生命，堪稱圖文配合絕佳的作品。
（嚴淑女）

台灣兒童圖畫書精彩 *100*

老奶奶的木盒子

作者：林鴻堯
繪者：林鴻堯
出版社：台灣省政府教育廳
出版日期：1992 年 10 月
頁數：40 頁
尺寸：28×21cm
定價：70 元
ISBN：957654081X（平裝）

作者介紹 ｜ 林鴻堯

1965 年生，宜蘭縣羅東人。曾任職廣告公司美術設計，後專心從事兒童讀物插畫近二十年。
1995 年起致力插畫技法教學，2008 年起應大陸台商之邀，於廣東省東莞市講授插畫技法。曾
獲第 46 屆台陽美展油畫入選、第 39 屆全省美展油畫優選、《會飛的雲》獲省教育廳金書獎最
佳插圖、《老奶奶的木盒子》獲洪建全兒童文學獎優勝、福爾摩沙兒童圖書插畫展入選、《傳
統中國》獲金書獎優良插圖、《走迷宮》獲金書獎最佳幼兒圖畫書等。

繪者介紹 ｜ 林鴻堯

同上。

圖文內容與導讀

對住在老奶奶家牆洞裡的鼠兄弟奇奇和達達，每天都看到老奶奶對著一個木盒子一會兒哭，一會兒笑，引發了他們的好奇心。有一天趁著老奶奶出門，兩隻鼠兄弟爬上大椅子，找到木盒子，老鼠達達原本以為是吃的東西，打開盒子卻發現不是吃的，而是老虎鞋、繡荷包、小手鐲、戒指等。兩隻老鼠決定把裡面的東西都搬回家，帶回去裝飾自己的家。

老奶奶回來，一進門就找木盒子，發現放在裡面東西都不見了，急得哭了起來。獨自一人居住的老奶奶，因為孩子們長大離家，兒孫都不在身邊，只留下這些他們小時候用的、穿的東西陪伴她。老奶奶特別懷念過去的時光，卻也只能藉由兒孫們使用過的兒時用品，來睹物思人。木盒中有一些老虎鞋、繡荷包、小手鐲……，她經常對著這些東西，回憶舊時光，老鼠兄弟並不了解老人的心情，偷走這些東西。當老奶奶發現東西不見了，心裡十分難過。

老奶奶的哭聲，引起奇奇和達達兩隻鼠兄弟的注意。看到老奶奶難過的樣子，兩兄弟趕緊趁著老奶奶熟睡時，把這些用品物歸原處。第二天老奶奶發現木盒裡的東西都還在，以為自己昨天做了一場夢，她緊緊的抱著木盒子笑了出來。而兩位鼠兄弟再也不偷老奶奶的寶貝了！

本書的圖文作者為同一人，書中的筆觸和線條輕柔優美，採用溫暖色調，以紅與綠對比，充滿了懷舊氣氛。其中的物件，包括屋子裡陳舊的大木櫃、木頭製作的桌子、椅子，還有桌上的青花瓷大花瓶、瓷碗，以及木頭盒子，都是古董級的器物。

因為是擬人化的書寫內容和畫風，因此書中的老鼠，也分別穿上白色的上衣，以及分別是紅色白點，以及藍色的褲子，老鼠居住的牆洞裡，也以擬人化的方式，設計仿造住處，屋中不僅有貼在牆上的春聯，還有掛在牆上的郵票都是精心安排的畫面，而藉由老鼠偷取木盒中的內容物和搬運的過程，小讀者能分別看清這些和當代生活，雖然功能相同，但造型和製作都不同的物件，進而比較其中的異同。

在本書的最後一頁，作者還刻意的以一張古董器物的跨頁真實照片，試圖告訴讀者，儘管採用擬人化的方式呈現，但書中所呈現的古董都是真實存在的。

（陳玉金）

台灣兒童圖畫書精彩 *100*

（舊版）

小麻雀・稻草人

（舊版）
作者：黃春明
繪者：黃春明
出版社：皇冠文學出版有限公司
出版日期：1993 年 5 月 20 日
頁數：36 頁
尺寸：21.3×28.7cm
定價：250 元
ISBN：9573309025（精裝）

（新版）
作者：黃春明
繪者：黃春明
出版社：聯合文學
出版日期：2011 年 3 月
頁數：44 頁
尺寸：20×29.7cm
定價：300 元
ISBN：9789575229221（精裝）

（新版）

作者介紹 | 黃春明

1935 年出生於宜蘭羅東，屏東師範畢業，曾任小學教師、記者、編輯、廣告與行銷企劃等職，是台灣當代重要的文學作家。1956 年發表第一篇著作《清道夫的孩子》，創作多元，以小說為主，其他還有散文、童話、繪本、漫畫、詩、劇本等，作品曾被譯成多國語言出版。近年來致力於戲劇表演工作，創立黃大魚兒童劇團、九彎十八拐劇團，並編導歌仔戲，巡迴全台各地演出。曾獲吳三連文藝獎、國家文化藝術基金會文藝獎、東元獎、噶瑪蘭獎，及第二十九屆行政院文化獎。

繪者介紹 | 黃春明

同上。

圖文內容與導讀

1993 年皇冠出版社出版了黃春明《我是貓也》、《短鼻象》、《小駝背》、《愛吃糖的皇帝》與《小麻雀・稻草人》共五本撕畫童話，2011 年由聯合文學出版社以「黃春明童話集」為叢書名再度出版。在出版這五本圖畫書的同一年，黃春明將《小麻雀・稻草人》編導成舞台劇，由鞋子兒童實驗劇團擔綱演出，1994 年巡迴全台，2003 年更創作出閩南語版本的兒童舞劇。

這本作家特地為兒童創作的圖畫書，以台灣早期的鄉村為背景，描述老農夫、稻草人和小麻雀之間的故事。七月天，稻子吸滿田水，成熟結穗，吸引了一群群的麻雀來享用。老農夫心裡又焦又急，怕辛苦的收成付諸流水，因此號召了家人一起趕工製作稻草人，想要趕走麻雀。家中的老老少少、男男女女，有的砍竹子、有的抱稻草、有的尋找破舊的上衣和斗笠。他們先用竹竿綁成骨架，再用麻繩將稻草包在骨架上，最後為稻草人穿上衣服。

故事的前半段，作家仔細的將製作稻草人的材料和步驟描寫出來，並藉著老農夫和孩子們之間的對話來鋪陳，讓故事進行得流暢自然、親切有趣。到了故事的後半段，作家用他的幽默與浪漫，營造出一個不尋常的結局：原本應該相互對立的稻草人和麻雀達成了協議，當老農夫出現在田間的時候，麻雀就躲起來，讓稻草人對老農夫有所交代；等老農夫離開了，麻雀再來盡情享用，不必再吃得心驚膽戰。稻草人不同的思考方式，不只讓老農夫放心與滿意，也讓麻雀朋友們吃得安心也吃得飽。詩樣的景象與文字，搭配上兩全其美的結局和趣味，讓人讀來幸福快樂。

不同於一般用畫筆繪圖，黃春明的撕畫展現出獨特的風格。不規則的線條和大面積的色塊表現了故事樸實自然、不刻意做作的態度；各式各樣材質的紙張拼湊和視角的不同呈現，也透露著作家的細膩安排與觀察力。

投身於兒童文學的黃春明認為童話就像是一顆種子，填在孩子的心田，等待開花結果時，就能變成他的力量。有人曾說黃春明的童話創作在體現鮮明的「遊戲精神」和「娛樂特質」之外，尤其重視將人類關於真善美的最基本認識——愛心、同情心、友誼、勇敢、樂觀等展示給孩子們，希望孩子們從中獲益，從而實現精神與人格的全面提升。因此，反映現實的同時，黃春明為角色注入了幽默與活力，讓他的童話世界處處充滿了幸福與正義的因子，也讓讀者從故事的結局中獲得不同於成人文學的安心與滿足，並帶來希望。（林珮熒）

台灣兒童圖畫書精彩 *100*

村童的遊戲

作者：朱秀芳
繪者：鍾易真
出版社：行政院農業委員會
出版日期：1993 年 6 月
頁數：28 頁
尺寸：22×26.5cm
定價：120 元
ISBN：9570028025（精裝）

作者介紹 ｜ 朱秀芳

台東人，曾任國小教師二十八年，現已退休並致力於文字創作。創作文類多元，計有童話、繪本和少年小說。以《齒痕的祕密》和《童年 26》獲得洪建全兒童文學獎童話類第一名及東方少年小說獎首獎，其餘繪本作品有：《香蕉》和《走！到迪化街買年貨》等。

繪者介紹 ｜ 鍾易真

生於 1962 年，花蓮人，畢業於實踐家專美工科，目前為專職童書繪圖者，也成立了個人的插畫工作室。從小就對藝術有興趣，畫風偏向細膩的圖案，受東部生長環境影響而喜愛有關自然和人物的題材。作品有《編織的幸福》、《石頭男孩》和《回到美好的夜晚》等。

>>>  圖文內容與導讀

本書為行政院農業委員會編印的田園之春叢書系列之一，以圖畫書的形式介紹農村孩童們的歡樂時光，利用簡單的文字說明遊戲內容和步驟，搭配豐富有趣的畫面，單純的物質生活就能滿足孩子們所需的趣味性，從中體會早期農村的樸實。

在農村裡，孩子自有屬於他們的遊戲天堂，到處都是取之不盡的玩具，不僅可以物盡所用，又是親近大自然的最好時機。傳統農村以耕作田地為主要的經濟來源，因此孩子們可在收割後的田地烤地瓜、捏泥巴，農作物量多時則可以拿著蘿蔔燈去遊行，花生殼和龍眼籽可以廢物利用的玩上半天時間，甘蔗和竹筍更是可食用又可玩樂的農作物。農村環境的落葉種類繁多，如榕樹葉、香蕉葉、芋葉、椰子葉和檳榔葉，可以當作車子拖、笛子吹，還可製作出富有創意的面具。捉魚和灌蟋蟀的遊戲可不能少，這是只有在無汙染的環境裡才能盡情享受的遊戲方式。

繪者以前在理科出版社的繪圖經驗中，一方面在資深畫者鄭明進老師的指導下，重視從生活中的實際物品取材，如女生頂著西瓜頭，男生穿著白色汗衫，這樣純樸無華的打扮重現了農村時代的簡約生活方式。另一方面也受到日本插畫家林明子的畫風影響，觀察到臉部線條上所能給與人的親切度，呈現在村童們臉上的表情滿足又快樂，沉浸於有趣的遊戲世界裡，連小女生揹著小小孩的畫面就能顯現出忙裡偷閒的模樣。水彩的渲染技法使得農村的清新風光躍然於紙上，而暖色調的底色，則能充分表現出復古懷舊的視覺畫面。在畫面構圖上，以簡短的文字輔以童玩製作的詳細圖解，使現代讀者更清楚了解傳統遊戲生活，孩童生活於遊戲情境中的趣味性。

村童的遊戲不僅是具有玩樂性質，更是早期人們的一種生活方式，烤地瓜除了呈現出農家的主要糧食外，更代表了農業社會以地維生的充分利用，樟樹籽和龍眼籽的廢物再利用，當作子彈和彈珠也玩得不亦樂乎！在現代化的社會中，孩童的遊戲局限於狹小的水泥空間和精緻的玩具，本書期以健康有活力的村童遊戲來傳達農村文化，簡單的物質環境更能培養出孩子惜福的美德。（林依綺）

台灣兒童圖畫書精彩 *100*

子兒吐吐

作者：李瑾倫
繪者：李瑾倫
出版社：信誼基金出版社
出版日期：1993 年 7 月
頁數：28 頁
尺寸：21×29cm
定價：200 元
ISBN：9576421497（精裝）

作者介紹｜ 李瑾倫

1965 年生於台北市。英國皇家藝術學院碩士，主修插畫。1990 年於日本橋「夢人館」舉行第
一次童書展。1992 年在日本出版第一本繪本《賣梨人與不可思議的旅人》。是亞洲首位和英國
Walker 出版公司合作的圖畫書作家。曾獲信誼幼兒文學獎圖畫書創作首獎、《中國時報》開卷
年度最佳童書。《一位溫柔善良有錢的太太和她的 100 隻狗》被 amazon.com 選為 2001 年 2~6
歲最佳編輯選書的首選。獲選《中國時報》開卷年度風雲作家、講義年度最佳插畫家獎。2010
自創品牌設計商品，開了小店「撥撥橘」展售周邊產品。作品《子兒吐吐》、《瑄瑄學考古》、
《動物醫院 39 號》、《驚喜》、《怪叔叔》、《門，輕輕關》。

繪者介紹｜ 李瑾倫

同上。

>>>  圖文內容與導讀

小豬胖臉兒吃起東西總是又快又多，他最常說的一句話就是：「吃吧！吃吧！」今天他又是第一個把木瓜吃完，咦？他的桌上怎麼沒有半顆吐出來的子兒呢？其他同學開始七嘴八舌的討論吃子兒會發生什麼事，引發許多有趣的想像，也掀起胖臉兒的心理恐慌⋯⋯。但是他的心理從擔心長樹發生的麻煩事或被同學取笑的嚎啕大哭，到慢慢換個角度思考，長樹或許也是一件不錯的事。正向的思考長樹的好處，會走路的樹很特別、很涼，還可以隨時吃不同的水果。他進一步聯想，如果大家都吃不同子兒就會長出不同的水果，還能交換吃。這種正向的思維讓胖臉兒破涕為笑，興奮的衝回家喝水，做好一切長樹的準備。但是隔天卻沒有長樹，他還安慰自己也沒聽誰說過一天就能長樹啊。等到他在馬桶裡發現那些黑黑的木瓜子時，他知道不可能長樹了，在沖走那些圓子兒時，他笑咪咪的安慰自己萬一不好吃就糟糕了。他馬上放下一切又開心的跑去玩了。

本書透過輕鬆幽默的故事，幫助孩子澄清「吃子會長樹」等生活上的錯誤傳聞，整個故事的內容發展合乎兒童的想像，如「胖臉兒」猛喝水以助木瓜子長成木瓜樹，以及「胖臉兒」擔心樹長不直，甚至連睡覺都換床頭睡等情節，都非常貼近孩子的心理。這種貼近幼兒心理，並以逗趣、想像力的方式創作，讓幼兒在欣賞這個故事時，會感同身受「胖臉兒」的處境和情緒的起伏，隨著故事的進展，慢慢的所有的憂慮都得到紓解，讓他們獲得一個愉快、歡笑的閱讀經驗，讓這本書獲得信誼幼兒文學獎圖畫書首獎，也是台灣本土圖畫書經典作品之一。

繪畫技法上，作者綜合應用了版畫手抄紙、水性顏料、彩色鉛筆，呈現水墨渲染的效果，色調優美，給人輕快、活潑的感覺。胖臉兒這隻小豬不管造型或表情都非常生動可愛，符合這本書要傳達的意象和趣味。利用畫面分割的靈活變化，讓版式設計活潑而與主題相符，處處顯現作者高超的繪畫和構圖能力。而小孩單純的心理轉變，也都在作者筆觸、構圖中顯得極其鮮活動人。

這是一本簡單卻充滿趣味的圖畫書，作者運用細膩的筆觸創造兒童可以認同的胖臉兒這個角色，主題貼近孩子的生活，整個輕鬆幽默的故事內容掌握孩子的心理世界，是一本同時兼具文學性、兒童性、趣味性和教育性的圖畫書，同時也讓孩子學習正面積極，用樂觀開朗的處事態度去看待和處理生命中的每一件事。（嚴淑女）

台灣兒童圖畫書精彩 *100*

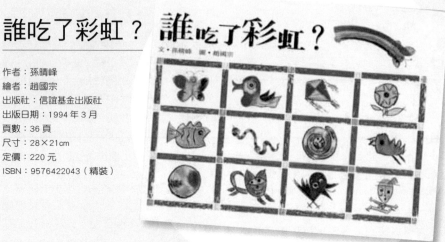

誰吃了彩虹？

作者：孫晴峰
繪者：趙國宗
出版社：信誼基金出版社
出版日期：1994 年 3 月
頁數：36 頁
尺寸：28×21cm
定價：220 元
ISBN：9576422043（精裝）

作者介紹｜ **孫晴峰**

1959 年生於台南麻豆，台灣大學森林系畢業，美國雪城大學 (Syracuse University) 教育碩士，西蒙斯女子學院 (Simmons College) 兒童文學碩士，麻州大學傳播學博士，現任教美國紐約大學。為雙語創作的兒童文學作者，英文作品多達三十多種，提供兒童不同的價值觀，曾榮獲許多獎項。出版多種繪本，伸展兒童文學的觸角製作錄影帶。中文作品有《葉子鳥》、《狐狸孵蛋》、《炒一盤作文好菜》等，英文創作由 Houghton Miffin Co., 出版的有 Square Beak、On A White Pebble Hill、Mana Bear 等。

繪者介紹｜ **趙國宗**

1940 年生於高雄市，1963 年國立台灣師範大學藝術系畢業，1972 年德國福克旺藝術學院工藝設計高級部畢業。1982 年國立藝術學院美術系主任。1993 年義大利波隆納國際兒童書展台灣館主，視覺設計作品展出。曾獲教育廳兒童讀物插畫展最佳作品獎、金書獎許多插畫創作大獎等。出版的圖畫書有《小紅鞋》、《你會我也會》、《我要大公雞》、《媽媽》、《冬天裡的百靈鳥》、《月亮船》、《天空的衣服》、《蜘蛛先生要搬家》、《錢鼠來了》等。

>>>  圖文內容與導讀

繽紛多彩的雨後彩虹，賞心悅目像糖果紙般讓小孩愛不釋手。小孩趕著讓風箏在絢麗天空中飛揚相映爭輝，不料彩虹卻被風箏線割斷了，掉到充滿生態系的河裡，紛至杳來的弱肉強食關係，彩虹最後是被誰吃掉了呢？《誰吃了彩虹？》懸疑公案，讀者像名偵探柯南般展開食物鏈偵查。

大魚吃了彩虹，鴨子吃了大魚產出彩虹蛋，圓碌碌的彩虹蛋被覬覦的蛇吞食了，脫胎成七彩的蛇，並且讓枯木也逢春結出彩虹果。好餓好餓的彩虹毛毛蟲探出頭來想覓食，殊不知螳螂捕蟬黃雀在後，伺機而動的鳥兒即將鋪天蓋地坐收漁翁之利而來。幸好手持彈弓的頑童路見不平，拔刀相助解救了牠，化險為夷的牠蜷曲著身子墜落至頑童手中，蛻變翩飛成一隻大彩蝶，張開彩翼飛翔，將天空塗抹成一道七彩彩虹。

圖畫的技法和風格，趙國宗首創以陶瓷版畫的技術，展現陶瓷特殊的溫潤質感及多元面貌，創意設計處處可見。在陶土上壓進瓷土、刷上白瓷土，用各種刮、壓、捺、印等技法，隨心所欲創作。內容頁則以小符號與大圖面雙線進行的閱讀方式編排，配合童趣的造型和鮮豔的色彩，使這本書充滿圖像閱讀的趣味，亦讓讀者有更多參與的機會。每一頁的小圖，依故事的鋪陳進行，將關係人、事、物一一羅列在旁邊，而隨著物競天擇每一階段的戲碼幕落後，依序下台一鞠躬，抽絲剝繭後，罪魁禍首昭然若揭。兒童讀者喜歡閱讀有關尋人、尋物的書，因為尋找的樂趣來自於有脈絡可循，小圖的選項即提供指引。

彩虹像經歷一場奇幻旅程，歷劫歸來能展現豐富的色澤，在每個死裡逃生的過程中，彩虹依「物質不滅定律」化做春泥更護花，為所寄存生物，增添彩虹多彩的內蘊。作品強調反璞歸真追求自然的態度，以一種無可替代的天真，漫溢光亮的色彩，貫穿整個作品的內容與形式。本書帶領小朋友欣賞豐富藝術感的陶版釉彩畫創作，彩繪高度的表現力與自由度，融合了雕塑、嵌瓷、釉彩、繪畫以及文學性、生活性的總體藝術，以原始與永恆的童夢，請小朋友們藉由體驗陶瓷彩繪的樂趣中，發現因果關係及無限的創意！（王妍蓁）

台灣兒童圖畫書精彩 *100*

黑白村莊

（舊版）

（舊版）
作者：劉伯樂
繪者：劉伯樂
出版社：信誼基金出版社
出版日期：1994 年 3 月
頁數：36 頁
尺寸：19.5×26.5cm
定價：220 元
ISBN：957642206X（精裝）

（新版）
作者：劉伯樂
繪者：劉伯樂
出版社：和英出版社
出版日期：2007 年 3 月
頁數：40 頁
尺寸：19×26 cm
定價：280 元
ISBN：9789867942791（精裝）

（新版）

作者介紹｜ **劉伯樂**

1952 年生於南投縣埔里鎮，文化大學美術系畢業，畫作曾獲第一屆「全國油畫大展」特優獎。現在從事寫作、圖畫書創作、鳥類攝影及野鳥生態繪圖等工作。作品有《看！冬日的黑色大軍》、《士林官邸追追追》、《龍眼樹的故鄉》、《寄自野地的明信片》等。作品獲獎無數，如《竹和竹玩具》獲省教育廳第四期中華兒童叢書金書獎；《黑白村莊》獲《聯合報》讀書人年度最佳童書獎、時報開卷好書獎、歐洲插畫大展入選。

繪者介紹｜ **劉伯樂**

同上。

>>> 圖文內容與導讀

本書以黑與白的對立色彩，傳達對立關係只是一種相對性的存在，顏色的差異只是外貌上的不同，拭去顏色之後，實際上彼此是一樣的。

故事由白廟與黑廟供奉不同的神明展開，兩座廟宇各有一條道路通往兩條村莊。白色村莊的人生產樹薯，整個村莊白撲撲的叫作「白屑莊」；黑色村莊生產煤礦，整個村莊黑漆漆的叫作「烏塗坑」。黑白村莊的人彼此仇視、互不往來，討厭對方的顏色。廟宇慶典時，黑村莊戲台上演著《包公傳》，販賣的點心是黑色的豬血糕和芝麻糊，黑村莊的一切都要和黑色有關；白村莊則請戲團表演《白蛇傳》，販賣的點心則是爆米花和麻薯，而且麻薯不可沾上半點黑芝麻，只有白色的東西才能出現。看馬戲團時，黑白村莊的人只支持自己顏色的表演者，如白村莊的人在白衣女郎出現時拍手叫好，黑色村莊在黑豹表演時才大聲歡呼，兩個村莊的人對於彩色毫無興趣，只喜歡自己身上的顏色，輪到貓熊與斑馬時，兩村莊的人極度不安，認為兩村莊的人一旦通婚，就會生出黑白相間的人。有一年，旱災特別嚴重，兩村的人合力請求神明，黑村莊請清水祖師爺降黑雲，白村莊請觀世音降甘露，果然降下大雨，大雨洗刷人民身上的顏色，發現大家無論頭髮、眼睛與皮膚都是一樣的顏色，黑白村莊的人其實都是一樣的。

圖畫的技法利用大量的線條，線條勾勒出人民的樣貌、外框，清楚呈現黑白兩色的主題，經由線條勾勒，不須另外著色即可顯示出白色村莊的特色，黑色村莊除了將畫面塗黑之外，透過黑色線條的添加，更有一種烏漆抹黑的感覺。繪者利用寫實的手法，描繪黑白村莊的不同，刻劃出兩村人民彼此的臉部表情，不只文字在敘述，連畫面中的人物生動的神態，也在述說著故事。畫面中常分成兩部分，當黑白村莊的人同時出現，黑村莊的人一邊、白村莊的人一邊，這樣的構圖方式更強調了彼此對立的部分。直到黑白村莊共同祈求天降甘霖的畫面時，才可見黑白兩村的人有漸漸融合的跡象，繪者透過畫面中黑白村莊人民的穿插，鋪陳兩村人民即將和好的結果。

本書透過一開始黑白兩者對立的關係，在大雨過後發現大家其實都是一樣的，傳達即使外表看似不同，其實內在是相同的，不該被外表所蒙蔽，而影響對事物的看法，在了解未深之前，都應該客觀。在文中也順勢介紹了清水祖師與觀音媽的生日，是閱讀此書的另一個收穫。（楊郁君）

台灣兒童圖畫書精彩 *100*

昆蟲法庭

作者：小野
繪者：龔雲鵬
紙結構設計：蕭多皆、袁祥豪、邱曄祥
出版社：台灣省教育廳兒童讀物出版部
出版日期：1995 年 6 月 30 日
頁數：38 頁
尺寸：21×30cm（立體盒），
15×10.5cm（書）
形式：經摺裝書＋立體遊戲書盒
定價：400 元
ISBN：9570051868（精裝）

作者介紹｜ **小野**

本名李遠，1951 年生於台北，在學期間主修生物，曾任國立陽明大學及紐約州立大學水牛城分校助教。1973 年開始文學創作，至今已出版八十本書，未來仍將創作不懈，小說、散文、電影劇本、童話創作分別得過《聯合報》短篇小說首獎、亞太影展及金馬獎最佳編劇獎、《中國時報》最佳童書獎、金鼎獎最佳著作獎、德國國際青年圖書館推薦世界優良兒童讀物等獎項。

繪者介紹｜ **龔雲鵬**

1951 出生在雲林縣。曾任清華廣告公司藝術指導、國泰／奧美廣告公司藝術指導，現任龔雲鵬工作室負責人。1982~2007 年應邀為信誼基金會、中華兒童叢書、親親文化、東方圖書、光復書局、台灣兒童叢書、東華書局、幼獅文化、紅蕃茄公司、資策會……繪製圖畫書多本。1977~2007 年，為國小國中高中教科書插畫，以及《壹週刊》、《時報周刊》、《講義堂》、《中國時報》人間副刊、《自由時報》、《民生報》、《國語日報》、《小作家月刊》等多種報社雜誌插圖。

>>> 　圖文內容與導讀

本書為台灣省教育廳兒童讀物出版部出版之「中華幼兒圖畫書」中的一本。外型為一個立體結構的書型盒子，盒中有立體紙雕的場景，嵌入一本經摺裝的故事小書，同時附上主要人物和昆蟲的人形紙偶，讓讀者可以一邊讀故事，一邊讓人型紙偶隨著故事情節進行遊戲，屬於遊戲書的一種。

故事內容描述全家人去爬山時，爸爸為了捉鍬形蟲被蟲咬住手指，爸爸決定把牠帶回家審判。他們把客廳布置成法庭，爸爸是被害人，媽媽列出鍬形蟲的罪行，並提出證據。主角小女孩當蟲的辯護律師，保護牠。一隻絨毛大熊當法官，他們開始進行法律的辯論程序。爸爸敘述被蟲咬的經過，小女孩提出鍬形蟲自衛應屬無罪。爸爸又亂抓昆蟲，破壞大自然應該有罪。最後，小女孩查了許多鍬形蟲的資料，在第二次昆蟲法庭中說：「鍬形蟲的祖先比人類還早來到地球。鍬形蟲可以和地球和平共處，可是人類卻不斷破壞地球，汙染地球。所以我認為鍬形蟲應該無罪。」爸爸、媽媽都拍手同意小女孩的觀點，並將鍬形蟲放回大自然中。

這是一個父母和孩子一起玩的假裝遊戲。透過大自然昆蟲與人類的衝突事件，父母跟孩子一起進行一場法律辯論的遊戲，讓孩子學習自己尋找資料，在對錯之間尋找證據和建立自己的論點，同時了解昆蟲的生態、牠們存在與地球的關係，並帶出人類破壞地球生態和環境的狀況。本書讓孩子透過這個案例，在學習中摸索自己和這個社會及環境的關係，透過和父母之間的互動、討論，建立起他們自己和外在社會環境的情感，其中關於「大自然的法則」、「法治觀念」和「尊重彼此生命」都是作者要強調的重點。這些困難不易解釋的觀點，作者卻巧妙的利用一個簡單的事件，經過一番設計，在故事中融入，讓讀者可以輕鬆的體會和接納。

畫家利用簡易的線條、豐富的色彩、卡通化的造型，在小開本的經摺裝中，畫出故事描述的場景，簡單易懂。特別的是本書還有紙結構設計者，窗型透明的鏤空設計，讓讀者到看到一個小舞台，書變成了一個遊戲盒子，搭配可以簡易站立的人型紙偶，讓這個看似法律辯論的故事，變成一種結合閱讀和遊戲的故事盒。讓讀者在重複遊戲的閱讀中，增添更多閱讀的樂趣。（嚴淑女）

台灣兒童圖畫書精彩 *100*

46

赤腳國王

作者：曹俊彥
繪者：曹俊彥
出版社：信誼基金出版社
出版日期：1995 年 3 月
頁數：30 頁
尺寸：26.5×19.5cm
定價：220 元
ISBN：9576422671（精裝）

作者介紹│ 曹俊彥

筆名王碩，1941 年出生，台北市人。台北師範藝術科、台中師專畢業。曾任國小美術教師、教科書編輯委員、台灣省教育廳兒童讀物編輯小組美術編輯、信誼基金出版社總編輯，在省教育廳兒童讀物編輯小組時與潘人木催生《中華兒童百科全書》的發行。現在是自由創作者，創作類型多樣化，包含報章雜誌漫畫、童書插畫、圖畫書、商標設計、報紙插畫等，但主要為兒童創作，並積極參與童書推廣工作。1965 年創作第一本圖畫書《小紅計程車》，並陸續發表漫畫作品於《國語日報》、《新生兒童》、《正聲兒童》。曾獲教育廳金書獎、金鼎獎、信誼基金會幼兒文學貢獻獎等。作品有《紅龜粿》、《屁股山》、《圓仔山》、《小黑捉迷藏》、《白米洞》、《上元》等。

繪者介紹│ 曹俊彥

同上。

 ## 圖文內容與導讀

孩子天生好問，對事物從何而來常會感到好奇。本書以此為發想點，用「鞋子從何而來」為主題來創作故事，描述一個打赤腳的國家，因為在生活上處處遭遇不便，國王想出了一個「隨身地毯」的好點子，幫助人民解決問題，這就是鞋子被發明的由來。這個故事不僅充滿創意，也能讓孩子了解鞋子的功用與必要性，兼具了知識性與趣味性。

故事中最有趣的地方在於作者描述赤腳國的人民，因為沒穿鞋子而遇到的種種窘況。像是挑東西時走在碎石子路上會不舒服、打獵的時候踩到尖尖的東西叫聲會嚇跑獵物、夏天踩在又熱又燙的土地上時大家必須不斷的跳、冬天的時候大家只好關在屋子裡，足不出戶……，這些痛苦對住在鋪著厚厚地毯的皇宮裡的國王來說卻是毫不知情。直到有一天，國王扶著被蛇咬傷的轎夫回家時，才體會到赤腳走在泥巴路、石子路上的痛苦。

國王發明鞋子的過程也很精采，作者並非一下子就讓國王想出解決問題的辦法，而是試圖讓孩子了解發明創造的過程並非是輕而易舉、一蹴可幾，而是必須歷經失敗與修正才會成功。國王先是要求大臣把全國的道路都鋪上地毯，後來發現這需要很多的羊毛才能完成。因此，當國王看見踩高蹺的孩子們，便想到了「隨身地毯」的好主意，讓人民能夠不管走到哪裡，地毯都跟在腳上。這樣面對困難能想辦法解決的精神，還有失敗後還能繼續努力的態度，對孩子都具有潛移默化的影響。

不僅故事吸引人，本書的圖畫也十分逗趣。作者用了簡潔的線條來描繪人物的造型，但透過誇張的表情動作和象徵符號，看來十分活潑、生動。像是踩到地上尖銳東西的獵人和因為怕腳燙而不停往上跳的行人，他們嘴巴張得大大的、腳板翹得高高的，手也跟著腳部動作不停揮舞，連旁邊的小狗都吐出舌頭、氣喘吁吁的走著，讀者輕易的能從這些小地方體會書中角色的感覺，感受夏天走在滾燙地板上的難熬之苦。另外，作者還用了一些象徵符號來表現抽象的感覺，如地上冒的熱氣、人物的汗水，還有代表腳痛的閃電符號和跳躍的拋物線，作者就是用這種圖像語言，再搭配上具有想像力的故事情節和文字，和我們「說」了一個精采、有趣的故事。（林珮熒）

台灣兒童圖畫書精彩 *100*

兒子的大玩偶

作者：黃春明
繪者：楊翠玉
出版社：臺灣麥克股份有限公司
出版日期：1995 年 11 月
頁數：40 頁
尺寸：22×28.8cm
定價：為套書不分售
ISBN：9578925794（精裝）

作者介紹 ｜ 黃春明

1939 年生於台灣宜蘭，是台灣當代重要的鄉土及文學作家。創作多元，以小說為主，旁涉散文、詩、兒童文學、戲劇、撕畫、油畫等創作，作品曾被翻譯為日、韓、英、法、德語等多國語言。1990 年返宜蘭成立「吉祥巷工作室」，從事宜蘭鄉土教材編寫、社區總體營造等規劃。1993 年創作五本撕畫《黃春明童話》系列，2006 年發行法國版。1994 年創立「黃大魚兒童劇團」，參與編導演出。曾獲吳三連文藝獎、國家文藝獎、《中國時報》文學獎、東元獎、噶瑪蘭獎等。

繪者介紹 ｜ 楊翠玉

曾任《中時晚報》時代版美術主編，現為自由插畫創作者。《兒子的大玩偶》以戲劇化的手法，多鏡頭的變位，使故事情節栩栩如生。細膩而濃郁的筆觸，寫實而貼切，成功的融合強烈和靜謐的氣氛，圓潤和精確的質性。作品有《隨心所遇》、《兒子的大玩偶》、《李田螺》、《台南古城》等。獲獎紀錄：入選波隆納國際童書原畫展、新聞局「小太陽獎」最佳插畫獎、加泰隆尼亞國際插畫雙年展、聯合國保護兒童宣言指定插畫家。

>>> 圖文內容與導讀

戴上小丑面具，醜態百出，給人帶來歡樂的小丑，就像莎翁劇《威尼斯商人》中猶太人悲憤控訴：「**我也有人的尊嚴與感覺。**」貧賤夫妻百事哀，書中坤樹為了謀生，藉著小丑扮成「三明治人」，而成為電影院宣傳噱頭，無視大家鄙夷眼光穿梭在大街小巷。豈知一旦戴上面具後，烙印人心的既定印象，是焦不離孟，再也無法輕易移除。年幼的孩子對父親的認知就是小丑，是妻子阿珠口中：「**阿龍哪是認得你，他當你是大玩偶呢！**」有天孩子看到父親卸妝後的真面目時，竟因陌生而大哭；對坤樹而言，兒子阿龍是支持他維持無奈生活的最大動力，遭受打擊的他，拿出粉準備裝扮的瞬間，已為荒謬的人生賦予黑色幽默註腳，這是市井小民的悲歌。

面具常常具有保護色彩，代表著和社會的妥協，躲在面具後，可以有不同的身分。坤樹藉著長時間孤獨的步行與思索，將隱藏面具之後的真性情，點點滴滴流瀉，讓讀者感受到真實人生溫飽的脈動。對土地的濃厚之情和對小人物的關照，使黃春明在勾勒社會問題面貌的同時，也讓筆下人物能在陷入命運困境時含淚微笑。

《兒子的大玩偶》1983 年，由侯孝賢改編成電影，屬於寫實主義作品。台灣早期六〇、七〇年代為貧窮社會，謀生不易，坤樹連自己都養活不了，更何況是生孩子呢？內心矛盾對孩子的渴望與現實拔河，幸好找到工作，難題迎刃而解。但炎熱燒烤的三明治人工作，吃力又必須忍受眾人嘲諷，內心的掙扎，正是本篇的主線。當心情不順遂而與妻子吵架時，兒子總會同時在兩人心中浮現，是一抹溫和的色彩，劇情鋪陳的重要角色。

不言而喻存在夫妻之間細膩的情感，他回想跟阿珠發脾氣的情形，覺得不應該遷怒於她；回到家門口，瞧見她已經泡好茶，注意到阿珠不在，內心忐忑；而阿珠卻是跟隨坤樹的身影移動，想請求他回家吃飯；當她看到坤樹轉向往家裡，心中覺得非常高興。心有靈犀一點通傳達對彼此的關愛，反躬自省。在坤樹對阿珠所說出的第一句話「**阿龍睡了？**」後代表了原諒，也讓彼此的尊嚴下台；家，是疲累後寧靜停泊的港灣。

結尾坤樹為了兒子重新抹臉上妝，說話還有點顫然：「**我，……**」最令人為之動容就是這句說不出口的話：「**我，我，是兒子的大玩偶……**」急欲挽回身分地位，他開始上妝，戴上代表父親尊嚴的面具，在面具與兒子對他的認同之下喪失了自己，不知所措的莫名恐慌。黃春明對土地豐沛的情感和關懷，呈現鮮活社會問的面貌，也是筆下人物能歷經種種磨難後，在縫隙中找尋扭轉乾坤的希望，也在苦痛中怡然自得的原因。

（王妍蓁）

台灣兒童圖畫書精彩 *100*

祝你生日快樂

作者：方素珍
繪者：仉桂芳
出版社：國語日報社
出版日期：1996 年 3 月
頁數：30 頁
尺寸：27.5×23cm
定價：220 元
ISBN：9577511678（精裝）

作者介紹｜ 方素珍

1957 年生於宜蘭羅東，輔仁大學教育心理系畢業。1975 年投入兒童文學圈，從事童詩童話及圖畫故事創作、翻譯、編寫語文教科書、校園閱讀推廣及說故事志工的培訓，出版童話、童詩、圖畫書、翻譯改寫等作品八十餘冊，著作有《娃娃的眼睛》、《祝你生日快樂》、《一隻豬在網路上》等。曾獲洪建全兒童文學獎、《國語日報》兒童文學牧笛獎、楊喚兒童詩獎、《聯合報》年度最佳童書。曾任救國團張老師、中國海峽兩岸兒童文學研究會理事長、康軒國語科編輯委員、香港教育出版社語文科顧問、北京幼兒師範學校繪本中心顧問、兒童文學家（季刊）雜誌社社長；現任中華民國兒童文學學會常務理事。

繪者介紹｜ 仉桂芳

1965 年生於基隆。復興美工畢業後，從事廣告設計工作。目前於個人工作室專職設計和插畫。認為創作是一個意念漸漸清晰的過程，各種繪畫技巧、媒材，只是為了幫助釐清這個過程並使之具象化，覺察本質與真正想要表達的是什麼，才是最重要的。1994 年，《漁港的小孩》獲得洪建全兒童文學獎優等獎，1996 年《祝你生日快樂》獲得《國語日報》兒童文學牧笛獎、《聯合報》讀書人最佳童書獎。1998 年《媽媽樹，媽媽心》、《顛三和倒四》同時入選福爾摩莎兒童圖畫書插畫獎。2002 年東京都美術館「美術的祭典」優勝賞得主。2002 年中華兒童文學獎美術類得主。

>>> 圖文內容與導讀

故事是由男孩小丁子遇見罹患癌症的小姊姊開始，描述小姊姊和小丁子之間的友誼，透過兩人之間純真的對話，教導孩子珍惜生命的可貴，並且以抱持希望的心情，鼓起勇氣面對生活中的各種困境。作者在一開始書名頁的地方就加了一段文字：「只要你願意，『心情』可以天天過生日。」清楚點明了本書要傳達的訊息：只要你願意，堅定信念，什麼事都有可能。

故事中的小丁子單純而忠誠，雖對癌症與死亡似懂非懂，卻從頭到尾都誠心的為小姊姊祝福和加油，等著她回來打開開心鎖；善良的小姊姊雖罹患癌症，卻總是滿臉笑容，樂觀面對，從不垂頭喪氣，也能敞開心胸接受新朋友，坦誠而正面的回答關於自己病情的問題。本書雖以「死亡」為主題，但內容卻處處充滿希望，如烏龜撒下的種子開滿小花、不知道會不會被打開的開心鎖、還有數花瓣的結果……，文末不點破結局，反而邀請讀者一起來預測小姊姊會不會回來，讓本書雖感人卻不流於悲情，反而溫馨而充滿關懷，讓小讀者在溫暖的故事情境下，面對較為嚴肅的「死亡」議題。

書中圖畫的表現充滿生命力而不陰沉，蓊鬱的森林、自由飛翔的鳥、隨風飄送的花瓣、滿天飛舞的螢火蟲、淘氣好奇的狗和活潑的小男孩。相較於周邊景物較為深沉的色調，主角身上的衣物顯得明亮鮮豔，是圖畫中的亮點所在；利用明亮對比，突出主角，讓讀者在細緻豐富的圖像安排中，很容易就發現他們的身影。第三人稱的文字敘述方式也同樣出現在圖畫中，如同電影拍攝的鏡頭一般，用不同的角度觀察主角與周遭環境的變化，讓讀者能用不同的方式去閱讀故事。

作者以「生日快樂」為書名，講的卻是「死亡」的故事，它暗示著有生就有死的生命定律，是每個人都應該學習的人生課題。雖然故事結局並非是一般人預期在兒童文學中應該出現的圓滿結局，但「希望」與「愛」的故事內涵會在閱讀故事之後慢慢在孩子心中發酵，讓他們在闔上書本後對生命有不同的體會，並感覺滿足與安心。（林珮熒）

台灣兒童圖畫書精彩 *100*

鐵馬

作者：王蘭
繪者：張哲銘
出版社：國語日報社
出版日期：1996 年 3 月
頁數：34 頁
尺寸：21.5×30.5cm
定價：250 元
ISBN：9577511651（精裝）

作者介紹 ｜ 王蘭

1967 生於嘉義市，現職兒童文學作家、插畫家、兒童美術指導老師，曾獲洪建全兒童圖畫書故事獎、第 17、18 屆洪建全兒童文學獎、第七屆信誼幼兒文學首獎、《中國時報》1996 年開卷最佳童書、韓國繪本賞等。著作圖畫書及美術教育叢書約二百餘冊，除台灣版權外，尚銷售於香港、新加坡、日本、美國、加拿大、法國、西班牙等約十種以上語言版本。作品有：《紅公雞》、《愛畫畫的塔克》、《搗蛋的莎莎》、《土地公出差》、《養豬人家》、《大花貓》、《小企鵝歐卡系列》等。

繪者介紹 ｜ 張哲銘

1964 年生於雲林縣莿桐鄉，專職繪本藝術家，創辦斑馬文創公司。已出版一百多本兒童繪本作品。2003 年、2011 年兩度入選義大利波隆納國際童書原畫展。作品有：《綠色的獅子》、《迎媽祖》、《紅公雞》、《愛畫畫的塔克》、《大熊的花園》、《生日快樂》、《草莓精靈》、《斑馬花花》等。

圖文內容與導讀

你還記得學騎腳踏車的往事嗎？通常是爸爸或媽媽等家人，在背後拉扶住腳踏車身，你端坐在前面座墊上，兩腳前後踩踏，一開始是傾斜身體，車身左右搖晃，待踩踏規律後，回頭看爸媽早已放手，讓你隨著風兒去旅行，不知不覺中，你學會騎腳踏車了！

書中父親買了一輛腳踏車，以之鋪陳最動人的父子與兄弟之情。當時的生活普遍清苦，家裡添購了一輛腳踏車，可說是一件大事，兩兄弟對這輛車都很有興趣，在偷騎車的過程中，兩人的感情變得更親密融洽。整本書營造濃厚的懷舊氣氛，隨著故事情節，彷彿回到三十前的舊時光。這是一本懷念童年往事的故事，故事主角以第一人稱，敘述童年鄉下生活的小片段。

透過回憶家裡的第一輛中古腳踏車「鐵馬」，因為珍惜，父親細心的替鐵馬清洗、上油。而掩不住好奇和興奮，他和哥哥趁著父親午睡時，偷偷的將鐵馬騎出去。小男孩學騎車，出了意外撞上大樹，車毀人傷，始作俑者哥哥更為了這件事挨了一頓打。父母親遠行至台北幫大柱堂哥提親，蠢蠢欲動的兄弟倆騎鐵馬到溪裡打水仗，跟玩伴吃冰涼的西瓜，分享沙窟的藏寶盆。不料天地變色，西北雨嘩啦啦響，雨水如瀑布傾倒在兩兄弟身上，奮力載弟弟回家的哥哥受寒病倒了，哥哥高燒不退，心急如焚的初生之犢弟弟，在深夜頂著雨，冒險歪歪扭扭騎鐵馬找醫生替哥哥看病。

兩次偷騎車闖禍，第一次哥哥被母親打得淚流滿面，母親說：「**兩兄弟真是讓阿爸氣得心疼。**」哥哥眼眶含淚，卻以微笑的嘴角對著弟弟，他知道打在兒身痛在娘心，幸好弟弟沒大礙，並且無憾兄弟倆歡樂騎車時光，為伊（鐵馬）消得人憔悴。

第二次偷騎車，弟弟無暇多想，手足之情讓他有勇氣在墨黑夜色中，不顧危險只知道要找醫生求救，所以是立功，無怪乎父親二話不說馬上幫鐵馬裝了眼睛。故事可愛之處在於鄉下生活的溫馨；宛若騎一輛鐵馬時光機回到過去的時空，自在又適性。

《鐵馬》描述黑色車身附貨架的霸王號腳踏車，穿梭在大街小巷的那個年代，民生窮困，腳踏車是重要的交通工具，對現在的孩童而言，那是陌生而遙遠的。小孩騎大車，書中代表「勇氣」，象徵年代的記憶，懷舊氣息濃郁。（王妍蓁）

台灣兒童圖畫書精彩 *100*

我變成一隻噴火龍了！

作者：賴馬
繪者：賴馬
出版社：國語日報社
出版日期：1996 年 3 月
頁數：44 頁
尺寸：20.5×25.5cm
定價：250 元
ISBN：9577511643（精裝）

作者介紹｜ **賴馬**

本名賴建名，1968 年生，畢業於協和工商美工科，1987 年進入漢聲雜誌社擔任美術編輯，隔年任職於《兒童日報》。1995 年第一本圖畫書《我變成一隻噴火龍了！》榮獲第一屆《國語日報》兒童文學牧笛獎圖畫故事組優等獎。曾獲「好書大家讀」年度優選、小太陽獎最佳創作、中華兒童文學獎、小太陽獎最佳插圖、「讀書人」年度最佳童書、新聞局圖畫書類金鼎獎等，三度入選義大利波隆納國際兒童書展台灣館代表參展作家，作品曾被譯為美、日、韓、泰等國版本。著有《我和我家附近的野狗們》、《慌張先生》、《早起的一天》、《帕拉帕拉山的妖怪》、《十二生肖的故事》、《禮物》等。

繪者介紹｜ **賴馬**

同上。

>>> 圖文內容與導讀

本書以噴火龍阿古力為主角，敘述愛生氣的阿古力被蚊子波泰叮咬後，感染了嚴重的噴火病。從此，他只要一開口，就會有火冒出來，而鼻子的火更是沒有停過。阿古力變成了一隻噴火龍，他把自己的家燒掉一大半，也把要吃的漢堡燒焦了；他不能刷牙、不能跟鄰居聊天、不能打噴嚏，古怪國的居民都不敢靠近他。著急的阿古力不管是用水、用沙、用滅火器，甚至把自己冰在冰箱裡，都無法把火澆熄。又餓又氣的阿古力傷心的哭了起來，哭了好久好久。

作者使用的文字不多，卻用許多圖像說出精采的故事，還細心的在主圖之外配上有趣的小圖。像是書名頁兩隻提水逃命的動物，在每一頁書頁間如影隨形、表情生動的蚊子，還有最後安心睡覺的阿古力和蚊子波泰的新目標，看來可愛逗趣，也為故事留下引人好奇的線索和伏筆。作者用鮮豔的綠色幫阿古力上色，當配上火的紅色時，就成為全書最引人注目的焦點，相較之下，古怪國的其他居民都是淡淡的、柔柔的色彩，更凸顯出了主角的存在。古怪國中的居民造型也是作者豐富想像力的成果，穿著靴子的小蟲、有著四隻腳的魚、獨眼的怪物……許許多多稀奇古怪的生物，逗趣誇張，看來一點都不可怕，反而顯得滑稽有趣，十分討人喜愛。

一開始，愛生氣的阿古力其實看起來並不可愛。他的眉毛上揚，嘴角撇向地板，眼睛吊高，牙齒和爪子看來都銳利嚇人。直到後來，當他哭得一把眼淚、一把鼻涕，看來十分無助，臉部線條才柔和了起來。最後當臉上堆滿笑容的阿古力張開雙手奔向古怪國的居民時，看起來就像一個開心、滿足的孩子，很容易的就能得到小讀者的認同。這本以情緒管理為主題的圖畫書，告訴孩子們「柔弱勝剛強」的道理，孩子從書中得到的不只是想像力的培養，以及尋找線索、觀察圖畫細節的樂趣，還能從故事中體會「生氣」的情緒，學習面對它、處理它，教大家如何做一個不會到處噴火的可愛龍！（林珮熒）

台灣兒童圖畫書精彩 *100*

大玄找龍

作者：陳秋松
繪者：陳秋松
出版社：台灣新學友書局股份有限公司
出版日期：1996 年 9 月
頁數：26 頁
尺寸：25×23cm
定價：240 元
ISBN：957-611-740-2（精裝）

作者介紹 ｜ 陳秋松

1959 年出生，曾任職於漢聲雜誌社，是位專業插畫工作者。後來專職文字以及繪畫創作，喜好鑽研佛學與易經，著作中《從文字看易經》、《從看易經》以及《夢中醒來一條魚》等九本書籍與易經研究有關。近幾年創作則多偏向心靈成長方面。

繪者介紹 ｜ 陳秋松

同上。

圖文內容與導讀

龍 的形象自古就非常抽象，根據劉向在《說苑‧辨物》中的形容：神龍能為高，能為下，能為大，能為小，能為幽，能為明，能為短，能為長。由此可知，在一般的民間印象裡，龍可以在天上飛，也可以在地上走，能長能短，幻化不定，是四靈之首，具有崇高的地位。在很多的傳說故事裡，龍更是具有行雲布雨的能力，一舉一動都影響著天下蒼生。

故事中的主角——大玄練成降龍掌，為了「降龍」，大玄上山下海四處尋找龍，但是他怎麼找都找不到。在仙人的指點下，大玄發現到處都有龍：山是龍、雲是龍，閃電也是龍；小溪是龍，大河是龍，代表生命成長的力量也是龍。

最後，開悟的大玄乘坐在龍形的雲霧上，象徵大玄自我的提升，暗示主角已能體認什麼是龍，並乘著這股力量迎向光明。

龍到底在哪裡？故事中，作者藉著仙人的嘴說出答案，看似直接提供讀者解答，但回答又充滿禪趣，需要讀者細細思索，全書的文字充滿玄學的韻味。

圖片方面，為了讓讀者有「看山不是山，看水不是水」的體會，繪者打破讀者固有的視覺框架，不用讀者熟悉的線條畫出山水景物，反而利用無數的線圈勾勒出所有的圖像。線圈互相堆疊出萬物的形體，有的線圈綿密而厚實的互相纏繞，有的則是舒緩的鋪陳有如行雲流水。線圈或疏或密，或長或短，乍看之下彷彿孩童不經意的畫著圈圈，但仔細看圖，又可發現繪者設計的巧思。如此的構圖技法，讓讀者必須跳脫制式的視覺習慣，用另一種觀看角度檢視山、水與萬物。

而且圖片中，物與物之間並沒有明顯的分際，頗有萬物一體的寓意。

著色部分，繪者利用色鉛筆上色，筆觸樸實中帶有童趣。整體來說，圖像與文字的巧妙搭配，成功帶出整篇故事的深度。

翻開書本的蝴蝶頁，圖案也是由一連串的線圈所組成，看似漫不經心的塗鴉，其實是出自故事中「成長力量也是龍」那一頁的一小部分，圖片中的爪子看不出究竟是哪個動物，是不是龍？留給讀者無限的想像空間。（邱慧敏）

台灣兒童圖畫書精彩 *100*

曬棉被的那一天

作者：連翠茉
繪者：張振松
出版社：台灣新學友書局股份有限公司
出版日期：1996 年 9 月
頁數：31 頁
尺寸：22×24cm
定價：套書無單本定價
ISBN：9576117496（精裝）

作者介紹 ｜ 連翠茉

台灣台北縣人。一直從事編輯工作，歷任時報文化出版公司、台灣商務印書館編輯，遠流出版公司親子館主編，目前任職大塊文化。曾經主編《台灣真少年》台灣兒童繪本，邀請六位藝文界人士跨界撰寫繪本。為年輕新世代策劃的以台灣經典小說文本結合大量插圖及文史資料的《台灣小說‧青春讀本》，獲得 2006 年金鼎獎最佳主編獎。

繪者介紹 ｜ 張振松

1965 年生，10 歲那年自嘉義鄉下搬到北部落腳至今。曾和很多出版社合作過很多書，目前為專職插畫家。代表作品：《曬棉被的那一天》（時報開卷最佳童書）、《目連救母》（行政院新聞局年度少年最佳讀物）、《老鼠捧茶請人客》（行政院新聞局年度少年最佳讀物）等等。

>>>  圖文內容與導讀

本書設定在五〇年代的台灣，場景設在多雨的山城，作者敘述小時候的記憶。每到冬天雨下個不停，陰暗和潮濕就像他們的另一層皮膚，他們每天都在等待，希望隔天是個大晴天，能和溫暖的太陽擁抱在一起。當陽光露臉的那一天，他們在睡夢中就感覺到媽媽翻動棉被，扯斷被單上的縫線，準備洗被單了。連日的陰雨，好不容易等到天晴，媽媽們都提著被單來到清澈的小溪流洗被單，因為陽光讓大家有說有笑很開心。太陽吸乾長久的潮濕，媽媽們拚命的把東西拿出去曬。媽媽把洗好的被單，放進加了麵粉的熱水中漿一漿，再曬在竹竿上，這樣就可以把因陰雨而發出霉味的棉被曬得蓬鬆清香。孩子就在棉被下玩起幻想遊戲，火車過山洞、溫暖的家，過了開心的大晴天。晚上要將棉被放入被單也是一件大事，小孩子喜歡棉被上陽光的清香，總是在上面打滾。漿過的被單在睡覺翻身時會發出像紙張的聲音，父親總是抱怨在曬被單的那一天失眠。

作者童年在山城的記憶，就在散文的書寫方式中一一再現。在陰雨連綿的日子中，等待陽光出現的心情，竟然是那麼令人雀躍；曬被單這一件簡單的事情，竟然讓孩子有這麼多的想像和喜悅。從作者的筆調中感受到，簡單的山居生活，久違的陽光、溪邊的談笑、陽光被單下的假裝遊戲，這些生活中的點滴，都是那麼令人愉悅和重要。這是在物質充滿，習慣出入冷氣、暖氣房的現代孩子所錯失的童年經驗。慶幸有這樣的作品，重現大人的記憶；同時，也讓孩子從每天覆蓋在身上的棉被，尋找陽光的味道，更要佩服以前的人為了耐髒而將棉被用麵粉漿過的生活技藝。

為了配合故事的年代和場景的氛圍，繪者用渲染的技法，將多雨的潮濕、陰鬱，冬天灰黑色調的建築物，古老廚房中燒熱水氤氳的煙，一一重現在讀者的眼前。繪者用大片磚紅色特殊大花的被單，占據整個跨頁，小女孩賴在棉被上的姿態和神情，喚起許多成人的共同記憶。在清晨陽光照耀下的翠綠青山，有著薄薄的水氣；隨著溪流，漂浮在清涼溪水的大花被單，讓人感覺好舒服；暖色調的金黃、橘紅，讓讀者感受太陽的熱氣和光；金黃燈泡照耀下的磚紅被單，就像躲藏著許多陽光，照亮了整間房。

本書的圖畫，讓這個淡淡的生活故事，藉由構圖、選擇的色系，呈現故事的氛圍和調性，讓大人的記憶鮮活起來；讓孩子感受不曾有過的生活經驗。（嚴淑女）

【曬棉被的那一天 · 書單編號 52】

台灣兒童圖畫書精彩 *100*

老榕樹搬家

作者：林武憲
繪者：陳鳳觀
出版社：行政院農業委員會
出版日期：1997 年 9 月
頁數：28 頁
尺寸：21.5×26cm
定價：150 元
ISBN：9570208163（平裝）

作者介紹 ｜ 林武憲

1944 年生於彰化縣伸港鄉，台南師專畢業後回母校任教。1971 年參加「板橋國教研習會」舉辦的「兒童讀物寫作研究班」，受到林海音、潘人木等作家鼓舞，開始積極創作，隔年集結研習時的作品，出版兒童詩集《怪東西》，踏上創作之路。創作風格多元，包括兒歌、童詩、圖畫故事等，主題多為自然、友情、親情，文字淺白樸實。曾獲教育部兒童文學創作散文首獎、洪建全兒童文學創作詩歌首獎等。著有《我愛ㄅㄆㄇ》、《安安上學》等。

繪者介紹 ｜ 陳鳳觀

1964 年生於台北市，復興美工畢業。早期協助父親繪製植物，在嚴格要求下奠定植物插畫的功力。20 歲進入漢聲出版社擔任美編、插畫，接觸到許多外國優良圖畫書，體認到圖畫書對教育的影響。為了讓父母及孩童了解本土生態的動人，繪製了許多圖畫書，目前是自由創作畫家。曾參與「福爾摩莎生命之歌～本土生態繪畫巡迴展覽」、「發現台灣農業之美」展覽，還曾為郵政總局繪製多款花卉植物郵票。作品有《野草》、《茶葉故事》等。

圖文內容與導讀

本書為「田園之春」系列叢書之一，為行政院農業委員會為了推廣自然教育、保存農業文化所編印的鄉土文化教材。自民國八十年，委託中華民國四健會協會邀集兒童文學作家與插畫家，以農、林、漁、牧等產業為主題，分生產、生活、生態三方面，採圖畫書的形式，以插畫與攝影圖片為主，簡明的文字敘述為輔。

本書內容屬於報導文學，先介紹老榕樹的所在地——位於大甲溪下游，以產大甲蓆和大甲帽知名的大甲鎮，並配上擺滿各式各樣大甲帽的攤販照片，讓讀者除了清楚知道故事發生的地點外，更從照片中知道確有此地，增添了不少真實感。接著，詳實的描述老榕樹的外型、高度，及和鎮上居民互動的情形。進而點出因為老榕樹讓巷弄顯得壅塞，又影響了道路的拓寬工程，於是在里長及專業人士的討論後，決定將老榕樹搬遷到體育場。

搬遷的過程還請到嘉義農專森林科的廖秋成教授擔任技術指導，以保留老樹原本的樹形及宏偉的氣勢為原則。移植的工程浩大繁複，前置作業包括大規模的斷根、包紮、填土，花費了五個月的時間。移植前一天，還慎重集結了各界相關人士進行實地推演，設想當天可能發生的狀況及應變方法。

從老榕樹的老家到新家，僅有 1.4 公里，但因沿路有許多電纜、路燈、招牌等障礙物，需要一一清除解決，所以共花費近五小時，直到天黑，才將老樹安頓完成。搬遷過程的連續幾個頁面，繪者運用背景色調的變化，讓讀者感受到天色的變換及時間的流逝。最後，移植後的老榕樹長得比之前更茂盛，大朋友小朋友更常圍在它身邊嬉戲活動了。

作者以報導文學的手法詳實記錄了老榕樹搬家的過程，使讀者充分了解，甚至有如身歷其境。除此之外，也運用譬喻及擬人的手法，將遷移中的老榕樹比喻為「國王要出巡」、「老神在在的坐在拖車上」、「附近的人家趕來送行」、「像一條飛躍的青龍」，顯示老樹在民眾心中的地位以及其雄偉的氣勢。

此外，本書以大甲鎮的街道圖做為蝴蝶頁，上頭不但標示了老榕樹的舊址和搬遷後的新址，還畫上了搬遷時所經路線，搭配上鎮公所提供搬遷過程的照片，讓讀者在閱讀書中內容的同時，也能從蝴蝶頁中獲得更多具體的資訊和圖像。而書中也特別設計一垂直跨頁，以呈現大力士吊車將老榕樹連根吊起時的魁梧樹形，和旁邊圍觀的民眾，形成強烈的對比。

本書製作用心，在大甲鎮公所等相關人士幫助下，收集豐富完整的資料與圖片，以淺白詳實的文字，帶出老榕樹搬家事件背後人與大自然間可貴的情感，相信能感動許多讀者，激起對身處環境的重視與愛護。（林芝蘋）

台灣兒童圖畫書精彩 *100*

那裡有條界線

作者：黃南
繪者：黃南
出版社：遠流出版事業股份有限公司
出版日期：1997 年 12 月
頁數：48 頁
尺寸：23.5×34.5cm
定價：380 元
ISBN：9573233800（精裝）

作者介紹 | 黃南

本名黃武雄，1943 年生於台灣新竹。曾任台灣大學數學系教授，專業幾何研究。社區大學的創辦人，一向關懷教育發展，教改的先驅者。除專業論著外，並著有《童年與解放》、《黑眼珠的困惑》、《台灣教育的重建》、《木匠的兒子》、《老師，我們去哪裡？》等書。曾獲第四屆時報文學散文推薦獎、一九九四年《聯合報》非文學類十大好書、《中國時報》開卷好書榜及入選「好書大家讀」年度推薦書。

繪者介紹 | 黃南

同上。

圖文內容與導讀

　　本書是台灣的第一部以華語和台語雙語創作的繪本，書後特別附上台語文的文字版本，和一片由林真美和劉森雨錄製的朗讀 CD。故事描述一條界線分開了白天與夜晚兩個世界，而兩個世界有各自不同的生活樣貌。有一隻忍不住寂寞的小鳥跨越了界線，在兩個世界間來來去去，自由的玩耍、休息、工作、做夢，直到一盞盞的水銀燈出現後，夜晚消失了，界線也不見了。

　　書中的文字極具詩意，並利用重複的語句來強調主題，加深讀者的印象。例如住在白天那邊的人、兔子、小鹿都是眼睛「張得大大的，從來不睡覺，也從不做夢」；住在夜晚那邊的人、貓熊、小鳥都是眼睛「閉得緊緊的，從來不玩，也不工作」，清楚的劃分了兩個世界的不同特性，為接下來的「跨越」鋪陳背景。

　　從圖畫來看更能感受到那條「界線」的存在和意義。書名頁出現了兩個像似太陽和地球的球體，地球在太陽照射的那一面是白天，另一面則是夜晚，中間是一條明顯的界線。隨著書頁往後翻，畫面出現如電影般拉近鏡頭的效果，地球漸漸變大、漸漸變大，直到在書頁中呈現左邊是夜晚、右邊是白天，故事才開始進行。最後，就在我們習慣黑夜與白天並存的畫面之後，水銀燈出現了，畫面呈現出的「過白」顯得刺眼而不自然，所有的動物都瞪大的眼睛，看來不知所措。故事延伸至下一頁，布滿眼睛的銀白色地球在深藍色的宇宙中更顯詭異，黑夜與白天的界線已經消失。

　　書中角色透過蠟筆不規則的線條和飽滿的顏色表現出童稚的效果，看來活潑且具親和力，稀釋掉了故事所帶來的不平衡和驚恐的感覺。這據說是在作者兒子「督導」下完成的作品，不僅有想像的趣味、詩意的文字、生動的畫面，還有讓人深思的結局，留下了許多值得討論的空間。

　　作者曾說創作本書的靈感是來自於小時候嬉戲於晴雨間的經驗，讓他設想人是否也能在日夜間來去自如？日夜之間的界線一直活在作者的夢裡，遍尋不著；但在本書中這條界線具體實現，成為主角，並且展現了它必要的存在價值及意義。（林珮熒）

台灣兒童圖畫書精彩 *100*

沙灘上的琴聲（精湛兒童之友月刊）

作者：鄭清文
繪者：陳建良
出版社：台灣英文雜誌社有限公司
出版日期：1998 年 6 月
頁數：28 頁
尺寸：26.5x18.5cm
定價：150 元
ISSN：1028706X（平裝）

作者介紹｜**鄭清文**

1932 年出生於桃園，台大商學系畢業。作品有小說、童話，及文學、文化評論等。曾獲「台灣文學獎」、「吳三連文學獎」、「時報文學獎推薦獎」、「金鼎獎」、「小太陽獎」等獎項；1999 年由美國出版的短篇小說集《三腳馬》英文版，獲得美國「桐山環太平洋書卷獎」，2005年獲頒第九屆國家文藝獎，作品譯成多國語言。作品：《鄭清文短篇小說全集》，「鄭清文童話」《燕心果》、《天燈·母親》等，以及評論集《小國家大文學》和《多情與嚴法》。

繪者介紹｜**陳建良**

1947 年生於台南。文化大學美術系畢業，曾任兒童畫教師，協和工商美工科教師。1981 年進入《聯合報》任美術編輯，1982 年擔任中華民國現代畫學會秘書長。1985 年 ~1991 年間，於台北「今天畫廊」、義大利「佳雷利達畫廊」、秘魯「利馬市立美術館」及台北「阿波羅畫廊」等，分別舉辦個人畫展。

>>>  圖文內容與導讀

每年一群白鯨從北方游向南方。牠們在廣大的海洋中，尋找一片白色的海岸。

年紀大的白鯨都知道，以前，在這條海路上有一個海岸全是白沙的小島。他們曾經聽過白沙發出像琴聲般優美的聲音。老白鯨答應自己子女，一定會帶牠們去尋找那優美的聲音。可是，到了那一片充滿菅芒、林投等植物的白色沙灘，卻只聽見細微的聲音，不像傳說中的優美，只因為白沙被弄髒了。白鯨們游向沙灘，不停地用尾巴潑灑海水，洗淨海岸，一直到白沙海岸再度發出老白鯨們熟悉的優美琴聲。牠們忘了退潮的危險，擱淺在沙灘上的白鯨輕輕的呼喚，向同伴告別，和著海上白鯨的叫聲形成一首迴盪在大海的壯麗樂曲。

這是作者的童話改編成的圖畫書。內容描繪的白鯨、白沙、藍天碧海和優美的琴聲，讓這個故事美得像一首詩，充滿熱帶海島的閒適，一群白鯨為了淨化沙灘，重現記憶中悠揚壯闊的琴聲，一次次的游向沙灘，不停地用尾巴潑灑海水，洗淨海岸，一直到白沙海岸發出優美的聲音為止。牠們忘了退潮的危險，義無反顧的要恢復乾淨的沙灘，只為讓子女聽到那曾經的美麗悠揚的琴聲。

但是，是一個怎樣的沙灘讓白鯨用生命為代價，恢復它原本的面貌？又是什麼原因讓沙灘變髒了呢？作者以《白鯨記》裡的白鯨其實是抹香鯨為例，說明故事裡的白鯨是一種象徵，寫作時心中並沒有特定的鯨種。運用鯨魚為意象，因為牠們是和平而有智慧的生物，三千萬年來一直陪伴著我們，也是我們良知的守護者；牠們擁有地球上最大的腦，也有文化、語言、競爭法則，這種充滿人性的形象提醒人類海洋已經遭受到汙染了，白鯨能用生命來守護、重現曾經美麗的白沙灘和悠揚的樂音，進而暗喻人類更應該正視全球汙染的問題，愛護我們生活的家園。

畫家將故事背景舞台設定在台灣，用跨頁的圖帶入綿延的海岸山脈，蔚藍壯麗的海洋，表現南國海島的豔陽和美景。在色彩運用上，畫家使用油畫濃烈飽滿的深藍、深綠、金黃，將海島的美在大片油彩中表露無遺。點綴其間白鯨雪白的身影，就像一顆顆落在湛藍海上的靈活珍珠，自在的游移。畫家精湛的技法，描繪一大群白鯨一起用尾巴潑灑的雪白浪花，讓讀者彷彿聽到浪花拍擊的聲響，或著岸邊雪白的水鳥叫聲，白鯨努力恢復美妙樂音的姿態令人動容，即使擱淺在岸邊的白鯨，依舊美麗而平靜。

作家用台灣海域經常出現的鯨豚為象徵意象；畫家將台灣的獼猴、林投、木麻黃、菅芒特有的動植物帶入畫面中，提醒生長在這塊美麗海島的每個人，要愛護我們的家園，以及所有與我們共同生活的生物。（嚴淑女）

台灣兒童圖畫書精彩 *100*

56

咱去看山

作者：潘人木
繪者：徐麗媛
出版社：台灣英文雜誌社股份有限公司
出版日期：1998 年 11 月 1 日
頁數：30 頁
尺寸： 26.2×18.9cm
定價：150 元
ISSN：1028706X（平裝）

作者介紹 ｜ **潘人木**

生於 1919 年，本名潘佛彬。生於遼寧省法庫縣。畢業於當時最熱門的陪都沙坪壩國立中央大學。
1949 年避戰來台。開始認真寫作。曾數次獲獎。擔任教育廳兒童編輯小組編輯及總編輯十七年。
任內計畫並執行編輯《中華兒童百科全書》及兒童叢書數百冊。退職後又替台英社主編《Child
Craft》翻譯十六巨冊。小說方面有獲獎作品《如夢記》、《蓮漪表妹》及《馬蘭的故事》三本。
還有一本散文集《哀樂小天地》。及兒童書數十冊。2005 年逝世。

繪者介紹 ｜ **徐麗媛**

台灣苗栗縣苑裡人，東海大學美術系畢業、美國舊金山藝術學院碩士。繪本著作曾獲「好書大
家讀」年度最佳兒童文學獎，及入選文建會《台灣兒童文學 100（1945~1998）》。已出版有《咱
去看山》、《沙灘寶瓶》等書。

>>> 圖文內容與導讀

《咱去看山》是一本題材相當特殊的圖畫書，記錄了苗栗縣三義火炎山的特殊地形景觀，由於火炎山屬於土質鬆散的礫石地質，受雨水侵蝕後容易下切造成尖銳的山峰和深溝，而呈現「鋸齒狀」山形，且土質多呈紅、橘以及褐色，遠觀有如燃燒中的火燄，因此有了「火炎山」的別名。

畫家徐麗媛為當地人，為製作本書多次實地踏勘，深入了解當地的動、植物生態，再以細膩的工筆膠彩畫表現，讀者透過畫面，可以感受到畫家對鄉土的濃厚情感。……文字作者是已故資深兒童文學作家潘人木，以一對父女返鄉探訪山景為故事，藉由小女孩的敘事口吻，娓娓道出火炎山的奇特景觀和自然生態之美。

本書繪者運用膠彩作畫，所謂的膠彩畫，是以媒劑材料為表現的命名方式，即用鹿膠、牛膠、魚膠等膠水為媒劑，調入礦物質顏料、植物性或金屬性等顏料所畫出來的，都可以稱為膠彩畫。作畫時層層敷染上色，因此呈現出不透明重彩的質感，畫出色彩豔麗的工筆畫，在圖畫書中，是極為罕見的媒材。

書中有相當多令人驚豔的畫面，打開第3、4、5頁，連成的折頁，是一幅連綿的火炎山廣角鏡頭，赤色系橘黃的土色和點綴其間的綠色樹林，別有特殊的靜謐美感。之後，芒草入畫，更添入秋的詩意，父女倆置身其間，讀者彷彿隨著角色，親臨美景之中，與自然融為一體，展現人與自然和諧共處的感動。

滿布卵石的山谷出口，畫家畫工精細，岩石粒粒可數，數大之美，美不勝收，數截枯木、竹根、碳化木散置其間，亙古洪荒的寂寥，從畫面透出，好在文字以父女之間的對話，顯示人類的溫度，平衡荒涼之感。

書中畫出相當多當地的昆蟲和小動物，如圖鑑的擬真又與自然實景融為一體，講究藝術美感的構圖，處處都有世外桃源的驚喜，如：第13頁，左上角父女倆循著水流而行，在畫面中反而是配角，占畫面大半的是，層次分明的芒草葉、豆芫菁和棲停其上的各式昆蟲，翻開書後標示昆蟲名稱的簡圖，知性與感性相得益彰。第15頁，清澈的流水，樹蛙、蜻蜓、鳳蝶、虎甲蟲，昭和草飄散的種子，流露一股恬靜的野趣，不受干擾的自在、和諧與優美，深深觸動人心。書中也以藝術的手法記錄下此地特有種植物：馬尾松和金毛杜鵑，這些姿影，將成為一項重要資產，提醒我們：任何一種生物的存在都是一種莊嚴，值得我們敬重。

當我們企願形塑台灣意象、保存集體記憶的此時，本書的作者與繪者藉由此書展現了極為美好的示範，傳遞對這塊土地的深厚情感，在時光消逝、物種凋零的逆勢中，守護與傳衍則是我們身為讀者的責任。（林德姮）

台灣兒童圖畫書精彩 *100*

獨角仙

作者：邱承宗
繪者：林松霖
出版社：紅蕃茄文化事業有限公司
出版日期：1999 年 3 月 1 日
頁數：40 頁
尺寸：25.5×19.5cm
定價：300 元
ISBN：9578688415（精裝）

作者介紹｜ **邱承宗**

1954 年生，台中人，畢業於日本東京攝影專門學校，返國後成立「紅蕃茄」出版社，出版並創作了許多以本土素材為主的生態圖畫書，如「追追追生活系列」中的《蝴蝶》、《獨角仙》、《昆蟲家族》等，其他作品還有《大洞洞小洞洞》、《池上池下》。曾獲「台北市優良圖書獎」、「最佳兒童及少年科學類圖書金鼎獎」等多項獎項，並二度入選「義大利波隆納童書原畫展非文學類組」。

繪者介紹｜ **林松霖**

1962 年生，復興商工美工科畢業，自然科學類繪圖工作者，專為自然生態插畫，曾為小牛頓雜誌、大地國家地理雜誌、漢聲、中華鳥會、紅蕃茄、天衛、理科等出版社繪製插圖。著有《獨角仙》、《台灣野生蘭賞蘭大圖鑑》、《台灣蜥蜴自然誌》、《自然老師沒教的事：100 堂都會自然課》等。曾獲第五屆小太陽最佳插畫獎、兒童文學學會「好書大家讀」2002 年度好書獎、《中國時報》開卷周報「一周好書榜」。

>>>  圖文內容與導讀

本書以台灣本土昆蟲為素材，捨去攝影而採用製作費時費事的繪圖方式，耗費近三年時間才完成。作者為了記錄獨角仙的生活型態，除了長期在野外調查，還在家裡飼養，詳實記載牠們各個階段的生活變化過程，然後又與繪者調查其棲地多次，希望如此嚴謹製作出來的書籍，讓讀者在面對昆蟲時，能以欣賞的角度看待牠們。

內容一開始先介紹了許多台灣山林常見的昆蟲，如：騷蟬、白點花金龜、台灣扁鍬形蟲、端紅粉蝶⋯⋯等，生動且富有詩意的文字，搭配著細膩寫實的繪畫，讓讀者彷彿跟著書本進入了昆蟲的世界。接著，獨角仙以巨無霸的姿態出現，繪者讓讀者以低視角由下往上看，強調出犄角的存在，表現了獨角仙的氣勢和力量，也帶出了本書的主題。在書中，生命中的甜美與殘酷一併呈現，不只有生生不息的美好畫面，還有物競天擇、弱肉強食的自然定律。隨著獨角仙的腳步，我們看到了牠飛翔、覓食、對峙爭鬥、交尾、產卵、死亡；再看著腐植土中的小卵變大、卵殼裂開、蛻皮、化蛹、羽化、成蟲飛向空中，生命的周期在畫家的筆下完整呈現，每個階段的歷程藉著作家的文字娓娓道來，讓知識性的圖畫書不僅是單調的圖鑑說明，更是訴說生命故事的動人篇章。

「要畫兒童圖畫書，必須去了解兒童心理」，作者以兒童的角度看這一片自然，用擬人化的說故事方法引導小讀者走入獨角仙的世界，螻蛄納涼、金龜子湊熱鬧、還有刺激的獨角仙爭鬥場面，都讓人彷彿身歷其境。不僅如此，作者還詳盡的描述獨角仙的一舉一動，像是如何戰鬥、如何交尾、如何產卵、如何進食，透過精采故事傳遞了許多大自然的奧妙與知識，讓這本書不同於一般故事性的圖畫書。此外，繪者利用他的觀察力和耐心，一筆一筆的描繪出連鏡頭都難以捕捉的細節，森林中的光影、樹皮深淺凹凸的紋路、昆蟲身上的光澤、雞母蟲蛻變成獨角仙的過程⋯⋯細緻的筆觸補充了文字未明說的故事，讓內容更具戲劇性，就像一幕一幕的電影畫面在書本中上映。

作家透過小時候玩昆蟲的記憶，長大後花了很長的時間作人文與自然生態調查，並以攝影專業和影像概念呈現台灣山林中的昆蟲世界。他期待孩子們的閱讀世界裡能有更多的「台灣經驗」，希望能藉由圖畫書作基礎教育的工作，讓小朋友認識台灣有什麼，並且以台灣為榮。（林珮熒）

台灣兒童圖畫書精彩 *100*

假裝是魚

作者：林小杯
繪者：林小杯
出版社：信誼基金出版社
出版日期：1999 年 4 月
頁數：36 頁
尺寸：26×24.2cm
定價：220 元
ISBN：9576425387（精裝）

作者介紹｜ 林小杯

1973 年生，本名林靜怡，文化大學美術系畢業、台東師範大學兒童文學碩士。作品有《假裝是魚》、《叫夢起床》、《阿非，這個愛畫畫的小孩》、《全都睡了一百年》、《小二月的故事》、《明天就出發》、《先跟你們說再見》等。曾獲信誼幼兒文學獎圖畫書創作首獎與佳作獎、信誼幼兒文學獎文字創作佳作獎、「好書大家讀」年度最佳少年兒童讀物獎、《中國時報》開卷年度最佳童書獎、義大利波隆納書展台灣館插畫家聯展、台北故事館魔幻彩筆童書插畫特展、Best From Taiwan 新聞局版權推介活動獲選名單、台北國際書展／金蝶獎（繪本書類）整體美術與裝幀設計獎榮譽獎、波隆納童書展台灣館版權推薦作品入選等。

繪者介紹｜ 林小杯

同上。

>>> 圖文內容與導讀

本書是信誼基金會第十一屆幼兒文學獎圖畫書得獎作品，充滿了想像力與創意。故事描述小女孩和小狗巧比在草原上遇見一隻迷路的小鯨魚，最後幫助小鯨魚找到媽媽，回到大海的故事。

擺脫傳統窠臼，故事開頭不先交代人、事、物、地點等背景資料，反而用「誰在叫？叫我們耶！」帶出故事中的角色：女孩、小狗和鯨魚。如果用現實邏輯和理性來閱讀這個故事，讀者會不斷產生疑問：鯨魚為什麼會出現在草原上？鯨魚媽媽為什麼能收到寫在風箏上的信？風一吹，草原就能變成海？「假裝是魚」就能在海裡來去自如？……這些疑問恰巧就是本書吸引人的地方，書裡沒說的，就是讓讀者想像力盡情馳騁的空白，讓讀者自己說故事，用心去感覺，享受「假裝」遊戲的不受限制和自由。

作者是一個很會說故事的人，用簡潔的文字、平凡自然的口吻，不知不覺就帶領我們進入到故事中那近乎不可思議的世界。故事一開始讓小女孩和小狗帶領我們去尋找聲音的線索，當讀者帶著好奇心，跟著他們的腳步在草原上搜索，答案卻是叫人出乎意料之外的驚喜：一隻鯨魚，從這裡就預告了故事接下來的神奇旅程。乘著風在草上和鯨魚一起優游、穿過海帶的家來到鯨魚的家、鯨魚媽媽的海味蛋糕又冰又甜……神奇，卻理所當然。故事創造了自己的邏輯，不同於我們熟悉的現實世界；在這裡，「假裝」和「想像」都會實現。

從圖畫來看，作者配合故事情節，用不同的角度取景，將鏡頭拉近拉遠，就像看電影一樣。除此之外，書頁中穿插著有框和無框的圖畫，同時表現了侷限與自由，也使畫面更具戲劇效果。作者的筆法特別而有趣，流動的線條不停變化，不管是草原、鯨魚和海草，都像是自然「流」出的筆觸，彷彿畫面中的一切都在眼前活動著，看來生動而富童趣。書中的每個畫面都讓人感覺開心而心情愉悅，柔和的色彩和隨意的線條看起來沒有壓迫感，微笑的鯨魚和微笑的狗親切可愛，還有在大自然中感受靜靜的被風吹著、靜靜的望著藍天，溫暖平靜的氛圍也讓閱讀過程十分舒服。

「假裝是魚」就會變成魚，「假裝」的遊戲在作者創造的世界中不再是假裝，而是美夢成真的滿足。（林珮熒）

台灣兒童圖畫書精彩 *100*

三個我去旅行

作者：陳璐茜
繪者：陳璐茜
出版社：遠流出版事業股份有限公司
出版日期：1999 年 8 月
頁數：26 頁
尺寸：25.5×29cm
定價：280 元
ISBN：9573237628（精裝）

作者介紹 | 陳璐茜

1963 年生於台北，輔仁大學大眾傳播學系畢業。1987 年赴日本講談社童畫繪本專門學院研習，在東京、台北舉辦過多次個展。經過四年自由創作後，開始正式從事插畫工作及繪本創作，1992 年開辦「陳璐茜想像力開發教室」，引導更多人開發潛能進行創作。曾獲日本 K.F.S 全國童畫大賞獎勵賞、信誼兒童文學獎、中華兒童文學獎、台灣省教育廳金書獎、94 年金鼎獎。著作形式多樣，有圖畫書、玩具書、童話、小說、散文、圖文書、工具書等約六十冊。作品有《古怪禮物》、《橡皮糖》、《洞洞小書》、《阿奇的世界》、《三個我去旅行》、《影子蛋》、《手製繪本教室》等，圖畫書《皇后的尾巴》曾被改編為舞台劇公演。

繪者介紹 | 陳璐茜

同上。

>>>  圖文內容與導讀

本書以快樂的我、擔心的我和害羞的我為主角，描述「我」在旅行的途中如何和自己不同的情緒相處共存。作者將抽象的情緒具體化成三個「我」，而三個「我」都住在同一身體裡，雖然面對同樣的事情三個「我」會有不同的體會和想法，但都同樣受到重視與包容，因此在旅行之後漸漸的又變成了一個「我」。探尋自我的題材在童書中並不少見，但像作者用如此抽象的象徵手法和隱喻來表現的並不多，十分特別。

故事分成 11 個篇章，「我」從出發到返家之間遇到了形形色色的人事物，一隻叫「蜂蜜」的流浪狗、一個會吐火的陌生人、一隻不會噴水的鯨魚、一把無弦的大提琴，還有許多用鋼鐵打造的蝴蝶。乍看之下互不相關的經歷，其實是環環相扣，每一件都深深的影響了「我」的想法和態度。作者用不同的顏色標出每一次的經歷，而旅行之後的「我」沾染了每一種顏色而成為彩色的「我」、快樂的「我」，讀者不僅能從文字中讀到解放的過程，更可從圖畫中獲得快樂的線索。

三個「我」在旅途中遇到了許多矛盾，像是一隻擁有鑰匙，卻無家可歸的流浪狗；一個掉了鑰匙，連自己的門都開不了的鎖匠；有門牌號碼的房子卻沒有鎖孔；無弦的大提琴卻能彈出聲音……暗示我們表面與內心的衝突關係其實一直存在，表面的平靜不代表內心的平靜，表面並非總是顯現了真實的內在。認識自己的矛盾才能接受自己並非總是快樂的事實，也才能用積極的態度包容、處理自己不同的情緒，這就是三個「我」旅行的意義。

作者用了許多幾何線條呈現出一個超現實的世界，藉著單一的色調和光影的變化，表現出一個看似平靜卻有強烈活動力的畫面。圖中的三個「我」各有自己的個性和反應，但每次不一定三個都一起出現。線條簡單的圖包含了許多線索：像「我」為白鯨製造的影子看起來像是一隻快樂的大魚、和發條鳥對話的「我」也戴上了鳥的面具、找到家的「蜂蜜」變得不再渺小……圖畫說出了文字未說的故事，兩者一樣有趣。

本書透過三個「我」之間的分合，讓孩子了解自己的內在並不總是一致，有時會有不同的想法和猶豫。這時我們就需要和「我」不斷的溝通對話，相互的包容傾聽，最後才能達成協議。要能接受與忍耐自己的負面情緒，自我才能和平相處。（林珮熒）

台灣兒童圖畫書精彩 *100*

月亮忘記了

作者：幾米
繪者：幾米
出版社：格林文化事業股份有限公司
出版日期：1999 年 10 月
頁數：128 頁
尺寸：20×20cm
定價：400 元
ISBN：95797452442（平裝）

作者介紹｜ 幾米

1950 年生。中國文化大學美術系畢業。曾任職廣告公司，後轉向報章雜誌插畫。現專職圖畫書創作與寫作。作品包括《森林裡的祕密》、《微笑的魚》、《地下鐵》、《向左走向右走》、《我的心中每天開出一朵花》等。曾獲《中國時報》開卷最佳童書、「好書大家讀」、《聯合報》讀書人最佳童書獎等。

繪者介紹｜ 幾米

同上。

>>> 圖文內容與導讀

這是一本富有詩意的繪本。幾米的創作並未特別針對兒童讀者，因此在語言的使用與篇幅長度，也都與大多的兒童圖畫書頗有差異。故事以一個坐在大樓陽台欄杆上看月亮的青年，突然和月亮一起墜落開始。掉落的月亮被一個小男孩撿回家。而當人們發現月亮消失之後，引發了極大的恐慌；這時不知從何處出現了大量的人造月亮，讓人們又忘記了原來失蹤的月亮。被撿回家的月亮，在男孩的細心照料下逐漸恢復了元氣，他們一起遊戲，一起夜遊，但月亮失去了回到天空的勇氣。但是世界因為月亮的失蹤仍越來越混亂，人工月亮再也不能讓人類安心。最後，在小男孩的幫助下，月亮逐漸恢復升上天空的勇氣。

故事的末了，我們會發現一開始墜樓的青年，他只是受傷，並沒有失去生命，而月亮仍在天上。我們並不清楚小男孩和月亮之間的故事，是否只是青年受傷時做的一場夢。幾米相當擅於在故事與畫面間留白，充滿遐思，讓讀者自行填補意義的空隙。作者在繪本中運用了不少對比的效果。我們可以注意到，作者運用了大量了藍色調來鋪陳背景，讓月亮的黃色光芒得以凸顯；另一方面，作者也讓讀者思考「真正的月亮」與「人工的月亮」間的差異，隱喻著現代人失去了真誠的心與真實的感受，也缺少了關懷別人的溫暖，同時遠離了自然。是以，這個世界生出愈來愈多的冷漠與孤獨，而人們卻總是只尋求虛假的慰藉而更空虛。

文字上，這部作品以冷靜的、直述的語言來表達，讓故事具有冷調、深沉的基調，甚至帶有淡淡的哀愁。而作品中也有不少如同詩句般的文句，饒富哲思，發人深省。例如：「看見的，看不見了／夏風輕輕吹過，在瞬間消失無蹤／記住的，遺忘了／只留下一地微微晃動的迷離樹影……」讓人咀嚼回味再三。圖像上，作者則以極具漫畫風格的筆法來呈現，造型圓潤可愛，使得原本頗具深度的文字部分變得親切而具有童心童趣，而具有童話的氣息。這也是幾米的作品能夠成為「跨界」的作品，同時吸引成人，也吸引小孩。儘管整本書瀰漫著淡淡的憂傷，讀完卻彷彿有人在心頭上，為我們點亮了溫暖的月光，帶來生命的熱度與希望。這是一部文圖並茂，文學性極高的優秀作品。（王宇清）

台灣兒童圖畫書精彩 *100*

61

想念

作者：陳致元
繪者：陳致元
出版社：信誼基金出版社
出版日期：2000 年 5 月
頁數：40 頁
尺寸：19.5×23.5cm
定價：250 元
ISBN：9576426189（精裝）

作者介紹 | 陳致元

1975 年生，屏東人，曾在信誼小袋鼠劇團擔任美術設計人員，現專職創作。2000 年《想念》獲得信誼幼兒文學獎，往後幾乎每一本作品都屢獲國內外重要童書榮譽。作品有《想念》、《小魚散步》、《Guji Guji》、《沒毛雞》、《一個不能沒有禮物的日子》、《阿迪和茱莉》、《大家一起拔蘿蔔》和《米米說不》等書。曾獲美國「國家教師會」年度最佳童書、美國《出版人週刊》年度最佳童書、金蝶獎最佳插畫金獎、日本圖書館協會年度選書、「好書大家讀」年度最佳童書等多項殊榮。

繪者介紹 | 陳致元

同上。

圖文內容與導讀

故事從熱鬧的台北車站開始，一張開往屏東的車票，帶著女孩回到童年的時光，回到返鄉探母的從前。在家鄉，可愛、童稚的玩伴等著她，一起馳騁在竹林裡、田野間、小溪旁，盡情玩耍；親切的老伯伯用牛車載著他們追夕陽，也載著女孩回家。看似平淡的故事，卻充滿濃濃的人情味與童真；在結局出現母親的墳墓之後，更引起讀者心頭陣陣的漣漪。

本書是無字圖畫書，少了文字的干擾，讓圖像有更多的發揮空間。作者藉著類似電影分鏡手法，用溶接畫面呈現人物心情和時空的轉換，用色調、明度和鏡頭的對比，勾勒出現實與回憶之間的交錯：大女孩和小女孩、母親的懷抱和墳墓，唯一穿梭在其中的是女孩獻給媽媽的紅色小花，永遠清晰而豔麗。此外，作者善用模糊對比清晰的方式凸顯女孩心中的繫念：手中的相片、和同伴玩耍的畫面，明顯區隔出兩個世界；相片裡的同伴一個一個躍進想念中的畫面、一個一個從手中的相片裡消失，也都暗示著女孩的心所嚮往。

全書透過作者流動的線條和淡雅的水彩，讓畫面裡充滿了溫馨與寧靜；台灣道地的鄉村景觀，也讓書頁處處是本土情懷。畫面一開始是藍色的，隨著火車穿過田野、女孩沉睡夢鄉，當她越接近自己的「想念」，顏色也越來越明亮、豐富。藍天、綠野和紅花，柔和快樂的色彩中，在最後帶著些許的感傷，雖是惆悵，但女孩的笑容和母親的懷抱，也讓這些惆悵變得溫暖。作者藉著這本書思念自己的母親，同時也傳遞出一個訊息：想念不一定都是哀傷的，有時是一種滿足的快樂。

作者的創作都是以「家庭」和「愛」為主題，探討的議題觸及了死亡、失業與自我認同。這些常常被認為是「成人文學才會出現」、「小孩子不會懂」的題材，卻是作者認為最接近生活的題材，或許不完美，但每個人都可能會遇見，每個人也都要學習面對，只要用對了方法去說故事，孩子們一定能感同身受。

（林珮熒）

台灣兒童圖畫書精彩 *100*

62

小狗阿疤想變羊

作者：龐雅文
繪者：龐雅文
出版社：格林文化事業股份有限公司
出版日期：2001 年 1 月
頁數：32 頁
尺寸：21.6×29.7cm
定價：250 元
ISBN：9577454879（精裝）

作者介紹 ｜ 龐雅文

1977 年出生於台北市。畢業於舊金山藝術學院插畫系，目前專職插畫創作，作品活潑、用色溫暖，第一本創作《小狗阿疤想變羊》即入選 2001 年波隆納國際童書原畫展，實力備受肯定。其中文作品有《狐狸孵蛋》、《小狗阿疤想變羊》、《黑面琵鷺來過冬》、《獅子燙頭髮》等，英文出版品則有《P'is for Pumpkin》、《Mongoose, mongoose, Stop don't run.》和《The out Foxed Fox》等。作品曾入選《中國時報》開卷最佳童書、亞洲插畫雙年展、漫畫金像獎最佳童書獎等。

繪者介紹 ｜ 龐雅文

同上。

圖文內容與導讀

此書曾入選波隆納國際童書原畫展。開頭第一段敘述,「在名犬村裡住著一隻小狗,他不像其他的狗兒有著純正的血統與光亮的皮毛。」即點出了主角,除了隱隱帶出接續的故事情節,也隱隱帶出其內涵。他是一隻備受其他有著姣好外表的小狗所嘲弄的不漂亮狗兒,還被取了一個不太文雅的綽號「阿疤」。阿疤的名字第一次出現於文中,作者以粗體且加大的字體呈現,加深讀者對此角色的印象之外,也讓人進一步想像主角阿疤的外在形象,以及藏匿在名字底下他所受到的歧視和排擠。

身為孤兒的阿疤,四處漂泊處處為家,甚至變得自卑──「阿疤覺得自己很醜,很沒用,怪不得沒人喜歡他,他也不喜歡自己。」在其他人潛移默化的灌輸之下,阿疤因外表而氣餒,也點出了本書的主題:自我認同。若與著名世界童話相互比較,可以發現其相同之處,兩者都因為外表而受到挫折;但醜小鴨在經歷一連串的苦難並且時間一天天過去,蛻變為原本就是他本質的美麗天鵝,然而阿疤必須靠外在的神奇力量改變自己。

阿疤每天最期待的就是到隔壁的綿羊村,觀看綿羊們和藹又相親相愛的互動。阿疤也想成為他們的一員,但是阿疤是小狗,怎麼可能變為綿羊呢?在此部分,作者加入變身的元素,增加故事的神奇性以及豐富度;作者讓阿疤到一間什麼都有的商店,進入變身機中,成功變為軟綿綿的綿羊!成功改變外型後,聲音也必須變,阿疤綿羊於是開開心心地拿著綿羊錄音機混入羊群中,過著他有始以來最開心的生活。

在此期間的生活,阿疤漸漸也發現自己的多項優點,重新找回了信心。阿疤的故事並不到此就結束,作者在圖畫間、文字中埋了一條線索,暗示他的未來:一隻破壞阿疤美好日子的大野狼。通過這個線索的考驗之後,他才真真正正的認同自己,脫掉了綿羊的外衣,以自己的真實外貌(小狗)歡喜且真心地度過每一天。

本書圖畫的色彩飽滿卻不過於濃烈,構築出活力十足且溫暖的氛圍。而在圖畫與文字的安排上,作者運用類似報紙的排版,四四方方的圖畫彷若照片,文字則置放在圖像的下、左或右側,此排版形式使之閱讀起來就像在看報章雜誌報導一般,乾淨且明瞭。(蔡竺均)

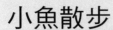

小魚散步

作者：陳致元
繪者：陳致元
出版社：信誼基金出版社
出版日期：2001 年 4 月
頁數：42 頁
尺寸：19.2×23.5cm
定價：250 元
ISBN：9861610200（精裝）

作者介紹｜陳致元

1975 年生，屏東人。目前為專職創作者，是國內少數能寫又能畫的童書作家，從小喜歡繪畫，19 歲開始嘗試童畫創作。2000 年以《想念》得到信誼幼兒文學獎評審委員推薦獎，而《小魚散步》更在 2001 年榮獲圖畫書創作首獎和入選 2003 年義大利波隆納國際童書原畫展。作品翻譯至美、日、韓等國家，獲得外國讀者之肯定。其餘創作作品有《Guji Guji》、《一個不能沒有禮物的日子》、米米系列繪本、《阿迪與茉莉》等。

繪者介紹｜陳致元

同上。

>>>  圖文內容與導讀

　　本書的背景在一個充滿人情味的小社區中，也正是作者當初在創作時的居住環境，台北市六張犁，在不充裕的經濟狀況下，經由思考和細心的觀察下所創作出的作品。書中複合媒材的使用，以瓦楞紙和牛皮紙營造出的氛圍，適度的凸顯出舊社區的樸實感，對於小時愛畫畫的夢想，也得到盡情實現的機會。

　　平實的生活勾勒出本書的故事內容，媽媽由於加班的關係，爸爸代為煮晚餐，顛覆了傳統性別的主內外規則。而小女孩小魚則藉著外出買雞蛋的路途中，在街道上自得其樂的玩耍著。跟著影子一同遨遊午後時光，貓狗也加入遊戲行列，路上撿拾到的藍色彈珠，使得世界變成藍藍的大海，增添看似孤獨的色彩。路上的落葉和花朵，組合成像詩般的話語，豐富了小魚的生活，儘管從眼鏡中看到的世界模糊灰暗，但雜貨店的人情味和家庭的溫暖就是小魚散步中的一切。

　　鐵窗內的小魚，嘴角漾著笑容，俯瞰著窗外的景色，用屬於孩子的眼光來看待世界，以獨特的視角走在陰影上的屋頂，涼快又愜意，腳下的落葉輕鬆的發出喳喳的聲響。作者利用光和影的效果，使得影子成了小魚散步時的同伴，而俏皮的角色扮演更融入書中，帶來想像中的另一個世界。簡短的文字和強烈的好奇心成反比，孩子的可塑性充分的表達在從藍色彈珠和近視眼鏡中看出的兩個世界，藍色的清新以及灰色的懵懂，反差的對比將孩子的生活世界逼真呈現。以複合媒材來表現台灣的屋舍，瓦楞紙代表灰色的鐵皮牆，而具有皺摺的牛皮紙，就成了公寓的牆壁，拼貼的手法成為本書的特色之一，活潑了平面的局限性。作者雖以土黃和灰色調作為書中的統一基調，但柔和的線條降低了低彩度所帶來的生硬感，傳達出耐人尋味的深意。

　　書中傳統台灣社會常出現的雜貨店，是社區的中心點，彼此叫得出街坊鄰居的名字並不時的贈送小零嘴的舉動，承載著滿滿的人情味，喚醒人們熟悉的記憶。小魚的獨生女身分更是缺乏玩伴的她更能體現角色扮演樂趣的原因，其中老闆和小魚之間的對話，是本書的精采之處，小魚嘟嘴表情的生動細膩搭配著童言童語，使得老闆也笑嘻嘻的一搭一唱。（林依綺）

台灣兒童圖畫書精彩 *100*

奉茶

作者：劉伯樂
繪者：劉伯樂
出版社：青林國際出版股份有限公司
出版日期：2001 年 5 月
頁數：32 頁
尺寸：23.5×30.5cm
定價：180 元
ISBN：9578263635（精裝）

作者介紹 ｜ **劉伯樂**

1952 年生於南投縣埔里鎮。文化大學美術系西畫組畢業。專業圖文作家、插畫家，從事圖畫書與散文創作、攝影、野鳥生態紀錄等。曾任廣告企劃、台灣省政府教育廳兒童讀物編輯小組美術編輯。創作包括《黑白村莊》、《我砍倒了一棵山櫻花》、《奉茶》、《草鞋墩》、《我看見一隻鳥》、《海田石滬》、《台灣野鳥生態繪畫》等。曾獲《中國時報》開卷年度好書獎、「好書大家讀」年度好書、新聞局小太陽獎、中華兒童文學獎、楊喚兒童文學獎等。

繪者介紹 ｜ **劉伯樂**

同上。

圖文內容與導讀

本書為行政院文化建設委員會以本土為出發點推出的「台灣兒童圖畫書」系列作品之一。故事以台灣農村社會中的「奉茶」現象做為題材，故事從土地公要回天庭向玉皇大帝報告政績開始，他在趕路的途中因口渴，意外發現了「奉茶」。這種免費招待的茶水為什麼這麼甘甜解渴呢？土地公沿途查訪，發現了在許多地方都有這種「奉茶」，包括路邊大樹下、村莊的入口、田間小路旁、渡船頭、廟埕看戲的地方、十字路口、登山口，甚至荒郊野外，都有這樣免費的「奉茶」，甚至連自己的廟前，都不知道何時多了一個茶桶。當各地的土地公拿著各式各樣的土產來覲見玉皇大帝，只有主角這位土地公拿了「奉茶」。當玉皇大帝品嘗之後，同樣驚訝於它的美味。原來是「奉茶」中含有濃厚的人情味，因此才會如此美味。此後，玉皇大帝也在通往天庭的牌樓下設置了「奉茶」。

這本書的故事，對具有農村生活經驗的讀者來說應具有相當的親切感。「奉茶」文化，代表了台灣濃厚的人情味，在當前急於重新找回本土認同的文化潮流中，「奉茶」自然成為一個值得延伸的題材。作者十分高明地將另一個台灣傳統文化的重要神祇——「土地公」，

作為故事的主角。土地公慈愛、溫暖、守護的形象，加上奉茶的主題，為這個故事設定了一個溫馨的基調。當讀者讀到土地公化身為凡人，出現在你我身邊時，應該都感到親切無比；而土地公前往天庭進行報告的題材，同樣也是台灣讀者原已接受的神靈觀。因此，就故事面來看，這部作品充分運用了台灣傳統文化的素材，讓讀者感受到「奉茶」的意義。

圖像的呈現上，我們看見作者使用了淡色的水彩，細而寫意的筆觸，讓畫面充滿了柔和之感。作者善於使用渲染的技巧，讓不少畫面彷彿沉浸於暮色霧靄之中，增添了幾分自然的詩意。畫面中出現了不少大樹，長長地伸展，加上水田、瓦房、戲棚等農村景致，讓整部作品彷彿是早期台灣的農村風情畫。而主角土地公，幾乎在每一幅畫面中都以不同的造型現身，除了傳統的服裝，甚至有各式各樣的西裝，更增添了畫面上的趣味感。

質樸溫馨的文字故事，搭配寫意溫暖的畫面，讓這部作品充滿了靜謐之美，而奉茶的意義與可貴，也在悄悄地，直達讀者的心底。（王宇清）

台灣兒童圖畫書精彩 *100*

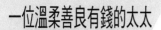

65

一位溫柔善良有錢的太太

和她的 100 隻狗

作者：李瑾倫
繪者：李瑾倫
出版社：和英出版社
出版日期：2001 年 8 月
頁數：34 頁
尺寸：20.5×30cm
定價：230 元
ISBN：9573048302（精裝）

作者介紹｜ **李瑾倫**

1965 年生於台北市。英國皇家藝術學院碩士，主修插畫。1990 年於日本橋「夢人館」舉行第一次童書展。1992 年在日本出版第一本繪本《賣梨人與不可思議的旅人》。是亞洲首位和英國 Walker 出版公司合作的圖畫書作家。曾獲信誼幼兒文學獎圖畫書創作首獎、《中國時報》開卷年度最佳童書。《一位溫柔善良有錢的太太和她的 100 隻狗》被 amazon.com 選為 2001 年 2~6 歲最佳編輯選書的首選。獲選《中國時報》開卷年度風雲作家、講義年度最佳插畫家獎。2010 自創品牌設計商品，開了小店「撥撥橘」展售周邊產品。作品《子兒吐吐》、《瑄瑄學考古》、《動物醫院 39 號》、《驚喜》、《怪叔叔》和《門，輕輕關》等。

繪者介紹｜ **李瑾倫**

同上。

圖文內容與導讀

本書是作者拜訪台灣一位收養許多流浪狗的張女士，透過對方從二樓熱情俯視她的那群小狗的臉，還有了解張女士對狗兒們全心全意照顧的心意的深刻記憶，創造出「溫柔善良的太太」的角色和一百隻狗甜蜜溫馨的故事。

首先出場的穿著紅鞋、盤個優雅髮髻的太太，她在山上的一棟大房子中，收養了一百隻流浪狗。她快樂的抱著大灰狗國王、毛茸茸的大饅頭和瑪莉，之後連續幾個跨頁一一列舉她心愛的狗，從愛爾蘭獵狼犬「國王」到總是在隊伍最後面最慢的小小狗「賓果」，每一隻狗都有專屬的名字，這一百隻狗在畫面的安排設計，都依照牠們個別的（或一組一組能夠歸類的）特色加以命名並介紹，讓讀者能認識每一隻獨一無二的狗。

書中這位高雅的女士，專心致力的照顧她心愛的一百隻狗：陪牠們玩耍、把牠們餵飽、和牠們說話、料理牠們生活上的一切瑣事、連梳毛、捉跳蚤都公平的對待每一隻狗……，當她在大聲點名叫出一百隻狗的名字時，所以的狗都跑到山坡上快樂、自由自在的奔跑。晚上睡覺的時候，她還貼心的幫每一隻狗準備了專屬的毛毯和枕頭，和牠們一起躺在大房子裡，她和狗兒們都用全世界幸福的表情睡著了。

在文字上，為了增加朗讀故事的效果，書中也配合語音韻律，一組一組排列狗的名字：仔仔、妞妞、嘟嘟、圓圓；喬弟、哈弟、奇弟……。在圖畫上，作者用水彩、色鉛筆和油墨等顏料，配合自己幽默、童真的風格，描繪出一幅幅生動的插圖，讓畫中每隻歡樂的狗兒都鮮活了起來。從1隻、3隻、18隻、99隻……到最後一頁每個角落都充滿小狗，隨著狗數的增加，驚喜的感受越來越強。這些色彩和狗兒造型搭配適當的圖，讓畫面呈現活潑愉悅的氣氛。

這是一本畫得非常精緻、用心的故事，故事的後半段，當善良的太太一口氣喊出一百個名字叫喚她的狗兒時，作者將一長串名字用流動的線條畫出來，密密麻麻的狗名字就像從太太口中傳送出來，一百隻狗立刻飛奔到她身邊，讓讀者感受到人與狗的親密互動。另外，作者還細心的將最慢的小賓果用筆標記出來，讓讀者可以在一群狗中找到牠。連一隻後腳必須倚賴小車輪才能行動的狗——恰恰，牠也快樂的奔跑著呢。

本書是李瑾倫在繪本創作上的再次出發。她在英國皇家藝術學院主修插畫兩年的學習中，讓她在畫風、創作主題及方向上重新思考。喜愛動物的她，最想描繪的是動物和人之間的心靈交流，這本書也確立了她以具有溫度感的動物為創作題材的開端。（嚴淑女）

台灣兒童圖畫書精彩 *100*

66

南鯤鯓廟的故事

作者：黃文博
繪者：許文綺
出版社：台南縣文化局
出版日期：2001 年 10 月
頁數：27 頁
尺寸：22×26.6cm
定價：180 元
ISBN：9570290579（精裝）

作者介紹 ︱ 黃文博

1956 年生於台南縣北門鄉，成功大學歷史系畢業，台南師院國民教育研究所結業。著作有《南瀛石敢當誌》、《南瀛俗諺故事誌》、《南瀛王船誌》、《站在台灣廟會現場》、《南瀛地名誌》……等與南瀛或台灣風土民俗相關之作品。出版作品《站在台灣廟會現場》榮獲文建會地方文獻出品評鑑獎民間出版品類佳作，《南瀛王船誌》則獲得文建會地方文獻出品評鑑獎政府出版品特別獎。

繪者介紹 ︱ 許文綺

1963 年生於雲林縣北港，目前從事插畫創作。本身也是一位文史工作者，畫風柔和細緻，以感性、知性見長。曾參與 1993 年「波隆納國際童書展」台北出版人插畫家作品展，2002 年於北港水塔舉辦首次個人作品展。作品有《記得茶香滿山野》、《怪博士的神奇照相機》、《冬冬的落葉》……等。其作品《怪博士的神奇照相機》獲《中國時報》開卷好書最佳童書獎、《記得茶香滿山野》入選四十四梯次「好書大家讀」……等。

 圖文內容與導讀

本書是「南瀛之美圖畫書系列」的產業系列中之一，神話中帶有知識性，敘述南鯤鯓代天府建廟的原因，藉由廟的故事介紹南鯤鯓代天府中供奉的五府千歲與囝仔公眾神。

故事由五府千歲依指示出巡開始，來到了福爾摩沙，漁民們看見天神降臨，誠心的供奉五府千歲，因冬季來臨漁民捕不到魚，便打算讓五府千歲繼續出巡，五府千歲認為不該在漁民有困難時離開，決定返航，逆流而上，成為漁民口中的神蹟，漁民們決定建廟供奉五府千歲，再次挑選南鯤鯓島為建廟地點，因為南鯤鯓島上有三樣寶物——「烏金石、白子鞍藤頭和白棟榔樹」，便成為建廟的絕佳地點。海盜入侵偷取島上的三樣寶物之後，導致五府千歲廟不保，海嘯一來便將整個島淹沒，只好派三弟找尋新處，最後看中急水溪畔的榔棟山，卻遇見囝仔公盤據，五府千歲與囝仔公兩方大打出手，天上聖母和保生大帝出面調解，建議將廟蓋好之後，同時供奉五府千歲與囝仔公，因為廟是從南鯤鯓島遷徙而來，因此沿用南鯤鯓之名，便成為今日的「南鯤鯓代天府」。

圖畫採用色鉛筆著色，將神話故事蒙上一層神秘色彩，風雨交加的畫面透過色鉛筆的暈染效果，顯示出氣勢的磅礴。插圖中除了軍隊之外，亦有鬼怪角色，仔細觀看畫面可發現繪者將其穿插在畫面之中，為這一個故事增添不少神話色彩。

本書透過故事的描述，得知南鯤鯓代天府的建廟經過，了解廟中供奉五府千歲與囝仔公的原因，經由此書認識南鯤鯓的在地文化。幾乎每一頁的畫面下方都有註腳，以不同字體呈現，補充說明故事中未說清楚的部分，在神話故事之餘，仍帶有知識性。其中 24 至 27 頁偏向導讀手冊，其中有廟的平面圖，透過平面圖可知南鯤鯓代天府之大，劃分區域之多，還有南鯤鯓代天府附近的地圖，介紹附近的古蹟與景點。（楊郁君）

台灣兒童圖畫書精彩 *100*

67

小月月的蹦蹦跳跳課

作者：何雲姿
繪者：何雲姿
出版社：青林國際出版股份有限公司
出版日期：2001 年 12 月
頁數：31 頁
尺寸：30.5×23.5cm
定價：250 元
ISBN：9867990021（精裝）

作者介紹 | **何雲姿**

1962 年生於台北內湖。復興商工美工科畢業。1984 年開始兒童插圖及圖畫書繪製工作，早期作品常見於國立編譯館國語課本、教育廳中華兒童叢書、信誼出版社等各大兒童刊物。作品曾獲第一屆中華兒童文學獎、第五屆教育部金書獎、第七屆小太陽獎、第一屆台北國際書展金蝶獎，並且多次入選金鼎獎及各大報好書推薦和年度好書。著有《住的地方》、《甜橙果園》、《歡迎朋友到我家》……等。

繪者介紹 | **何雲姿**

同上。

 圖文內容與導讀

《小月月的蹦蹦跳跳課》這本書記錄幼兒克服害羞的情緒，融入律動團體課程中的過程，藉由身體的舞動帶來心靈的釋放與精神的成長，這樣蛻變的歷程，不只是幼兒才有，也是所有人類在面對陌生情境，都會產生的共通情感。在我國的教育體系中，肢體開發的課程一向未受到應有的重視，事實上，我們應該引導孩子如何體驗身體擺動、跳躍，自然地展現肢體與運用肢體，了解自我體能狀態，如此可以幫助孩子形成自我概念，所產生的自信與能量，是最真實而深刻的，這樣的理念，是此書思考的起點。

這本圖畫書以每週記錄的方式將小月月上律動課的心理過程一一呈現，老師藉由想像與遊戲，設計出一個個的遊戲課程，順著時間的流動，描述小月月如何從需要媽媽陪伴進教室的畏縮態度，一步步被課程吸引，從觀望到主動參與，漸漸卸下心防、不再依賴，樂於離開媽媽，獨立在教室上課，故事最後，以毛毛蟲羽化成蝶的課程，隱喻小月月成長獨立的進步。

文字敘述以時間軸單線敘述，主線明顯，而畫面則以抽象與具象交融，以簡單色塊區隔出教室內外的空間感，而每次在文字中提到的主題活動，則以具象的方式拓印在紙上，成為人物活動的背景，代表想像的空間，舞蹈班的師生，優游在想像中，放鬆肢體，盡情享受自由創作的樂趣。畫面中散落的色點，有如看不見的音樂的旋律，加上線條及色彩暈染效果，律動感躍然紙上，豐富了圖像語言表達的層次。

本書插畫運用流暢的線條勾勒出人體舞蹈的姿態，誇張卻傳神的表達出孩子無拘無束，隨著想像躍動柔軟的身軀和四肢，轉換著各種不同的姿態，專注而自發性的創造屬於自我的身體語言，恣意舞動、展現自由奔放的氣息，活潑而充滿生命力，釋放動態的美感。

尤其主角小月月，在故事開始時，膽怯的躲在母親身後，瞪大的圓眼充滿防衛，在角落被活動吸引的眼神，和媽媽嘔氣不穿舞衣的倔強，在媽媽陪伴參與的羞澀，離開媽媽進入團體的回顧，有時小月月只占畫面極小的比例，但是繪者簡單幾筆卻將充滿轉折的情緒，詮釋得絲絲入扣，頗能獲得孩子的共鳴。人物造形富有拙趣，透露出自在的親切感，時時散發令人莞爾一笑的幽默，是值得細品的佳作。（林德姮）

台灣兒童圖畫書精彩 *100*

68

阿非，這個愛畫畫的小孩

作者：林小杯
繪者：林小杯
出版社：信誼基金出版社
出版日期：2002 年 4 月 30 日
頁數：45 頁
尺寸：28×21cm
定價：280 元
ISBN：9576427517（平裝）

作者介紹｜ 林小杯

本名林靜怡，1973 年生，文化大學美術系畢業、台東師範大學兒童文學碩士，自寫自畫作品：《假裝是魚》、《我被親了好幾下》、《全都睡了一百年》、《明天就出發》、《先跟你們說再見》、《月光溜冰場》等，插畫作品：《小鞭炮劈啪劈》、《找不到國小》、《騎著恐龍去上學》等十數本。曾獲信誼幼兒文學獎圖畫書創作首獎、文字創作佳作獎、「好書大家讀」年度最佳少年兒童讀物獎、《中國時報》開卷年度最佳童書獎、2005 年義大利波隆納國際童書展台灣館插畫家聯展、波隆納國際童書展台灣館版權推薦作品入選、2007 年《中國時報》開卷年度最佳童書獎等。

繪者介紹｜ 林小杯

同上。

圖文內容與導讀

本書故事節奏很明顯的依循三段式進行，有如禪語所言：「見山是山，見山不是山，見山還是山」的三種境界，原來喜歡畫畫的阿非，一天，卻不愛畫了，之後經過朋友的陪伴，她才重拾畫筆，再度燃起愛畫畫的熱情。這是一本看似很簡單，卻可以從很多層面去討論的童書。

創作者林小杯，是一位自覺性很強的圖畫作家，她的書不走溫馨甜美路線，而走調皮搞怪的步調，在她快意童拙的線條中，蘊含其細密的機敏與設計性，在目前台灣插畫界已具高度辨識性。

看本書封面人物，臉形輪廓以大筆豪邁的線條勾勒，下抿的嘴形、抱胸的姿態、一頭剛勁的藍髮，還有眼角若有似無的淚漬，心意決絕的背離畫紙，和書名「愛畫畫的小孩」產生逆反的效果，而女孩的名字叫「阿非」也屬少見，所以吸引讀者想仔細翻閱的動機。

阿非發乎本心的愛畫畫，無時、無地不畫畫，甚至做夢時也畫，細心的讀者可以發現，在現實中，阿非的畫作：像牆上的雷龍畫作，和畫架上朋友的畫像，都是灰色線條或塊面，只有在夢中，畫作才是繽紛的，似無邊際的創發能量，源源不絕。夢境和現實的差距，暗示即將預見的低潮。

阿非的四個朋友用兩幅跨頁介紹，愛滑板的阿強、愛彈琴的小3、愛昆蟲的阿芳、愛玩的小狗，畫家展現了優越的造型技巧與速寫功力，版面安排一密一疏，一繁一簡，不管細看阿強溜滑板的各種姿態與環繞在阿芳四周的昆蟲描繪，或者單幅的小3或小狗，畫面疏密有致、富有節奏，充滿了活力與存在感。

情緒描繪亦是本書特點。只有曾經投入的人才能感受到，「想要」與「能夠」差距越來越大時，是如此無法承受的痛，挫折與憤怒充塞了房間赭紅色的牆壁，阿非破門而出，留下一句「**我什麼都畫不好**」與蒼涼藍色調、凌亂的房間，四散的畫紙、塗鴉的線條，一小截阿非的背影，表達文字未說明的澎湃情緒；再翻開下一個跨頁，清冷色調的街景，阿非一個人拭著淚踽踽獨行，傷心與沮喪透過畫面表達無遺。

還好，三個朋友的熱情邀約，讓她體驗畫畫以外的生活，豐富她的感受，於是「她心中有了一幅畫」，小狗溫暖的陪伴，讓她又喜歡畫畫。友誼幫助她跳出具象的框框，點燃狂熱的創造力，更自由、更有信心地表達個人對事物的感受和看法。自然而不刻意造作，簡單了，人才能做自己。這是一本給幼兒的書，也是一本給所有創作人的書。（林德姮）

台灣兒童圖畫書精彩 *100*

69

媽媽，外面有陽光

作者：徐素霞
繪者：徐素霞
出版社：和英出版社
出版日期：2003 年 1 月
頁數：40 頁
尺寸：21×29.7cm
定價：280 元
ISBN：9867942388（精裝）

作者介紹 ｜ 徐素霞

1954 年生，苗栗人。新竹師專美術科畢。至法國留學多年，1997 年獲法國國立史特拉斯堡人文科學大學藝術博士學位。曾任職國立新竹教育大學藝術與設計系，教授多年，於 2010 年退休，專事藝術創作。曾在法國及台灣舉行過多次個展。作品有：《媽媽，外面有陽光》、《追尋美好世界的李澤藩》、《媽媽小時候》、《家裡多了一個人》、《踢踢踏》等。

繪者介紹 ｜ 徐素霞

同上。

>>> 圖文內容與導讀

書中畫面，從一個草窩的特寫而延伸到小豆紅色屋頂的家，已經將本書的主旨清楚的點出，「家」是每個人生命的核心，但是現實生活的緊迫與壓力，會讓人不知不覺流失最重要的親情。現代的父母，每天和時間拉鋸，總有忙不完的事情，多數人總是犧牲和孩子相聚的寶貴時光，《媽媽，外面有陽光》就像是一個甜美的提醒，孩子委婉的要求，更讓父母省思，忙碌的人生，目的是什麼？

似乎所有的孩子，都要學習等待，依賴仰仗著大人有所改變，就像書中小女孩央求的神情，母親仍無法從忙亂的工作中抽身，於是開出一張名為「等我忙完……」的空頭支票，孩子也知道兌現的時刻非常渺茫，等待的心情，就如雨中的場景，落寞、憂心，卻仍懷抱天晴的希望。

故事的轉折，在於母親聽到小豆，模仿母親的口吻，對寵物們說話，簡直是母親的翻版，母親終於驚覺自己的疏忽，放下工作，而發展出母女一起出遊，拜訪陽光與大自然的悠閒午後。

全書畫面注重光與色的描繪，精準的素描功力加上輕暢的筆觸，表現出柔和卻又活潑的感覺，溫暖的色系，渲染出洋溢的親情，每幅畫面的留白，給予讀者更遼闊的想像空間與情緒的感染力。

在室內取景的多幅小圖，擷取敘事表現力最強的關鍵一刻，人物姿態充滿戲劇力，母親忙碌的身影、小豆和玩偶們的獨角戲，還有她擁著玩偶熟睡的臉龐，格外惹人憐愛；而後，母女在田野間嬉遊，雲淡風輕、陽光美，讓人彷彿神遊在愜意迷人的時光裡，尤其母女倆牽手走在芒草浪漫暮色霞光中，格外動人，創造出秀美、崇高卻又無比真實的場景，既有插畫的敘事功能，又有純藝術的優美意境，每個畫面都值得再三品味，就如詩人愛蜜莉的名言：「Forever is composed of nows.」抓住每個獨一無二的瞬間，永恆即是現在，珍惜親子相處的美好時光，濃濃的親情是一輩子永不匱乏的資產。

書中的圖像除了表現情感的主軸以外，更有些饒有趣味的細節，例如：天空雨後的彩虹和毛巾上的彩虹相映成趣，曬衣木椿和堆衣服的臉盆，倒過來看，會呈現一對老公公和老太太的臉，小鳥的對話，也要把書倒過來看，田鼠、野兔、貓咪、狗……等小動物的活動，非常吸引孩子們的注意。還有「和水牛玩，又畫了圖」的跨頁，可以感受到插畫家創作時遊戲的意趣，「畫中之畫」、未竟的貓咪之圖、老鼠拿筆作畫，頗有後現代異質拼貼與後設創作的興味，輕鬆活潑的趣味躍然紙上。（林德姮）

台灣兒童圖畫書精彩 *100*

亦宛然布袋戲

作者：劉思源
繪者：王家珠
出版社：遠流出版事業股份有限公司
出版日期：2003 年 7 月
頁數：32 頁
尺寸：21×29.5cm
定價：240 元
ISBN：9573249405（精裝）

作者介紹｜ **劉思源**

1964 年生，畢業於淡江大學教育資料科學學系，歷任漢聲雜誌社、遠流出版社兒童館編輯、格林文化副總編輯。現為專職作家，創作風格多元，於創作與編輯領域皆受肯定。作品《妖怪森林》榮獲 1996 年「好書大家讀」年度最佳童話，而《宇宙的鑰匙——愛因斯坦》亦獲《中國時報》開卷「好書榜」與「好書大家讀」推薦。另有民俗繪本《台北三百年》、《鹿港龍山寺》、《台灣民宅》，及創作繪本《喜歡你》、《短耳兔》等。

繪者介紹｜ **王家珠**

1964 年生於澎湖，是一位作品細膩豐富的插畫家，作品中構圖新穎、取景角度多元，展現過人的想像力及自然的童趣，1991 年，其插畫作品開始在國際間大放異彩，作品《懶人變猴子》得到第一屆亞洲兒童書插畫雙年展首獎，作品《七兄弟》則入選義大利波隆納國際童書原畫展，許多外國兒童讀物專家都對這位來自東方福爾摩沙的伊芙‧王（Eva Wang）印象深刻。繪有《巨人和春天》、《星星王子》、《新天糖樂園》等作品。

>>>  圖文內容與導讀

　　本書為「火金姑風土民俗繪本」系列叢書之一，「火金姑風土民俗繪本」共 12 冊，內容取材為具有鄉土文化特色的民間故事，以及多元豐富的風土民俗，透過精緻、趣味的圖文形式呈現，讓小讀者透過輕鬆自然的閱讀情境，體會本土文學豐富、樸實的魅力，更讓孩子在接收大量外來文化刺激的同時，對本土文化的豐厚以及祖先艱辛智慧的歷史背景有更多了解，進而更親近、珍惜這片孕育他們成長的土地。

　　布袋戲是台灣最受歡迎的民間藝術，至今已流傳一百多年。本書主角──「亦宛然布袋戲團」是李天祿大師以「掌中戲偶、宛然若真」之涵義於 1936 年所創，為了完整保存了掌中戲的精髓，他將畢生心力投注於推廣布袋戲藝術。1984 年，李天祿率先帶領「亦宛然」的前後場師父，全力投入板橋莒光國小的布袋戲薪傳工作，隔年莒光國小成立「微宛然」，使外界對傳統布袋戲再度重視，也開啟了校園學習布袋戲的風潮，多所學校陸續加入，傳統布袋戲因而得以持續向下扎根。

　　而李天祿也因而獲教育部頒發「重要民族藝術藝師」之最高榮譽。為使布袋戲文化得以永續發展，又籌建「李天祿布袋戲文物館」，及成立「財團法人李天祿布袋戲文教基金會」，進行布袋戲文物保存、人才培育、相關資料蒐集及傳統布袋戲推廣等基礎工作。

　　本書的編排方式相當特別，每個頁面分隔成兩部分，一部分利用漫畫分格分鏡的手法，描繪出李天祿爺爺到平等國小教小朋友們學習布袋戲的過程，親切的李天祿爺爺從介紹人偶及其配件，到教授掌控布袋戲偶的動作技巧，最後帶領小朋友排演紅孩兒大戰孫悟空的《火雲洞》。

　　另一部分則是利用跨頁的大圖框來詳細介紹一些知識性的內容，包括布袋戲偶之生、旦、淨、丑四種基本角色類型的造型服飾及配件、人偶做法、布袋戲掌法基本功，以及後台文場的器樂編制、練習等，仔細描繪各樣細節的插圖配上文字的解說，儼然幫讀者上了一課豐富的布袋戲課程。特別的是兩部分的內容相互呼應、互為解說，最後兩個部分巧妙的結合，終結在一全幅跨頁圖畫，畫的正是平等國小小朋友們在李天祿爺爺指導下，排練一年多後呈現在戲台上的精采演出，為整本書畫下完美的句點。

　　本書透過介紹李天祿爺爺帶領平等國小小朋友學習布袋戲的過程，向讀者介紹布袋戲這項寶貴的民間藝術，傳遞其迷人之處。透過故事與豐富細緻的插圖，讓小讀者們更容易親近、了解這些屬於台灣的文化寶藏，為鄉土文化的傳承盡了一份心力。（林芝蘋）

台灣兒童圖畫書精彩 *100*

星期三下午捉・蝌・蚪

作者：安石榴
繪者：安石榴
出版社：信誼基金出版社
出版日期：2004 年 4 月
頁數：33 頁
尺寸：25.4×28cm
定價：280 元
ISBN：9576429285（精裝）

作者介紹 | **安石榴**

1969 年生，本名林芳妃，台東師院兒童文學研究所畢業。以《星期三下午捉 ・ 蝌 ・ 蚪》榮獲第十六屆信誼幼兒文學獎首獎，以及 2009 年第一屆豐子愷兒童圖書獎優秀兒童圖畫書獎。另一本圖畫書《亂 7 8 糟》獲第二十一屆信誼幼兒文學獎評審委員特別獎。其他作品曾獲第二十九屆時報文學獎、《國語日報》兒童文學牧笛獎、南瀛文學獎佳作。

繪者介紹 | **安石榴**

同上。

圖文內容與導讀

本書記錄一段後現代感的師生情緣，深刻的情感基礎，讓故事有了謔而不虐的溫度，充滿喜感的圖文表現，讓師生關係脫離二極化的刻板描述，甜而不膩、微辣而不嗆，而有令人耳目一新的表現。

在小學教室有長時間、近距離接觸的人，一定同意，整個課堂進行常常是充滿後現代眾聲喧譁、拼貼的特徵，孩子們七嘴八舌、脫離主題的話語、跳躍式的思考、神遊的分心狀態，整間教室常處於訊息過度承載、時空壓縮扭曲的狀態，所以老師常常要手腦並用、圖文並茂、唱做俱佳、善用聲光媒體、鄉土資源，「創作」出一個「有機」的教學環境，同時也需要像書中這位老師一樣，要有做出明快決定的機智與聽而不聞的高度，更要有放鬆自己的智慧。

於是，這本書的渾然天成，乃是因為深刻的體驗與超脫的視角，作者尋找到一個合適的形式，表達這份記憶，內容與形式完美契合，更發揮了圖畫書的藝術潛力與特色。

攤開每一個跨頁，素人畫家洪通式的插畫，造型特殊又鮮豔奪目，採用油性彩色筆上色，類似小學生的童趣氣質，加上大量留白的背景，洋溢著輕快、明亮的氛圍。圖像與對話框合作成為一場熱鬧有趣的兒童劇，文字則是帶著揶揄口氣的旁白，有時是大器的評論，有時是誇張的實況報導，充滿自信又帶點假正經的喜感，非常有趣。非線性敘述的對話框是畫面中另一個視覺焦點，這些對話框不一定具有連貫性，有時是短暫交互回應，更多時候是自說自話，體現孩子自我中心的思考模式。

本書另一項特點是版面配置，師生分處不同的空間，卻同時並置於畫面，有賴於柔軟的彎曲線條，在豐富的色彩與形象之中，產生的統合力，老師身上衣服的圖案，隨著孩子出遊空間而變換，使畫面和諧交融，又能產生多層次的敘事對照，揭開老師正經八百的面具之後，也有真實的人性面。

角色造型不拘泥實體比例，自由扭曲、放大物像的特定部位，成為圖像敘事的主力，繁瑣的裝飾性圖案，產生一種原始與現代趣味的巧妙綜合。無限延伸的線條，彷彿可衝破框界而無限擴展，它有股不斷繁殖的蔓延力量，加上豐富的細節與繽紛的色彩，使人好奇又興味盎然的跟隨，也迫不及待想用自己的語言詮釋故事、參與故事，分享在畫面中發現的幽默，這是閱讀本書的最大樂趣。

（林德姁）

台灣兒童圖畫書精彩 *100*

春天在哪兒呀？

作者：楊喚
繪者：黃小燕
出版社：和英出版社
出版日期：2004 年 5 月
頁數：25 頁
尺寸：19.5×26.5cm
定價：169 元
ISBN：9867942477（精裝）

作者介紹 ｜ 楊喚

本名楊森，1930 年 9 月 7 日生於遼寧省興城縣屬的菊島上，享年不到二十五歲。創作的童詩共有二十首，如：〈春天在哪兒呀？〉、〈家〉、〈夏夜〉、〈水果們的晚會〉、〈童話裡的王國〉、〈小螞蟻〉等，其中〈春天在哪兒呀？〉、〈家〉、〈夏夜〉等幾首童詩曾被改編為國中、小課文，詩集有《風景》、《楊喚詩集》、《夏夜》、《水果們的晚會》，後來出版《楊喚全集》，將楊喚的詩作、散文、書簡、童話、日記等作品皆收錄在內。

繪者介紹 ｜ 黃小燕

1965 年生於桃園。畢業於巴黎國立高等裝飾藝術學院空間藝術系。旅法十年之久，是位文人藝術家。曾舉辦多次個展：「孤獨旅人」、「我的八零年代」、「散步的魚」等。作品有《春天在哪兒呀？》、《家》、《藝術散步──旅法藝術家攝影訪談錄》、《跟阿嬤去賣掃帚》、《以巴黎為藉口》等。

圖文內容與導讀

本書以圖畫書的方式呈現楊喚童詩〈春天在哪兒呀？〉。整本圖畫書以一首童詩貫穿，有別於童詩合輯的圖畫書。

〈春天在哪兒呀？〉是楊喚二十首童詩中的一首。內容在描述春天來了，小弟弟想不通春天到底在哪裡？於是請風箏去打聽，春天在哪兒呀？遇見海鷗，海鷗回答說，難道你還沒有聽見水手們迎接春天的歌聲？遇見燕子，燕子說，難道你還沒有看見忙來忙去的雲彩，仔細的把天空擦得那麼藍又那麼亮？麻雀說，春天在田裡沿著小河散步，難道你還沒有看見大地從冬眠裡醒來？太陽說，春天在我的心裡燃燒、在花朵的臉上微笑、在學校裡和孩子們遊戲和上課。春天也在工廠裡陪伴工人工作和唱歌，春天穿過了每一條大街小巷，也輕輕的走進了你的家。

這首童詩一開始由小弟弟不知道春天在哪兒呀？派風箏去打聽，使用了擬人法增加這首詩的生動性，途中遇見海鷗、燕子、麻雀和太陽，透過它們的回答，並符合它們會看見的情況，如海鷗較容易看見的就是海上的水手，輾轉的述說春天就在我們的身邊。春天不只在我們的身邊，也陪伴著學校上課的學生、在

工廠的工人，透過這樣的舉例，描述春天陪伴著各行各業的人，春天已經在我們的身旁。最後經由春天輕輕的爬過了你鄰家的牆，也輕輕的走進了你的家，再次回應了小弟弟的問題，春天就在我們的身邊。

這本圖畫書有兩種版本，一本為黃色封面、一本為藍色封面，兩種不同的版本，在插圖上有所不同，黃色封面的版本偏向田野風格，藍色封面的版本偏向都市風格，在此以藍色封面的版本為依據。每一跨頁配合約一至四行詩句，繪者用心的將文字穿插在圖畫之間，有別於以往的童詩插畫，將文字擱在一邊，再以圖畫呈現的方式，文字有時以流線型的方式呈現，彷彿是吹拂的風一般，隨著文字的流動就像有風輕輕吹過書本。繪者每頁皆為滿版，用色柔和，符合溫暖的春天給人的感覺。

本書可說是一種創新，將楊喚的童詩以圖畫書的方式呈現給讀者，透過繪者的用心安排，圖文之間的互相搭配，讓整本圖畫書更加精采。雖然出版社基於考量，將楊喚原本詩作的最末五行詩句刪除，並不影響閱讀上的流暢性，並將其刪去的詩句註明在扉頁供讀者參考。
（楊郁君）

台灣兒童圖畫書精彩 *100*

73

想要不一樣

作者：童嘉
繪者：童嘉
出版社：遠流出版事業股份有限公司
出版日期：2004 年 10 月
頁數：34 頁
尺寸：25.5×22cm
定價：220 元
ISBN：9573252783（精裝）

作者介紹 ｜ **童嘉**

台北人，台灣大學社會系畢業，曾任報社記者與繪本創作課程講師，目前為家庭主婦，專心照顧女兒並創作童書作品。2000 年進入手作繪本的世界後，陸續以《像花一樣甜》和《咦？喔！》獲得《國語日報》兒童文學牧笛獎和信誼兒童文學創作獎，在北高等地舉辦過多次插畫與原畫個展，現也是繪本創作社團「繪本小舖」成員，作品有《我怎麼沒看見》、《奇怪的書》、《圖書館的祕密》和《我家有個烏龜園》等。

繪者介紹 ｜ **童嘉**

同上。

>>>  圖文內容與導讀

　　本書是由作者參加「想像力插畫」課程時之練習單篇畫作集合成書，為了參加課程期末展覽而完成的八張八號畫布作品增加而成，主題設計是以動物、植物和人三部分為主，插圖使用壓克力的顏料繪製於大幅畫布上，以「想要不一樣」為題，源於作者對國中生活的回憶，是一本獻給國中生的禮物。

　　「**想要不一樣的心情，大家都有過。**」以直接破題的方式，表明自我的心中意念，沒有意外的萬綠叢中總會有一點紅的出現，而不想穿制服的斑馬也跳出來說話了，蜘蛛以織網的方式表態，不想每天都做一樣的功課。儘管在團體中生存的法則就是要無異，但仔細觀察孔雀上的羽毛和大道上的樹，它們久了也會累啊！代替風力發電機的紙風車有什麼不可以呢？偶爾發揮創意、偶爾裝蒜，自得其樂也是個好辦法，看袋鼠的笑容和小魚的眼神，散發出自然不矯情的神態。

　　獨樹一幟的表現，也是愛自己的方式之一，誰說不能穿著盔甲在大馬路上騎車，誰說骨牌一定要跟著傾倒，我就是要說出自己心中的想法！在班級上，每個人的「背後」其實都有一套自我概念，但誰敢站出來率先表態呢？後來發現老師也需要喘口氣的時間，所以不一樣的心態，人皆有之。

　　簡短的文字搭配看似搞怪的插圖，使得本書詼諧了起來，大家來找碴的樂趣油然而生，有發現到孔雀羽毛上的祕密嗎？左頁的留白部分，充分給與讀者更多表達自我的空間。飽滿的彩度，刺激了視覺感官，不管是跨頁或單幅畫面，皆是一幅幅引人注目的作品，每頁都有各自可說的故事，不管是看著書的袋鼠或是背後貼著「give me a break」的老師，天馬行空的創意，飛翔於書中畫面。

　　作者擅於製造幽默情境的特點，使本書擺脫傳統繪本的說教模式，後半部帶出的主題觀念，對於曾歷經學生時期的大家而言，當時為了團體生活的無奈，你是否「**也想要不一樣？**」引起共鳴的議題，少了嚴肅的生硬，多了一份志同道合的親切，生動的文字搭配寫實手法的畫風，令讀者能很快的進入作者創造的奇妙世界，這份不一樣為一成不變的生活，帶來多重的閱讀感受。（林依綺）

台灣兒童圖畫書精彩 *100*

74

夏夜

作者：楊喚
繪者：黃本蕊
出版社：和英出版社
出版日期：2005 年 6 月
頁數：26 頁
尺寸：19×26cm
定價：220 元
ISBN：9867942620（精裝）

作者介紹 ｜ 楊喚

楊喚（1930-1954）本名楊森，出生於中國遼寧省興城縣。1949 年隨部隊來台。任陸軍上士文書，負責標語、海報等設計，開始以金馬、楊喚、白鬱為筆名寫現代詩。雖以二十五歲之齡逝世，但至今仍是最傑出且令人難忘的詩人。其童詩清新雋永，為近代童詩創作的典範，多篇被選為國小及國中文選，深受小讀者青睞。死後，友人及出版社為之整理遺作，陸續出版有《風景》、《楊喚詩集》、《楊喚詩簡集》、《楊喚書簡》、《水果們的晚會》、《夏夜》等書。

繪者介紹 ｜ 黃本蕊

1959 年出生於台北，畢業於師大美術系與美國紐約視覺藝術學院。旅美從事童書插畫工作近二十年，曾與美國各大出版社合作，出版童書數十本。作品以飽滿濃郁的色彩，與活潑的畫面安排著稱。作品有《水果們的晚會》、《夏夜》等圖畫書。除了插畫之外，亦從事藝術創作，作品在紐約、台灣廣受藝術收藏家典藏。

>>>  圖文內容與導讀

楊喚既是台灣兒童詩的先驅者之一，也是最顯著的典範。他的詩作洋溢著純真與童趣，且蘊含樂音般的節奏和旋律，2004年其四首經典童詩〈春天在哪兒呀？〉、〈水果們的晚會〉、〈家〉和〈夏夜〉，除了重新以圖畫書方式出版外，更譜上動人旋律，凸顯兒童文學與音樂結合的藝術性。

本書是楊喚的經典兒童詩〈夏夜〉搭配圖畫，重新編排製作的圖畫書版本。「蝴蝶和蜜蜂們帶著花朵的蜜糖回來了，羊隊和牛群告別了田野回家了，火紅的太陽也滾著火輪子回家了，當街燈亮起來向村莊道過晚安，夏天的夜就輕輕的來了。來了！來了！從山坡上輕輕的爬下來了。來了！來了！從椰子樹梢上輕輕的爬下來了，撒了滿天的珍珠和一枚又大又亮的銀幣。……」詩人擅長在平凡的生活情景中，捕捉令人難忘的優美詩句，輕柔詩意的文字充滿了甜美的原野記憶。輕快活潑的節奏，把夏夜熱鬧卻不吵鬧的溫馨感覺表露無遺。

而詩句中的「朦朧的，山巒靜靜的睡了！朦朧的，田野靜靜的睡了！只有窗外瓜架上的南瓜還醒著，伸長了藤蔓輕輕的往屋頂上爬。只有綠色的小河還醒著，低聲的歌唱著溜過彎彎的小橋。只有夜風還醒著，從竹林裡跑出來，跟著提燈的螢火蟲，在美麗在夏夜裡，愉快的旅行。」詩人將萬物擬人化，在連山都睡了的夜晚裡，南瓜、小河和夜風卻悄悄地在美麗的夏夜中旅行。輕柔的語調，充滿想像力的詞句，讓孩子慢慢進入夢鄉，可視為一首安靜、溫馨的晚安詩。

繪者以飽滿濃郁的色彩，與活潑的畫面安排為這首童詩配圖。濃郁而多層次的色彩，營造出風格獨具的田園景象。運用特殊具有紋理和質感的畫紙，渲染出獨特的氛圍，搭配優美詩作的意境。色彩使用上，從白天的光亮、黃昏泛著彩霞的光線、銀色月光輕灑灑山坡的沁涼、一直到深夜的深色布幔，上面灑滿黃色亮點的月亮和星星，山巒、萬物蒙上夜的灰黑和淡淡的光亮。這樣的色彩運用和搭配得宜的藝術性構圖，讓原本只存在讀者想像中這首詩作的意境，幻化成圖畫呈現在讀者眼前。圖畫不僅表達詩的想像意境，更豐富了詩的內涵，這就是詩作與圖畫完美搭配的範例。（嚴淑女）

台灣兒童圖畫書精彩 *100*

我的春夏秋冬

作者：林麗珺
繪者：林麗琪
出版社：和英出版社
出版日期：2005 年 8 月
頁數：94 頁
尺寸：19.5×26.7cm
定價：280 元
ISBN：9867942604

作者介紹 | 林麗珺

曾任國立台灣博物館解說員八年，並有日文翻譯及教學的經驗，現任教於華語學校。喜歡和孩子們一起走進大自然，尋找樂趣，希望在純真的生命中，找回自我。時常和幻想的小精靈住在同一個時空，在原始森林裡穿梭，在海邊佇足，細細體會大自然的奧妙。著有《我的昆蟲小書》與《我的春夏秋冬》等。

繪者介紹 | 林麗琪

習慣以繪圖的方式來記錄觀察自然的發現與心情，作品有「植物明信片」、「草本花郵票」、「玫瑰花明信片」、「香花郵票」、《林麗琪的祕密花園》、《我的昆蟲小書》、《植物 Q&A》與《我的春夏秋冬》等。

>>>  圖文內容與導讀

本書共分為〈春〉、〈夏〉、〈秋〉、〈冬〉四部分，一開始從春天揭開序幕，接著是夏天、秋天、冬天，以四季為主題，用童趣的文字，依序描繪了一年的生活與變化。

春天是什麼時候來的呢？作者以在去年冬天撿到的一個鳥巢開始，待春天來時，發現鳥巢裡面都是嗡嗡嗡的聲音，打開一看，原來是蜜蜂。從敘述中發現，春天是接在冬天之後來的，冬天結束了，春天便來了。接著，視線往泥土、空中、種植與郊野移去，我們可以看到一根根像問號的捲曲嫩葉、飛鑽的小瓢蟲忙著吃掉植物身上的蚜蟲、須耐心等待發芽的種子與專心吃著蒲公英的兔子，忙著向讀者通知春天來了。春天，是充滿生機與朝氣的。

夏天在哪裡呢？在樹林裡和穿著迷彩的小昆蟲玩捉迷藏、一口氣吹走蒲公英的白色冠毛種子希望願望實現、拿出藏寶盒和朋友分享從海邊及樹林裡尋到的寶物和貝殼，與玩伴嬉戲，夏天，就藏在玩耍之中。

秋天要做什麼呢？雨後，踩在森林裡濕濕軟軟的葉片和泥土上，在腐木、枯葉堆和草叢裡看到了長相可愛的菌類，飄落的葉子使秋天的顏色多采多姿，成熟的果實隨著風飛舞，松鼠也忙著撿橡樹果實，肚子吃得飽飽、嘴巴塞得滿滿，還要找一個祕密基地，將收集的果子埋藏起來。秋天，是收藏果實的季節。果實除了可以拿來看、拿來玩、拿來畫、拿來種、當樂器、作裝飾，還可以拿來認識植物，更可以拿來想念秋天的感覺。

冬天來了，怎麼辦呢？穿著暖暖的外衣，看到北方的寒風，為南方帶來了冬天的訪客，愛水的訪客，在湖面上穿戴著各色的帽子、圍巾、羽毛衣、套頭和長統襪；冷颼颼的風，吹得樹枝彎彎曲曲，只剩下幾片葉子，窗戶也嗚嗚地叫冷；天很早就黑了，媽媽點亮餐桌上的蠟燭，我們用自然的寶物編一個花環，在寒夜中，閃亮著溫暖的色彩；晴朗的日子，一排一排的螞蟻忙著尋找食物與搬運食物；媽媽在廚房裡做了一個薑餅屋，主角也想要像小魔女一樣做一枝有魔力的掃帚，於是用繩子把枯枝和松葉綁在一起，乘著它和小黑貓一起出發，尋找屬於自己的地方。

作者用活潑童心的想像，帶領讀者一步一步地經歷四季，走入自然，細細地品味其中細膩的變化步調，且以第一人稱，帶領讀者進入作者依傍自然而生的想像世界；再加上，繪者寫實生動的圖像，更使人有種身置其中之感。也因繪者寫實的繪圖風格，使人在閱讀之餘，更可以對書中的植物與動物有所認識與了解。而雖然作者並沒有具體描繪書中的主角，但繪者巧妙地將角色幻化為小果實人偶，更增添本書的幻想與童趣。

（林庭薇）

台灣兒童圖畫書精彩 *100*

鹽山

作者：施政廷
繪者：施政廷
出版社：青林國際出版股份有限公司
出版日期：2005 年 10 月
頁數：32 頁
尺寸：28.5×21.7cm
定價：250 元
ISBN：9867249372（精裝）

作者介紹 | 施政廷

1960 年生於高雄縣橋頭鄉，目前居住在桃園縣中壢市。中原大學商業設計學系畢業，曾任出版社美術編輯，現從事兒童圖畫書創作和插畫的工作，並在大學講授圖畫書相關課程。著作有《鹽山》、《烏山頭水庫》、《畫在身上的名字》、《基隆廟口》、《河與岸》等。曾獲第十二屆雄獅美術新人獎入選獎、信誼幼兒文學獎等獎項。《鹽山》獲兒童深耕閱讀計畫 95 年度推薦好書、新聞局第 26 次中小學生優良課外讀物等推薦、《家住糖廠》獲 35 梯次好書大家讀推薦、《我是西瓜爸爸》獲「好書大家讀」年度最佳少年兒童讀物獎等。

繪者介紹 | 施政廷

同上。

圖文內容與導讀

本書以台南七股的鹽山為主題，介紹七股鹽田的開闢過程、製鹽的方法以及製鹽人民的辛勞和生活方式。

故事分成十六個主題，每個主題有其講述的重點。如〈原住民煎煮海鹽〉、〈第一畝鹽田〉、〈日本人『脫褲子圍海』〉，從一開始原住民使用鍋子煮鹽；鄭成功開闢第一畝鹽田；至日本人有計畫的填海造陸、開闢鹽田，介紹鹽田形成的經過。

〈土盤鹽田的結構〉、〈一天工作的開始〉、〈下大雨了〉、〈辛苦踩水車〉、〈鹽田裡的風車〉、〈警察捉小偷〉、〈沉重的鹽籠〉、〈火車來了〉介紹鹽田設計的巧妙，製鹽過程中會遭遇的困難：如曬鹽會受到天候的影響；以及鹽民辛苦的踩水車工作，後來因為一位年輕人設計風車而改善，但現在已經看不見風車了；鹽民可能遇見偷鹽的情形，描繪出鹽民的辛勞。收鹽時則利用火車與竹筏兩種方式將鹽運送出去。

〈潟湖的風光〉、〈豐富的漁產〉、〈簡樸的鹽村〉、〈新時代的鹽業〉、〈鹽山〉則描述七股鹽田的風景、鹽民靠海吃海的生活情形，卻也遭遇年輕人口外移的情形，雖然鹽業漸漸沒落，由鹽巴堆起的鹽山與「鹽山博物館」則將鹽業推向休閒觀光的新時代。

畫面的每跨頁皆為滿版，版面相當豐富，利用水彩顏料，寫實的技法呈現鹽田製鹽的過程，整齊畫一的鹽田搭配詳細的文字解說，可清楚知道製鹽的經過，從畫面中的由給水路進水、水分蒸發、雜質沉澱、曬鹽結晶，排水路排出苦滷，詳細的描繪土盤鹽田的結構，讓讀者在看見一般白皙的鹽巴之外，可從畫面中了解鹽田不只是曬鹽而已，利用鹽田的高低落差，讓鹽水經過一層一層的步驟，從大蒸發池、小蒸發池再到結晶池，經過曝曬即可產生鹽，透過圖畫與文字的互補，讓不曾參與製鹽的讀者，也能了解製鹽的實際情形。

本書前後的蝴蝶頁介紹各種製鹽工具，如「小耙」是用來將鹽耙壟、洗埕；「水車」則是將滷水揚高，讓此書增添不少知識性。透過對鹽山的介紹，讓讀者了解如何開闢鹽田、製鹽方法與製鹽時會遇到的困境與辛勞，在了解七股鹽山之餘，也能認識製鹽的過程，是一本結合知識性與地方特色的繪本。（楊郁君）

台灣兒童圖畫書精彩 *100*

帶不走的小蝸牛

作者：凌拂
繪者：黃崑謀
出版社：遠流出版事業股份有限公司
出版日期：2005 年 11 月 1 日
頁數：48 頁
尺寸：21×29.7cm
定價：280 元
ISBN：9573256517（精裝）

作者介紹 | 凌拂

1951 年生，本名凌俊嫻，輔仁大學中文系畢，曾任國小教師，致力童書與自然寫作，著有《世人只有一隻眼》、《食野之苹》、《與荒野相遇》、《台灣的森林》，兒童自然繪本系列：《有一棵植物叫龍葵》、《帶不走的小蝸牛》、《無尾鳳蝶的生日》、《五月木棉飛》；主編《台灣花卉散文選》、擔任兒童雙語繪本《花園小徑》策劃等。曾獲《中國時報》散文暨報導文學獎、年度最佳童書獎，《聯合報》散文獎、年度十大好書獎，洪建全兒童文學童詩、童話暨散文獎等。

繪者介紹 | 黃崑謀

1963 年生，台東人，復興商工畢業。投入台灣的自然生態與人文建築繪畫創作，紀錄呈現鄉土人文風情。多次獲行政院新聞局金鼎獎、《中國時報》開卷、《聯合報》讀書人好書獎。作品有：《昆蟲入門》、《古蹟入門》、《大台北空中散步》、《恆春半島深度旅遊》、《台灣地形傑作展》、《蕨類入門》、《台灣昆蟲大發現》、《台北古蹟偵探遊》、《魚類入門》、《野菇入門》、《台灣山林空中散步》、《福爾摩莎自然繪本》系列、《菇顏》、《蕨色》、《看見台灣大樹》等。病逝於 2008 年。

圖文內容與導讀

本自然圖畫書能夠傳遞動人的情質，從作者、繪者、讀者一脈心靈相通的直入人心，乃根植於相同的生活經驗，作、繪者溫潤的情彩，演繹出各式各樣的生命故事，動人而具啟發性，已不只是物種習性的資訊，或纖毫畢現的標本排列，生命的經驗因為「有趣」的閱讀而豐富精采。

本書作者凌拂，是書寫自然的高手，具有堅實的文學素養與深刻的田野經驗，從凝練雅致的成人散文，轉化成兒童自然繪本系列的寫作，可說是經過她「精心研發仔細調配開創出來的新貴」（《與荒野相遇》〈冰玫瑰〉），落實她一貫對教育的關懷。

黃崑謀的淡雅水彩，為故事底定一個舒緩寧適的基調，讀者隨著樸素流暢的文字，觀賞阿吉對自然沃野的依戀，想帶走小蝸牛，卻被爸媽勸退，終究沒能將他發現的小蝸牛帶走，圖像描繪阿吉落寞走向打開門的轎車，背後是舊家植物豐茂的庭院及田園山景，這一跨頁有極深的情感衝突與象徵意涵，同時承轉故事的場景：由鄉村到都市，也傳達了人類面對文明的發展，或勉強接受或欣然向前擁抱都市發展的不同態度，這樣的思索，從繪者援引朱銘太極系列雕刻作品意象，藉由一尊桌上的雕像，表達人與自然「和諧共存」、尋求溝通之路的想法。如同蝸牛隨著小主角從鄉村到都市，外在環境的改變，似乎沒有減少他們對自然的熱愛與嚮往，以植栽柔軟鋼筋水泥建築的僵硬，改善居家的氛圍，植栽也成為他們相遇的背景。

小蝸牛偶然隨著植栽搬遷到都市，阿吉欣喜他鄉遇故知的相逢，於是和蝸牛在都市公寓中相伴生活，發展出饒富趣味的過程，如：在浴室的相見歡、客廳的寧靜爬行、蝸牛啃紙事件、倒掛金鉤吃木瓜、在殼口封一層薄膜……等，讓讀者在故事中也習得有關蝸牛的習性，如此生活化深入淺出的描寫，必定出於嚴密的近身觀察。而畫家則剪裁分割故事畫面，角度多取場景全貌，搭配放大蝸牛的特寫，轉換故事視角，頗有人與蝸牛彼此觀察、相互依存的情味，讓安靜的故事線一直牽引著讀者，好奇阿吉和小蝸牛如何在都市公寓中，照見彼此生命的亮度。

故事結束於小小蝸牛誕生，阿吉和兩隻蝸牛在初相見的浴室中再度相會，頗有迴環反覆、生生不息的餘味，這也呼應大自然美妙的奇蹟。（林德姮）

台灣兒童圖畫書精彩 *100*

18

葉王捏廟尪仔

作者：陳玟如、許玲慧
繪者：官月淑
出版社：青林國際出版股份有限公司
出版日期：2006 年 12 月
頁數：32 頁
尺寸：22×29cm
定價：250 元
ISBN：9789867249791（精裝）

作者介紹｜ 陳玟如、許玲慧

1960 年出生於雲林，文化大學青少年兒童福利學系畢。曾經擔任《小小牛頓幼兒 ‧ 親子月刊》
特約編輯，以及《小樹苗雜誌》、《兒福家庭月刊》主編，現任職於新學友書局叢書雜誌處。
作品有：《怎樣與寶寶說話》、《創意教學 56 變》、《快樂教學魔法師》。
許玲慧，文化大學青少年兒童福利學系畢。曾經做過幼稚園老師。由於有豐富的幼兒教育經驗，
因此後來擔任《小樹苗雜誌》主編、《小小牛頓幼兒雜誌》副總編輯。作品有：《十二婆姐》、
《玉井芒果的祕密》、《我是奇異的水果》、《甘甘苦苦的麻芛》、《生命教育故事書》等。

繪者介紹｜ 官月淑

出生於嘉義，國立藝專美術科畢。曾擔任《漢聲》雜誌的美術編輯，現為專職插畫家。作品無數，
有：《彩虹紋面》、《綿羊媽媽織毛襪》、《小古怪，你怎麼啦？》、《八歲，一個人去旅行》
等等。作品曾獲金鼎獎、小太陽獎等肯定。

 圖文內容與導讀

交趾陶是一種低溫彩釉軟陶，常見於廟宇的裝飾。在台灣，葉麟趾是交趾陶的開山祖，根據文獻記載，他也是台灣第一位交趾陶藝家。因為他製作交趾陶的手藝精湛，所以後來的人稱他為葉王。

葉王出生於西元 1826 年，嘉義民雄人。由於葉王的爸爸從事製陶工作，所以葉王在田間放牛的時候，很喜歡用泥土捏成各式泥偶來玩耍。

有一天，一位廣東專作「瓦脊公仔」的師父經過，看到葉王的好手藝，便招收為徒，並將彩釉窯燒的技法傳授給他。葉王將此技術融合了台灣本土的風味，創作出獨樹一格的交趾陶作品。

葉王十四歲時，已能掌握製作廟尪仔的技巧，十七歲開始主持嘉義城隍廟的裝修工程。從此之後，越來越多的廟宇請葉王裝飾廟裡的壁堵和屋頂。西元 1860~1862 年，台南縣學甲鎮的慈濟宮進行大修，當時聘請葉王主持裝修工程，這段時間正是葉王創作的巔峰期。後來慈濟宮成立了葉王交趾陶文化館，將葉王的作品陳列，以供後人欣賞與研究。如果想欣賞葉王的交趾陶作品，除了葉王交趾陶文化館之外，台南佳里的震興宮也是不錯的選擇。

葉王的作品題材廣泛，尪仔的動作和表情不僅栩栩如生，色彩更是鮮豔溫潤，尤其是「胭脂紅」的釉色，令人驚豔。日據期間，日本人曾將葉王的作品送至法國巴黎參加世界博覽會，引起國際藝壇的重視。葉王成功的將交趾陶從民間工藝提升成台灣特有的藝術作品，堪稱是台灣的國寶級大師。

這本繪本屬於「南瀛之美」系列，作品如實的介紹葉王學習交趾陶的過程。葉王是台灣重要的藝術家，他的藝術成就早已受到國內外藝壇共同的肯定。此書不僅詳述葉王的學習過程，更帶出葉王謙卑實在的處世哲學。閱讀此繪本，讀者可以了解交趾陶的世界，也可以更清楚的了解葉王創作的過程和做人的態度。

除了介紹葉王學習交趾陶的經過，本書也參雜了部分鄉野傳說和忠孝節義的故事，文字不僅具啟發性，更融合了豐富的想像力，讓讀者對於葉王的事蹟充滿景仰與好奇。

圖畫部分，透過繪者純樸踏實的畫風與豐富溫暖的用色，讀者可以欣賞到台灣傳統的廟宇建築和廟會活動，傳遞出台灣特有的傳統風味。（邱慧敏）

台灣兒童圖書書精彩 *100*

79

綠池白鵝

作者：林良
繪者：陳美燕
出版社：小魯文化事業股份有限公司
出版日期：2006 年 1 月
頁數：40 頁
尺寸：28×21cm
定價：280 元
ISBN：9867188217（精裝）

作者介紹 ｜ 林良

1924 年生於廈門，福建同安縣人。畢業於師範學院國語科，為現代散文及兒童文學作家，致力於語文教育。曾任報紙主編、國語教科書編審委員，後擔任國語日報社董事長，被尊為台灣兒童文學界的大家長。喜歡用筆名「子敏」寫散文，用本名寫兒童文學，文風清新帶有「童趣」，曾獲中山文化基金會的文藝創作獎等多項獎項。2003 年榮獲金鼎獎終身成就獎。兒童文學創作有《兩朵白雲》、《我是一隻狐狸狗》、《小紙船看海》等。

繪者介紹 ｜ 陳美燕

1947 年生，擔任多年兒童讀物編輯，喜歡為兒童編輯好書，之後開始繪製圖畫書，並嘗試以水墨技法來構圖表現，希望打破一般認為兒童只喜歡高彩度圖像的迷思，讓小讀者有機會接觸中國水墨的特有趣味，體會中國畫與西畫之間不同處。其作品曾於 1995 年義大利波隆納國際兒童書展台灣館展出，並曾獲小太陽獎、《中國時報》開卷年度最佳童書、新聞局優良讀物推薦等榮譽。曾繪《小保學畫畫》、《爸爸的老師》、《晶晶的桃花源記》等。

>>>  圖文內容與導讀

本書取材台灣農村隨處可見的景色，故事看似尋常平淡，卻含意深遠。作者要透過這本書傳達尊重與禮讓的態度，喚醒讀者靈魂深處被埋藏已久的待人處事之道。

故事發生在一個名叫「綠池」的池塘，一隻白鵝住在綠池旁的竹林裡，每天早上都有許多小孩子等著牠來到綠池，有如一位穿著白袍的國王，優雅的在綠池裡巡行一周，小孩子們帶著尊敬心情，靜靜的看著這隻他們所愛的白鵝，白鵝也喜歡和孩子們親近。後來，綠池又來了另一隻白鵝，住在池子另一邊的灌木叢裡，新來的白鵝和孩子熱情的互動，孩子們也同樣喜歡這隻白鵝。兩隻白鵝暗自欣賞對方，直到一天黃昏，兩隻白鵝在綠池中央相遇，誠摯的相互讚美，儘管對方和自己有許多不同，但牠們真心的張開翅膀擁抱對方，成為出入同行的好朋友，一起在綠池陪伴著牠們所愛的孩子。

作者主張用淺語來為兒童寫故事，故本書的文字淺白質樸，以平實的語彙文句敘述兩隻白鵝的故事，意義深遠，別有一番韻味。書中對於兩隻白鵝的描述，運用了不少比喻手法，將白鵝比喻成穿白袍的國王、白色的遊艇及白色的軍艦，在簡單的情節中，加上不少想像力的點綴，增添許多閱讀的趣味。書末還附有英文版的故事全文，讓讀者可以用另一語言品嘗這個故事，也是雙語教學最好的學習素材。

有人曾問作者為什麼要寫兩隻好白鵝的故事？作者回答自己筆下寫的多是好人，為的是要讓故事中的主角成為讀者的模範，希望《綠池白鵝》中的兩隻好白鵝，能夠讓年輕的讀者學習永遠對他人懷著好意，並且懂得欣賞別人的優點。《綠池白鵝》中雖沒有壞人的角色，但卻仍有值得讀者深思的問題，在生活中，有時我們扮演著第一隻白鵝的角色，有時則像是第二隻白鵝，我們如何去對待另一隻白鵝呢？作者希望讀者能從本書找到屬於自己的解答。

書中插畫忠實呈現文字的淡雅平實，以簡筆淡墨，運用流暢的線條，描繪出綠池的寧靜，和白鵝的飽滿圓胖，使畫面處處充滿寧靜、優美，而繪者畫筆下的孩童和白鵝表情純真，互動之間帶著純真的童趣，不僅生動完美地襯托出故事的精神和意涵，更令讀者閱讀後感到怡然自得。

本書故事內容雖不像市面上其他圖畫書有著高潮迭起的情節，但卻嘗試以兩隻互相尊重、欣賞的白鵝，傳遞正面的價值觀，不僅帶給讀者閱讀的樂趣，也滋潤了心靈。（林芝蘋）

台灣兒童圖畫書精彩 *100*

80

短耳兔

作者：達文茜
繪者：唐唐
出版社：天下雜誌股份有限公司
出版日期：2006 年 3 月
頁數：33 頁
尺寸：23×25cm
定價：250 元
8ISBN：986715827X（精裝）

作者介紹 ｜ 達文茜

本名劉思源，曾在出版界工作十多年，目前為自由工作者，重心轉向創作，著作包含繪本、故事、傳記等。曾獲文建會「台灣兒童文學一百」推薦、「好書大家讀」年度最佳圖畫書、《中國時報》開卷「好書榜」等。作品有《短耳兔》、《短耳兔考 0 分》、《妖怪森林》、《愛因斯坦》、《我是狼角色》和《騎著恐龍去上學》等。多本繪本已售出美、法、日、韓、巴西等國版權。

繪者介紹 ｜ 唐唐

1966 年生於花蓮，本名唐壽南，2003 年以唐唐為筆名發表作品，作品裡常帶著迷濛的奇幻風格，對兒童心理的描繪極為貼切細緻，且充滿另類的想像空間。曾獲加泰隆尼亞插畫雙年展、金蝶獎插畫類榮譽獎及亞洲繪本原畫雙年展榮譽獎、義大利波隆納國際童書展台灣館推薦插畫家。除了插畫以外，也從事藝術創作，作品廣受私人及美術館收藏。作品有《短耳兔》、《短耳兔考 0 分》、《喜歡你》、《偷蛋龍》、《在我心裡跳舞——米努克兔的世界》和《想當大王的屎克螂》等。

圖文內容與導讀

本書講述一隻小兔子冬冬從小就與眾不同。別的兔子耳朵又白又長，冬冬的耳朵卻是小小的、圓圓的、肥肥的，就像兩隻小蘑菇。媽媽說他的耳朵很可愛、很特別，不過冬冬還是不喜歡自己的短耳朵。為了讓耳朵變長，聰明的冬冬想了好多方法：吃很多營養的食物、幫耳朵澆水、用曬衣夾拉長耳朵……但是他的耳朵還是沒有變長。最後他用麵粉做出又白、又長的耳朵，想不到竟然意外被老鷹叼走，長麵包耳朵掉了，他躲在蘑菇叢中，他的短耳朵竟然讓他躲過老鷹的追擊。而且老鷹喜歡冬冬的麵包耳朵，冬冬因此開了一間有名的兔耳朵麵包店呢。

作者塑造一隻有點聰明、有點糊塗，有時勇敢，充滿信心；有時膽小困惑，心地善良；但也常常搞砸事情……的短耳兔。但是在兔子的外表下，其實隱藏著就是一顆孩子的心，真實的顯露出孩子的個性、脾氣和行為。特別深入孩子的心理，描述孩子對於自己的外表特徵沒有自信時的心理反應，而作者藉著小孩的異想世界，運用各式各樣的解決方法，最後異想天開的做了麵包耳朵。不僅讓冬冬了解與生俱來的特徵——短耳朵的妙用，而他的創意點子「兔耳朵」麵包也是讓他成為麵包店老闆的新契機。而且最後面，作者幽默的結合現代速食兔下車購物的方便，提供老鷹們「捉了就走」的貼心服務，讓這個故事沒有落入強調建立孩子自信的俗套，而是在幽默中解決了孩子的心理感受。

繪者覺得創作繪本最有趣的是一再、一再的重溫快樂的童年時光。本書他回味童年的情況，為這個故事創造溫馨可愛的角色和充滿巧思的構圖，並利用他擅長營造氣氛和描繪兒童心理的繪畫特質，呈現出短耳兔冬冬的異想世界。他運用溫暖色系和壓克力特有的筆觸，畫出小兔冬冬的一舉一動，想盡各種辦法的可愛和堅持；戴著小帽子十足小孩的模樣；做蛋糕時的認真表情和擁有長長麵包耳朵的得意神態。讓文字沒有多加描繪的孩子性格充分展露出來。

除了配合故事的場景描繪之外，整體故事的構圖節奏呈現出電影運鏡般的效果，讓讀者跟著冬冬一起想像、一起實驗讓耳朵變長的各種可能性、一起在廚房裡製造夢幻耳朵、一起在遼闊的草原上躲避老鷹的攻擊，繪者充分運用他擅長的多變構圖，營造出趣味和緊湊的戲劇張力。此外，繪者以壓克力顏料呈現出油畫般的效果，呈現出極為真實的質感。但是，又畫出冬冬充滿想像力的情節畫面，整本書就在這種真實虛幻的交互作用中，把小兔子冬冬的心理變化和充滿戲劇性的經歷和結果，做了最佳的詮釋。（嚴淑女）

台灣兒童圖畫書精彩 *100*

81

在哪兒呢

作者：黃禾采
繪者：黃禾采
出版社：信誼基金出版社
出版日期：2006 年 4 月
頁數：31 頁
尺寸：29.5×21cm
定價：250 元
ISBN：9861611037（精裝）

作者介紹｜ 黃禾采

曾獲得第十八屆信誼幼兒文學獎圖畫書創作佳作。對於創作她認為當孩子翹首望著手中的圖畫書，就像望著無數星光燦爛，小小腦袋究竟在想些什麼呢？翻動的書頁聲裡，夾雜著無數情緒起伏的輕響，是如此單純的感動與不可思議的互動，深深吸引她不斷演說故事和創作，她希望當她年老，白髮覆蓋雙鬢時，可以聽到孩子喚她：故事奶奶。

繪者介紹｜ 黃禾采

同上。

圖文內容與導讀

「一朵小花，引來一隻蜜蜂；一片花海，引來一群蜜蜂；一塊花布，引來一個小裁縫；一條花領巾，引來一陣風。衝下山坡，渡過小溪，花領巾在哪兒呢？」一隻野鴨為了尋找花領巾，穿過玉米田、蒲公英花絮飛滿天的草原、走進夜空中星星的家。他詢問小鳥、地鼠、瓢蟲、蜘蛛，大家都沒看見那條花領巾。一陣風，喚醒沉睡的種子，在老樹上，編織飛舞的小花，滿滿的花海布滿整棵大樹，蜜蜂，窩進花心裡。小鴨，賴在花領巾裡。

作者歷經一年多的寫生和構思，以詩意精鍊的文字搭配精緻的圖畫，文圖搭配精巧地完成這本精采的作品。她說：「小時候，看到牽牛花攀上枝椏編成紫色飛天魔毯，總會有一股莫名的興奮，是有精靈長駐，否則怎麼會將有翅膀的小動物全引入它的懷裡。吸引，是心中不斷反覆的音律，還是孤注一擲的動力？」就是這種對牽牛花的想像，讓作者回到出生的山林，開始起草作畫。為了掌握最真切的景致，她在不同季節和時間觀察作畫，透過不斷意象化和單純化的背景，希望讓大地的每寸芬芳都能破紙而出。

跟著風，讀著隨著野鴨展開了一段追逐的旅程，透過作者細心編織的畫面，在「尋找」的過程中，不斷有新的發現和驚喜，偶爾也會有不確定和害怕的感覺，但是只要願意展開翅膀開始追尋，就會有如花似夢的美景和希望在前方等待著。作者以詩意的文字引發視覺想像，不經意的帶出相關的自然及動植物知識，在尋找花領巾的過程中，也表現了季節和時間的變化，全書首尾呼應，形成一個完整的循環。而簡練的文字，段落分明的故事結構，充滿音樂性、節奏和意象。讓這本圖畫書適合大聲朗讀，也適合靜靜欣賞。

在繪畫上，作者仔細觀察台灣特有的動植物習性、生長的季節和地理環境，以靈活生動的畫筆，細膩的筆觸、線條、鮮活的色彩，精工描繪大自然充滿靈氣的景象。特別是拉頁上呈現牽牛花圍繞著大樹的景象，從夜晚到日出，只在清晨到中午開花，又稱為子午花的牽牛花，往右越開越茂盛，證實作者觀察入微。而在構圖上採用不同的俯視、平視、仰角等多角度的方式，帶領讀者用不同的視角來領略台灣土地之美，是一本看似簡單卻寓意深遠、文圖皆充滿詩情畫意的佳作。（嚴淑女）

台灣兒童圖畫書精彩 *100*

82

請問一下，踩得到底嗎？

作者：劉旭恭
繪者：劉旭恭
出版社：信誼基金出版社
出版日期：2006 年 4 月
頁數：32 頁
尺寸：20×28cm
定價：250 元
ISBN：9861611029（精裝）

作者介紹 ｜ 劉旭恭

1973 年出生於台北，畢業於台大土木系研究所，做過工程人員和校車司機。現為「圖畫書俱樂部」和「繪本地下室」成員；曾於小大繪本館、沙卡學校及全人中學教過繪本。作品曾獲信誼幼兒文學獎、「好書大家讀」年度最佳少年兒童讀物獎、九歌 96 及 97 年童話選入選。作品：《好想吃榴槤》、《小紙船》、《大家來送禮》、《到烏龜國去》、《五百羅漢交通平安》、《小壁虎不哭》、《謝謝妳，空中小姐！》、《一粒種籽》和《下雨的味道》等。

繪者介紹 ｜ 劉旭恭

同上。

圖文內容與導讀

本書是第十八屆信誼幼兒文學獎的首獎作品，以小狗、小貓和小豬三隻小動物到游泳池游泳為題創作。三隻小動物到山裡的游泳池游泳，卻把游泳圈放在車上忘了帶下來了。三隻不會游泳的小動物本來很焦慮，但是陸續遇到三隻剛從泳池上來的動物，他們重複問同樣一句話：「游泳池的水會不會很深哪？請問一下，踩得到底嗎？」恐龍說：「踩得到底呀，只到大腿而已。」大象說：「踩得到底呀，只到肚子而已。」大熊卻說：「有點深喔，水到胸部呢。」三隻小動物聽到這些話，就放心的往前走，因為他們以自己的身高去衡量，認為水只到大腿、肚子和胸部而已，那游泳池一定不深，一定可以踩到底。他們開心的往水裡跳，發現水好深啊，根本踩不到底。快要沉下去時，一隻河馬剛好游過來，他們認為可以踩到底了。他們開心的玩潑水、溜滑梯，根本不知道是河馬頂住他們。故事結尾時，他們在泳池的階梯上，遇到一隻小老鼠，問了同一個問題：「……踩得到底嗎？」

作者在這本書的故事中運用許多巧思，深具原創性。三隻小動物不停的問著：「請問一下，踩得到底嗎？」雖然是相同的問句，但是說話的動物和聽話的動物的身高落差很大，作者故意造成他們之間對於問題解釋的落差，並且用圖畫的呈現，讓讀者了解說話的動物和聽話的動物之間想像和真實的差距，造成一種類似看舞台劇的戲劇效果。跨頁左右兩邊的圖同時呈現兩種不同的畫面：左邊是小動物聽完話之後的想像畫面；右邊是說話動物在深深的泳池中真實的畫面。文字更是天真的呈現小動物的喜悅：「水不會很深耶！」這樣的文圖呈現方式，不斷的重複三次，牽動在畫面外觀看的讀者，因為了解真實情況而為這三隻小動物誤解話語原意而擔心的情緒，隨著故事劇情的起伏，越來越高。

直到三隻小動物跳入泳池中，讀者緊張的情緒達到最高潮。泳池的水真的好深啊！三隻小動物真的沉下去了。還好作者適時提供河馬來解救他們。讓他們能踩得到底，安全又開心的玩了好久。完全不知道是河馬幫助他們。當讀者觀賞戲劇的緊張情緒緩和下來時，作者卻在結尾時，安排一隻比他們更小的小老鼠問了同樣一句話，再度挑起讀者的情緒。故事在此結束，讀者一定知道這三隻小動物的答案。這樣的劇場效果，幽默、趣味和戲劇性十足。

此外，讀者也可隨著畫面一步步探索，享受閱讀的樂趣，同時了解深淺、大小、高低、上下的概念。在這個生活化的故事中不僅蘊含幽默文學的特質，也提供了兒童對於概念的探討、主觀角度與客觀現實的差距，以及正確傳達語意與溝通的重要性。（嚴淑女）

83

小丑・兔子・魔術師

作者：林秀穗
繪者：廖健宏
出版社：信誼基金出版社
出版日期：2007 年 4 月
頁數：36 頁
尺寸：22.5×29.7cm
定價：250 元
ISBN：9789861611532（精裝）

作者介紹｜ 林秀穗

1970 年生，畢業於國立高雄科技大學。曾獲陳國政兒童文學獎圖畫書類佳作、信誼幼兒文學獎圖畫書創作獎。著有《妮妮的一塊錢》、《稻草人》、《無賴變王子》、《癩蝦蟆與變色龍》等。

繪者介紹｜ 廖健宏

1971 年生，筆名小料。曾獲陳國政兒童文學獎圖畫書類佳作、信誼幼兒文學獎圖畫書創作獎、《國語日報》兒童文學牧笛獎圖畫書類等。繪有《妮妮的一塊錢》、《銀毛與斑斑》、《稻草人》、《無賴變王子》、《彩虹街》、《癩蝦蟆與變色龍》、《司機爺爺》等。

 圖文內容與導讀

2006 年，本書獲得第十八屆信誼幼兒文學獎圖畫書創作類佳作獎，於 2007 年出版。作者與繪者為夫妻檔，一同創作了許多優秀的圖畫書作品。他們提到在創作設計此書時，來自於童年欣賞馬戲團的回憶，給了他們一幕幕的靈感，馬戲團中的小丑、魔術師，甚或獅子、兔子、猴子……，都成為本書的元素之一。

翻開蝴蝶頁，好戲即上場，白色的燈光聚集在小丑和魔術師身上，一位在左邊，一位在右邊；小丑趁著魔術師打盹時，拿起他的帽子開始變魔術。那知小丑成功變出兔子，亂蹦亂跳的頑皮兔兒馬上跑得不見蹤影；以為逮到牠了，捉起來卻是一隻大象。每當小丑以為尋到了，卻先遇到雄赳赳的獅子、空中女飛人、華麗的馬兒。這下子糟糕了，兔兒還沒找著，魔術師卻醒來了。只見魔術師優雅的鞠個躬、行個禮，且看他變把戲，尋回小兔子！

本書僅有兩種顏色「黑」與「白」，顏色雖簡單，但卻創造出光影的效果，使每頁的焦點元素更為聚集。看似由簡潔的白黑線條和白黑區塊，經由繪者的巧手，使得各個角色的表情、外貌和動作更加活靈活現，好比小丑每當以為找到了兔子的開朗表情，翻了頁，卻不是兔子的驚訝神情；或者是外形的塑造，馬戲團中的物品等元素原本應該是多采多姿，但繪者透過白或黑的線條，讓小丑的服裝、單車轉輪、披風的圖案顯得繽紛燦爛、逗趣可愛，毫不遜於多彩的世界！

在閱讀本書時，很容易產生趣味的效果。在尋找兔子的過程中，每當小丑露出開心的笑容時，這一頁的畫面會在角落繪上兔子的各個部位，但接續的下一頁，卻又不是兔子，因為兔子又跳開了。上下連續下來，形成了一種想像的遊戲感，使讀者於觀看時忍不住猜想下頁所呈現的畫面。

本書是無字書的創作方式，必須依靠讀者的觀察和思考，連結上下畫面才能組合成一個完整的故事。也因為這樣的方式，可以讓這本圖畫書有更多不一樣的解讀，讀者可以自行揣摩小丑、魔術師或者是兔子等角色的心情，加以聯繫並相互解釋，賦予更多不一樣的想像在這本圖畫書上。但是，別忘了，故事到最後要記得翻到最後方蝴蝶頁的部分，因為故事是持續到末尾喔！（蔡竺均）

台灣兒童圖畫書精彩 *100*

84

等待霧散的戴勝鳥

作者：張振松
繪者：張振松
出版社：金門縣政府文化局；聯經出版
公司
出版日期：2007 年 5 月
頁數：32 頁
尺寸：30×22cm
定價：250 元
ISBN：9789860094190（精裝）

作者介紹 ｜ 張振松

1965 年出生於嘉義，復興美工畢，目前是位專職的插畫家，作品極富童趣，曾獲「好書大家讀」、時報開卷最佳童書等多項大獎。作品有《曬棉被的那一天》、《綠豆村的綠豆》、《目連救母》、《大怪龍阿烈》、《老鼠捧茶請人客》、《阿金的菜刀》等等。

繪者介紹 ｜ 張振松

同上。

圖文內容與導讀

金門縣文化局希望讀者可以透過淺顯的文字和優美的圖畫認識金門，所以將金門特有的三種動物——鱟、水獺與戴勝鳥當作繪本主角，分別出版《鱟》、《水獺找新家》以及《等待霧散的戴勝鳥》等三本繪本。希望讀者在領略文學之美的同時，可以增進對金門的了解。

金門的鳥種非常豐富，是賞鳥人士心中適合賞鳥的地方之一。其中，戴勝鳥是金門四季常見的鳥類。最早，金門人認為戴勝是一種不吉祥的鳥，因為戴勝經常出沒在墳場或墓穴，啄食棺木裡的蟲，被人誤解是在啄食屍體，因此有了「墓崆鳥」或「墓崆雞」的稱號。大家一看到戴勝鳥，就會覺得厭惡。後來根據學者的研究，發現八成以上的戴勝鳥是居住在廢棄的古厝或農舍，學者認為應該改稱戴勝鳥為「祖厝鳥」才對。

繁殖期時，戴勝鳥的巢穴非常臭，有研究說是因為雛鳥一受驚，就會由皮脂腺排出霉味；也有研究說是因為親鳥身上分泌出異味，以保護巢穴的安全。所以，有人叫他為「臭婆娘」。

西元 2007 年，金門交通旅遊局選擇戴勝鳥為金門觀光旅遊的最佳吉祥物。旅遊局人員認為，戴勝鳥是金門常見的留鳥，喜歡留連古厝，在開闊的農田耕地上徘徊，牠的體態輕盈美妙，飛行姿勢更是優雅。於是，金門旅遊局決定將戴勝鳥變成金門觀光的吉祥物。因此，西元 2007 年 7 月 1 日開始，金門的觀光公車及站牌，四處可見卡通版戴勝鳥的圖案。

戴勝鳥的外型奇特，長嘴細長而彎曲，能插入土裡與石縫間挖食蠕蟲，是農業上與森林裡的害蟲殺手。戴勝翅膀黑白相間，頭上的羽冠平常是緊貼著頭，只有在求偶、警戒或飛翔降落時，羽冠才會開展。是獨棲性的鳥類，常常單獨出沒。

圖像方面，此書每一幅都是跨頁滿版出血。圖畫很有作者個人風格，整個圖像不僅兼顧金門人文生活的氛圍，也將金門自然風光深刻的描繪出來，在色彩上，作者利用水彩產生暈染的效果，呈現出不同的韻味。

此書圖片成功補足作者文字隱晦不說的部分，經由文字與圖片的巧妙搭配，將戴勝鳥生動、優雅的型態展現在讀者面前，讀者閱讀後，必能對戴勝鳥有初步的認識與了解。（邱慧敏）

台灣兒童圖畫書精彩 *100*

85

門神

作者：張哲銘
繪者：張哲銘
出版社：泛亞國際文化科技股份有限公司
出版日期：2007 年 5 月
頁數：11 頁
尺寸：21.6×30.2 cm
定價：450 元
ISBN：9789577208460

作者介紹 ｜ 張哲銘

1964 年生於雲林縣莿桐鄉，專職繪本藝術家，創辦斑馬文創公司。已出版一百多本兒童繪本作品。2003 年、2011 年兩度入選義大利波隆納國際童書原畫展。作品有：《綠色的獅子》、《迎媽祖》、《紅公雞》、《愛畫畫的塔克》、《大熊的花園》、《生日快樂》、《草莓精靈》、《斑馬花花》等。

繪者介紹 ｜ 張哲銘

同上。

圖文內容與導讀

本書為關於門神的故事。故事描述左村有一位長得非常奇怪又非常黑的人，且蓄著滿臉的大鬍子，雖然他的心地善良又害羞，但他的長相卻讓貓、狗都懼怕，特別是村裡的大人和小孩都被他的長相嚇住，於是大家決定將他趕到城外以免嚇人；而右村有一個長得非常奇怪、臉色蒼白得一點血色也沒有的人，雖然他也心地善良又害羞，但看到他的人都以為見鬼了，所以都躲得遠遠的，而村裡的大人和小孩也都被他的長相嚇到，於是村人也決定將他趕出城外以免嚇到人。

左村的人和右村的人在城門外相遇，他們沒地方可去只好蹲在城門的兩邊。日子久了，他們便各自在城外搭建起簡單的房子，感情也愈來愈好，像親兄弟般，彼此也約定白天不出門，直到夜晚才出來活動以免嚇到人。有一天，惡魔伸出魔爪衝著城內的村民而來，準備降臨一場厄運，城裡的村人感到非常害怕。但當惡魔準備施展魔力時，卻在微弱的月光下看到了這兩個人，而惡魔便被長相奇特的兩人嚇跑了。

躲過一場厄運的城內人，為了感激他們便一起幫他們蓋了新的房子，且給他們穿上將軍的衣服。從此之後，兩人便在城內安頓下來，且在高大的城門上畫了他們的畫像，讓惡魔不敢再靠近，使得全城獲得長久的安全。

而在中國民間故事中，還有兩種不同的門神的由來，一是「神荼」與「鬱壘」的故事，另一則是唐太宗的武將——「秦叔寶」與「尉遲恭」——的故事，兩相比較之下，會覺得本書的故事較為溫和逗趣。且作者也藉由門神故事的編寫，讓讀者體會，每個人都有自己不同的優勢，要試著去欣賞、尊重和自己不一樣的人；如同兩位主角雖然長相不討人喜愛，但卻也因為他們的長相才解除了城內的危機。

本書的封面除了畫上兩人在城門上的畫像，且設計得像兩扇門一樣，可以往左右兩邊打開，呼應了本書的書名。打開左邊的門，是左村主角的故事；打開右邊的門，是右村主角的故事。而當左村的主角與右村的主角在城門外相遇時，原本左右分開的故事，在此合在一起，頁面也變成往上翻頁，為接下來的故事呈現另一種設計。而左頁和右頁文字的相似性，使人讀來有重複之感，除了可加深對於故事的敘述，也讓讀者更容易進入故事的脈絡。（林庭薇）

台灣兒童圖畫書精彩 *100*

86

請到我的家鄉來

（新版）

（新版）
作者：林海音
繪者：鄭明進
出版社：小魯文化事業股份有限公司
出版日期：2007 年 11 月
頁數：48 頁
尺寸：24.5×28cm
定價：290 元
ISBN：9789862110119（精裝）

（舊版）
作者：林海音
圖輯：鄭明進
出版社：台灣省政府教育廳
出版日期：1980 年 11 月
頁數：48 頁
尺寸：18×21cm
定價：46 元
ISBN：無（平裝）

（舊版）

作者介紹 ｜ 林海音

本名林含英，1918 年生於日本大阪，原籍苗栗縣頭份鎮。小說《城南舊事》德文版榮獲瑞士「藍眼鏡蛇獎」，曾改編成電影。提出「純文學」概念，提倡不含政治及商業目的地創作文學，1961 年成立純文學出版社，創辦《純文學雜誌》。她的客廳是人人稱道的文藝沙龍，「是半個台灣文壇」，身兼文學家、出版家、編輯，對推廣台灣文學不遺餘力。名言是「有人得意，看背影就可以知道；有人失意，聽腳步聲就可以知道。」2001 年逝世。

繪者介紹 ｜ 鄭明進

1932 年生於台北。台北師範藝術科畢業，1977 年獲邀日本第十二屆世界兒童圖畫書原作展，1992 年獲信誼幼兒文學獎特別貢獻獎入選，2000 年波隆納國際兒童書展台灣主題館展圖畫書 20 本，2007 年中華民國兒童文學學會主辦「鄭明進先生作品研討會」，為首位兒童插畫家學術研討會。著有《傑出圖畫書插畫家──歐美篇及亞洲篇》、《圖畫書的美妙世界》、《動物兒歌集》、《看地圖發現台灣好物產》、《老鼠偷吃我的糖》等。翻譯作品有：《怎麼還沒來》、《野貓的研究》等。

圖文內容與導讀

《**請**到 我 的家鄉來》融合台灣兒童
文學界兩大名家之作，林海音女
士以優美的文字，結合兒童文學的韻味
與知識的趣味，書寫橫跨世界五大洲、
二十一個特色國家；有「台灣圖畫書教
父」之稱的鄭明進老師，以多年來豐富
的旅行經驗，將畫筆彩繪旅行的視界，
奔放的畫風描繪林海音女士筆下的異國
風情。豐富的人生閱歷和專業的創作導
引，邀請讀者進入他的交友世界，運用
了各種媒材與繪畫技法，繪製了六十多
幅圖畫，希望孩子從畫中感受各國文化
之美，也學習從中觀察、體會生活中對
「美」的感受。

美學大師蔣勳曾提出「**美，或許不在
劇院，不在音樂廳，不在畫廊；美就
在我們生活中。**」鄭明進老師認為讓美
術走進生活，也讓生活沉浸在美的氛圍
裡，是永不止息的希望。《請到我的家
鄉來》兼具文學優美、地理見識、藝術
眼光的知識性繪本，也是孩子神遊地球
村的啟蒙書。打開書彷彿收到來自遠方
朋友的邀請，觸動對世界的好奇與探索
的興趣，並心領神會探索帶來的「美」
的感動。

1980 年，鄭明進老師和林海音女士合
作由「中華兒童叢書」出版了《請到我
的家鄉來》這本書，編輯設計只在文字
外，搭配世界各國的兒童畫，無法把林
海音女士生動的文字內容完全呈現出來；
因此重新印製時，鄭明進老師以在各地
旅行中所畫的自然景觀、建築、人物和
風土民情、節慶文化活動插畫來補強，
讓這本書脫胎換骨，更形耀眼。而林海
音女士運用世界各地小朋友的口氣，邀
請小讀者到他們的家鄉旅行，散文詩般
優美的文字，每一篇都以「**請到我的家
鄉來，我的家鄉是……**」開頭，有如重
複的歌句，令人琅琅上口，描寫出地球
村鮮活的印象，堪稱台灣兒童文學知識
類寫作的典範。

美術教育工作者曹俊彥老師認為藉由
看到這本書，就像一下子收到好多由國
外寄來的手繪圖畫明信片一般的快樂。
它將開啟小朋友對世界的好奇，也刺激
他們回首檢視、尋找自己家鄉的美妙。
書中許多畫面是鄭老師在旅行時用畫筆
記錄下來的，再依文字的表現重新構思
畫面。為了讓小讀者能有更真實的感受，
鄭老師更在畫面上安排珍藏多年的各地
兒童繪畫和郵票，也豐富了整體美術設
計。因應如此，小魯出版社編輯在版面
設計上，讓小讀者也能想像收到世界各
地寄來邀請的明信片。每一頁都是文學、
知識與美學的完美呈現出令人驚奇的大
世界。

請到我家鄉來吧，我的家鄉是台灣，
位於大陸和太平洋中間，菲律賓的上方，
有許多地震所創造出來的特殊地形。花
蓮太魯閣、高聳玉山、恆春、墾丁鵝鑾
鼻等景點，美不勝收；來吧，請到我的
家鄉來吧！（王妍蓁）

台灣兒童圖畫書精彩 *100*

87

像不像沒關係

作者：湯姆牛
繪者：湯姆牛
出版社：天下遠見出版股份有限公司
出版日期：2008 年 1 月
頁數：36 頁
尺寸：20.5×28.1cm
定價：260 元
ISBN：9789862160695（精裝）

作者介紹｜湯姆牛

本名劉鎮國，1966 年生，台北人，畢業於國立藝專雕塑科。有十足的創意及繪畫功力，創作了許多童趣十足的圖畫書，深受孩子的喜愛。喜歡以孩子的生活經驗作為創作的題材，並對孩童的想像世界特別感興趣，對他來說，孩子看書時發出的笑聲是最美好的聲音。曾獲得信誼幼兒文學獎佳作、金鼎獎最佳插畫獎等。創作作品有《愛吃青菜的鱷魚》、《愛吃水果的牛》、《大嘴鳥快遞公司》、《建築師傑克》、《湯姆的服裝店》、《下雨了！》等。

繪者介紹｜湯姆牛

同上。

>>> 圖文內容與導讀

本書榮獲第 33 屆金鼎獎兒童及少年圖書類最佳插畫獎及 2008 年「好書大家讀」年度最佳少年兒童讀物獎,也入選 2009 年義大利波隆納童書展台灣館推薦圖畫書,是一本大人和小孩都適合欣賞的好書,旨在傳達美的欣賞是因人而異的,不應該全然否定。

故事描述小鎮上的動物們,決定請新搬來的庫西先生為空蕩蕩的廣場做個雕塑,但動物們都認為這個雕塑中要有他們自己的特色才漂亮,長頸鹿認為雕塑要有長頸子才美,大象堅持一定要有大大的鼻子,大家各有自己的意見與堅持。沒想到,庫西先生運用一堆廢鐵皮、釘子及生鏽的銅片完成了一個奇特的雕塑品,大家都不欣賞這個「什麼都不像」的作品,直到春天來了,一隻大黑鳥停在雕塑上,從各種角度欣賞這件雕塑品,發現這件雕塑品雖然什麼都不像,但也什麼都像,大家這才感受到庫西先生作品的獨特性。

故事中庫西先生所創作的作品,既不是一件賞心悅目的裝飾品,也不是迎合動物們期待的產物,而是他蒐羅靈感後,內心世界及想法的具體呈現。本書作者在閱讀現代雕塑史的過程中,得到了故事的靈感,他用了雕塑家布朗庫西(Constantin Brancusi, 1876~1957)名字中的「庫西」兩字,做為故事中雕塑家的名字,但故事內容及作品風格則是作者的獨創,和布朗庫西沒有直接的關聯。

但布朗庫西確實是現代主義雕塑的先驅,打破了具象寫實的傳統,開始著重在單純的形體構成,而本書作者也企圖透過本書,傳達自己對藝術的信念,那就是——藝術應跳脫出像與不像的範疇,著重在創作者如何展現其體悟,因此像不像再也沒關係了。

而一見到本書的封面,即看見書名旁描繪著許多「雕塑品」,長得奇形怪狀卻各有不同的韻味,吸引讀者的目光。翻開故事,可以看到湯姆牛以精采的插畫充分傳達故事內容,繪畫形式有別於目前常見的表現模式,僅以簡單的幾何圖形構成一個個充滿童趣的動物造型及景物,配上鮮明的色彩,營造出充滿活潑、趣味的構圖,讓畫面結構充滿獨特的創意與高度空間感,而繪者也針對故事中庫西先生的雕像特別打造了小模型,將實物照片放於故事之後,此雕塑作品原創性十足,為故事畫下了完美句點。

本書結尾時拋出了一個問題:「**大家這才發現,都一直忘了問庫西先生這件雕塑品的名稱叫什麼?**」故事的結束卻像是另一個開始,拋出一個疑問。這是一本適合帶領討論的圖畫書,在閱讀的過程中,大人和小孩都可以透過提問與思考,一起探索現代藝術。(林芝蘋)

台灣兒童圖畫書精彩 *100*

88

阿志的餅

作者：劉清彥
繪者：林怡湘
出版者：青林國際出版股份有限公司
出版日期：2008 年 3 月
頁數：26 頁
尺寸：21.5×28.6cm
定價：250 元
ISBN：9789866830556（精裝）

作者介紹 ｜ 劉清彥

政大新聞研究所畢業，曾任記者、雜誌編輯。目前從事兒童文學創作、翻譯、評論與兒童閱讀推廣教育等工作。著有故事《達達的信》、《彩虹森林》、《沒有翅膀的天使》，與圖畫書《盧公公》、《小安琪的大麻煩》等。2010 年榮獲「好書大家讀」二十年得獎總數翻譯者第一名。

繪者介紹 ｜ 林怡湘

國立台灣師範大學美術系、國立台灣師範大學設計研究所畢業。曾參與東森幼幼電視台 BiBi 小雪屋圖卡之繪製工作。作品包含了《春天在大肚山騎車》、《我的巴赫》、《盧公公》、《貼在心上的皮膚》、《紅山谷》、《彩虹》、《妮妮的紅長褲》、《我的馬偕報告》、《噗噗俠》等。

>>>  圖文內容與導讀

　　本書以一個三代同堂的糕餅世家作為背景，介紹太陽餅的製作過程與由來。故事從主角阿志想要幫忙父親製餅卻遭到拒絕開始，原因在於製餅的工作十分辛苦，阿志的父親希望阿志努力讀書，以後不必這麼辛苦。有天父親隨糕餅公會出國推廣太陽餅，餅店忙不過來，阿志請求外公讓自己幫忙，而學會了製作太陽餅。在協助製餅的過程中，阿公告訴阿志關於太陽餅由來的兩個傳說。中秋節時，同學小玲想到阿志家製作太陽餅，而阿志創作了「彩虹太陽餅」，讓剛剛出差回來的父親嚇了一跳。

　　這本書是配合台中市文化局推出的「大墩圖畫書系列」的作品，因此內容上偏向對太陽餅這項土產的介紹。作者以祖孫之間的感情切入，凸顯太陽餅這項傳統手藝的歷史情味。而阿志父親要求阿志好好讀書，將來就不必那麼辛苦做餅，也傳達了台灣社會中仍普遍存在對於勞力、技術性工作的褊狹觀念，認為某些高學歷要求的工作，才是輕鬆的好工作。事實上，只要職業正當，並無貴賤之分；而時代轉變，新的思維讓人們開始省思現代便利生活的弊端，並藉著透過手作與身體勞動，來重新找回健康與身為人的價值。而手工技術層面的

工作，反而受到重視，因為其兼具了傳統文化、藝術、創意與專業。另一方面，從新聞中，我們也常常看見各種以往被認為高收入、高社經地位的職業，反而更常出現「過勞」等職業災害。其實，只要是自己能夠熱愛、投入，任何工作都是值得尊敬的好工作。透過阿志的故事，作者無非是想傳達這樣開放的思維理念。不過，故事結尾的處理十分巧妙，作者並沒有交代父親吃了阿志的餅之後的反應如何，是高興？是生氣？會不會讓阿志繼續製餅？留下了讓讀者想像、反思的空間。

　　在圖像的表現上，繪者採用了近於漫畫的表達方式，增添了逗趣、生動的感受。無論是戴著眼鏡的阿志、禿頭的爺爺，還有不時出現在畫面四周的小狗們，造型都十分圓潤可愛。除此之外，繪者在畫面的角度經營也頗為用心，仰角、俯角、水平視角、廣角的交替運用，使畫面具有流動感，而不致呆版。在圖文的配置上，本書主要採用文字在左頁，以插圖點綴，右頁則全頁為圖。書末附有「一起來做 10 個太陽餅」單元，讓讀者了解製作太陽餅所需的材料與製作方法。（王宇清）

台灣兒童圖畫書精彩 *100*

89

愛上蘭花

作者：陳玉珠
繪者：陳麗雅
出版社：青林國際出版股份有限公司
出版日期：2008 年 3 月
頁數：34 頁
尺寸：21×28cm
定價：250 元
ISBN：9789866830587（精裝）

作者介紹｜ 陳玉珠

1950 年 4 月生於台南縣新營，省立台南師專美勞組畢業。對教育工作及兒童文學創作充滿熱情，曾獲得教育部、教育廳兒童文學創作獎、中興文藝獎章、時報文學獎、中華兒童文學獎、楊喚兒童文學紀念獎及多次洪建全兒童文學獎等殊榮。寫作風格多元，童話、少年小說、兒歌、童詩等文類均有豐富創作，已出版《無鹽歲月》、《百安大廈》、《魔鏡》、《膽小鬼放蜂炮》等二十餘本兒童文學作品。2000 年自國小美勞教師退休，專注創作。

繪者介紹｜ 陳麗雅

1960 年生，雲林縣北港鎮人，實踐家專美術設計科畢業，曾擔任「理科出版社」美編，目前致力於繪本創作。擅長以細緻的色彩或水墨畫描繪台灣鄉間人物及風景，造型典雅樸實、場景細膩。曾擔任南瀛之美圖畫書系列第一～三輯執行主編與畫家，2008 年以《曾文溪的故事》獲得第一屆韓國「CJ圖畫書特展」100 件入選作品，另繪有《鐵甲武士：鍬形蟲》、《白河蓮花鄉》、《官田菱角》、《走，去迪化街買年貨》等作品。

圖文內容與導讀

本書為台南縣政府文化局策畫的南瀛之美系列圖書之一，南瀛之美系列圖書以台南縣為出發點，邀請多位本土資深童書創作者一同參與，深入踏查台南當地民俗背景與豐富的物產；發掘南瀛獨有的人文、藝術等特色，期盼能透過這一系列圖書，培育出每個孩子對台灣這片土地敏銳的觀察力和思考力，以及對家鄉的熱愛與關懷。

在許多蘭花愛好者的努力之下，台灣成為世界有名的「蝴蝶蘭王國」，而2003年於台南縣烏樹林成立的蘭花生物科技園區，也自2005年起連續數年舉辦國際蘭展，讓台灣透過蘭花的栽培成功的和國際接軌。本書即以烏樹林的蘭園為背景，透過一個小女孩拜訪蘭園的經歷，介紹各種蘭花的生動姿態，使讀者彷彿置身美麗的蘭花世界。

故事內容是描述一位名叫小蘭的小女孩，在爸媽帶領下，來到王伯伯位於烏樹林村的蘭園參觀。熱愛蘭花的王伯伯熱心的為小蘭介紹各式各樣精心培育的台灣蘭花，包括別名「台灣阿媽」的台灣原生種蝴蝶蘭、蘭花之王──「嘉德麗雅」、有著古怪模樣的拖鞋蘭、千變萬化的文心蘭、高頭大馬的萬代蘭、春石斛與秋石斛等。透過小蘭和王伯伯一來一往的生動對話，間接介紹並解說了各品種蘭花的產地、外型特色與別名由來。

每一頁栩栩如生的蘭花插圖，細緻的呈現二十多種蘭花的顏色、構造與姿態，其中特別以兩幅大拉頁，分別描繪出萬代蘭的全株構造，以及國蘭和洋蘭的花葉差異，讓讀者更精細的看到蘭花的各種樣貌，令人驚喜不已。另外在蝴蝶頁也安排以簡單線條勾勒的方式，描繪以嘉德麗雅蘭為例的複莖構造，與以拖鞋蘭為例的單莖構造，並標示出萼片、蕊柱、唇瓣、背瓣、翼瓣等構造，讓讀者在閱讀故事內容之外，還可以進一步了解蘭花的構造。

繪者表示在收到文稿後，便大量蒐尋相關的圖書與資料，並花了相當長的時間內化吸收，作畫時，不僅注意到畫面的美觀，更考慮到孩子是否能理解，以及花卉的臨摹是否正確，因此總是在草圖上標註著密密麻麻的蘭花特性，草圖的繪製也是製作一般圖畫書的兩倍，當完成此本圖畫書時，自己儼然成為一位蘭花專家。

本書榮獲2008「好書大家讀」年度最佳少年兒童讀物獎，是一本精采的知識型讀物，作者表示蘭花已逐漸成為台灣的代表性產業，而台南縣又是最重要的蘭花產業基地，希望藉由此書將蘭花之美介紹給讀者，並培養孩子對在地文化的認識，讓更多人真的「愛上蘭花」。(林芝蘋)

台灣兒童圖畫書精彩 *100*

90

劍獅出巡

作者：劉如桂
繪者：劉如桂
出版社：信誼基金出版社
出版日期：2008 年 4 月
頁數：41 頁
尺寸：29×22.6cm
定價：250 元
ISBN：9789861612577（精裝）

作者介紹 │ **劉如桂**

台南人，畢業於台中技術學院商業設計系。她認為在創作圖畫書的過程當中，可以擁有無數的
樂趣。作品有《魚夢》、《劍獅出巡》、《劍獅擒魚》以及《到底少了什麼》。曾獲「好書大
家讀」最佳少年兒童讀物獎、《中國時報》開卷好書最佳童書、信誼幼兒文學獎圖畫書創作類
佳作獎等。

繪者介紹 │ **劉如桂**

同上。

圖文內容與導讀

本書於 2008 年獲得第二十屆信誼幼兒文學獎圖畫書創作類佳作獎，創作發想源自於作者外甥女用陶土所製成的一個劍獅作品。外甥女古樸的陶製作品，引發了作者一連串的畫面，於是有了這本書的存在。作者生活在台南安平，因為生活在其中，所以本書作品中隨處可見安平街頭巷弄的蹤影。

在一個夏日靠海的平安小鎮上，炎熱的午後，瀰漫著一股令人昏昏欲睡的氣息，彷彿即將有不可思議的事發生。作者運用充滿風俗風情且有幻想效果的「劍獅」為主角：劉家的紅臉守護劍獅在此氛圍中沉沉的睡著，但是，「喀噹」的一聲，本該在劍獅嘴中的寶劍掉落在地上，劍獅依舊沉浸在睡夢中。在此部分，作者在圖畫中埋著一處線索，一個男孩的人影，也塑造了推理的氛圍。

當紅臉劍獅醒來過後，發現銜在他嘴上的寶劍竟然不見了，著急的從框中跳出來，開始了它的尋找之旅。紅臉劍獅一路問著黃臉劍獅、黑臉劍獅，但卻仍一無所獲，從框中跳出來的黃臉和黑臉劍獅，好心地陪著紅臉劍獅找尋它的寶劍。但是這下可不得了啦！鄉里的人們發現只剩空空的框，大大小小也慌亂地四出找尋劍獅們的蹤影，這下大家都在找東西。慌得手足無措的鄉民們，最後去詢問廟裡的媽祖。而劍獅們一路尋找著，問路過的螞蟻、黑貓，終於找著了，原來是……。

畫面皆運用跨頁的形式，每個圖案皆為圓弧狀的曲線，形成一種鏡頭的效果。雖然使用跨頁的形式，但是作者卻運用同個場域，卻不同的角度敘述整起故事，左面為較大範圍的場景描繪，右面卻是拉近距離，放大其中一個畫面以不同的角度描繪；或者左面和右面為一個連續的情節敘述，產生時間行進的效果。好比第 6 頁和第 7 頁雖說是一個完整的跨頁圖像，左面鏡頭容納太陽以至掉落地面的寶劍，右面則拉近距離，放大描繪在地面的寶劍，還可細數在地面的螞蟻數量。

作者雖無明說場景是設定在台灣，但台灣的風俗民情，在本書中處處可看見：緊鄰著彼此的紅瓦厝和透天厝交錯著、從紅圍牆竄出巷弄間的花草樹木以及擺在地上的盆栽、悠閒晃著的小貓和狗兒或停在屋簷上歇息的賽鴿、電線桿上貼著廣告單，甚至是莊重威嚴的廟宇神像以及籤詩，皆塑造出台灣獨特的風情，處處可見生活當中的熟悉事物。（蔡竺均）

台灣兒童圖畫書精彩 *100*

91

一日遊

作者：孫心瑜
繪者：孫心瑜
出版社：信誼基金出版社
出版日期：2008 年 4 月
頁數：29 頁
尺寸：25.5×19.4cm
定價：220 元
ISBN：9789861612560（精裝）

作者介紹 ｜ 孫心瑜

1969 年生，台北人，國立台灣師範大學美術系、美術研究所畢業。曾任華新自然藝術研究室繪圖師、國中美術教師、藝術總監、創意總監、奇摩視覺設計主任。目前專事繪本創作。創作包括《我的寶貝》、《尾巴不見了》、《午後》等作品。曾獲信誼幼兒文學獎、2008「好書大家讀」年度最佳少兒讀物獎等。

繪者介紹 ｜ 孫心瑜

同上。

>>>  圖文內容與導讀

這 本作品是一部無字圖畫書，意即沒有文字敘述，也無角色間的對話，因此，讀者必須從人物的動作、表情進行解讀畫面中所發生的事件。故事以動物園中的動物跑出園區，到都市遊歷的奇想事件為主軸。作者巧妙地翻轉了人類假日前往動物園參觀的過程，讓動物「放假」一天。這本繪本同時也可看成是一本「台北人」的圖畫書，故事中呈現的場景全為台北城的地景，對於熟悉台北的讀者來說，應會格外親切。

由於本書是無字的圖畫書，因此角色的動作、表情便更形重要。我們可以看見作者以富有童趣的卡通造型來呈現角色，動物們經過擬人化，而被賦予了人的特性。動物們以雙腳站立行走（當然蛇是例外），身穿斗篷以隱蔽身分，並且臉上帶著可愛的表情，十分具有吸引力。作者妥善運用了角色與場景之間的關係，讓動物在各個景點前，表現出歡樂、滿足的樣態，讓動物的出遊，顯得溫馨愉快。

除了動物歡樂出遊的主軸，這部作品更具戲劇性的巧思，展現於頁面形式上的創意。作者將動物出遊的故事，以頁面上方約四分之三的比例呈現；下方四分之一的部分，則是對應於上方的人類生活。在此我們可以看見幾個精采的鋪陳。首先是動物與人類之間情緒的對比；相對於動物平靜、愉悅的出遊，下方人類的反應則是由懸疑轉至緊張、慌亂，形成了強烈的對比。另外，在下方頁面經常使用了分割畫格，具有漫畫的連續性效果，也增加了下方頁面的動感，與上方的單一、靜態的畫面形成有趣的對比效果。

再者，作者巧妙地運用了頁面上下方的「共時性」，讓讀者們彷彿同時看見同一時間、不同地點所發生的事件，彷彿「同步的雙銀幕」一般。到了故事中後段，頁面不再以上下分割呈現，畫面中身穿動物造型斗篷的人，象徵了愛動物的人們，與動物共遊，並且提供協助躲避人類的追捕。而在動物們結束一天的遊歷，搭車返家時，此時上下方的分割畫面，以約為 1:1 的比例呈現，暗示了人類與動物之間關係的和平與和諧，連電視新聞中的兩位主播，都變成了烏龜和長頸鹿，令人會心一笑。（王宇清）

台灣兒童圖畫書精彩 *100*

92

再見小樹林

作者：嚴淑女
繪者：張又然
出版社：格林文化事業股份有限公司
出版日期：2008 年 5 月
頁數：40 頁
尺寸：25×26.2cm
定價：320 元
ISBN：9789861890661（精裝）

作者介紹 | 嚴淑女

曾任職台東大學兒童讀物研究中心、目前為台東大學兒童文學研究博士候選人、童書作家，翻譯圖畫書論述專書《話圖──兒童圖畫書的敘事藝術》，創作《春神跳舞的森林》、《再見小樹林》、《編織的幸福》、《勇 12 ──戰鴿的故事》、《雲豹與黑熊》、《黑手小烏龜》、《搖滾森林》、《蔓蔓，真好》和《拉拉的自然筆記》等，曾獲得波隆納兒童插畫獎入選、教育部原住民文化教育繪本獎、《中國時報》開卷好書獎最佳童書、「好書大家讀」最佳少年兒童讀物獎和第一屆豐子愷圖畫書獎入選等。

繪者介紹 | 張又然

復興美工畢業，成立貓屋插畫工作室，為專業圖畫作家。曾擔任義大利波隆納兒童書展台灣館駐館畫家、獲得中華兒童文學獎美術類獎項，福爾摩莎插畫展入選，作品受邀至日本巡迴展，舉辦多次原畫個展。創作包含《春神跳舞的森林》、《再見小樹林》、《少年西拉雅》、《黑手小烏龜》等，作品曾獲波隆納兒童插畫獎入選、教育部原住民文化教育繪本獎、《中國時報》開卷好書獎最佳童書、「好書大家讀」最佳少年兒童讀物獎和第一屆豐子愷圖畫書獎入選等。

圖文內容與導讀

　　這是作者童年經驗的投射，小時候樹林美麗的影像，總是令人無法移開目光，書中的角色就是他自己，這本書的創作源於他與小樹林之間的情感，圖文的抒發管道為遺憾的心靈找到出口。

　　一個在作者心裡永遠的故事，藉由主角小綠的眼中，重現在圖畫書的世界。患有氣喘病的小男孩，將小閣樓外的神祕綠地視為祕密基地，這片廢棄的工廠空地，因為長滿密密麻麻的藤蔓，一牆之隔的空間加上小綠用天馬行空的想像力，而拉近了與樹林之間的距離，他幻想著樹林裡和山上的小動物們會在夜間出來玩耍和探險，因缺乏同齡玩伴的關係，在這片樹林中他獲得了新鮮又快樂的時光。但突如其來的怪手侵擾，讓這片綠地快速的消失不見了，眼睜睜看著樹木被砍伐殆盡後，小綠也因此生了一場大病，但綠色種子所帶來的希望趕走了小綠心中的黑影，又讓小綠的心靈恢復了生氣。環境保護和金錢利益的拉鋸戰中，兩全其美的局面並不常見，作者以實際發生的狀況，呼籲讀者們能更重視自我與社區環境的關連性，以期能豐富我們的精神生活。

　　本書多以滿版跨頁的處理方式來表現小樹林的遼闊感，並以線條細緻的手法和渲染的技巧，將滿眼的綠意感染著每個讀者，圖中的屋舍街道忠實的呈現出台灣特有的街景。作者採用魔幻寫實的畫風，使得男孩房間中的玩偶和動物們頓時生動了起來，連紙上的小人都栩栩如生。柔和又飽滿的綠樹和後半部砍伐後的空地相比，以截然不同的街景色調和人們扭曲的臉部表情來凸顯樹林的重要性。主角的心情起伏也表現在構圖的角度，開心愉悅時以俯瞰的全景，佐以明亮的色彩來展現歡顏，而擔心受怕時則以仰角的角度加上灰暗的光線來強調失去樹林的失落感，作者以小孩常見的視角方式，精確的掌握小綠的心中世界。

　　再見代表著再一次相見，儘管冰冷的怪手卡車無情的毀掉綠地森林，但是他們卻小看了種子的生存力量，種子象徵著希望，「每棵大樹都是從這麼小的種子裡長出來的喔！」媽媽的這番話，為小樹林的再現生機埋下了伏筆，準備好張大耳朵，聽聽窗外傳來的熟悉聲音！
（林依綺）

台灣兒童圖畫書精彩 *100*

93

池上池下

作者：邱承宗
繪者：邱承宗
出版社：天下雜誌股份有限公司
出版日期：2008 年 9 月
頁數：18.8×29.5cm
定價：280 元
ISBN：9789866582219

作者介紹 ｜ 邱承宗

1954 年生於台中市，畢業於日本東京攝影專門學校，曾任兒童日報出版部經理，還曾成立以出版本土生態童書為主的「紅蕃茄文化事業出版社」，並開始自寫自畫、創作生態繪本。作品曾兩度入選義大利波隆納國際童書原畫展非文學類組，也曾獲台北市第九屆優良讀物獎、最佳兒童及少年科學類圖書金鼎獎、第八屆中華兒童文學美術類獎、第一屆豐子愷兒童圖畫書獎等獎項。作品有《池上池下》、《昆蟲家族》、《蝴蝶》、《啊！蜻蜓》、《我們的森林》等。

繪者介紹 ｜ 邱承宗

同上。

圖文內容與導讀

本書為描繪台灣本土蜻蜓的生態繪本，內容為作者長期觀察水池生態和飼養蜻蜓的經驗彙整而成。透過作者細膩的觀察、生動的描述和寫實精緻的繪圖，並輔以詳實的生態解說，在閱讀的過程中，進而認識一個完整而豐富的池塘生態系。

書中內容可分為三個部分，第一部分為圖文故事，占一跨頁的六分之五；第二部分為作者對麻斑晏蜓生長的觀察紀錄，位於圖文的左下角處；第三部分為對圖畫裡的動物和水生植物的簡介，位於圖文的右下角處。

圖文故事的情節以春天送來綿綿梅雨，使水池充滿生氣作為故事的開端，而畫面在此為水池上的近水面；接著飛來一隻小白鷺，也因小白鷺的飛近，畫面開始水池上與水池下慢慢地參半呈現；後來因小白鷺的尖嘴插入水中覓食，圖像開始轉向水池下的世界；而準備羽化的終齡水蠆，又使得畫面開始慢慢地往水池上移動；最後，當終齡水蠆完成羽化變為蜻蜓後，畫面又轉為水池上。而雖然文字並未多加提及蜻蜓為故事的主軸，但從畫面中，可以看到不同種類的蜻蜓、蜻蜓的成長過程與羽化過程，便可知道蜻蜓為本書的中心角色。

頁面左下角「蜻蜓的一生」為作者對於麻斑晏蜓生長的長期觀察與記錄，並將其整理為卵期、幼蟲期與成蟲期；幼蟲期又分為 14 個蛻變階段、準備羽化及羽化；而成蟲期從完成羽化開始了蜻蜓繁殖、產卵終至死亡的一生。在文字敘述的部分，作者以故事性地敘述，帶領讀者進入當時觀察的情境與所見，使人在閱讀時倍感親近。而除了文字描述，在閱讀時，也可搭配圖中細膩寫實的畫面，更加認識麻斑晏蜓。

頁面右下角為對圖畫裡的動物和水生植物的簡介，除了詳細介紹各種動物與水生植物的特性外，且會適當地搭配圖示以呈現文字的描述，對照圖中的插畫，使人對於畫面中的動植物有了更深入的認識。

本書雖立基於生態知識的繪本，但在經過作者融合美學的設計與安排後，使人在閱讀文字與觀看圖像時，不會有閱讀知識性讀物的生硬之感。而書末並附有物種解說，可以更加認識書中所提及之動植物。（林庭薇）

台灣兒童圖畫書精彩 *100*

94

勇 12 ——戰鴿的故事

作者：嚴淑女、李如青
繪者：李如青
出版社：天下遠見出版股份有限公司
出版日期：2008 年 12 月
頁數：44 頁
尺寸：25.2×26.2cm
定價：300 元
ISBN：9788672162415（精裝）

作者介紹｜ **嚴淑女、李如青**

嚴淑女，曾任職台東大學兒童讀物研究中心、目前為台東大學兒童文學研究博士候選人、童書作家，翻譯圖畫書論述專書《話圖——兒童圖畫書的敘事藝術》，創作《春神跳舞的森林》、《再見小樹林》、《編織的幸福》、《勇 12 ——戰鴿的故事》、《雲豹與黑熊》、《黑手小烏龜》、《搖滾森林》、《蔓蔓，真好》和《拉拉的自然筆記》等，曾獲得波隆納兒童插畫獎入選、教育部原住民文化教育繪本獎、《中國時報》開卷好書獎最佳童書、「好書大家讀」最佳少年兒童讀物獎和第一屆豐子愷圖畫書獎入選等。

繪者介紹｜ **李如青**

1962 年生於金門。國立藝專畢業，曾在廣告公司擔任企劃工作，長達十多年。已出版圖畫書《那魯》（金鼎獎兒童及少年圖書類最佳圖畫書獎）與《勇 12 ——戰鴿的故事》（「好書大家讀」推薦好書、基隆市年度推薦好書）、《雄獅堡最後的衛兵》（「好書大家讀」年度最佳少年兒童讀物獎、第二屆豐子愷兒童圖畫書入圍）、《紋山》等。

圖文內容與導讀

台灣的歷史在這本書中再現了！書中內容的創作靈感來自海面上飄落的羽毛，砲台和海岸邊也引發繪者無數的聯想和心靈悸動，繪者向來以傳達美好台灣文化和人文景觀為創作重點，希望藉以讓讀者產生更多對於台灣這片土地的不同思考空間。

故事背景為清朝末年的台灣府，以信鴿為主角記錄著台灣歷史上的慘烈戰役，牠們在戰爭中擔任傳遞緊急軍情的重要任務。書中的主角是一隻名為勇十二的信鴿，特別受到負責照顧信鴿的衛兵大手張的喜愛，儘管因為牠特大號的翅膀和驚人的食量屢次遭到眾人的嘲笑，大手張還是堅信牠屬於大器晚成的類型。在一次法國艦隊攻擊台灣島的重要戰役中（中法戰爭），勇十二在海上因故而肩負起通知陸地軍隊備戰的使命，因此牠一邊要躲避著海面上的流彈四射，一邊還要在受傷的情況下繼續完成傳遞軍情的任務，途中更歷經暴風雨的侵襲和虎視眈眈的野貓，因而用盡全身力氣的牠，在飛回目的地時還是不幸的被老鷹攻擊而落地，幸而落地時的地點和時機，讓牠不負眾望地完成使命。

書中內容因時代背景和繪畫技法而吹起了復古風，全書以水墨畫展開歷史的時刻，一翻開內頁紅銅色的城門矗立於畫面中，書中人物的穿著打扮說明了清朝的背景，街道上的景色詳實地貼近當時人們的生活方式，如辮子髮型和肩挑扁擔等，而映入眼簾的黃褐色調代表著過往台北城的歷史軌跡。渲染的水墨技法表現在海面的奮戰場景，達到驚險萬分的效果，繪者更利用水墨細緻的筆觸將鴿子的神態和特徵刻畫得維妙維肖，畫面構圖也隨著信鴿飛翔的航道，而以仰、俯角來達到全景的觀看，如躲避流彈的俯角鏡頭和仰角的大花貓貪婪目光等，帶領讀者穿越時空，飛躍歷史的重要時刻。

本書是台灣少見的史詩類繪本，在題材和技法上都突破了傳統的局限，以小小的信鴿為引，其中「信」字的意義深重，激發出動物與人之間的情感信任。而重感情以及超強記憶力皆是鴿子的特質，和平與友誼更是牠所代表的象徵，微小的生命力，卻能帶給人們深刻的記憶歷程，平凡中見偉大就是本書的最佳寫照。（林依綺）

台灣兒童圖畫書精彩 *100*

95

美濃菸樓

作者：溫文相
繪者：林家棟
出版社：藝術家出版社
出版日期：2009 年 9 月
頁數：32 頁
尺寸：21.6×27.6cm
定價：250 元
ISBN：9789866565472

作者介紹 | 溫文相

菸農子弟，四十歲那年辭去報社十四年的工作，回到美濃。現為客語廣播節目主持人、客語中高級認證口試委員、社團老師，著有《美濃菸樓》。

繪者介紹 | 林家棟

高雄縣美濃人，台師大美術系畢業，《美濃菸樓》為其第一本圖文書插畫作品。

圖文內容與導讀

本書描述美濃菸葉產業盛時的生活情景，從中除了可以看到菸葉的種植、採收、烘烤、分級與評等等過程，也藉由主角阿文牯，看到孩童在其中所扮演的角色，及在菸葉中的童年生活。

寒冬，凌晨四點，阿文牯被爸爸喚醒到菸樓幫忙下菸葉。阿文牯的爸爸雖是一位國小教師，那時的薪水要養大四個小孩卻是很辛苦；所以課餘時便和太太一起種菸，雖然日夜忙碌地連睡一頓好覺都算奢侈，但收入可以多一倍。而種菸家的孩童均是菸葉生產勞動人口，在父母的帶領下，均得參加種菸。除了下菸葉，還得上菸架、封菸頭、裝泥包育苗、將菸苗種到田中、幫忙灌溉菸田、摘菸筍、摘菸葉與客串交工等。

菸業的忙碌，使得阿文牯的童年除了上學外，便是種菸葉的工作。但阿文牯卻沒有因此而怨天尤人，反而盡心盡力地幫父母分擔勞務，也在工作中尋找到樂趣。如在幫忙把菸苗放定位時，阿文牯與妹妹邊工作邊舉辦五燈獎比賽；當同學在玩棒球時，阿文牯要忙著去田裡幫忙媽媽摘菸筍，而媽媽幫他買的麵包，也成為在那物質不豐的年代，最美味、滿足的人間佳餚；當菸葉採收完，菸田變成最好的運動場，男生比賽跑和武術，女生煏番薯、香蕉和土雞蛋等。在這樣純樸的年代裡，孩子在有限的物質與娛樂中獲得最大的滿足和快樂。

而在人力大量需求下，非種菸人家的孩童也成了打工或代工的對象。如阿文牯隔壁家的阿堂，因想買一個新書包，下課後就來幫忙裝泥包育苗打工，勤奮努力的阿堂，到六年級畢業也沒去過鄰村玩。當別人在盡情歡樂童年的時候，在當時的美濃，大部分的孩童已過著打工賺錢的生活。

從書中的文字，「媽媽總得忙到八、九點才能回家，洗個澡、吃個飯又得和爸爸忙著將自家菸樓上已烤乾的菸葉下串、細紮。」可看出種植菸葉的繁瑣與辛勞，而除了家人之間的互相配合與幫助外，更需要村人之間的交工與互助，菸葉的種植、採收才能順利完成。雖因菸葉的忙碌，而使其占了生活的大部分，但也因菸葉的忙碌，而使得人與人之間更加親近與互助，家人也更珍惜在空閒時光的相處；如阿文牯在難得的過年休假日時，盡往媽媽的身邊磨蹭，跟媽媽說一整晚的話。

本書多以跨頁滿版的方式呈現每頁文字中的圖像故事，文字擺放在畫面空白處，並配合圖畫的色彩而變換文字的黑、白色，使得畫面更顯和諧。而繪者大量使用的淡彩與暈染技法，讓畫面呈現回憶之感。本書雖為描繪那個年代的美濃菸樓，但藉由閱讀本書，也能讓現在的孩子看到不一樣的童年生活與價值觀。
（林庭薇）

台灣兒童圖畫書精彩 *100*

96

石頭男孩

作者：鍾易真
繪者：鍾易真
出版社：花蓮縣文化局
出版日期：2009 年 12 月出版
頁數：40 頁
尺寸：28.5×21.5 cm
定價：250 元
ISBN：9789860218954

作者介紹 | **鍾易真**

1963 年出生於花蓮，實踐家專美工科畢業，曾任職於出版社、國立編譯館特約美編，1986 年開始繪本創作。1998 年返回花蓮定居，除了繼續繪本創作，更積極在花蓮推廣繪本創作教學與繪本閱讀。著有《石頭男孩》、《村童的遊戲》、《編織的幸福》與《回到美好的夜晚》等四十餘本。

繪者介紹 | **鍾易真**

同上。

>>> 圖文內容與導讀

本書為花蓮縣文化局 2009 年「社區文化繪本系列」叢書之一，旨在以花蓮地方文化為主軸，透過圖文共構的繪本形式為花蓮留下美麗的紀錄，並經由簡潔的敘述及生動細緻的畫面，達到和大家分享的目標。

本書一開始的一段話：「**每個人心中都有一種追尋，這是一個有關於尋找的故事。**」道出了故事的主軸。喜歡石頭的男孩，從小就愛跟著爸爸到處看石頭、撿石頭，雖然家裡堆滿了石頭，不過卻想找到更特別的。喜歡在陸地上尋找美麗石頭的男孩，對於鋪著大理石步道的商店街所販售各式各樣的石頭，覺得不是他所要尋找的，他要的是「獨一無二」的石頭。可是什麼是獨一無二呢？

男孩遇到一位在聽石頭說話的石雕家叔叔，叔叔說：「**每一顆石頭都會講話呀！可是它們沉睡很久了，所以我想用心傾聽它們說些什麼！**」叔叔帶男孩去堆放著許多大石頭的空地上，望著大石頭說：「**當石頭遇到『知音』的時候，它就有了生命，願意和你說話。**」並表示它們都是獨一無二的。

叔叔帶男孩到他的工作室，在男孩面前使用各種工具創作石雕作品〈擁抱〉。接著，場景換到海邊。在這裡，來自世界各國的石雕家把一塊塊平凡的石頭，雕刻成獨一無二的作品。

男孩開始靜靜地聽石頭要告訴他的話。男孩夢到了一位名叫「老頑石」的爺爺，腦海裡的影像也漸漸清晰起來。於是男孩拿起鐵槌，而手裡的鐵槌也不由自主地敲打起來；清脆的敲打聲，也彷彿是石頭在訴說著加油。最後，男孩敲打出了「老頑石」的形貌。

作者以寫實細膩的方式展現花蓮的石頭情，及石雕藝術家創作的過程與心境。在繪圖上，作者在多處使用分鏡的方式，細緻地呈現男孩尋找石頭的歷程、石雕家創作的過程、男孩與石頭的對話和敲打「老頑石」的流程。使人可以藉由圖像，看到了文字所未描述到的部分。

本書可說是作者感恩父親與母親不可磨滅的一個生命印記。小時候，父親會在公餘閒暇時，到花蓮的溪床上，辛苦的搬回各式各樣的石頭，擺放在前庭後院。灰撲撲的石頭，經過作者父親的研磨後，便顯現出各種不相同的巧顏奇紋的景致。而母親後來也開了一家藝品行，銷售特產與寶石飾品。

花蓮是石頭的故鄉，除了作者的父親會在閒時撿石頭，還有許多的花蓮人也以此為樂，甚至以此為業。可看出，石頭在花蓮的重要性與花蓮人和石頭之間強烈的情感連結。本書末尚有「花蓮石頭記」、「花蓮國際石雕藝術季」、「石雕作品」與「花蓮石雕地圖」的簡介，讓讀者更了解花蓮的石頭之情。（林庭薇）

台灣兒童圖畫書精彩 *100*

97

早安！阿尼 早安！阿布

作者：貝果
繪者：貝果
出版社：信誼基金出版社
出版日期：2010 年 4 月
頁數：38 頁
尺寸：22.5×22.5cm
定價：250 元
ISBN：9789861613864（精裝）

作者介紹 | 貝果

專業插畫家、圖畫書作家。曾獲信誼幼兒文學獎、Book From Taiwan 國際版權推薦、義大利波隆納國際童書展台灣館版權推薦、「好書大家讀」入選、新聞局中小學生優良課外讀物、入選香港第一屆豐子愷兒童圖畫書獎等。作品有《早安！阿尼‧早安！阿布》、《藍屋的神秘禮物》、《冬天的童話》等 20 多本。

繪者介紹 | 貝果

同上。

>>> 圖文內容與導讀

本書為第 20 屆信誼幼兒文學獎 3-8 歲圖畫書創作佳作獎得獎作品。作者貝果原本便極擅長繪製動物角色，加上他又偏好以「森林」作為故事的舞台，因此書中洋溢著濃厚的自然風情。書中的動物角色，以圓潤可愛的卡通風格呈現，淡雅清爽的色彩，細膩的細節呈現，大自然中的各種花草植物，都鮮活地呈現在讀者的眼前，彷彿歡欣愉悅的田園之歌。

故事講述的主題是「友誼」。果果森林裡的狐狸阿尼，熱愛自然，春天、夏天、秋天的森林都帶給他不同的景致與生活的樂趣。在冬天快來之前，他就會準備出門旅行。然而，獨自一人生活的阿尼，事實上害羞又寂寞，沒有朋友。一天，當他又回到春天的森林時，卻赫然發現自己有了新的鄰居，是性格剛好與阿尼相反，充滿熱情的小豬阿布，兩人很快地變成了好朋友。然而，他們卻遇上了一場激烈的暴風雨，阿布的房子被大樹壓垮，陷入了危機。所幸在兩人的合作下，度過了難關。

我們可以觀察到阿尼在遇見阿布之前，臉上的神情總是帶有一些落寞。雖然生活愜意，但卻少了與人互動的活絡。

不過，細心的讀者會注意到森林中的兩隻小松鼠，而那正是作者的最巧妙的安排。兩隻小松鼠並不是憑空出現，事實上，他們幾乎是從一開始就出現在阿尼的四周。只是他們或許和阿尼一樣害羞。阿布的熱情顯然是友誼的催化劑，在阿尼進行冬季旅行的時候，他們已經和阿尼交上了朋友。有趣的是，文字的部分從都到尾都沒未提及這兩隻小松鼠，顯然是作者刻意要讓讀者思考這個安排的用意。阿尼的朋友並不是只有阿布，在無形中，他們已經有四個同伴了。

我們會在不自覺間，被圖像流暢所吸引。仔細一看，會發現原來作者在視角、鏡頭的運作，以及頁面的編排極為用心。無論是仰角、俯角、廣角鏡頭的交互運用，造成畫面不同的張力變化；有些頁面以跨頁的大畫面來呈現美妙的細節，有些則以時間間隔相近的連續小畫面來呈現，造成連續鏡頭的效果。在畫面的動、靜的節奏快慢安排下，視覺敘事極具戲劇效果，讓簡約明快的文字在輕快愉悅又充滿豐富細節的畫面中既得呼應又得細節補充，成為一部極適合幼兒欣賞的佳作。（王宇清）

台灣兒童圖畫書精彩 *100*

98

三位樹朋友

作者：吳鈞堯
繪者：鄭淑芬
出版社：金門縣文化局
出版日期：2010 年 11 月
頁數：40 頁
尺寸：29×22cm
定價：299 元
ISBN：9789867519924（精裝）

作者介紹 | 吳鈞堯

1967 年出生於金門，國一時隨父母遷居至台灣三重。中山大學財管系畢。喜歡書寫，作品有詩、小說以及散文。曾獲《中央日報》、《聯合報》、梁實秋等文學獎項。著有《我愛搖滾》、《如果我在那裡》、《女孩們經常被告知》、《金門》等作品。

繪者介紹 | 鄭淑芬

文化大學美術系畢，擅長利用水彩及水墨繪出美麗圖像。繪有《五月五龍出水》、《媽媽上戲去》、《一起做遊戲書》等書。對手繪書製作頗有心得，現為新莊社區大學繪本教學以及兒童插畫的講師。

圖文內容與導讀

作家 吳鈞堯國一時便隨父母由金門遷居至台灣，《三位樹朋友》是他第一本繪本作品。

故事中，作家以小男孩的角度，藉由回憶帶出故鄉的三位樹朋友──木麻黃、榕樹和相思樹。春天的木麻黃是小男孩玩捉迷藏的地方。有時，男孩會爬上木麻黃遠眺海景；有時，男孩會躺在木麻黃樹幹間的吊床閱讀。木麻黃的毬果可以用來沾取番仔紅，點綴發粿。榕樹下是演奏會的場地，小孩總是搶坐樹下的秋千，阿公和叔公喜歡在樹旁拿著榕樹葉吹奏。相思樹則是孩子的天堂，想要金龜子，搖搖相思樹就會掉下許多。作者按照春夏秋冬四季帶出農事的繁忙與樹木的變化，文字中充滿懷舊風味。

這本繪本是金門縣文化局和典藏藝術家庭股份有限公司合作出版，隨書附一本導讀手冊。導讀手冊裡有作者與繪者創作時的心境過程、金門綠化的介紹以及閱讀後的延伸遊戲等。讓讀者看完繪本後，不僅可以更了解創作者創作時的情境以及金門的背景，也可以根據手冊建議進行閱讀後的延伸活動。

根據導讀手冊裡林少雯的描述，原來民國三十幾年時的金門是黃砂滾滾、寸草不生的地方。直到民國三十九年，蔣中正總統巡視金門後，才指示要栽種樹木。從此，金門的軍隊開始積極進行綠化工作，後來社會和學校相繼加入，綠化成為金門的全島運動。

在作者的文字中並沒有提及軍人積極造林的部分，但是繪者親自走訪金門及閱讀大量史料後，將這段歷史如實地呈現在圖片中。所以在翻看繪本時，讀者會看見不少軍人的身影：穿著綠色軍服的人悉心呵護樹苗；軍人拿著臉盆為小樹澆水；軍人望著逐漸長大的樹露出欣慰的微笑；軍人拿著剪刀修剪枝葉等。

除此之外，繪本中的很多場景都是經過考究的。例如：金門海灘有很多的戰爭遺跡，其中以反登陸樁「軌條砦」最為有名。一根根的尖軌以斜角45度插在基石上，繪本裡海灘的場景就可見到軌條砦的蹤跡。其他像風獅爺、閩式古厝等金門特色，也可以從繪本中發現。

閱讀此書，讀者可以藉由文字了解作者的思鄉之情；藉由圖片，讀者可以閱覽金門戰地風光與遺跡。文字與圖片的巧妙搭配，讓此書獲得了第三屆國家出版獎的殊榮。（邱慧敏）

台灣兒童圖畫書精彩 *100*

99

我們都是「蜴」術家

作者：劉思源
繪者：王書曼
出版社：愛智圖書有限公司
出版日期：2010 年 10 月
頁數：32 頁
尺寸：20.8×19.5cm
定價：180 元
ISBN：9789576083471（平裝）

作者介紹 │ 劉思源

1964 年生，畢業於淡江大學教育資料科學學系，歷任漢聲雜誌社、遠流出版社兒童館編輯、格林文化副總編輯。現為專職作家，創作風格多元，於創作與編輯領域皆受肯定。作品《妖怪森林》榮獲 1996 年「好書大家讀」年度最佳童話，而《宇宙的鑰匙——愛因斯坦》亦獲《中國時報》開卷「好書榜」與「好書大家讀」推薦。另著有民俗繪本《台北三百年》、《鹿港龍山寺》、《台灣民宅》，及創作繪本《喜歡你》、《短耳兔》等。

繪者介紹 │ 王書曼

台中技術學院商業設計系畢業。專業插畫家。創作包括《小小猴找朋友》、《金魚路燈的邀請》、《13 歲的超能力》、《大巨人普普》、《紅豆生南國》、《小廚師阿諾》、《我是光芒》、《尋獸記》等。曾獲 2006 年義大利波隆納國際童書插畫獎。

圖文內容與導讀

這是一本討論藝術、思考藝術的圖畫書。故事簡單、明快，以一個蜥蜴家族作為串起主題的主要人物。這個蜥蜴家族的成員包括了媽媽、爸爸、奶奶、爺爺、姊姊、妹妹、弟弟、還有擔任敘事者的主角「我」。「家庭」，是幼兒讀者最容易接受的表達方式之一，因為對幼兒來說，家庭幾乎是他們的世界，家人是他們最為熟悉的人際關係；相信小讀者從一開始就能夠很容易的進入故事的世界。

故事一開始，主角便開門見山點出主題：「這世界到處都是藝術家。／抬起頭看一看，低著頭找一找，／都能看見不同的驚喜。」告訴讀者身邊大自然本身就是偉大的藝術，白雲、植物、四季，到處充滿了精采創作。而蜥蜴家族的每個成員，都擅長不同的藝術方法：媽媽用廚藝來展現藝術、爸爸用油漆來創作、奶奶則是以刺繡創造花園、爺爺回收舊物，進行拼裝藝術，姊姊則是化妝高手，在身體上發揮創意，妹妹剪貼、弟弟玩泥巴雕塑。而主角則是一個「觀察家」，運用各種不同的角度來看世界。甚至連主角家的寵物小蜘蛛，利用自己織網的能力，繪製令人驚嘆的「抽象畫」。在輕快、簡單的文句引導下，讀者能夠輕鬆領會藝術其實在生活隨手可得，處處可進行，更沒有固定公式與素材的約束。

相對於文字的平實簡潔，書中的圖像卻是繽紛、豐富卻不流於沉重，不過，與文字部分有著相襯的清新愉悅。繪者使用了多樣的媒材來經營畫面，繪畫搭配拼貼，充分呼應了本書的主題。此外，畫面的筆調帶有濃厚的塗鴉風格，增添了一股濃厚的童稚趣味；寫意的筆觸和留白也豐富了畫面的活潑感。仔細端看，作者也極盡想像之能事，彷彿超現實的抽象畫一般，有些奇異，卻吸引著讓人忍不住一看再看，仔細端詳究竟畫面中出現的是什麼。畫面中，我們也會發現繪者偷偷隱藏了各式各樣的奇妙物件，小朋友一定會樂於找尋、猜測這些東西到底是什麼，進行有趣的尋寶活動。在最後一頁裡，這個藝術蜥蜴家族，搭乘著自己進行藝術創作的工具，在天空飛行著，彷彿在催促著讀者，趕快找到自己的創作方式，然後，跟著他們天馬行空、自由自在，徜徉在愉快的藝術生活裡。（王宇清）

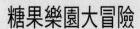

糖果樂園大冒險

作者：呂游銘
繪者：呂游銘
出版社：小魯文化事業股份有限公司
出版日期：2011 年 1 月
頁數：32 頁
尺寸：22.1×26.2cm
定價：280 元
ISBN：9789862111857（精裝）

作者介紹 | 呂游銘

1950 年生於台北市。復興美工畢業、洛杉磯 Otis Parsons 藝術學院版畫藝術研究。專長繪畫、造型設計。曾從事插畫、室內設計，現從事專業繪畫與版畫工作，作品經常於歐美日等地區展出。插畫作品包括有《夏夜的故事》、《大白鵝高高》、《爸爸的十六封信》、《三花吃麵了》、《風姐姐來了》、《咪咪貓》等。曾獲中華兒童叢書最佳插畫金書獎。

繪者介紹 | 呂游銘

同上。

 圖文內容與導讀

這本作品是一部無字圖畫書，意即沒有文字敘述，也無角色間的對話，因此，讀者必須從人物的動作、表情進行解讀畫面中所發生的事件。故事的靈感來自於作者1983年剛至美國時，深受「文化大熔爐」的震撼，因此試圖將多元文化以視覺化的方式呈現。

故事以一個家庭原本打算出門郊遊，卻遇上了下雨作為序幕。被關在屋子裡的小男孩望向窗外，表情十分失望。突然間雨停了，小男孩縮小了，他的寵物花貓載著他，跳出窗外，進行了一趟奇異的旅程。他們越過屋頂、遇見門神、被門神追趕，最後來到糖果樂園。糖果樂園裡有各式各樣奇妙景致，小男孩和花貓玩得十分高興，最後帶了一大袋糖果回家，才發現原來是一場夢。而此時天氣已放晴，他們將要出門去了。

故事採用了經典的「夢遊記」形式，也充分發揮了「夢境」的意象。我們在畫面中可以看見作者以精細的筆觸、封閉的線條，讓頁面充滿了高雅、安靜、穩定的感覺。而作者在封閉的線條中，以多樣的色彩滿滿塗布，畫面於是色彩紛呈、華麗而夢幻。融合了版畫、印象畫派、民俗畫、線條畫等各種繪畫風格，展現了作者企圖表現多元文化的用心。

而當我們細看在畫面中出現的諸多物件，裡面出現了世界各地的建築、文化、特產。尤其當小男孩與黑貓到達糖果樂園時，裡面除了豐富的糖果，奔放的想像力，更隱藏了許多世界各國的風土民情。聖誕老人、太空人、中國的古人、蘇格蘭風笛手等。由於畫面充滿了細節與隱藏的趣味點，因此值得讀者細細賞玩。而這樣的表現方式，也與日籍繪本大師安野光亞的《旅之繪本》中的表現方式有異曲同工之妙，相互呼應。不論是成人或兒童，都能在這本作品中獲得「尋寶」一般的樂趣。尤其當成人與兒童一起閱讀時，一起討論、尋找，更能帶來極大的共讀樂趣。

本書雖屬「無字圖畫書」，但實際上我們卻會看見英文寫成的「Welcome to Candyland」（歡迎來到糖果樂園）、「NASA」（太空總署）等英文字樣。書中的主角家庭看起來也像是西洋人，讓這本書充滿了濃厚的西方風情，彷彿是西洋作者所創作的翻譯作品，相當特別。

（王宇清）

台灣兒童圖畫書精彩 *100*

《台灣兒童圖畫書精彩100》書目

編號	書名	文	圖	出版單位	出版日期
1	瑪咪的樂園	丁弋	陳慶熇	童年書店	1956.12
2	舅舅照像	林良	林顯模	寶島出版社	1957.03
3	我要大公雞	林良	趙國宗	台灣省政府教育廳	1965.09
4	沒有媽媽的小羌	劉興欽	劉興欽	台灣省政府教育廳	1966.05
5	養鴨的孩子	林鍾隆	席德進	小學生畫刊社	1966.09
6	小榕樹	陳相因	林蒼莨	小學生畫刊社	1966.12
7	一毛錢	華霞菱	張悅珍	台灣省政府教育廳	1967.04
8	下雨天	慎思	周春江	台灣省政府教育廳	1967.09
9	十兄弟	謝新發	鄭明進	王子出版社	1968.10
10	影子和我	林良	高山嵐	台灣省政府教育廳	1969.02
11	小琪的房間	林良	陳壽美	台灣省政府教育廳	1969.09
12	顛倒歌	華霞菱	廖未林	台灣省政府教育廳	1970.05
13	太平年	陳宏	林雨樓	台灣省政府教育廳	1971.06
14	小蝌蚪找媽媽	白淑	曹俊彥	台灣省政府教育廳	1973.06
15	討厭山	求實	陳永勝	台灣省政府教育廳	1975.09
16	小紙船看海	林良	鄭明進	將軍出版社	1976.04
17	媽媽	林良	趙國宗	信誼基金出版社	1978.07
18	桃花源	奚淞	奚淞	信誼基金出版社	1979.04
19	汪小小學畫	林良	吳昊	台灣省政府教育廳	1980.11
20	大家來唱ㄅㄆㄇ	謝武彰	董大山	親親文化事業有限公司	1981.08
21	聚寶盆	李南衡	曹俊彥	信誼基金出版社	1982.08
22	女兒泉	洪義男	洪義男	皇冠出版社	1985.04
23	水牛和稻草人	許漢章	徐素霞	台灣省政府教育廳	1986.12
24	神射手和琵琶鴨	李潼	劉伯樂	國語日報社	1987.07
25	起牀啦，皇帝！	郝廣才	李漢文	信誼基金出版社	1988.04
26	穿紅背心的野鴨	夏婉雲	何華仁	國語日報社	1988.06
27	媽媽，買綠豆！	曾陽晴	萬華國	信誼基金出版社	1988.06

編號	書名	文	圖	出版單位	出版日期
28	一條線	林蔍	鄭明進	信誼基金出版社	1988.11
29	千心鳥	劉宗銘	劉宗銘	東華書局	1989.04
30	皇后的尾巴	陳璐茜	陳璐茜	信誼基金出版社	1989.04
31	李田螺	陳怡真	楊翠玉	遠流出版公司	1989.09
32	賣香屁	張玲玲	李漢文	遠流出版公司	1990.01
33	逛街	陳志賢	陳志賢	信誼基金出版社	1990.03
34	國王的長壽麵	馬景賢	林傳宗	光復書局	1990.10
35	大洞洞小洞洞	陳木城	邱承宗	光復書局	1990.12
36	看！阿婆畫圖	蘇振明	蘇楊搗	信誼基金出版社	1991.10
37	七兄弟	郝廣才	王家珠	遠流出版公司	1992.05
38	老鼠娶新娘	張玲玲	劉宗慧	遠流出版公司	1992.10
39	老奶奶的木盒子	林鴻堯	林鴻堯	台灣省政府教育廳	1992.10
40	小麻雀，稻草人	黃春明	黃春明	皇冠出版社	1993.05
41	村童的遊戲	朱秀芳	鍾易真	行政院農業委員會	1993.06
42	子兒吐吐	李瑾倫	李瑾倫	信誼基金出版社	1993.07
43	誰吃了彩虹	孫晴峰	趙國宗	信誼基金出版社	1994.03
44	黑白村莊	劉伯樂	劉伯樂	信誼基金出版社	1994.03
45	昆蟲法庭	小野	龔雲鵬／圖、紙結構設計／蕭多皆、袁祥豪、邱曄祥	台灣省政府教育廳	1995.06
46	赤腳國王	曹俊彥	曹俊彥	信誼基金出版社	1995.03
47	兒子的大玩偶	黃春明	楊翠玉	臺灣麥克	1995.11
48	祝你生日快樂	方素珍	仉桂芳	國語日報社	1996.03
49	鐵馬	王蘭	張哲銘	國語日報社	1996.03

【媽咪的樂園・書單編號 01】

台灣兒童圖畫書精彩 *100*

編號	書名	文	圖	出版單位	出版日期
50	我變成一隻噴火龍了	賴馬	賴馬	國語日報社	1996.03
51	大玄找龍	陳秋松	陳秋松	台灣新學友股份有限公司股份有限公司	1996.09
52	曬棉被的那一天	連翠茉	張振松	台灣新學友股份有限公司	1996.09
53	老榕樹搬家	林武憲	陳鳳觀	行政院農業委員會	1997.09
54	那裡有條界線	黃南	黃南	遠流出版公司	1997.12
55	沙灘上的琴聲	鄭清文	陳建良	台灣英文雜誌社	1998.06
56	咱去看山	潘人木	徐麗媛	台灣英文雜誌社	1998.11
57	獨角仙	邱承宗	林松霖	紅蕃茄文化事業有限公司	1999.03
58	假裝是魚	林小杯	林小杯	信誼基金出版社	1999.04
59	三個我去旅行	陳璐茜	陳璐茜	遠流出版公司	1999.08
60	月亮忘記了	幾米	幾米	格林文化事業股份有限公司	1999.10
61	想念	陳致元	陳致元	信誼基金出版社	2000.05
62	小狗阿疤想變羊	龐雅文	龐雅文	格林文化事業股份有限公司	2001.01
63	小魚散步	陳致元	陳致元	信誼基金出版社	2001.04
64	奉茶	劉伯樂	劉伯樂	青林國際出版公司、文化建設委員會	2001.05
65	一位善良有錢的太太和她的100隻狗	李瑾倫	李瑾倫	和英出版社	2001.08
66	南鯤鯓廟的故事	黃文博	許文綺	台南縣文化局	2001.10
67	小月月的蹦蹦跳跳課	何雲姿	何雲姿	青林國際出版公司	2001.12
68	阿非，這個愛畫畫的小孩	林小杯	林小杯	信誼基金出版社	2002.04
69	媽媽，外面有陽光	徐素霞	徐素霞	和英出版社	2003.01
70	亦宛然布袋戲	劉思源	王家珠	遠流出版公司	2003.07
71	星期三下午捉‧蝌‧蚪	安石榴	安石榴	信誼基金出版社	2004.04
72	春天在哪兒呀？	楊喚	黃小燕	和英出版社	2004.05
73	想要不一樣	童嘉	童嘉	遠流出版公司	2004.10
74	夏夜	楊喚	黃本蕊	和英出版社	2005.06
75	我的春夏秋冬	林麗珺	林麗琪	和英出版社	2005.08
76	鹽山	施政廷	施政廷	青林國際出版公司	2005.10

編號	書名	文	圖	出版單位	出版日期
77	帶不走的小蝸牛	凌拂	黃崑謀	遠流出版公司	2005.11
78	葉王捏廟尪仔	陳玟如、許玲慧	官月淑	青林國際出版公司	2006.12
79	綠池白鵝	林良	陳美燕	小魯文化事業股份有限公司	2006.01
80	短耳兔	達文茜	唐唐	天下雜誌股份有限公司	2006.03
81	在哪兒呢	黃禾采	黃禾采	信誼基金出版社	2006.04
82	請問一下，踩得到底嗎？	劉旭恭	劉旭恭	信誼基金出版社	2006.04
83	小丑・兔子・魔術師	林秀穗	廖健宏	信誼基金出版社	2007.04
84	等待霧散的戴勝鳥	張振松	張振松	金門縣政府文化局、聯經出版公司	2007.05
85	門神	張哲銘	張哲銘	泛亞國際文化公司	2007.05
86	請到我的家鄉來	林海音	鄭明進	小魯文化事業股份有限公司	2007.12
87	像不像沒關係	湯姆牛	湯姆牛	天下遠見出版股份有限公司	2008.01
88	阿志的餅	劉清彥	林怡湘	台中市文化局、青林國際出版公司	2008.03
89	愛上蘭花	陳玉珠	陳麗雅	青林國際出版公司	2008.03
90	劍獅出巡	劉如桂	劉如桂	信誼基金出版社	2008.04
91	一日遊	孫心瑜	孫心瑜	信誼基金出版社	2008.04
92	再見小樹林	嚴淑女	張又然	格林文化事業股份有限公司	2008.05
93	池上池下	邱承宗	邱承宗	天下雜誌股份有限公司	2008.09
94	勇 12—戰鴿的故事	嚴淑女、李如青	李如青	天下遠見出版股份有限公司	2008.12
95	美濃菸樓	溫文相	林家棟	藝術家出版社	2009.09
96	石頭男孩	鍾易真	鍾易真	花蓮縣文化局	2009.12
97	早安！阿尼 早安！阿布	貝果	貝果	信誼基金出版社	2010.04
98	三位樹朋友	吳鈞堯	鄭淑芬	典藏藝術家庭股份有限公司、金門縣文化局	2010.11
99	我們都是「蝪」術家	劉思源	王書曼	愛智圖書有限公司	2010.10
100	糖果樂園大冒險	呂游銘	呂游銘	小魯文化事業股份有限公司	2011.01

【媽咪的樂園・書單編號 01】

國家圖書館出版品預行編目（CIP）資料

林文寶兒童文學著作集. 第四輯，其他編 / 林文寶作.
-- 初版. -- 臺北市：萬卷樓圖書股份有限公司，
2023.09
　冊；　公分. --（林文寶兒童文學著作集；
1605004）
ISBN 978-986-478-986-3（第 9 冊：精裝）. --
ISBN 978-986-478-989-4（全套：精裝）

1.CST: 兒童文學 2.CST: 文學理論 3.CST: 文學評論
4.CST: 臺灣

863.591　　　　　112015560

林文寶兒童文學著作集　第四輯　其他編　第九冊

台灣原住民圖畫書 50
台灣兒童圖畫書精彩 100

作　　者　林文寶
主　　編　張晏瑞

出　　版　萬卷樓圖書股份有限公司
發行人　林慶彰
總經理　梁錦興
總編輯　張晏瑞
聯　　絡　電話 02-23216565　　　　傳真 02-23944113
　　　　　網址 www.wanjuan.com.tw
　　　　　郵箱 service@wanjuan.com.tw
地　　址　106 臺北市羅斯福路二段 41 號 6 樓之三
印　　刷　百通科技股份有限公司
初　　版　2023 年 9 月
定　　價　新臺幣 18000 元　全套十一冊精裝　不分售
ISBN　978-986-478-989-4（全套：精裝）
ISBN　978-986-478-986-3（第 9 冊：精裝）